U0523215

大悲原

杨志军 著

DABEIYUAN

青海人民出版社

图书在版编目（CIP）数据

大悲原 / 杨志军著 . -- 西宁：青海人民出版社，
2020.10
（杨志军藏地小说系列）
ISBN 978-7-225-05988-4

Ⅰ . ①大… Ⅱ . ①杨… Ⅲ . ①长篇小说—中国—当代
Ⅳ . ① I247.5

中国版本图书馆 CIP 数据核字 (2020) 第 115709 号

杨志军藏地小说系列
大悲原
杨志军　著

出 版 人	樊原成	
出版发行	青海人民出版社有限责任公司	
	西宁市五四西路 71 号　邮政编码：810023　电话：（0971）6143426（总编室）	
发行热线	（0971）6143516 / 6137730	
网　　址	http://www.qhrmcbs.com	
印　　刷	陕西龙山海天艺术印务有限公司	
经　　销	新华书店	
开　　本	890mm × 1240 mm 1/32	
印　　张	10.625	
字　　数	250 千	
版　　次	2021 年 1 月第 1 版　2021 年 1 月第 1 次印刷	
书　　号	ISBN 978-7-225-05988-4	
定　　价	66.00 元	

版权所有　侵权必究

目录 CONTENTS

第一部　灵根　　　　　　　　　　001
　第一章　亚敦哥洛　　　　　　　003
　第二章　流亡　　　　　　　　　029
　第三章　瓦勒庇一家　　　　　　055

第二部　野马 　　　　　　　　　　083
　第四章　野鸯之父　　　　　　　085
　第五章　塔崩人　　　　　　　　113
　第六章　通往荣誉的路　　　　　136

第三部　强盗 　　　　　　　　　　165
　第七章　卡阳非瓦　　　　　　　167
　第八章　到女王部落去　　　　　193
　第九章　告别太阳　　　　　　　220

第四部　远征 　　　　　　　　　　247
　第十章　黑母牛　　　　　　　　249
　第十一章　诸神隐没的岁月　　　274
　第十二章　此处即是西天　　　　302

补赘　　　　　　　　　　　　　　331

第一部 灵根

第一章　亚敦哥洛

　　柯柯部落的天空在八月的燠热中泛滥着层层乌云，永远飘不尽又永远酿造不出一丝清雨。阴郁的干旱持续了两个月。两个月中高天和大地都抑制了自己往日过分放浪的情绪，在沉思的安谧中滋生着发霉的枯燥。原野的绿色蒙罩了一层粉白的土气，茫拉巴音河水有些浑浊，不知是泛上来了泥沙，还是上游的崖土在不断崩塌。没人放牧的羊群在河边散散乱乱地游荡，凄厉的咩咩声从充满伤逝的黄昏一直持续到朦胧闪亮的早晨。一个接一个的恐怖漫长的黑夜里，包孕了许许多多生灵的哀恸和寂寞的死亡。过了不久，河边的羊群就荡然无存，一堆堆白骨和一摊摊染红了牛毛草的血迹昭示了它们在黑夜是如何走向一个未知世界的。夏天，繁衍着强大也繁衍着弱小的荒原从来就不缺乏食物，但必须经过严酷的厮打，必须使自己受伤流血后才可获得餍足的幸福。现在厮打不需要了，失去了人类保护的羊群只会逃跑，只会哭号，只会汩汩地奉献热血。野兽们变得懒惰起来。它们集中在河边，将羊群一片片地分割包抄，一边打盹一边咬噬，直到羊群一只不剩。

没有谁怜惜羊群。主人已经死去或者正在被死神用锁链紧紧缠绕。那些活着的人不屑于捡这种便宜来充实自己的财富。他们比野兽多一些自尊，以为不经过命运的较量而获取别人的东西是一种耻辱。况且羊群的主人是本部落中的一员。那些可怜的病入膏肓的人在不能照料羊群的时候可没有留下移交财产的遗嘱。他们希望羊群跟他们一起离开这个世界，因为一个远古的声音告诉他们：未知世界的昏天黑地里他们同样可以做一个牧人，去无忧无虑地放歌云端。

病入膏肓的人越来越多。柯柯部落的一千四百六十五个帐圈几乎有一半断了炊烟。这些帐圈环绕在邦主的中心大帐四周，往日由烟岚组成的浮游的屏障出现了灰蓝的缺口，隐隐显露着远方逶迤的山影。颜色沉暗的草原，岑寂就像天上的云层堆积在一起又拓展到无边的天际，充实其间的便是虚空。

邦主知道这是为什么。当他把赭红色岩石的棒槌楔入河边的淤泥，三天三夜槌体没有被稀泥陷埋之后，他停止了对神明的祈祷。神明显示了至高无上的意志，无声地告诉他：接受惩罚吧，灾难是不能回避的，茫拉巴音河两岸的阴湿潮润已不能滋养渴求繁衍的生灵，果果哈奇东北部的荒原正在抛弃人群。离开这里吧，按照河水的指向，去寻找一片明朗的天空，一片丰乳一样柔软饱满的土地。邦主的决心出现在八月的最后一天，劲风空然吹来，在低伏的阴霾下面呜呜回荡，一阵响过一阵，一股烈过一股，翻卷起满荒原的肃杀惆怅。中心大帐前的草地上，邦主吹响了从野公牛头上取下来的号角。雄壮悠长的声音刺穿了风墙的堵挡和雾霭的间隔,传遍了四方。骑手们来了,女人们来了。那些没来的便是病魔缠身无法动弹的人。男女老少猜测到邦主的号角意味着什么,没等邦主开口,心里的哀歌便阵阵升起:

  大地的形状四四方方,
  大地的颜色晶晶亮亮。
  大地上的老熊请对我说,
  哪里的太阳不照耀忧伤?

  按照老规矩,他们不能带走荒原赐给他们的财富。所剩不多的羊群必须留下来去充实已去的和将去的亡灵们的生活。丢掉食物,捣毁锅灶,焚烧毡铺和帐房,掠夺成性的祖先传下来的只能是抢劫成癖的后代。让除了马匹之外的所有的生存必需品都去陪伴亡灵吧,找到一片明朗的天空也就等于找到了一个厮杀的机会,一种生存的希望。要知道一只迫于饥饿和寒冷的野狗比起饱食终日的豺狼来不知要凶猛多少倍。

  几千人死了,几千人留下了,几千人走了。

  在漆黑如墨的暗夜里,被遗弃的羊群徜徉在荒草萋萋的原野,凄惨地呼唤着主人。对这些驯化了的动物来说,宁可忍受让人宰割的痛苦也不愿意逗留在这种孤独的悲哀中。它们听到了远行人若断似连的哀歌,便循声而去,走不多远就什么也听不到了,只好停步,愣怔在那里,互相用头用肩膀用身子摩擦着壮胆,不时发出一声声高亢的悲号和颤悠悠的低泣,如同一群失去了母亲的孩子,在团团拥抱着向远方倾诉恐怖无望的心思。

咩……咩……

风狂放地呼啸着，终于吹断了云层板结的天盖，云和云之间的缝隙里漏出一丝微淡的星光。羊群翘起下巴漫散着前行，信心十足地要去接近毡房的灯火。茫拉巴音河割断了它们的去路，叫声变得急促而焦灼。同时，它们发现那亮色就在眼前，就在静静流淌的河水中。河水的缓波徐徐耸起又徐徐落下，闪亮的皱褶一棱接着一棱，光斑跳跃着，就像篝火的焰花。一只灵性的盘角公羊狐疑地走进了水中，以它为领袖的羊群一拥而上。可就在它们走进亮斑的那一瞬，河中有了一阵争先恐后的咳嗽声。羊群朝下游漂去。亮斑和它们渐渐疏远，沉重的缓波气派地盖住了它们又很快将它们托举到水面上。被淹死的羊们朝着河水指引的方向流浪远方。

诱惑成功了，那星辉也就倏然消逝。天空又是一片紧密团结的黑暗。仍然稽留河边的羊群集体哭喊，想喊出可以驱散恐怖的光亮，然而，不是一切光亮都会带来希望。光亮出现了，幽幽地带着绿色的炽焰，星星点点的，最后连成了一片，如同银河流泻。阴寒寒的嗥叫声凝聚成了一根鞭子，驱动得羊群动荡不宁。荒原上最寻常的狼对羊的残杀发生在这个最寻常的暗夜。食物太丰富，狼们顾不得吃肉，只将温热黏腻的羊血一股股地灌进嘴里，直到满腹饱胀，直到被腥膻熏染得头脑昏花。

散发着血腥味的黎明将第一撇星熹抹入东方天际。狼们拖着棒槌一样的尾巴昏昏沉沉地消逝在西去的路上。西边仍然是漆黑一片。羊群平静下来，在这郁闷的白天就要到来的时候，显得比那些羊尸还要沉默。终于，神祇的大手从东到西抹出了一天光明。它们又一次看到了未曾改变的云，看到了依然如故的旷野。风轻轻的，几顶白色毡房静静的。羊群漫漫荡荡朝那里飘移，最后心神不定地簇拥在毡房四周，有一些甚至钻进门去，轻轻絮叨着什么。毡房里有人，是那些几近死亡的人。羊们知道里面的人并不能保护自己，但还是久久依恋着，下决心不再离去。它们明白靠近人便能得到安慰，明白祖先遗留给它们的本能便是与人为伴，而本能就是渗入血液、支配行动的法规。

死去的和留下来的人得的都是一种病。他们无法给这种病起一个准确的名字，却知道它的厉害。考茵勒角斯——白生生的魔鬼的牙齿。祖先在形容厉害时都这么说，他们也就这么说。魔鬼的利牙咬烂了他们的肉，更咬碎了他们的心。心已经死了，纵然那生命的气息还在吸进呼出，求生的欲望却在沉沦中悄然泯灭。

羊望着人，人望着羊。羊在咩咩叫，而人却不吭不哈。只有一个人发出微弱的呻唤，让他自己感到了他在死神面前不肯就范的倔强。那人有一张年轻的棱角分明的阔脸。他使所有挤进毡房的羊都感到浑身舒弛了许多，羊们亲切地凑到他身边，激动得眼眶里含满了莹莹水色。他就是它们神圣的主人，每天挺身在马背上，唱着永远唱不完的歌，和它们一起出牧归牧。那时，平展展的河滩上草新花艳。他对它们说，只要天上有自由的云朵，果果哈奇的土地上就有自由的羊群。平静的时光让羊们感到困乏。风不动，羊也不动，都偃伏在茂密的草尖上。闲不住的主人要试试自己的身手，取弓搭箭，在百步之外瞄准了头羊雄伟的犄角。那犄角不驯地竖起，很有力度地弯向脑后，角尖朝里曲拐，尖尖相对，浑似女人高耸饱满的乳峰。箭从两角衔接处穿过，在尖端崩出一道方寸宽的间隙。头羊跳起来狂奔，别的羊莫名其妙地拥嚷着紧紧跟上。

牧归了，看到那只头羊的人都对它的主人说，神明给了人和羊一样的本领，公羊的犄角就是男人的根。现在你的头羊失去了锐利的角尖，羊群就再也不会繁殖，它们每天都会对你念叨考茵勒角斯。等你有了女人，你就会害起大疮（梅毒），你的女人也不会生养。如此恶毒狠鸷的预言让他毛骨悚然。不久他就病了，部落中他是第一个病倒的人。可是，比他晚病的人都陆续死去，他却依然活着。他明白，魔鬼的牙齿总是从女人深陷的阴户里龇出，从男人的阳物一直咬到男人的头顶。他还没有自己的女人。对别人的女人和那些还没有主儿的姑娘他虽然有过一些货真价实的举动，却已经过去很长时间了。他的病难道仅仅是因为羊群对自己的诅咒？不，恶毒的预言并不灵验，公羊的犄角在损坏了完美的天然造型之后并没有带来繁殖的衰弱，羊群依然在增多。它们没有理由呼唤魔鬼把自己置于死地。他想他害的并不是大疮，因为他和他们不一样，溃烂的部位只在腰际，围着身体一圈儿腥臭，而上上下下却干净得如同处子。

但他还是被部落人众遗弃了。他叫亚敦哥洛。

亚敦哥洛躺在毡铺上，定定望着面前的羊。离他最近的是那只被他射损了犄角的头羊。

考茵勒角斯——头羊嚅动着嘴巴。

他的眼睛在一对深陷的坑窝里僵滞着，浓浓的眉峰跳上跳下。他想，要是宰了它，那诅咒也许就会不存在。可他浑身疲软，前胸后背朝一处贴去，能感觉出胃肠就在两壁之间滑动，像一条冰凉的蛇。他九天九夜没吃没喝。祖先的遗风就是这样：断绝花柳病人的食物，让他在几天之内失去活动能力。这一方面是为了遏制瘟疫的传播，一方面是为了减轻痛苦而促其早死。亚敦哥洛与其说是病魔缠身，不如说是被饥饿掳夺了体内的热量和元气。

头羊闭住嘴，用鼻子在他腿上蹭蹭。他神经质地悸动了一下。

考茵勒角斯——这是他的声音。他想,羊能够对人诅咒,人为什么不能反过来诅咒它们?羊无动于衷。他有些恼怒。他不能发泄恼怒便失去了信心,颓唐地扭过脸去,闭上眼无思无虑。羊们待了一会儿,以为他死了,或是嗅到了户外牧草的清香,互相催促着朝外拥挤。户外一片耀眼的白光,绿色漫荡开去又卷上半空,天和地挨得很近,每一根细草都是一根擎天的立柱。

亚敦哥洛用一种不变的姿势一直躺到正午。他软弱无力地晃晃头,那头像是一个被细线连系着的球,从左边咣一下滚到右边。他微微启动眼皮,薄翼般的眼光扇动着划向地面,展翅停留在一团白色的羊绒上。那是一只死羊,是草原的正午给他送来的最高尚的礼物。它昨天被狼咬伤了,血流不止。清晨跟着头羊来这里看望它的主人。在主人身边它流尽了最后一滴血。它似乎知道自己的肉体会给主人带去起死回生的效应,倒下的地方离他只有两步之遥。亚敦哥洛的眼光看穿了裹在羊绒里的那堆鲜肉。鲜肉辐射出强烈的光波,勾挠得他五脏六腑阵阵抽搐。因为饥饿而发抖的神经命令他异常迅速地伸出了手,可他够不着。几乎没做什么思考,他就咬住两排钝实的牙齿拼命翻起身来趴倒在地。他蹭着地面溜过去,溜得满头虚汗直冒。终于他的双手搭在了死羊身上。就在被狼咬出洞穴的那个地方,他将自己的嘴和下巴陷了进去,磨着牙,搅着舌头,撕下一块块鲜肉吞进垭豁一样裂开的嗓眼里。肉洞越来越深,他的牙齿刮到了表层柔滑光润的腿骨上。考茵勒角斯——他在心里暗暗念叨,四肢顿时有了一种正在聚攒力量的感觉,想站起来的欲念和生命的活力也在头脑之中、胸腔之内丝丝游动。

于是,在死寂的果果哈奇东北部荒原上,出现了一个高大的人。他聆听茫拉巴音河水琤琤玐玐的欢响,告别着阴云笼罩下的家园,背着弓箭朝朗静的天边走去。羊群漠视着青青牧草的诱惑，急急忙忙跟随着他。他走进了没有星光照耀的暗夜，点起篝火坐下来休息。羊群层层叠叠地围拢着他，像一座喷发的火山正在漫溢白色的熔岩。

在羊群的边缘，隔着一段墨黑的地带，镶嵌了一圈诡异幽亮的绿色眼睛，招惹出羊群此起彼伏的惊怕的咩叫。整夜都在喧扰骚动。有几次，羊群的主人站起来想依靠人的智慧和勇武让那些幽亮的眼睛赶快泯灭。但他没有三头六臂更没有分身的法术。他走向西，东边的羊群就会流血，走向东，西边的羊群又会倒毙。索性他稳稳当当地坐下来不闻不问。该死的就得死，不是狼要吃羊，而是那些死于花柳病的部落人众需要更多的羊只，好让他们自己成为天堂里的出色牧人。

天亮了，狼们散去。羊群已经减损了许多，有的被叼走了，有的浑身创伤惨死在那里。他过去挑选了一只肥大的死羊，抽出短刀熟练地扒皮卸骨割肉，然后用刀尖挑着鲜肉在火中熏烤，边烤边吃，吃得满嘴冒油，肚皮鼓胀。忽然他觉得渴了，便去河边伏到水面上大口吮吸。流水在嘴边柔柔地抚摸，抚摸得他浑身上下爽爽的，直想跃马奔驰。可他没有马，所有的马都被逃避花柳病的人带走了。他只能步行，他对步行充满了信心，尽管从降生到现在他还没有离开马背连续走过一个时辰以上的路。

这一天，他走得十分疲倦。黑夜到来之前燃起篝火后他就在火堆边呼呼睡去。羊群依然围拢着他，依然重复着前一夜的生活。夜空下的哀鸣在绿色亮眼面前响起，又在利牙的切割下消弭。

整整一个月，都是这样的夜晚。羊群越来越少，几百只羊变成了几十只又变成了十几只。当那些贪欲的眼睛开始向人闪射阴寒的绿光时，无奈的寂静便壅实了整个空间。亚敦哥洛隐隐地有了一阵凄楚哀婉的心跳，为了自己也为了羊群。似乎从头到尾狼都是以人为终极目标的，而羊群却从头到尾地保护了他。它们每夜的围拢是为了在人面前筑起一座安全可靠的肉的堡垒，它们一批批走向死亡是为了代替人去做祭狼的牺牲品。狼们贪得无厌的进攻使堡垒很快崩塌。现在他身边仅剩下六只羊了。六只羊不过是些活动的食物，人可以食，狼可以食，就看谁先下手为强。但此刻，亚敦哥洛却没有心思进食，只是在思考自己作为食物的命运为什么来得这样仓促。他捡来枯草点起火堆，和那蹿跳不已的红焰贴得很近，身体的一半发冷一半发烫，使他不停地变换着角度，眼睛始终抬起，眺望四周荧荧烨烨的一地耀斑。嗜血过度的狼眼在无边的黑暗中愈加绿亮愈加阴毒，悄悄波动着，缓缓缩小那带着绳边花纹的包围圈，就像绞刑架上的吊环不露声色地接近着未亡人顾长的脖颈。

　　火熄了。亚敦哥洛这才发现，一堆枯草的燃烧只不过成了招惹满荒原的狼朝这里汇集的信号。羊的哀叫使大地的寂静走向完美。完美的寂静默许着残杀。最后的残杀即将开始。亚敦哥洛离最先靠近他的狼只有几步。他知道自己就要死了，反而没有了紧张和慌乱。他想，多少个夜晚不见星光大概是因为星星陨落后嵌进了狼的眼窝。他饶有兴致地数起来，想知道到底有多少双眼多少只狼在觊觎他这个逃离花柳病的人。他喃喃数到一百三十一下，就觉得眼花缭乱无法数尽。他愣站着，明白自己带在身上珍惜到最后的五支箭矢已经失去了作用。他从背上取下弯弓和箭矢抛在脚下，默默凝视。一只狼扑过来咬住了他身后的羊。那羊没头没脑地疯窜，却窜进了狼群。绿色的流波动荡出片片明辉，前面的狼哗地盖过去，争抢着食物的同时又互相撕咬。后面的狼知道同伴已经得逞，焦灼地发出阵阵尖噪，一峰一峰地朝前推涌。就让他们吃吧，这是神明的意志，谁也不能违抗。古歌响起来，亚敦哥洛想用高亢的嗓音给人世间留下最后一声并不伤怀的道别——

>　　大树的荫凉对谁都一样，
>　　云中的雨水对谁都一样；
>　　我的老熊啊我的老狼，
>　　夜晚的黑色对我们都一样。

　　他挺立着歌唱。从未在这么近的地方聆听过人间歌咏的狼群有些发呆。他一直唱下去，似乎不到断气他就唱不罢。狼群悄然了。流波静静的，一只只幽幽绿眼像一盏盏永固的灯。荒原在刚过午夜的时候就出现了泛白的晨曦。歌声亮亮的，绿眼亮亮的，天空亮亮的，亮亮的那一派宁和安定的气氛，那么温情的荒原。在亚敦哥洛临近死亡的时候，太阳出来了。这是一个崭新的黎明，是一个用歌声礼赞死亡的白昼的开始。

　　告别了魔鬼，抛远了花柳病的威胁，马背上的旅行从仲夏持续到孟秋，持续到果果哈奇中部洼野从他们眼中升起的时候。到处都是银盘似的莹莹泉眼，到处都有汪汪的一片静水。果果哈奇这个名称的原始寓意即是潮湿的土地或浅湖闪闪的洼野。

　　秋季的洼野没有丝毫凉意，热风旋起飞扬的野雾，在一座座覆盖着青藤绿枝的高大丘陵之间弥漫。一轮晕散着金晖的太阳在明朗的天空轻轻移动，先遣的一队柯柯骑手和太阳平行着进入果果哈奇中部。天上地下泛滥着火一般的热情。驻牧于洼野北侧的丹那部落猝不及防的攻击，刚刚意识到必须组织男人奋起反抗时就开始被迫撤退。

自从成吉思汗把这块广袤的洼野赐封给了丹那人的祖先之后，几百年来这里很少发生战争。旷日持久的和平软化了祖先遗传给他们的那种每时每刻都想冒死一战的斗志。他们连逃命都显得笨拙迟缓，边走边留下一些尸体，留下一些羊只，留下一些女人。女人挽救了部落的命运。她们选择高地挺立在风中，褪去身上的衣袍、围腰和护下身的鞣皮，用高乳和肥臀勾画出大起大落的线条面迎柯柯骑手深不可测的黑眸。追击停止了。骑手们下马将这些女人抱上马背转身缓缓而去。在傍晚的残霞闪闪欲灭时，他们将邦主和部落的男女老少迎进了这片新占领的土地。被俘的女人属于邦主，至少在第一夜是这样。邦主为了嘉许骑手们的勇武，并督促他们于翌日清晨迅速进发，将丹那人尽数赶出果果哈奇中部洼野，第一次破例允许骑手们在他之前去占有那些陌生的女人。女人是最好的良药，能够解除连日跋涉征战的劳顿。露天地上，她们承受着整个天空的压力，神情木呆呆地紧闭了眼睛，直到周围出现阵阵鼾呼，夜风吹干了男人留在她们身上的汗渍之后，才痛苦地睁开眼。满天灿煜的星群变成了她们昏眼中迸射的金花。她们站起来默默走到一起，团团拥抱着，为失去的家园和远去的亲人久久饮泣。

第二天，骑手们唱着情歌出发。那在女人身上焕发出的昂奋的精神催动着他们。他们如行云流水，顺畅地来到了洼野南侧。逃到这里准备定居的丹那人再次受到敌人的挑衅。

满地蒸腾的白雾让丹那人发愁，却又让他们滋生出一线希望。白雾如同流汁冲洗着远方丹那山的姿影，那姿影撑天峭立，隐约之间不动不摇。丹那人的山是丹那人的象征。他们因此而感到踏实稳妥，不相信部落的覆灭就在临近的这一刻，如同他们不相信丹那山会有倾颓的一天。

矮壮的丹那可汗站起来，对咄咄逼人的柯柯骑手说："丹那的后代已经到了祖先领地的边缘，我们不会跪到别人的土地上去躲避灾难。举起你们的战刀，快快让我们碎尸万段。我们的血将流遍整个果果哈奇中部，我们的鬼魂将依附在你们身上永世诅咒你们。"领头的骑手一个黑猩猩模样的人说："我们的目的不是屠杀，而是征服，献出你们的肥羊，献出你们最美丽的姑娘。我们的邦主最喜欢的就是这两样东西。"丹那可汗说："肥羊已经让你们追散，剩下的全是瘦羊；姑娘虽然美丽，但不能跟随狠毒的狼。"黑猩猩骑手说："姑娘要是美丽迷人，再狠毒的狼也会变得温顺善良。丹那人，既然你们没有肥羊，那么现在只有美丽的姑娘才能救你们的命。为什么这样吝啬？莫非所有的姑娘都已经做了你们这些怯懦者的情人？要是你们的情人不能救你们的命，她们的爱情就是虚情假意。快快决定吧，我们的骑手可从来没有为杀人等这么长时间。"黑猩猩骑手身边的骑手们脸上挂着冰冷的微笑。寒光闪闪的缀铃长刀摇晃在手中发出叮叮当当悦耳的脆响。马背上的屁股跃跃欲试地抬了起来。扬起的马头上细长的马耳朵纷纷跳动。

一阵疾骤的踏踏声——丹那人中飞出一匹乌鬃乌尾的红色骝马，像飓风横过大地时推动着云堆尘团的前锋，在两个包抄着丹那人的柯柯骑手之间掠去，掠向无边洼野的蒙蒙气雾里。飘飘然的发辫使马背上的人成了一面黑亮的旗帜。黑猩猩骑手没有看清她的面孔，但从那两个骑手呆痴的无所措手足的举动中，已经明白了一切，脑海里顿时升起一轮通体莹润的满月——满月一样丰腴的面容，满月一样清澈的眸子，满月一样迷人的青春风采。世界上只有女人的美貌，才会使临阵的柯柯骑手忘乎所以。

被围困的人群有些骚动。丹那可汗来不及上马,大步撵过去,却被骑手用刀拦住。他大声喊叫她的名字,娜娜麂,娜娜麂。

风驰而去的美人娜娜麂像聋子一样,连回望的一瞥也没有。黑猩猩骑手哈哈大笑道:"丹那人,赞美你们的姑娘吧,她除了美丽听话,还有勇敢无私。我就要离开你们,带着她去向柯柯邦主表达你们的心意。五天以后,当我回来的时候,你们就自由了。大地的主人柯柯骑手将命令广阔的果果哈奇像对待主人一样到处向你们张开温暖的怀抱。骑手们,你们也听着,没有邦主的命令不准丹那人离开这里。"他勒马转向,去追撵娜娜麂姑娘。一匹枣红色的牝马闪耀枣红色的光芒,奔向旷野那深深的诱惑。

失去了所有依傍,没有了任何顾盼,亚敦哥洛的心失落在最原始的孤独中。一个沙哑的声音在耳畔回响:

你就要死。你最好闭上眼睛什么也别看见。你如果看见身边有些肉并想满足自己的辘辘饥肠,来世你就会变成一只不断寻食鲜肉的饿狼;你如果看见丰美的牧草并赞美它的茵茵绿色,来世你就会变成一只为牧草而早出晚归的羊;你如果看见一只草鼠并羡慕它的活泼自由,来世你就是一只被秃鹰追逐、被豺狐伏击的草鼠;你如果想到母亲并流连她的温情,感激她的养育之恩,来世你就会成为一个整日为男人和孩子操劳的女人。在死的一刹那,你不要生气,不能在悲愤中离开人世,更不能在邪恶的欲望中断气。忘掉你所仇恨的一切,忘掉你所热爱的一切。你如果愤怒,来世你就是一头被猎人的箭射穿心脏的野兽;你如果充满邪恶,来世就会变成魔鬼的化身,给人群制造瘟疫。你应该继续唱下去,用歌声赞美死亡。这样你就会带着无畏无私的勇气去阴曹地府争得你合法的权益。你想来世做什么你就是什么,因为不怕死的勇气和真善美的力量会暗中帮助你脱离黑暗。

亚敦哥洛最后看了一眼包围着他的狼群,紧合眼皮,歌声从心里油然而生:

> 你前世是个健壮的牧人,
> 饥饿蒙蔽了你的眼睛;
> 你今世是个凶残的恶狼,
> 跟踪着鲜肉追逐着前世的伴侣。

他突然不唱了,热流涌遍全身。狂喜的光辉撑开眼皮扫向头顶那一轮煌煌丽日。为什么白昼下的狼群如此倦怠,行动如此迟钝?它们久久凝视我而不过来撕咬,难道是由于认出了我这个昔日的同伴?他坚信它们前世是一些在饿馁中发狂的人,它们认得他而不肯施加恶戏的凌虐。他朝前走几步,大声对狼群说,认得我吗?我叫亚敦哥洛。当初,在死前,你们眼盯着一堆肉并想得到它,所以你们就成了饿狼。但你们前世的饥荒并不是我的错。愿仁慈和善良占据你们的心,不要威胁一个不怕死的人。如果你们宽容地对待别人的性命,你们还会变成人,变成一个勇敢的骑手,像我一样,走南闯北,无所畏惧。

狼群凄清婉转的哀嗥声声入耳,像无数女人的泣咽。它们想起往日的苦难,依稀觉得在一个十分遥远的日子,当它们为迫临的死亡凛凛而涕时,有个絮絮叨叨的声音就曾出现在黑暗埂塞的死亡线上。但那种想做饱鬼的愿望使它们只顾盯视那些生的与熟的血肉,而没有仔细咀嚼声音的含义。如今想起来倒有些似曾相识。亚敦哥洛打直腰板、挺起胸脯、昂首阔步朝前走，凛然之气、威武之风从他的神态、他的走姿、他的擂鼓般的脚步声中传递而出。狼群搅起一片灰色的巨大涡流，凄嗥变得短促凌乱。最有灵性的狼首先跑开。比较有灵性的狼一边回望一边不紧不慢地跟上。那些懵懂无知或前世并不是人的狼不明白出现了什么令它们戒惧的怪物，弯弯地翘拖着尾巴相随而去。紧接着发生的事情令人迷惑。亚敦哥洛看到，就在狼群溃散的那一边，一匹两头黑中间红的骠马风驰而来。在他看清马背上是个女人的同时，又发现紧跟其后还有一匹逐猎的枣红马。女人呀呀地叫着，似乎在向他求救。天启神授，他没做任何判断和思考，就本能地有了一种对恃强凌弱的愤慨。他拾起弯弓并把箭搭在弦上。这个举动决定了他的命运，而那一支呼啸而去的利箭却把这命运推向不可更改的地步。

枣红马的主人落下马背。枣红马在狂奔中改变了方向，跑了几步就转向主人，停在那里哀哀嘶鸣。亚敦哥洛快步过去，认出了黑猩猩骑手，懊悔地俯身将箭拔出。那一箭正中心窝，虽然拔出了箭却无法驱走死神的扼制。他伫立片刻，祈求死者的原谅，然后回身牵住马缰，跳上去用双脚的踢打催促枣红马继续它的追撵。

亚敦哥洛紧追不舍，直到马乏人困才超过她并横挡到她面前，迫使她立马和自己面面相视。他看到她姣好的面容上是诗意的明丽，骄矜却又显稚憨的神情在四野绿风的拂扬下扑朔迷离，清纯的涟漪浮动在两只又大又圆的眼中，鼻梁挺出一脸天真的俏美顽野，丰厚的柳唇紧闭着，似乎在收敛它那肉感的刺激。亚敦哥洛有些犯呆，不够用的眼光只能盯住她的一个部位，而她的每个部位都具有令人沉醉的韵味。峙立了许久，他有些眼花昏沉，甚至没注意到她已经跳下马背，丢开缰绳，朝一边走去。他打了个愣怔，赶紧下马急步跟上。

两个人一前一后来到一条溪流边。她突然回头冲他轻轻一笑。他愕然地抽动脸上的肌肉算是回报，然后随她坐在溪边的卵石上。她从胸兜掏出一块奶酪放到嘴里慢慢咀嚼，又掏出一块递给他。他接住。她再掏，但这次掏出来的却是一把暗青色的歪把匕首，青光一晃，匕首就朝他的胸脯攘去。他身体迅速后仰，匕首刺空了。她扑到他身上再刺，却被他紧紧攥住手腕，使劲一扳，那匕首就砰的落地。他抱住了她的腰，一翻身将她压在了下面。她用拳头雨点般捶打他。这捶打使他幡然明了：女人本能的反抗也许只出现在捍卫贞操的时候。有捍卫就有侵犯。没有侵犯，男人就不是男人。他变得无比激动，高涨的情绪如同汛期的河水，能够冲决任何禁忌和规范的堤坝。他想既然美丽的姑娘已经到了自己的腰肋下面，就没有理由让她完好无损。他是知道女人的，矫情的反抗不过是掩饰羞怯的游戏，而她除了掩饰还有主动进攻——她用匕首刺他的举动难道不能看作是她独特的调情？她还在挣扎，他希望她能有更剧烈的挣扎，一个柯柯骑手只要心里有了女人，对方那舞胳膊蹬腿的挣扎就成了恣情的挑逗。他让她挑逗，直到她精疲力竭。而在他体内，鼓胀起来的所有精神都被迅速压缩。一个钢铁的圆锥体在起伏的肌肉间横逸而出，走向该去的地方。

女人变得平静安详，气流忽强忽弱地在嘴边徜徉，眼窝里充满了莫可名状的浑浊。在一个高大的柯柯骑手的暴虐中，她感受到了任何矮壮的丹那男子都不曾给予的灵肉的战栗和舒展。她觉得自己正在紧紧张张地消解，如同冰河遇到春天的暖风，融化在时间里静静流去。等他完成了本能的业绩，起身整理好衣装时，她仍然躺在那里痴望头顶淡红的流云，久久享受轻风抚摸裸肌的惬意。

已是晚霞映红天际的时候。归巢的丹那鸟逆风而过，洒下一片苍凉的啾啾声。她一骨碌爬起，穿好衣袍束紧腰带，看都没看他一眼就上前从马鞍上取下马鞭。亚敦哥洛跟过去，还没站定，鞭梢就朝他甩来，抽得他脸上热辣辣的好似毒蜂蜇人。她跳上马开始驱驰。而他下意识的举动便是追撵。

　　两团飞翔的火在洼野里渐渐靠近，最后重叠在一起。亚敦哥洛抬高右腿，一手拽住马鬃探过身去，另一只胳膊揽住她的腰，手指紧扣腰带，将她扳向自己的怀抱。失去了重心而感到不舒服的骝马朝一边冲去，将它悬空的主人留给了一个男人坚实的臂弯。他的力量和马上娴熟的技艺使她心悦诚服。她依顺地坐到他叉开的两腿之间，有些失落，有些迷乱，有些甜蜜。枣红色的牝马停止跑动，用优雅的走姿缓缓前行。骝马兜了一圈又拐回来，不安地跟在后面。亚敦哥洛用一只大手捂住她饱满的胸脯，朝着落日唱起了歌：

　　　　老熊的荒原啊姑娘，
　　　　延伸到天边啊情郎；
　　　　骑在马上忘掉过去，
　　　　你是空气我是土壤。

　　他将她搂得更紧。抑制不住的情欲在两个贴在一起的躯体中蒸郁出两股沉沉的热气，像两条滚烫的蛇在互相纠缠盘绕。这是征服之后从肉体到心灵的深入——他们都想让自己变作汁液渗入对方浓紫的血肉中。他说："天就要黑了。"她默默不语。他又说："那就走下去，一直走到你梦见魔鬼的时候。"她说："魔鬼就是你。"然后做出就要跳下马的样子。他趁势歪斜了身子。于是，两个人一起翻下马背，在地上打滚。被冷落了的他的坐骑跑向一直跟在后面的那匹骒马。两匹马凑在一起用头互相戏弄,龇出牙轻轻啃咬。一会儿,骒马蹦起来将前腿搭在枣红马的脊背上。黑暗注视着大地上的爱情,将坟茔一样鼓起的光明一片片吞进那张深不见底的大口。黏湿的夜晚从容来临。猛烈的南风聒噪呼噜着响遍整个洼野。

　　清晨的沁沁凉风中,丹那鸟的啾啾鸣叫催醒了两个露天打鼾的人。太阳也醒了,也是沁沁清凉的。守候在亚敦哥洛身边的枣红色牝马掀出牙齿,翻起湿腻的厚唇,绷紧毛茸茸的鼻孔,发出一声思乡的悲鸣。骒马过去,用头磨蹭着它弯曲的脖颈,安慰它并向它喷吐温热的气息。两个人并不急着起身,在铺开的皮袍上和盖身的皮袍下吮吸凉爽的露水。浓白的早雾轻轻摇晃。天地人畜一切都是湿漉漉的。忘怀了世界的他们和它们都没有发现,这时一个骑影正在快速朝这里靠近。

　　他是邦主的第十一个儿子,是在洼野南侧包围丹那人的骑手中的一员。和所有年轻的骑手一样,他也是个以幻想支配生活的人。幻想的两大主题便是在战伐中扮演英雄和占有一个美丽的女人。现在美丽的女人已经出现,擦过他幻想的边缘使他感到一股奇妙的情潮正在他胸臆间牵萦回绕。他期望父亲能够把娜娜魔赏赐给自己,所以他敏感地意识到,黑猩猩骑手丟下他所带领的人马去单人护送这姑娘是存了歹意的。他追上来想做黑猩猩骑手的同伴以防万一,却看到了野地上人和人、马和马的爱情表演。担忧的事情已经发生,他气愤地大声责骂,可恶的奸贼,你欺骗了我们背叛了邦主,你的先人如果不是和不吉祥的猫头鹰进行了交配,就不会生下你这个狡猾的小人。风絮絮叨叨地吹拂,几束诡异的眩色在远方遥遥闪逝。一晃眼黑猩猩骑手不见了,立到他面前的竟是该死而没有死的亚敦哥洛。

如果不是幽灵显现，那就一定是一种未知的力量蒙蔽了他的眼睛。邦主的儿子一点儿都不怀疑魔鬼的牙齿会咬死每一个肉体溃烂的人，却疑心自己正站在一条阴魂幢幢的冥路上，沐浴着惨惨阴风送来的缕缕黄晖。

　　亚敦哥洛——他哑哑地叫一声又清晰地听到对方答应了一声。他怵然打出一个带响声的激灵，打得浑身阵阵发凉。一个四方奔走的骑手，对人世间的什么都不怕，怕的就是来自冥界的形形色色的怪诞，哪怕一丝风、一声微弱的嘘声、一株阴草的摇动。而这时的亚敦哥洛却全然不懂对方的惊愕。他面对的只有一个无法挽回的事实：柯柯部落的惯例是部众不能先于邦主占有任何一个敌方的女人。也许她粗陋不堪，也许邦主会把她赏给自己的儿子或另一个男人，但也必须由他首先享受初夜权，除非他主动放弃权力。柯柯部落的邦主，如果没有超人的性能力，就无法维护自己的尊严从而长久地保持首脑的地位。亚敦哥洛的行为已成罪孽。他现在唯一要做的便是不去饶恕对方看到了罪孽的罪孽。他说："我终于找到你们了，我没有死。腰际的糜烂已经痊愈，我害的不是花柳病。考茵勒角斯对我不起作用。"邦主的儿子瞪直了眼睛紧闭了嘴。亚敦哥洛又把刚才的话重复了一遍。邦主的儿子说："你在对我说话？你知道我是谁？你要是能听懂我的话你就学一声马叫。"亚敦哥洛明白自己正在接受是人是鬼的检验。他咳咳地叫几声，看对方依然发愣，便抽出短刀刺破自己的左臂。血漫出来，淅淅沥沥往下落。鬼不听人话，鬼不流人血。邦主的儿子心定了，脸上的惧色变成了怒颜，眼光在面前的男人和女人之间摆来摆去。

　　娜娜魔一直立在一旁观望云端，在心里卜算事态的凶吉。她想那飘逸的羊绒团子一样的云如果拉长便是凶，如果团得更圆便是吉。

羊绒团子没有拉长也没有更圆，不凶不吉，笃定对自己无益无害，她心神安稳得如同不远处依然在亲昵嬉戏的马。亚敦哥洛突然笑笑，招呼邦主的儿子下马和他一起来陪伴这个洼野里迷人的母鹿。邦主的儿子说："苍鹰从来不和兔子做同一件事情。"亚敦哥洛说："你说得对，兔子是吃草的，苍鹰是抓兔子的。谁是兔子谁是苍鹰？"邦主的儿子以笑代答，傲慢的神情表明他具有一颗善于轻蔑一切对手的高贵心灵。亚敦哥洛说："你要是苍鹰你就快快过来杀了我，免得我再去麻烦邦主动刀动斧。你要是不忍心杀死一个你的同伴，我愿借你的刀砍下自己的头。因为我本人的刀只能让我们的敌人尝试锋利。"他走到邦主的儿子面前咚地跪下。后者跳下马，将自己腰际的鬼头双锋刀掷到地上说："聪明的败类随你的便，你的智慧足够使你有个好下场。"亚敦哥洛握住牛角磨制的光滑的黑色刀柄，刀背搭肩，刀锋架住脖子，嗖一声，那刀却跳起来直飞过去。邦主的儿子惊叫了一声，他双手紧捂下身的举动证明鬼头刀砍在了什么地方。刀光再次闪过。他趔趄着身子就是不肯倒地，而头颅却已经滚向一边。亚敦哥洛手提红殷殷的战刀劈腿而立，立了半晌面前那无头人尸才轰然扑地。

娜娜魔走过去站在他身后。他回头凝视她。她赞赏地眯起眼睛说："你杀了自己的同伴，你不能再回到柯柯部落中去。"他狞笑着，用刀尖挑开死者的衣袍和裤子，将对方的阳物剁成了肉泥。死人没有了生命还失去了最宝贵的根，他的灵魂也就衰残得失去了活力，就不能游荡而去给邦主托梦，或者钻进凶手的肉体给他带去种种不幸乃至杀身之祸。亚敦哥洛丝毫没有改变奔回部落的打算。他年迈的父母和两个妹妹牵系着他的心，就像青翠的原野牵系着骏马的腿。骏马必须奔驰，而只有柯柯人雄悍不定的生活和习俗才能提供广阔的空间。空间里的青青牧草无边秀色,为谁而荣为谁而枯又为谁遵循时序的安排年年茂盛?亚敦哥洛的回答是:为我,为我,为我们英勇的柯柯人。

死者的坐骑走过来弯下长脖嗅着主人的尸体。这灵性的牲口很快便悲哀地濡湿了眼角。亚敦哥洛过去充满伤感地抚摸它的脊背。蓦地他大喊一声,举刀划向它的肚腹。它跳起来嘶叫着狂奔。血洒了一地。这是它走向天堂的最后的轨迹。一会儿,它就在不远处倒下死去了。亚敦哥洛看看手中那把人血和马血混杂的双锋鬼头刀,俯身将刀埋进土里,回身抱起娜娜魔走向自己的马。

骠马和枣红马依然沉浸在温醇的恋爱中,全然不在乎人世间的流血事件。他断喝一声。听惯了柯柯骑手喝声的枣红马就乖乖立稳。服从人类的天性使它迅速挣脱了情爱的羁绊。他将她放在马背上,自己也跳上去,甩动缰绳缓缓走进茫茫绿雾。骠马不紧不慢地跟在后面,不时地低头咬进一嘴草。娜娜魔在他的怀抱里细声请求:"到我们部落中去,做一个丹那人。我们的可汗一定会宽容地接纳你。"回答她的是一只粗粝如石的大手。大手捂住了她的嘴,让她感觉到了骑手忠于部落的那颗心就像石头一样坚硬。

他们在洼野里用随时都可以喷发的爱欲无所顾忌地打发着旅途的寂寞,第七天中午,才遥遥望见柯柯人的大本营。几个牧羊的男人看到亚敦哥洛带着一个姑娘归来,便驱马来到他们面前。又是一番检验他是人是鬼的盘问。亚敦哥洛急切地说:"快去告诉邦主,忠实于他的勇士从远方给他带来了最中意的礼物。"有人冲娜娜魔野浪地高叫一声便飞马而去。娜娜魔骑在自己马上看那些男人个个高大魁梧便觉得个个都像亚敦哥洛,唯一不同的是后者眼神里更多一些深邃沉郁的蕴含，那是刚毅是杀气或者是智慧的积淀。她不禁回头看看身后四通八达的原野。原野里和煦的日光洋洋洒洒地制造着无边的透明，到处都是出路，到处都是诱惑，到处都是浓绿而柔美的拱形高丘。她胯下的骝马不合时宜地歪过脖子去嗅着枣红马的屁股。屁股上的尾巴一翘一翘地撩动，骚骚的就像女人正欲掀开最隐秘的一角。

马蹄由远而近。一匹骏美无比的灰色马比它的主人更有光彩地在离他们三十步远的地方停下，马上是邦主。和亚敦哥洛说话的那几个男人驱马回到邦主身后。邦主虽然年老，但身体壮实，面容紫气横溢，欲望之光正在燃烧，浑身上下包括每一根粗硬的头发都在为贪婪和勃勃雄心而胀大奓起。他盯住娜娜魔，欣喜地上下打量，不禁由衷地赞叹一声："啊，好礼物。"娜娜魔嫣然一笑，笑得天地为之动情，野风飒飒吹来。风未住，娜娜魔的声音就琅琅地响起——

"伟人一般降临此地的邦主，我们的礼物就是我们要告诉你的消息。你的儿子偷看了不该看的事情。亚敦哥洛，一个爱上了丹那姑娘的男人义不容辞地举起了战刀。缺德的邦主，你的儿子已经替你赎罪，你应该高兴，应该感谢我们的诚实。"

说罢，她倏地掉转马头，举鞭策马朝前奔去，边跑边喊了一声亚敦哥洛。亚敦哥洛呆了，仅仅是一种对危险的敏感使他攥紧了缰绳。直到邦主责问他到底发生了什么事情时，他才意识到自己已经被女人出卖，已经成了柯柯部落的敌人。他抽出战刀朝女人追去。杀死她，杀死她。他恨得双眼凹了进去，牙齿咬得咯咯响。但他并不明白，其实他也和女人一样在逃离危险，他就要追上她。她大声道："你成了柯柯部落的仇人，你和丹那人没有两样。"他说："可耻的女人，在你死的时候不要怨恨我，因为是你让我杀死你的。"她说：

"我死了你也得死,但要是我活着,我就永远是你的女人。"女人的话和身后那些追撵而来的骑手提醒了他。他从她身边掠过跑在她前面。骟马嗅到了枣红马屁股上的那股骚味,疯狂地扬起四蹄。他掠夺来的这匹马是赛马会上被许多柯柯男人嫉妒过的快马,这时它用情爱的诱惑带动着她胯下的牝马。他们和追兵的距离渐渐拉长。跌宕起伏的原野上是跌宕起伏的骑影。后来,逃跑的人就不见了,因为夜色已经降临。被远远抛开的追兵只好返回,沮丧地向邦主报告。邦主明白,在这种情况下自己的天职就是屠杀。

在带队出征前,邦主将大本营中的全体柯柯男女集合起来,提刀在手,义正词严地大声责骂中了邪魔的亚敦哥洛。所有人都暗自诅咒。亚敦哥洛的父亲亚敦老人面带耻辱,请求邦主允许他前去惩戒自己的儿子。邦主答应了,但这并不意味着不按柯柯人的法规办事。这法规便是叛逆者的亲属要用性命补偿柯柯人的名誉损失。队伍已经出发,走在最前面的是苍颜白发的亚敦。他脸色发黑,昏花的眼睛迷茫地望着前方,胸脯再也挺不起来了,刀在腰际晃荡,握住缰绳的手微微抖动。他的马也勾头塌腰地显出一副失意落拓的样子。但他从不回头,尽管脑后新的死亡正在发生。

队伍的末端,亚敦哥洛的母亲和两个妹妹被骑手们拖在马后,身上捆绑着皮绳,嘴里塞满了羊毛,头用羊皮裹缠着,万般痛苦却无法用喊声传达给别人。一会儿,三匹拖人的马开始奔跑,跑到队伍前面。亚敦老人神情木然,大义灭亲的自豪使他掩盖了撕心裂肺的痛苦。三匹马消逝在一片高矮不等的丘陵中。

日照中天的时候,在一道蒿草丛生的浅壑里,出现了三具被奔马拖死的柯柯女尸。远征的队伍沉静地从女尸旁经过。亚敦老人忍不住悲凉地喟叹一声,两手捺住马的肩胛,极力支撑着自己酥软的身子，闭上眼睛，行尸走肉般绕过了浅壑。天上，在连接着远山的地方，是一片片激愤的乌云。

骑手们在邦主的带领下日夜兼程，第五天傍晚他们看到了邦主儿子的尸体。除了阳物，尸体完好无损。因为他胸前佩戴着用火烧过的甘隆恰革的根皮。任何食肉动物只要接近它就会受到一股类似泥浆味道的阻拦。这味道会冲进鼻腔破坏味觉刺激肠胃产生胸脯壅塞脘腹胀满的感觉。愚蠢的动物们十有八九会放弃食物。柯柯骑手就用这种办法防止遇到不测后身体支离破碎的危险。

邦主跳下马立到儿子跟前。片刻，他蹲下扒开儿子的裤裆看了看，又回头在环绕四周的骑手中间寻找亚敦老人。老人惊恐的眼光在死者和邦主之间来回游动。邦主起身朝他走去。骑手们活跃地让开道路。他们从邦主黑云笼罩的脸上看出一场恶性屠杀即将发生。亚敦老人也明白到了自己付出代价的时候。他溜到马下遵从邦主的命令脱去了衣袍和裤子，挺着身子等待宰割，但一见邦主举刀砍来又禁不住朝后退去。几个骑手下马要将他捆住。他挣扎着大喊，说自己有勇气走向死亡，用不着别人帮助。骑手们松开手，老人紧闭双眼又一次挺直身子，脸上的肌肉突突蹦跳，邦主举刀再砍。噌一声老人的阳物带着睾丸掉在地上。他倒下去痛苦地以头捣地。邦主拾起那东西过去安在儿子的两腿之间，又解下自己的红布腰带将那个地方连同臀部缠紧包好。骑手们挖坑掩埋了邦主的儿子，邦主再次操刀，在亚敦老人身上割下几块血淋淋的肉掷在地上。隆起的土包前，祝愿灵魂安息的祭品上覆盖了一层青嫩的草枝草叶。对死亡与再生的虔诚就用这红与绿的色彩表现得恰如其分。队伍又开始行进。被抛弃在荒野中的亚敦老人朝队伍消逝的方向爬动。他对人世已经无所依恋，但想要亲手杀死儿子为族类雪耻的欲念至死不灭。后来他就凝然不动了。他身下铺垫着一层果果哈奇中部平凡的七叶草。

流星陨落了，舒展的大地再次皱裂。云雾惨淡。洼野南侧的开阔地上，柯柯人的屠杀即将开始。他们把年轻的丹那姑娘挑出来准备带走，只想杀死所有的丹那男人和老女人。姑娘们说，她们有的是自杀的办法。如果别的丹那人死绝了，她们也就不可能存活在这个世上。邦主听了哈哈大笑，决不相信丹那姑娘会有如此刚烈的举动。他轻蔑地扫视那些在极度悲愤中猜疑着死期的肮脏男女，喝令骑手下马将离他最近的一个男人撕拽到他面前任他挥刀斫伐。第一颗男人的头颅滚落在地，紧跟着便出现了第一个自杀身亡的姑娘。她将随身携带的短刀攮进了自己的肚腹，惨叫和扭曲变形的躯体使大地摇晃了几下。丹那姑娘个个都有锋利的短刀，那是用来宰牲吃肉的。当第五颗男人的头颅在飞溅的血花之中脱离了人躯时，第五个姑娘便用第五把短刀结束了青苗般鲜嫩的生命。作为斫轮老手的邦主有些惶惑，也有些下不了台的尴尬。对不怕屠杀的人屠杀就显得多余，就无法通过敌人的胆战心惊而炫示他的澎湃气势。他恍然明白，现在明智的做法应该是抑制自己和部众们过剩的杀人欲望，去给待毙的猎物送上操刀者的雍容大度。

他说："果果哈奇洼野要是不能奉献羊群和姑娘，我还征服它干什么？姑娘们，当我看中你们的时候，你们就注定成了荒原上最富有的女人。做我的老婆吧，你们每一个人都有权赦免丹那男人，让他们成为受你们驱使的牧羊人，让他们把香喷喷的羊肉端到你们面前任你们挑肥拣瘦。但是，你们必须告诉你们的牧羊人，柯柯部落的敌人就是丹那人的敌人。亚敦哥洛无论出现在哪里，他们都必须像射死猫头鹰那样射死他，并割下他的阳物送到我面前。我将把它赐给他们中间最勇敢的一个,用它做逢凶化吉的护身符。因为柯柯男人的阳物会像我们的鬼头刀一样,让世界上所有的邪魔见了害怕。姑娘们,别惊慌,一百个阳物造就一个英雄。我就是这样的英雄。当我把一百个敌人的阳物串起来,像马鞭一样挥在手中的时候,我就成了上天的儿子,成了荒原的主人。懂吗?我是主人。我要你们听话你们就得听话。难道一个主人会喜欢他的羊羔离开他的牧地去到处乱跑?到处乱跑的羊羔是没有好下场的。"

丹那可汗听了柯柯邦主的这番话,走过去对姑娘们说:"你们不要听他煽动。我们的祖先视死如归,我们的死是祖先教给我们的。要做鬼我们一起做鬼。丹那人的鬼将重新集合起来,成为果果哈奇最强大的灵魂的团体。柯柯人一时的胜利将换来永久的失败。"但这话反而使姑娘们意识到自己负有挽救整个部落的重任,丹那人不能就此灭绝。她们劝导可汗:"能活的时候为什么不活?我们有义务养育我们的后代。他们有丹那人的心灵和品德,又有我们的敌人健壮强悍的体魄,我们的后代一定会胜过我们。当他们知道他们的父亲是魔鬼,而母亲是可怜的俘虏并且永远怀着仇恨时,他们就一定会为母亲报仇。"丹那可汗似有所悟,痛苦地思索着却再也没有阻拦她们。

姑娘们在侵略者的驱赶下迤逦而行,去接受柯柯人的播种,去孕育丹那人的孩子。那些无奈的男人,那些无望的老女人,悲切地翘望她们的背影和湮没了她们的层层铅云青雾,直到日落西山,直到溟蒙的天空送来神秘而幽凉的黑色。

从此,这个地球上消逝了纯种的丹那人和纯种的柯柯人。一支衰弱的民族和一支被花柳病赶出家园四处乱窜的民族杂交而产生了另一种不凡的后代。不久的将来便是不朽的悲怆与忧伤。

第二章　流　亡

　　果果哈奇洼野以西是一片葳蕤到令人窒息的原始丛林。在那儿，在亚敦哥洛雄阔有力的怀抱里，在他汪洋恣肆的爱情的荫庇下，娜娜魔欢畅地忘记了自己的亲爹亲娘，忘记了丹那部落哺育她的醇香的过去和茫然不可知的未来。他们备尝流亡之乐。一切别人施加给自己的权力和心灵的禁忌都被他们在孤独中远远抛开。猎物在没被追踪之前和捕猎者同样幸运，更为幸运的是猎物有时也会将捕猎者作为扑咬的对象。就在邦主从果果哈奇南部回到大本营，一边骄横地沉湎于男女交媾的美妙时光，并期望由他再给部落增添十多个儿子，一边派出轻骑满荒原搜寻这一男一女时，亚敦哥洛在丛林边缘遇到了三个柯柯骑手。他躲在密不透风的马蔺灌丛后面放暗箭射死了他们，将他们佩带的箭矢全部缴获。之后，他小心翼翼、尽量完整地割下了他们的阳物。他相信任何乞怜与怯懦都无法使自己摆脱厄运接二连三的捉弄。柯柯邦主和骑手们睥睨一切无能而钦佩一切超过自己的勇武和残暴。如果你想让他们原谅你的罪过，就必须加倍实行你的残暴。而当你的残暴超过了所有骑手而饮誉荒原时，你也许就成了大家拥戴的邦主。他记得老骑手们告诉过他的那个故事：在他还没有出生的一个夏天，柯柯部落为争夺草场进行了一次远征。有人在三天之内勇猛地杀死了一百个敌人。骑手们说："我们崇尚他就是崇尚血。只有他才能够让敌人血流成河，而我们只能制造汇入血河的小溪。"不久，原先的邦主就把这个尊贵的地位让给了他。一直到现在，他依然是柯柯部落嗜血如命的统帅。当然，杀死敌人和杀死自己人不可同日而语。他并不奢望自己成为柯柯部落的邦主。但如果柯柯人因为他的勇武而原谅他的话，他将把自己的儿子交给他们。他相信娜娜魔会给他生下一个健康伟壮的儿子。而儿子，他的生命的一部分，将成为柯柯人中一个非凡的英雄。

　　亚敦哥洛剥下柔韧结实的豹花桐树皮，制作了一口木箱，再用被他诱杀的一头母熊的厚皮紧紧裹缠。他把木箱藏在丛林里存放用皮绳串起的阳物。他雄心勃勃，发誓自己要积攒一百个这样的东西。有朝一日，当他的长大了的儿子佩戴着它们出现在邦主面前时，如果邦主脸上没有惊喜的神态，并仍然不准备接纳他的话，儿子就会对骑手们说，你们的邦主已经老态龙钟，他失去了往日的雄健，所以他嫉妒别人的勇敢。为了部落的强盛，你们难道会容忍排斥一个真正的勇士的做法？跟我走吧。如果你们中间有谁已经显示了超人的力量，我将扶持他成为我们的邦主，如果还没有一个人能和我的残暴相比，那我就是你们的邦主。我会给你们带来幸福，我会让整个果果哈奇成为我们的牧地，我会把部落带进一个空前强盛的时期，我会让太阳永远留在柯柯人的头顶。他相信柯柯人会听儿子的话,尤其是女人。她们信守传统,赤条条地去陪伴一个心胸偏狭而又日见衰弱的名义上的圣雄对她们来说是羞辱而不是荣光。

第一个冬天来临之前,熊皮木箱里的阳物已经增加到七个。亚敦哥洛估计冬天将不会有什么收获,便带着女人离开丛林,辗转来到靠近洼野南侧的红色岩冈群里。那儿是蜗角羚羊集群活动的地方。他们于避风处挖出一个地穴,铺上厚厚的绒蒿准备迎接寒冷的考验。生性敏捷的羚羊马上明白它们现在的使命便是给这两个始祖般孤独的灵长提供活下去的食物。它们开始按照月落日出的轨迹来回奔逃,疯狂地在原野上扬起漫天尘埃,并让尘埃紧紧包住一阵阵石破天惊的轰鸣。每当这种时候,亚敦哥洛总是痴迷地望着它们,同病相怜似的不肯弯弓射箭。羚羊群体谅他的心情,奔逃很快结束,留下几只掉队的老弱病残用声声哀叫呼唤他们进攻。他们循声追逐,不用射杀就能攫取荒原的馈赠。有时他们也会躲在土包后面屏声敛气地等待羚羊的出现。它们凭着灵敏的嗅觉知道他们在哪里,便电光石火般闪闪地从宁静中跑来,争相碰撞那因饥饿而显得猛烈无比的箭矢。那些仍然没有寻找到献身机会的羚羊因此而伤感不已,又一次扬起尘埃,在大地上杳然无影。

很快,根据深冬的需要,荒原变成了一片白色。羚羊群用离开岩冈群、走向消逝的举动告诉他们,当你们无事可做,从白昼到黑夜大部分时间互相依偎在地穴里的时候,你们的出路便是走向人群。这一天的到来是由于娜娜魔听到一阵雪破霜落的微响从远方飘过头顶。她裹上皮袍窜出地穴,看到四个骑马的人在岩冈群的边缘东张西望。雪光的反射就像烟岚的弥漫。她眯眼瞅了半晌才举起双臂朝他们呼喊。他们让马踏出一阵悦然而清脆的蹄音冉冉而至,刚立稳,亚敦哥洛警惕地从地穴中跳了出来。

　　亚敦哥洛一看是丹那人，就要回身去拿刀。有人道："勇敢的流亡者，我们是来寻找你们的。下雪了，地冻天寒，怕死的柯柯骑手龟缩在大本营里不敢出来。我们的可汗说，让流亡的英雄在我们的毡房里度过冬天吧。我们将用最好的食物招待他们，因为我们和他有着共同的敌人。"亚敦哥洛蔑视着他们一连吐了几个"不"字。娜娜麂却高兴地跳进地穴，将他和她的所有东西全都搬出来。他们的马在岗坡上探嘴拱雪，试图将雪下的枯草噙到嘴里。娜娜麂用欢喜得变了调的嗓音冲它们吆喝。骟马很不情愿地摇过来，另一匹马紧紧跟上。娜娜麂利利索索准备了一番，冲一直沉默着的亚敦哥洛轻轻打一鞭，然后跳上马背。他怒视着她兀立不动。她说："你不用再担心丹那人会杀你。我们的人说话是算数的。"她跟他们朝前走。亚敦哥洛猛吼一声跳过去想拽她下马。她拍拍自己的肚子媚态地说："马驹只要在春天诞生，一辈子就不会忍饥挨饿。草木青绿的时候，我再跟你去流浪，去丛林里生养。你的马驹一定壮实健康，一落地就会走南闯北立马横刀，因为他的母亲在丹那人那里喝足了鲜奶吃够了肉。"他听着不知不觉松开了她。他们再次劝他走。他不理。她只好独自跟在他们身后，慢慢走出了岩冈群。

　　但是，第二天，当娜娜麂和久别重逢的亲人围坐在毡房里热热乎乎又吃又喝的时候，亚敦哥洛循着足迹追逐而来。他闯进毡房，看到紫黑的血肠在羊皮上盘起，像一座焚灭后还在袅散焦烟的高塔，几个熏黄的羊头围绕着高塔将半张的嘴对准四周的人。旁边是一大盆凝固的羊血。稠乎乎白花花的滚烫的羊油盛在木碗里，摆放到羊血前面。煮熟的羊腿、羊脊、羊肋巴从毡房顶部悬挂下来，人们用插在上面的几把匕首随意割食。每一张嘴每一双手都是油光闪亮的，眼睛却显得混沌痴迷，脸部的肌肉都那么一棱一棱地鼓胀着，因无所事事而造成的茫然不清的神情里，渗漏出缕缕虚无缥缈的企盼。冬天里的餍足者把夏天分散在旷野里的精力全部聚拢起来，集中到生活的安逸舒适上。和平的气氛比夏季河边铃角兰的香味还要浓郁。亚敦哥洛不知不觉成了他们中的一员。

天天如此，食物的丰盈让整个雪季变得温馨可爱。

春天来了。凝冻的泉水溪流活跃地发出嘎嘎嘎的声音。暖暖的净风掠袭在地表上，将沉厚的冰的板壳和雪的岩块一层层剥去，剥得透明，剥得粉碎，剥得消解殆尽。牧草依然枯黄，蛰伏的虫蠓却已经在草枝草叶间嘤嘤而鸣，逗醒了许多野物。蛇在缓慢地游徙，饥猫饿熊刹那间纵情奔逐。洼野热闹起来。亚敦哥洛带着孕期即将圆满的娜娜麑离开了丹那部落。之后不久，柯柯骑手们踏着根茎柔软的牧草来到了这里。丹那可汗一见他们就朗声问道，见到我们最美丽的姑娘了吗？她叫娜娜麑。她被你们的骑手亚敦哥洛带走后就再也没有了音信。骑手们听他这样说，便不再追查，进毡房填饱肚子后又去别处搜寻。

每一片湿漉漉的烟岚都将是流亡者藏身的地方。而春雾正浓，洼野上弥扬起无边的屏障。

他们很少走出丛林，在丛林里也尽量避免到处乱窜。早晨是动物活跃的时候，他去不远处狩猎，太阳一升高就回来。只要能获得足够一天吃的食物，整个下午他就处在神情迷茫的幻想中。他在一棵粗壮繁盛的青枫树下用树枝和蒲团草给她搭了一个挡风遮雨的椭圆形窝棚，每当幻想时他就从窄小低矮的门洞里盯她，偶尔看看天，看看环绕四周的林木,看看闲适懒散的两匹亲热不够的马,也不过是为了让疲倦的眼睛稍事休息。

马是放开的,随意走动着吃最鲜嫩的草,喝最澄澈的泉流,过最安逸的生活。膘肥体圆,闪闪发光的毛色证明它们的青春正处在旺盛时刻。青春需要活力,没有了在原野上敲响蹄音的豪迈,没有了驮着主人从一个目标奔向另一个目标的满足,它们就只好用互相挑逗和放肆嬉戏的来发挥过剩的精力,有时在靠近窝棚的地方,有时跑得很远。似乎它们每次远出都意味着冒险,归来时一见主人便会大惊小怪地发出深情的嘶鸣:哦,久别了,终于又回到你们身边了。亚敦哥洛冷漠地对待它们,从不用多情的抚摸来报答它们对主人的依恋和忠诚。他需要想清楚的问题太多,没有多余的心思去关顾这一对漂亮的畜生。大概就是因为这冷漠,它们开始在远离窝棚的溪边过夜。白天归来,探望一下主人,就又杳然逸去。一天,亚敦哥洛突然意识到自己已经好几天没看到它们,便去寻找,但除了已不新鲜的马粪什么也没觅到。它们被野兽吞食了?抑或是跑出了丛林?他闷闷不乐,衰瘦的脸上又多了几条牵肠挂肚的愁纹。娜娜魔问他没有了马,以后怎么办?他不语,问急了就打岔说:"我们会有小马驹。我们的小马驹将驮着他的父母走遍天涯海角。"这是玩笑,但谁都没有笑。娜娜魔暗自呢喃:"亚敦哥洛,我的男人,你的欢笑就是你的力量。你没有了欢笑我依靠什么?为了孩子,男人为什么比女人更显得忧虑重重?"

枯燥的时间荡荡而去,最后的时刻不知哪天就会降临。林间的安谧走向死寂。亚敦哥洛越来越变得沉思多于行动,也不爱讲话,甚至当娜娜魔感到死寂而产生恐惧而需要用语言证明自己还像以前那样活着时,他也不肯说半句多余的话。他将一块生鹿肉给她,她说她不想吃，他就放回原处。她问他："你为什么不吃？"他这才意识到自己有点饿，便拿起鹿肉撕咬。等他吃完了，她说："你去远处点一堆火，生肉吃下去，孩子咬不动。"他睁大眼睛看她，摇摇头。

亚敦哥洛相信母亲吃什么孩子就吃什么。但他对孩子是否也要像母亲那样嚼食表示怀疑。因为生出来的孩子还要吃奶，这他是见过的。他捡拾树枝想在近处点起篝火。她提醒他，招来了柯柯骑手怎么办？她已经跑不动了。点火应该到远处去点。他听着干脆作罢，默默将树枝扔得远远的，思索着火却不点燃火。娜娜魔无可奈何地迁就他，用顽强的毅力去忍耐这种没有奇光异彩的岁月。不再骑马随意奔驰，不再对猎物的诱惑产生冲动，不再放纵地游弋在男人发烫的怀抱里，不再有面对食物时的欢欣而只有酸液滚滚的恶心。生活中所有令人着迷的内容都不复存在。寡淡的时光里那种焦灼的等待让一切变得零碎不堪。一会儿怀念过去的冷热酸甜，一会儿对林木的婆娑音浪和摇晃的姿影发生兴趣，一会儿惊愕地感觉着肚腹中生命的蠕动，一会儿恐惧地遥望未来的艰辛，一会儿又猜测他为什么如此沉郁，如此乏味，如此缺乏温情和体贴。而亚敦哥洛也无时不在猜测和探寻之中。他想到自己，自己的童年，那些情趣，那些故事，那些疑问，那些常常会被人提及的祖先的布道。

一个英雄诞生以后，他的亲人就会死去。他盖世的英雄气概冲犯着他们，他超人的灵光会让凡夫俗子眩晕倒地。他强硬无比，不提防就会用自己的本色扫荡一切软弱。他克人，首先克死的是亲人。这就意味着他要出人头地，首先要压倒自己的祖辈或者父辈；他要征服一切，征服就要残杀，亲人用自己的死亡预示了当他们的后代开始行动时世界所面临的考验。无形中伟大的冥力平衡着建树和毁灭，谁创造了英雄谁就要付出最惨重的代价。

这布道亚敦哥洛深深铭记。同样铭记在心的还有祖父的死。祖父死的时候他才半岁，死的那天据家里人说祖父很高兴。他从母亲怀里接过孙子整整抱了一天，乐乐呵呵地讲一些孙子听不懂的话，唱一些古老到已经很少有人记得的歌。傍晚他没吃没喝就离开了自家的毡房，说是去串门。一夜未归。第五天，去放牧的骑手在荒远的氽斯海里发现了他漂浮的尸体。人们说，他是被孙子克死的，孙子将来一定是个了不起的人物。这种猜测使家中少了许多悲切。父亲破涕为笑，抱着儿子就像抱着一块价值连城的璞玉浑金，不停地审视抚摸，想发现儿子了不起的特征究竟在哪里。最后他大声向别人宣告，孩子的所有器官都是不同寻常的，耳大眼大嘴大，鼻高额高眉高，连小鸡鸡也多了些尺寸。母亲更是喜不自禁，跪伏在祖父死去的氽斯海边，虔心祈祷，你老人家在地是人，在天是神，保佑你的孙子扬名荒原的每一个地方。祖父尸骨未寒，家人高兴未了，险恶的流言就在部落中传开，说有人看见祖父跳进了氽斯海。他想用自杀骗取人们对他的孙子的崇敬。亚敦哥洛根本不是一个能克死亲人的了不起的人物。谁都相信流言的真实性。骗人就是无耻就是品行不端，人们冷眼相待这一家。父亲灰心丧气，默默承受名誉受到损害的痛苦，不再喜欢孩子。母亲泪眼汪汪，不出家门也不去氽斯海边祭祀。她羞于见人，却更加疼爱亚敦哥洛。可怜的孩子，你有什么错呢？你虽然不能成为人人钦佩的英雄，但做一个优秀的骑手也可以为父母争光。长大吧，快一点，快一点。从此他便按照母亲的愿望和一个偌大的空间所提供的条件飞快地发育成长。长到一定程度，觉得这空间仍然很大，便四处跑动想找到它的边际。跑了几年，发现空间越来越大，就又骑在马上侬靠奔腾的四蹄展示牧童的英姿。这时纯真和美妙的梦境就来悄悄陪伴他了。

他去牧羊，碰到一个柯柯女人坐在山坡上不停地咳嗽。女人说："过来，把你的尿尿到我嘴里。"他不肯，觉得那样太便宜了她，因为尿是自己的。女人从身上摸出一块从山岩里挖来的碧绿的璞玉送给他。他这才答应女人的要求，下马过去朝她嘴里浇了一泡热尿。她贪婪地大口咽下去，用舌头上下舔着嘴唇，感激地望着他蹦蹦跳跳去追撵走远的坐骑。后来她不咳嗽了，而且怀上了孩子。她逢人便说，孩子的父亲是亚敦哥洛。那年他才十岁，他不觉得奇怪，以为自古以来做父亲就是一件很容易的事。孩子一落生，女人就死了。他将孩子抱回家交给母亲，像个男子汉那样说："给她喂奶吧，我的孩子是草原上的骏马。"父亲听了哈哈大笑，一巴掌扇他出门，说："孩子是我的。"他想着父亲的话，怀疑父亲也朝那女人的嘴里尿了尿。母亲不经心，孩子不出半月就死了。他多少有些高兴，因为这样他就不必去嫉妒自己的父亲了。

　　啊，父亲，你是我神圣的父亲，而我是谁的父亲？是你的？是他的？是蚂蚁的？还是那在青青草原上直立着眺望黎明的兔子的？

　　为了再次获得做父亲的权利，他开始关注羊群。从夏到冬，他将每泡尿都浇向母羊的嘴。起初母羊们四处躲闪，后来就习惯了，而且嗜尿成癖，一见他掏出小巧玲珑的阳物便簇拥过来，扬起头挤挤蹭蹭地争着享受一滴尿的口福。春天是母羊繁育的季节。他忽略了别的因素，以为满地活蹦乱跳的羊羔是母羊喝了他的尿的结果。这臆想在很长一段时间里妨碍着他对生活的理解。尽管他多次在毡房里看到父亲和母亲的作为，却丝毫没有把这种作为和自己的诞生联系起来。

　　直到有一年，柯柯部落中只有一个女人怀孕。邦主召集大家说女人不怀孕是男人出了问题，从今天开始，那个使自己的妻子怀了孩子的男人,将去挨个关顾那些本该怀孕而没有怀孕的女人。人口的繁殖是高于一切的目标,没有谁对邦主的话提出异议。就在第三天夜里,亚敦哥洛看到父亲出去了,那男人来到家中和母亲挤成一团。他大吃一惊,但没有吭声,躲在毡房一角静静观察。那男人走后父亲才进来。他过去问父亲,男人和女人重叠在一起后才能生养孩子?父亲庄严地点头。从此他再也不往羊嘴里浇尿,同时也充满信心,觉得总有一天自己也会和某个女人重叠起来并将自己的尿尿进那个毛烘烘的洞穴。然而,有些问题始终在他脑海里纠缠不休:自己体内的那种奶汁(后来他明白不是尿)怎么会变成一个人?为什么奶汁非要流入女人的肚子才会发生那种神奇的变化?人用嘴进食,食物最终也要装进肚子,可奶汁为什么一定要从另外一个地方注入?他曾经问过许多人,但没有一个人能给他解释清楚,包括父亲。越是搞不清的问题他就越有兴趣。他发狂地猜想着自己的发育史,觉得一切都深奥到不可理喻。

他想象自己刚出生时的情形:光溜溜的,被兜在母亲怀里,抱着神奇的乳房拼命吮吸;再就是伤心地哭喊,哭喊中将屎尿拉在母亲的皮袍里子上。母亲热爱他,也热爱他的屎呛味尿臊味。再往前是怎么回事?他怎样由一滴白色的液体幻化成了一团肉?怎样在母亲黑暗、湿润、炽热的胎衣内生长?他怎样有了五官有了四肢有了阳物还有了种种欲望?难道有一只大手在里面不停地将他抟捏?后来他渐趋成形,莫名其妙地探出母亲那深长的孔洞。是头先出来的,还是脚先出来的?是哭着出来的,还是笑着出来的?抑或是在母亲睡着时不声不响爬出来的?爬出来后他首先接触到了什么?也许他发现外界一片透明,寒冷难耐,许多动物在绿草哗哗哗的鼓荡声中奔跑。他害怕至极,想沿着孔洞再钻回去。但孔洞已经缩小乃至封闭,他钻不回去就难过得哭起来。被吵醒的母亲把他抱起来裹在怀里强迫他吃奶。

亚敦哥洛严肃认真地思考这些事情,一次又一次地徜徉在混混沌沌的谜团里。那些日子,连续几夜他都做着同样一个梦——他来到果果哈奇洼野的边沿,又走向它的地层深处,面前是一片黏黏糊糊的漆黑。他被什么东西使劲挤压着,感到胸脯闷胀,浑身战栗。一条漫长的隧道规范着他的行动。他觉得嘈杂,觉得痛苦,觉得隧道那边是一线光亮。可他怎么也无法到达光亮处。他满头大汗,吃力地走去,突然发现自己已经站到隧道的尽头,那里是万丈深渊。他一脚踩空,掉了下去,边掉边哭,最后惊叫一声。他醒过来,直起腰擦擦额角的汗珠,恐怖地四下看看。他看到黑森森的林木,看到面前的窝棚、棚内的娜娜麿,这才明白隧道根本不存在,嘈杂是由于夜风吹打着树叶,而那一线光亮却是高悬在空中的月亮。或者,这光亮是埋藏在他心里的一种喜悦。他就要做父亲,父亲是神圣的;他就要有孩子,孩子是自己的象征,意味着亚敦哥洛永世不衰。那几夜,只要梦醒,他就再也睡不着,窝棚里娜娜麿含混不清的呓语和她的每一次翻身都让他觉得新奇。他创造了一个浑圆而冷峻的世界,而这个世界却无时不在和他保持着一定的距离。这距离越拉越长,这世界也就越来越朦胧不清。他试图缩短距离看个究竟,他想扑过去,隔着她的肚子摸摸里面的生命是不是个带阳物的家伙。可他没有这样做。他害怕惊扰孩子,让他没出孔洞就提前哭闹。

然而,他的好奇依然与日俱增,探索生命奥秘的欲念越来越顽固地困扰着他。狩猎时他极想碰到一只怀孕的母鹿,射死它并剖开它的肚子看看那只神妙的抟捏生命的大手在如何创造奇迹。运气和他作对,竟没有赐给他一个这样的机会。他猎到的全是公兽,偶尔碰到一只母的，却没有怀孕的迹象。他想，放走它吧，也许它马上就可以怀孕。这想法里有他的等待，也有他对母性的爱怜。

一天，他背着一只幼鹿回来，见娜娜魔站在青枫树下忧郁地朝他张望。他快速走近她，扔掉死鹿，问她怎么了？她说她自己也不知道怎么了，就是很害怕，总有一种马上要出事的感觉。他要她回窝棚去。她不去。他揪住她的衣袖硬将她拽进窝棚，又强迫她躺下。她突然撩起衣袍，露出没穿裤子的双腿和滚圆的肚子，说那孩子从今天早晨起一直在发疯，手脚并用，不停地踢打，似乎就要打破肚皮钻出来。他俯下身去抚摸她的肚子，觉得那上面就像波浪一样隆起又沉陷。他好奇地将耳朵贴上去，果然听到了一阵咚咚咚的响声，似乎还有若断似连的喊叫，就像裹在云雾里的沉闷的雷鸣，悠远而深长。孩子到底在里面干什么？他困惑，同时又有了一股想摆脱这困惑的冲动。他将半个身子探出窝棚，趴到她的两腿之间，双手掀起衣袍，闭上一只眼睛朝里瞅，什么也没瞅见。他稍一喘息，又将右手撮起，使劲塞进阴户。她异样地叫一声。他抬头看她双眼微合，明白她不仅不痛苦反而感到很舒服。他的手又顺着这条生命的通道滑进去，手指搓动着想触摸到孩子的一条腿或者一只胳膊，但他摸到的却是一些湿漉漉的黏液，还有一块硬硬的东西，像幼鹿的蹄子。恍然之间，他觉得他在对付一只死去的母鹿。他惊诧自己为什么这样愚蠢，为什么不可以剖开肚子看看？他将手抽出来，从腰际拔出短刀。她一动不动，沉浸在久旷之后情欲的萌动中。

对付一只母鹿是用不着思考的。他没有思考。他的眼前迭现着鹿尸的形象。这形象很快消逝，又出现了一只金色的具有魔力的大手。大手冲他召唤似的挥动了一下，便又耷然回到肚子里面。他看到孩子在拳打脚踢地挣扎，两个金色的手指箍紧了他的脖子。别的手指却在那白嫩的阳物上抓挠。阳物溘然逸去，孩子渐渐变作一个文静的女婴。就在这一刻，他的心恼怒地惊跳着。他仄愣起身子，像解剖兽尸那样将短刀插了下去，然后愤愤地划开。

一股血浆、一道白水、一声女人的嘶鸣同时出现。血浆和白水滋了他一脸一身。娜娜魔来回打滚，身子撞到窝棚的边沿。窝棚在一阵摇撼之后迅速坍塌，埋住了她。亚敦哥洛跳起来，看看树枝草枝和她一起在地上搅动，听到她惨烈的叫声像利箭一般不断射向他射向远方。好一会儿他才明白自己干了什么。但他没有扑过去。如同面对一头受伤的野兽，他悚然惊惧地伫立着，直到女人平静下来。

晚风送来一浪一浪的啸叫。西沉的太阳默默离开了果果哈奇洼野。明霞照耀下的树林失去了绿色。在血红一片的娜娜魔的肚腹上，栖落着几只翠绿的飞虫。飞虫嗞嗞叫着呼唤它们的同伴，更多的飞虫翩翩而来。一股旋动的浊流出现在空中。亚敦哥洛过去，驱散飞虫，从那道翻开的豁口里拉出了沐浴着鲜血和羊水的孩子。孩子受不了冷风凉气的刺激，哇哇叫唤。他仔细看看孩子的两腿之间，见有阳物垂在那里，便把嘴伸过去，舔干净了那上面的血迹和水渍，然后割断了连在母体上的脐带，稳稳地将孩子揣进了怀抱。一会儿，他从一大堆枯枝败叶中拎出那只熊皮木箱，夹在一只胳膊下面，滞重地走向宁静的东方。回望一眼，再回望一眼。被他残害的娜娜魔散发着人血的腥香。这腥香是会随风荡向野兽的鼻孔的，就让它们去吃吧。他虽然伤感，却坚信自己做的完全正确。一个女人的死亡和一个孩子的诞生简直无法相提并论。后者带给他的欢欣早已填充了失去女人后内心的空漠。

第二天黄昏，在一片坦荡的草地上，他藏在水汪汪的低洼处一连射死了两个追逐羚羊群的柯柯骑手。另外几个分散开包抄猎物的骑手发现了亚敦哥洛，丢掉原来的目标，杀气腾腾地扑过来。亚敦哥洛抓住一匹失去了主人的马，跳上去逃跑。有了马他就有了一半自由。他兜来兜去摆脱了追撵，回到死者身边，割下了他们的阳物。其时，他怀里的婴儿正在响亮地啼哭。接着到来的整个暗夜都是响亮的，溢满欢乐的婴声父语。带着类似第一次拥抱女人时的那种冲动，亚敦哥洛唱起了歌：

> 寂寞的老熊啊寂静的星，
> 星星亮不过老熊的眼睛。
> 孩子的母亲啊我的情人，
> 好好地睡吧男人又要远行。

孩子停止了啼哭，父亲停止了歌唱。原野的空旷里，寂静让亚敦哥洛想起孩子一天没有进食，想起没有女人的乳汁孩子就失去了生长的依托。他仰望一轮将满而未满的月亮，诚笃地乞求那瀑泻在大地上的乳白色的光流变作奶汁，乞求在天的神祇给他哺育孩子的能力。孩子的啼哭是由于饥饿，哭累了就睡去了。他还会醒来，还会在洼野上播放求食的声音。这声音将会使大地变得空洞无物，将会使父亲变得失去尊严和骄傲。亚敦哥洛第一次感到了男人的无能和女人的伟大。沉睡的神祇，醒来吧，听听我的祈祷，看看我这失去了女人的悲哀，拯救一个精神虚脱的男人，让他聪明起来，让他明白为了孩子他应该做出怎样的牺牲。

忘不了这个神祇在洼野里显圣的时刻。亚敦哥洛怀中的啼哭再次响起。黎明时分薄纱一样的天幕正在垂落。天际有了一轮黄灿灿的光环，那是一堆火的亮晕。他朝那里走去，看见了一顶嵌入气雾的毡房。咩咩的羊叫声和孩子的啼哭一样爽朗。他明白这是柯柯人野牧的地方。野牧便是远离大本营四处去寻找最能育肥羊只的草场，他怔怔地望着前面，没承想从身后走来一只温顺的母羊。母羊的乳房又大又亮，乳尖擦着草叶几乎就要拖在地上，粉红的色泽，柔软细嫩的皮肤。在它面前，只要是生命就会产生饥渴，就想匍匐在地紧紧拥抱拼命吮吸。灵光照耀的畜生，你是来挽救孩子性命的吗？跟我走吧，我会像敬重妻子一样敬重你。母羊听懂了他的话，扬头看着孩子发出一声亲切的呼唤。他一手搂紧孩子一手揆住马背跳到地上，走过去跪倒在母羊身边，将孩子双手托到羊乳下面。一接触乳头孩子就张开粉红色的嘴唇，但他力气太小咂不出奶水，急得来回摩擦。父亲腾出一只手捏住羊乳往下轻轻捋抹。憋胀的奶水缓缓滋出。母羊感到舒服，孩子变得安详。父亲仰望苍天感谢神祇的佑助。他发现母羊弯过头来在他的两腿之间贪婪地呼吸，还用嘴不时地顶顶他的裤裆。这举动启发了他，也让他顿时有了想撒尿的感觉。待孩子吃饱，他起身浇出一泡浑黄的热尿。那羊将头伸进热尿的弧线痛快地沐浴。难道在我幼年时就注定了今天的奇遇？多少年过去了。你没有忘记我，没有忘记我的热尿。他装好诱惑母羊的热尿喷头朝前走去。母羊紧紧跟上。

　　茫茫洼野中，一个男人怀抱一个孩子，骑在一匹马上。他后面跟着一只母羊。母羊吊着盛满奶汁的皮口袋。皮口袋摇摇晃晃。

　　流亡的生活没有止境。皮口袋里的奶水不尽不绝地流向孩子的嘴。不久，他的眼睛亮了，耳朵明了。除了啼哭他还会微笑。

　　青草变成食物，食物变成奶水，奶水让孩子温饱，催生出孩子的笑容。一切都奇妙得不可思议。亚敦哥洛再次陷入沉思。多想有一个答案，可神明不和他说话。广袤恒久的天地之间，一个流亡的骑手从春天冥想到冬天。冬天的雪日里，他再次走向善良的丹那人群。

大雪中的丹那部落依然温暖如春。在这里，有个从柯柯人的大本营回来看望父母的女人高兴地将乳头塞进了孩子的嘴。孩子已不需要母羊的滋润，亚敦哥洛也就忘了给母羊撒尿。母羊整日守在主人的毡房门口不吃不喝。最后当一场暴风雪来临的时候，它那皮包骨的身体无法抵御寒流的侵袭，在孤苦中它悄悄死去。看到了它的尸体，亚敦哥洛才意识到自己的疏忽。他挖坑掩埋了它，又环绕坟堆撒了一圈热尿，权当是给它的祭供。热尿顷刻冷凉冻结，变成了冰光闪闪的灵环，很快被白雪覆盖。同时被覆盖的还有他的深深的感激——伟大的母羊，我会永远记住你的，我会永远为你的灵魂祈求平安。

度过了九年流亡生活，一天傍晚，亚敦哥洛带着儿子来到一棵粗硕的青枫树下，从树洞里搬出那口熊皮蒙面的木箱，坐下来望着惊奇的儿子说："九年前的今天你就生在这里，你就在这棵树下告别了你的母亲。现在你又要告别你的父亲。太阳落山的时候我就会走出丛林。如果碰不到柯柯骑手，我将穿越果果哈奇洼野，顺着风的走向去丹那山那边。我的孩子，你要按照我过去教给你的办法去见柯柯邦主。朝北走，千万不要转向，他们的大本营就在北极星下面，那儿被照耀得金红一片。"他沉思了一会儿又说："我本来想等你长大以后再让你离开我，但现在我们积攒的阳物已经超过了一百个。你不能再等，你必须回到部落中去。那儿有马，有女人，只有马和女人才能培养真正的男人。去吧，孩子，将来，如果你成了柯柯部落的骑手,你就来找我并杀死我吧。那样,你才能抹去你作为叛逆者的后代的耻辱,你才能获得好骑手的荣誉,并在柯柯部落立稳脚跟,毫无忧虑地繁育你的后代。"

孩子眨动眼皮不住地点头。时时防备捕杀、日日面临生命危险的生活,使他在不用父亲背着走路的那个年纪就已经懂事。懂事的孩子知道在离别的时候用不着伤感,因为这意味着他将一个人在阒寂的原野上行走,像个真正的男人那样独自面对世界。他摩挲那口黑箱,明亮的双眼里是闪闪的喜悦。亚敦哥洛伸手将黑箱上的青苔一块块剥去,拉松拴扣的皮条,打开箱盖。一串干瘪了的男人的阳物像蛇一样完好无损地盘在箱底。儿子瞪大眼探询地望望父亲。他从自己身上认识了它们,不同的是面前这东西又黑又皱像枯死的草根,而自己的又白又光像只待飞的鸟儿活蹦乱跳。他问父亲:"这就是你让我去见柯柯邦主时需要佩戴的东西?"父亲自豪地点点头。

一会儿,父亲拿起那串阳物套住儿子的脖颈,套了三圈才使它没有拖到地上。儿子笔直地立着。父亲用粗糙的大手捂盖住他的整个脸动情地抚摸。他觉得父亲的手麻麻棱棱就像树皮一样。父亲又一次告诫他,对我和我的儿子来说,这宝贵的阳物需要证明的是无愧于祖先无愧于果果哈奇的荣耀。记住,为了荣耀之上的荣耀,你要生活在柯柯人中间,永远不要思念我。儿子问:"要是邦主死了,没人再下令追赶你,那时你还活着?"父亲不语,觉得手上潮乎乎的。他拿掉手,看到儿子亮眼中的泪光倏忽一闪又很快熄灭,像两盏天亮时被人吹黑的灯。父亲不为人觉察地叹息一声,突然扬起巴掌,朝儿子清瘦稚嫩的脸庞扇去。儿子倒在地上,咬住牙没叫出声来。他又一把拽起儿子。儿子赶紧用衣袖揩去眼里的水光。他使劲按住儿子尖尖的肩头摇晃着说:"去用你的弓箭射一只狍鹿来,我要最后给你烤一次焦黄流油的蹄子肉。吃了它你的双腿就会飞奔起来永不疲倦。"

儿子去了。凭着跟父亲在逃难中行猎得来的经验，没费多少工夫他就发现了一只雄性的大狍鹿。他如同游丝在草丛中悄无声息地朝前靠近，在离狍鹿三十步远的地方停下，激动地取箭搭在弓弦上。但他还没有生成将箭矢迅猛地射向猎物的力气，响声起而箭未到，狍鹿朝密林疾走。他呆望前面荫翳的密林，难过得用牙齿咬住舌头，直到咬出咸甜的血水。他咽下去，那种黏湿滑润的感觉惹得他不住地咂嘴。似乎在品尝鹿血，他感到一丝快慰。但在往回走时他又难过起来。父亲可不是这样，无论什么猎物，只要被他盯准就是死路一条。他低头看看垂挂在胸前的阳物，觉得空手去见父亲太丢面子，便又转身来到刚才发现狍鹿的地方，仔细分辨滔滔林声中只有猎人才能感触到的异样的动静。一丝微弱的沙沙声让他警觉起来。这声音越来越大，在密林的遮掩下从他右侧绕过去后倏忽消逝。孩子猫腰过去什么也没看到。他很扫兴，像父亲表示遗憾时那样眯起眼似笑非笑地摇头。什么动物能够如此敏捷地摆脱跟踪？就像父亲无数次巧妙地从柯柯骑手的围追堵截中溜走那样。他再次屏息谛听，听到了清脆的鸟叫声。傍晚的丛林因这自由的不慌不忙的啼啭而显得更加幽邃静谧。他习惯地朝上看，没有像往常那样看到父亲忧郁的阔脸，这才又想到父亲正在等他回去准备和他分别。他赶紧往回走，越走越快，最后绕着树干弯弯曲曲跑起来。突然他停下了。他看到那口黑箱已经被父亲拿刀砍碎用来点燃篝火。

篝火正旺，悬空吊在木架上的狍鹿肉飘散着带焦气的香味，诱使他的喉咙上下抽动。他愣怔着。父亲知道他将空手而归，就在他离开的这段时间里，又一次给他准备好了丰美的食物。他确信父亲猎获的正是那头被自己放走的雄狍鹿，又一次感到父亲的伟大和自己的渺小。父亲是高不可攀的。他捡起一根树枝，翻转着被卸开的狍鹿肉块，发现唯独少了四个蹄子。他在地上寻觅，却只找到一些蹄骨，上面的筋肉早已被父亲啃咬得一干二净。他困惑地四下看看，心头猛然一颤，禁不住悲喊一声父亲，接着就呜呜呜地哭起来。他知道流泪是可耻的，但怎么也控制不住。父亲已经离开他，最后的爱竟是一记热辣辣的耳光。他越想越伤心。泪水掉下去被火焰吞没，如同父亲遗弃了他而他即将被巨大的孤独吞没一样。

丛林用强劲的晚风制止了他的哭泣。四周似乎到处都是野兽的长吁短叹和打喷嚏放屁的声音。他紧挨篝火蹲下。火苗呼啦啦朝他卷来。齐肩的随风掀动的头发嗞嗞地冒起青烟，热浪扑得他的脸烧红烧红的。他赶忙离开，蜷缩在潮湿的草丛里警惕地顾望四周。咚咚两声，火焰乱跳。他浑身一抖，瞅了半晌才看清是悬吊的狍鹿肉掉了下来。红浪包围着的两块狍鹿肉上飞起朵朵火云。咔嚓一下，被烧着的木架断裂了，狍鹿肉全部掉进火堆。他知道没有狍鹿肉自己就会挨饿，但他不想过去捡出来。他发现自己有点恨父亲，不愿接受这最后的关照。在吹来满天繁星后，大风猝然停息。星星守望着他。他的畏惧不再像刚才那样强烈。他从近旁拾起一些枯枝败叶添进火里，看着那上面有许多红色的手欢呼似的朝他举起。他感到父亲依然存在，感到火的陪伴即是父亲的陪伴。

不灭的篝火将夜色推得很远，恐怖也渐渐远去。他好奇地看着不禁有点兴奋。父亲在时他们可从来不敢这样点火，尤其是在夏天，在夜里。为了不至于让他们自己和熟食绝缘，每隔五六天他们就要走出森林，踏上一座平阔的台地，在那儿打猎和烤肉。台地上尽是一簇簇的丹那草。丹那草通体艳红，花朵如火如炭。风日里，远望就像大地滚动着一片燃烧的岩浆。在红色的背景上点着红色的篝火，火焰也就成了丹那草的一簇。捕捉他们的那些眼睛从远方是分辨不出的。他们不能在一个地方待得太久。烤熟肉饱餐一顿，然后带着剩下的肉匆匆离开。别的时间里，一旦熟肉吃完他们就吃生食。冬天好过些，总有一场又大又猛的雪铺天盖地。荒原被寒流改造得毫无温情可言。柯柯骑手们大都回到大本营居住。流亡者自由了。他们大模大样地出现在朗朗晴空下，踩着积雪去果果哈奇洼野南侧寻找在那里游牧的丹那人。脚下嘎吱嘎吱的声音从早晨一直响到晚上。只有在这个没人追踪的时光里走路，孩子才感到大地属于自己，洼野充满了温馨和奇妙的诱惑，甚至寒流和荒凉也可亲可敬起来。当然，最叫他着迷的还是丹那人的毡房。那儿热闹，那儿温暖，那儿有吃不完的熟羊肉。

但是，就在离他的记忆最近的那个冬季，他们第一次尝到了无人与他们共享温暖的苦闷。毡房的白色形影依然飘浮在洼野南侧白色的大地上，毡房里依然挂满了风干的羊肉和贮存成堆的奶饼。只是没有人，没有了欢声笑语。哪里去了？哪里去了？为什么要抛弃他们？父亲说，他们的女人都成了柯柯人的妻子，他们吃够了没有女人的苦头，他们的种族即将灭亡，而只有丹那山那边的野鹜之父才可以拯救他们。孩子听不懂父亲的话，但他明白，他们成了一群和自己一样的流亡者。而现在，父亲要去寻找他们了，并且未能带他一起去。父亲说，你的血液是柯柯人的血液，你的祖先是柯柯人的一员，你的灵魂只有在柯柯人那里才会得到神的照看，才会充满威武之气。可是，柯柯人那么坏，那么令人惧怕；丹那人那么好，那么让他留恋。他不想选择坏人，不想。

火渐渐衰残，黑暗再次向他靠近。他害怕这黑暗将自己笼罩，又开始捡拾枯枝,边拾边往火里扔。他将篝火周围的所有可燃物都捡拾干净,揩着额上的汗珠坐下来看火。火带着响声一片一片地蹿上半空,四周被映照得光明灿烂。夜色又一次被他撵走了。他觉得很奇怪,自己竟然具有了驱逐黑夜创造白昼的能耐。他忘记了父亲留给他的孤独和恐惧,在奇妙的感觉中歪倒在地安然睡去。

他醒了,天也醒了。四周一片枯焦,青烟悠悠散开,而火却在远方燃烧。他站起来呆望了好一会儿,才明白整个丛林都已经献身于自己点着的大火。和丛林里的所有动物一样,他顿时被震慑,撒腿就跑。他看到许多大树的焦骸在自己身边掠过,看到几具变了形的人尸裹在烟袅中忽隐忽现。他停下来察看,想知道里面有没有父亲。尸体已经无法辨认,不远处的几具马尸和几把遗落在地的长刀告诉他,他们是柯柯骑手。他立刻猜测到昨天晚上发生了什么事情,柯柯骑手们在原野上望见篝火后包围了丛林。但当他们走进丛林想要靠近捉拿对象时,大火却包围了他们。孩子不禁打了个寒战,很快离开那里,寻找没有火焰的地方走过去。

中午时分,孩子看到环绕自己的青烟逐渐稀薄,焦木越来越少。大火朝着和他相反的方向鼓噪而去。他明白自己正在接近丛林的边缘,气喘吁吁、摇摇摆摆地想停下来歇歇,脚刚立稳就变得目瞪口呆。离他五步远的地方又出现了一具人尸,虽然已经扭曲变形,但他发誓自己认识他,并和他朝夕相处度过了九年漫长苦难的岁月。他扑过去号啕大哭,双手不停地抚摸焦黑的身体。哭声很快终止,因为当他扳转那张伏地的面孔时他被吓得一蹦子跳起。那面孔上的皮肉已经被火苗舔去,骷髅里眼球依然存在,嘴大张着,两排牙齿紧紧并拢,在痛苦中被咬断的半截舌头吊在嘴边,依然是湿润的粉红色。鼻子已经不存在,只有两个黑窟窿。下巴底下有个深洞,烟气从里面冒出，内脏还在接受烤炙——是父亲，是被儿子点燃的大火烧去了生命的父亲。

可是父亲，世间最伟大最高尚最坚强最慈祥最应该活下去迎接部落曙光的人，怎么会就这样结束了生命呢？孩子不相信。他觉得林外的原野上父亲正在大踏步行走，或者父亲站在一个很高很高的地方瞻望着他准备和他紧紧拥抱。他们进入丛林时不就是翻越了一座高丘吗？父亲就在那高高的土丘上扬头屹立。高丘下面有条河，河水清纯透明。孩子想着转身就跑，很快跑出丛林，跑向高丘，跑到沙滩疏松的河边。

他立住了，意识到自己是冲河水哗啦啦的流淌声跑来的。他多么希望有许多许多的声音围绕着自己，包括父亲的笑语，父亲严厉的训斥，父亲响亮的耳光。他瘫坐在河边，水流漫过他的双腿，冰凉的刺激使他有所清醒。他屁股蹭着寸草不生的泥沙朝后退去。两股热流涌出眼眶，他无声地啜泣，再也不觉得流泪是可耻的。父亲的言传身教和生活的磨难并没有抹去他禀性中的懦弱而伤感的丹那人的基因。他想他的可怜就是父亲的可怜，他的孤苦伶仃和父亲的死一样都具有诀别人世的意味。他处在无人保护的境地。他急切地希望有一个伴侣，哪怕是一只羊一只鸟一只吱吱叫的机灵的松鼠。

习习轻风吹来。身后的大火还在燃烧，越烧越远。丛林的中心地带，他和父亲不曾深入过的猛兽的营地正在迎接大火的来临。他用手触摸脖子上的那一串阳物。这是威武和气派的象征，可他觉得一点也不气派。具有非凡气派的倒是火，一瞬间便毁去了那么多高大的树，那么多深深浅浅的绿色。他当然想不到还有更气派的：这场被他点燃的火直到这时才真正接受了风的邀请，真正开始了摧枯拉朽的运动。炽盛强大的火势持续了一百多天。一百多天之后果果哈奇洼野的黑色丛林便荡然无存。

　　枯坐了许久，孩子的双腿开始挺直，脚步朝着东方畏畏葸葸地迈进。他从月落日出的循环，认识了东方，从跟着父亲夜行的经验中认识了北极星，却不知道东方无比广阔，北极星指引着半个地球。他觉得金红一片的地方随时都可能出现，可碧悠悠的空间在野花芬芳的寂寥中越伸越远。他寻找心的依托，那也许就在地平线的另一边，却永远无法到达。不多一会儿他就倦怠，就忘了自己应该是一个特立独行的男子汉。他急切地希望周围的一切对他的行走做出反应，以便证明生命旺盛的原野还没有最后抛弃他。

　　他踢到一块乳白的石头上，石头朝前滚了一下。他跨过去又回头望它，总觉得石头会跟着自己走。一会儿他又碰到一块乳白的石头。他高兴起来，断定是刚才那块石头跑到这里来迎接他，就像他过去跟父亲玩的把戏那样。他又踢了一下，石头跳起来钻进了草丛。他学着父亲的腔调说："你躲到哪里我都能闻到你。你是我的儿子，你身上散发着我的气息。"后来他再也没碰到乳白的石头，便不再撮起鼻子迎风嗅来嗅去。他看到黑蚂蚱在他面前蹦蹦跳跳，发现自己的脚步越重，跳起的黑蚂蚱就越多。于是他腾腾腾地走路，脚步和父亲一样沉稳有力。黑蚂蚱啾啾啾地叫着，惧怕着他那能够踩死自己的脚，却又大胆地耻笑他——荒野里的人，为什么不骑上你的马，为什么不唱起你的歌？你没有马你没有歌，你就永远别想得到我们的尊敬。孩子总是用一句话回答，到冬天你们死去的时候，我才会骑上我的马，唱起我的歌。他想象自己的马是一匹浑身油亮的黑色骏马，长腿圆臀高头立耳，其状如山，像黑蚂蚱一蹦老远，跑起来快如闪电疾如风；想象自己是个扬名四方的歌手，美妙的歌声能让春天的风驻足，夏天的水成冰，秋天的草不枯，冬天的雪消融。

他用下巴压迫着喉咙，模仿父亲浑厚低沉的嗓音唱起来：

> 老熊抓住黑雁的翅膀，
> 黑雁带着它来到天上。

仿佛想象已经变成现实，他以歌手的喜悦蹦跳而起。可在落地的一刹那，他觉得有个黑森森的家伙从身后朝他扑咬过来。他吓得歪倒在地，回头一看，发现和他在一起的只有自己的影子。他童稚的脸由于惊奇而变得老成。过去他从未注意过它，现在看来如果他不丢失自己的影子，他就永远被一个能活动能听话只是不能表达思想的东西陪伴着。他立住，对影子说，跟我来吧，影子就跟了过去。他不住地回头看它，抬腿晃胳膊地指挥影子跟他做同样的动作。他感到非常有趣，第一次明白自己对另一个我具有绝对权威。

黄昏不期而至，云蒸霞蔚的天际划出一道斑斓的巨大朦胧。身后的影子像挂在地上的皮条越拉越长，拖拽着他的身体使他感到疲累沉重。他走走停停，一会儿用极轻的眼光扫视晚霞，一会儿又回眸哀怜地望那细长瘦弱的伴侣。想到如果他继续走下去影子一定会被他拉断，便转身箕踞在地。这时他发现影子回到了他身边，放心地舒口气，忽听肚子里有个声音在咕咕地提醒他：你饿了，你到了应该进食的时候。他没带食物也忘了怎样去寻找食物，两眼无助地呆望辽远的前方。天际的霞火越烧越猛，像丛林烈火，红焰超升翻卷，漫上半空的是浓重的赤色云烟。太阳渐渐沉没。在这一天中照耀大地的最后时刻，它放射出一片一片的颀长的光柱，荡涤着荒原的明丽。萋萋芳草随风波动，深情地对待最后一抹阳光的吻别。一会儿，覆盖绿野的金色悄然消退，天上的霓虹被青雾遮罩，太阳一下子不见了。孩子的亮眼睛也像天地一样趋于黯淡。他看到不知什么动物在远方透明的风中闪闪逝去,一只接着一只。那是一块块鲜肉的招摇,孩子闻到了热气腾腾的香味。清滑的涎液濡湿了他那干苦的舌苔,舌头如同游鱼在嘴里灵活转动。他起身从背上取下弓,眯缝着眼机敏地搜寻。弓是父亲专门为他做的,用坚韧的拉拉树干的削片烤制成弓背,再在两头钻出四个眼,绷上用柘树汁浸泡过二十一昼夜的雄鹿的腿筋。箭是木质的,砍下榴花灌木的枝条,削出菱形的锋芒,在尾翼用细藤条扎上飞翔时能够保持平衡的兽绒。这里面有祖先的发明也有父亲自己的创造。

孩子握弓在手,没等取出箭,莫名的动物就莫名地隐没在他所看不见的地方。他朝前跑几步,想登高望远,无意间扭头看看,便愕然停下,眼睛像两颗黑星星一闪一闪地瞄着前面。前面是几匹旁若无人的马。它们刚刚不知从什么地方走来,领头的那匹骊马乌鬣乌尾而浑身却是一片光亮的棕红色。它身后不远处是一匹低头觅草的枣红马。枣红马用鼻孔噗噗地吹着气,一匹格外活泼的漂亮的马驹朝它跑去。而在它们右侧,还有几匹灰色和红色的马,它们都扬起头僵僵地立着,像是处在一种踟蹰不定的思考中。孩子凭直觉认为它们是可以亲近的,便轻轻朝它们挪动了步子。这时一匹灰色马发出一声颤颤悠悠的嘶鸣,乌鬣乌尾的马和枣红马便带着马驹朝它靠去。所有的马都开始行动了。它们朝着丹那山朝着夕阳隐遁的方向走去,走走停停,还不时地回头望孩子一眼,似乎在引他过去。而他却怅怅地低下了头,禁不住打了一个寒战,赶紧回到刚才箕踞过的地方低头寻觅。那儿什么也没有,影子突然离他而去了。他皱起眉头思索,脑子豁然一亮,认定刚才在风中闪逝的莫名的动物和那几匹马就是自己的影子。他担忧这是永久的告别,担忧自己的六神无主会打消他继续行走的勇气。他想起父亲,想起即将来临的可怕的黑夜一定很长很长。于是忧伤出来陪伴他。呜呜呜的哭声驱散着他的孤独，也驱散着残余的白昼。这是旷野给予他的一记永恒的烙印。在以后的生活中，他没有一日真正摆脱过这种孤寂而广漠的情绪。

天黑了，强劲的风把青色的天穹刮向地面，四周一片末日的惨淡。大地暗暗无语。摄人灵魂的死寂遏止了孩子的哭声。伤感淡淡随风远去。他惊恐的眼光捕捉到了近在咫尺的一些奇异光点。魔鬼的眼睛正在包抄着他。他跳起来朝太阳西沉的地方狂奔，想追回天空丢失的光明。然而很快他就迷失了方向。身后追撵而来的黑暗和面前冲撞而来的黑暗将他围死在一片根茎突起的草疙瘩上。他像一头在囚笼里碰撞累了的小兽，大呼小喘地仰望天空。天开始升高，三丛四簇的金斑隐隐显露。他庆幸地看到弯月突然探出了云层，悬在离他不远的斜前方。他记起和父亲一起度过的那些月夜，便觉得月亮和父亲一样亲切。更让他惊喜的是他又看到了自己的影子。他急忙蹲下，和影子贴得紧紧的，再也不想挪动半步。影子起初是模糊的，越来越明显。同时，明显起来的还有一种声音。他屏息等待，终于看到一队骑影出现在清澈的月光下。他不知自己应该采取什么行动，是跑过去还是逃走。不等他想好，那颗寻找依托的童心就有了一阵松快的感觉。他不禁发出一声热乎乎的轻唤。迎面的风将他的声音吹散，骑手们没听见，那目不转睛的样子像是从一块岩石旁经过。他们立刻就要走远。孩子的心怦怦乱跳。蓦地，他尖尖地喊一声，蹿起来带着自己的影子跌跌撞撞地奔跑过去。慌忙中他把父亲给他精心制作的弯弓遗留在地上了。这似乎是一种预示——以后的很长一段日子里，那种和弓箭相依相随的男人的勇武将会成为他最痛惜的丢弃。

第三章　瓦勒庇一家

　　艳阳当空，热烘烘的空气让原野显得慵懒沉闷。预示吉祥的白云在空中不停地变幻着姿形。南风吹来，云往北走。瓦蓝衔接着葱绿，天上地下没有一处不是明净的。一顶圆形尖顶的毡房前孩子忐忑不安地见到了邦主。

　　邦主的面孔光滑得如同骏马的屁股，深深的眼窝里排列着粗硬的睫毛。他把嘴唇抿得两边陷了进去，似笑非笑地望着他，试图从他未成熟的脸上觅到骑手的灵性。但很快他就变得疑惑不解。孩子是柯柯人和丹那人的混血儿。混血儿的面孔令人琢磨不透，无法从那生长特殊的五官中预测他的前程——他的未来的勇敢和怯懦。一切都是不肯定的。接纳他是给部落增添了一只虎还是一只兔？邦主略显不快。现在对他来说，感兴趣的不是孩子，而是对方脖子上那一串枯萎的阳物。听孩子说亚敦哥洛已经死去，邦主神情木然，半晌没有吭声。孩子并不知道，只要是英雄就会为另外一个英雄的夭亡而去真诚地伤感，不管他是敌人还是朋友。他觉得邦主正在酝酿如何屠戮自己的办法，紧张得瑟瑟发抖。邦主说："让我数一数你脖子上的阳物有多少。"孩子取下来递过去。他想起了父亲教给他的话，结结巴巴地背诵道："这是我父亲的功绩。他让我长大后也像他一样生活，把成千上万的阳物献给柯柯邦主。父亲说，不管是敌人的，还是朋友的，柯柯人都会把它作为勇敢的见证。勇敢是我们柯柯骑手的立足之本。"邦主一个个地摩挲着阳物，望着他不断点头，头点了一百零一下，然后说："你的父亲是一位了不起的人物。如果他自己的阳物能够一口气挑破一百零一个处女膜而不疲软，他就可以代替我行使邦主的权力。可他现在已经去了地狱。他的儿子来到我面前要我把他作为英雄对待，他拿什么来证明他和他父亲同样勇敢呢？"邦主把那一串阳物作为孩子献给他的见面礼挂到自己脖子上，又从自己身上解下一把短刀，扔给孩子，指着围在四周的柯柯人说："去，选择一个你认为合适的人，把刀插向他的大腿。没有人会反抗一个孩子的。"

孩子惊得浑身瑟缩，疑惧地四下看看。邦主狞笑着将刀朝他踢踢。四周的人都半张了嘴笑呵呵的。孩子突然愤怒起来，想逃离这个充满嘲弄的地方。但身后身旁全是人。逞能的骑手会抓住他一刀将他剁成两段。他手颤抖着拿起刀，抬头望望邦主。邦主凶狠地俯视着他。他赶紧回避对方的眼光，却发现邦主宽大的衣袍下摆就在自己眼前晃动，像一扇通往原野的门。他看不见下摆后面是什么，觉得只要冲过去就可以避免任何胁迫，就可以自由地去干自己想干的事情。他没再考虑别的，举刀跳过去，想割开那扇门。刀子是插了进去，但他的头却被一只大手死死按住。接着他听到头顶上面有了一阵雷鸣般的哄笑。他被抱起来，又向空中抛去。他尖叫一声，邦主双手接住。等他回到地面上，看到所有人都在对他愉快地跺脚时，才明白一切危险都已经过去。他们误解了他，以为他要去刺死威严壮猛的邦主。这说明，亚敦哥洛的儿子具有超常的无畏。柯柯人喜欢无畏如同喜欢漂亮的女人和他们自己的挺拔的阳物。邦主拍拍他的后脑勺说："去吧，找一个有姑娘的人家住下来，让她们把你培养成一个真正的男人。"孩子左右看看，没有动。一个老女人走过来拉起他的手说："你的母亲是丹那人，我也是一个丹那人，跟我走吧。"人们又一次狂放地跺脚欢呼。邦主慈爱地说："去吧，孩子，她家里有两个姑娘。"孩子还是不肯走，因为姑娘对他实在是太不重要了。他问老女人："你家有很多肉很多奶吗？我饿。"老女人说："我丈夫被你父亲夺去了灵魂，家里没有了男人，肉多得就要堆成山，奶多得就要流成河。"孩子很高兴，一转身就把刚才的惊吓忘了。

老女人名叫瓦勒庇。她喜欢用丈夫的名字称呼亚敦哥洛的儿子。两个女儿也很愿意这样，因为它给人的感觉是家里似乎没有添置陌生人。孩子开始不习惯，但没过几天就顺从了这种安排。再说，不论谁唤出这个名字，脸上都带着崇敬的微笑。这使孩子感到温暖亲切，至少在感情上少了些因为丧父而带来的失落。这个名字叫巴思坎得尔。

自从巴思坎得尔来到这个家，瓦勒庇就变得开朗异常。她一共生过三个孩子，最后一个是男孩，生下来两天就被她勒死了。这是做母亲的权利和义务，生下来的只要是男孩，她就必须拔下四根自己的头发，缠在孩子纤嫩的脖子上使劲拽拉，若是头发绷断，说明孩子命硬气长，将来一定是个打死也会硬着脖子支起头颅的刚强汉子，若是孩子被勒死，那也没什么可惜的，母亲珍贵的乳汁不能哺育一个一上战场就瘫软的废物。孩子死后瓦勒庇反而显得很高兴，因为这就避免了将来的耻辱。一个禀性柔弱的男子，既不能挺身马上去扩张领土，又不能像女人那样繁殖人口，不如趁早让他离开这个弱肉强食的世界。但是，一个女人只生养女孩，她作为母亲的意义就失去了一半。造物主让她跟男人交合，更重要的是希望她能够为柯柯部落的未来提供带阳物的战士。她老了，已经失去了希望。面对丈夫——一个虽然年龄与她相仿但雄风不减当年的骑手，她感到惭愧。

　　大概丈夫是有埋怨的。自从那个男孩夭亡，他发现她已经没有了繁育能力后他就很少待在家里。太阳般旺盛却又无处宣泄的精力使他比别的骑手更留恋荒野里追追杀杀的生活。他给她留下的总是去了又来来了又去的匆匆忙忙的身影。那年春天的一个早晨，丈夫冷峻而异乎寻常地拥抱了她，说了一些不该对女人说的话。他说他已经掌握亚敦哥洛的活动规律，这次去不是对方死就是自己亡。带好你的孩子管好你的家，将来一个女儿出嫁一个女孩招婿，不然等你干不动活的时候就没人照顾你了。她塞给他一包干奶饼，眼泪簌簌落下，模糊了的眼睛没看清他是怎样跨上马背，怎样走向太阳升起的地方。丈夫再也没有回来。同去的骑手向她描述了她丈夫倒下去的情形。她没有哭，也不该有恨。她早就明白，自己的丈夫尽管出色，但他远不能和亚敦哥洛相比。后者是一只虎，越孤独就越能显露本性的凶猛，而丈夫是一只狼，只有成群结队时才会让敌人感到害怕。她怀念丈夫，怀念的结果便是深深的自责；她，骑手的妻子，接受过他的无数次火热而纵情的拥抱，居然没有给他生下一个继承他的战刀弓箭的人。巴思坎得尔的出现就像一盏熠熠闪烁的灯照亮了她晦暗的心。凭着她的偏爱和敏感，她从孩子脸上过多地或者说是准确地捕捉到了他的聪慧睿智。在她眼里，这位流亡者的杂交后代禀赋天成，集中了柯柯骑手的所有优秀品质，尽管这些品质还需要时间的锻造。她认为他是她丈夫的转世，丈夫的灵魂在他身上闪烁无比亲切的光辉。在一股温热醇厚的情潮驱动下，她毅然走向孩子拉起他的胳膊。这胳膊尽管细嫩乏力但仍然是男人借以扬鞭挥刀的东西，很快就会变得粗壮有力。

巴思坎得尔在瓦勒庇的毡房里受到了男人的待遇。他可以为所欲为，如果他知道一个男人在家里应该干什么的话。但现在他只能有一些孩子气的举动。他想吃什么就要什么，以为每天的三顿饭根据他的口味来安排是再自然不过的，瓦勒庇尽其所能，只要办得到她都会亲手做好又亲手捧到他面前。实际上，他所知道的人世间的食物少得可怜，不外是干奶稀奶、生肉熟肉、羊血羊油，一切都是美味佳肴，又都是家常便饭，味道好得无可挑剔。他狼吞虎咽，每次都吃得很多，直到打出一连串饱嗝。这饱嗝便是对她的操劳的报答和安慰。她内心盛满欢喜，时常会情不自禁地哼出几句她自己编造的歌：

    草是绿的羊是白的，
    蓝天下的毡房是尖顶的；
    肉是嫩的奶是咸的，
    毡房里的锅台是冒着热气的；
    人是男的人是女的，
    骑手的女儿们是活蹦乱跳的；

天是他的地是他的，
　　我家的男人是带把把的。

　　唱完了她又会大声奚落自己的两个女儿，你们生来就不是人，难道也想吃也想喝？可是巴思坎得尔没剩下带肉的骨头，没留下漂着油花花的羊奶。为了我家的男人吃好喝好，你们还是和羊群一起去吃草吧，别忘了把最好的牧草留给羊吃。没有一千只肥羊，就别想让我家的男人天天吃饱。她们其实在巴思坎得尔放碗之前就已经吃得肚皮滚圆，听到母亲的话，便互相推搡着来到毡房门外，咯咯咯地笑。她们觉得能和羊一起吃草那就太美了，不用烧不用煮不用舀不用端，饱了就玩，饿了就吃，并且她们比羊更懂得哪里的草高哪里的草短；还觉得母亲称巴思坎得尔为我家的男人是非常滑稽的。在她们看来，男人和骑马奔驰，和外出征伐数月不归，和傲慢懒散，和威严的沉默，和动不动就发脾气联系在一起。可连上马都要由人抱的巴思坎得尔竟然成了男人，这就如同她们做游戏时要让一个石头小人当父亲一样好玩。

　　母亲并不是真心嫌弃自己的女儿们，家中有了男人而去数叨女人的卑贱，在她是一件快意的事情。她用鞣得柔软滑润的羊皮给他缝了一件新的皮袍；用四层牛皮做底两层羊皮做面一层熊皮做筒，给他缝制了一双结实耐用的四季靴。紫红绸的腰带是丈夫的宝物，只在每年热闹红火的冬春祭祀时才会系在身上借以向人和神炫耀光彩。她拿出来送给孩子。巴思坎得尔腰里缠四圈还能在前面打出一个牛头大的花结。但她坚信，总有一天他的腰会粗得只能勉强缠两圈。到那时他身上就会出现男人的豪烈。他可以拥有姑娘，拥有打仗的胜利，拥有骑手卓尔不群的风采。她从来不要求他做什么。挤奶做饭是大女儿尚席娅的事，放羊放牛是二女儿金塔娃的事。母亲除了侍候巴思坎得尔，什么事都做。有时是她给女儿们帮忙，有时是女儿们给她帮忙。巴思坎得尔倒想独当一面地干点什么。比如他想去满荒原转悠着放羊，想亲手将牛奶倒进皮袋让它发酵，想自己点火烤肉，如同流亡时跟父亲一起打野食度日那样，还想代替瓦勒庇去挖掘晒干后可以当柴烧的拉咕草根，或者像瓦勒庇那样愉快地哼着歌儿，在清晨湿润的白雾里赶着牛去溪边驮水。但每次只要他有行动的迹象，瓦勒庇总是和颜悦色地开导他，男人要是干了女人干的事情，他的心肠就会变得跟女人一样软，一双在光滑的奶头上挤惯了奶的手是攥不紧刀柄握不紧弓箭的。巴思坎得尔只好扫兴地抑制好动的习惯。他隐约知道男人的神圣职责应该是什么，可是他不会，双手双脚只能闲着。白天女人们都去毡房外面干活，他闲极无聊，总是坐在草地上望天望云想这想那的，想累了就躺在地上睡觉。瓦勒庇停下手里的活，过来抱他进毡房，让他睡在热乎乎的锅灶旁。锅灶旁铺着白色的羊毛毡，毡上是一张熊皮。这是专门为他设置的床笫，女人们不敢侵占，除非他邀请。她将他放下，让他的头枕在用羔羊皮缝制的绵软的枕头上。如果他醒了，她就会说："睡吧，好梦会让你长高长胖。只要能睡，喝凉水也会长肉，肉就是力气哟。"如果他没醒，她就在毡边单膝跪地仔细端详他：脸盘开阔，五官一个是一个，眼窝又深又圆，眉毛又浓又黑，鼻子又挺又鼓，嘴唇又厚又宽，耳朵又长又大。他叫巴思坎得尔，他是个男人。瓦勒庇在心里美美地叫着他的名字，起身出去，更加起劲地干活。

吃光了草原上的羊，
喝干了草原上的奶，

嗨，我们家的男人。

睡走了西山的月亮，

睡来了东山的太阳，

嗨，我们家的男人。

一步跨到天边，

两步走到地沿。

嗨，我们家的男人。

瓦勒庇根本不会去想她衷心赞美的并不是事实。太多的温情已经使孩子很少去怀念他的父亲和那一段漫长而艰难的流亡生活。令人腻烦的关照强化了他的与生俱来的惰性和健忘的本能。对往事的淡漠和安常处顺的态度说明他正在丢弃父亲的希望。他身上流着丹都人的血，不管他愿意不愿意，他都得继承母亲留在他天性中的一份遗产，那就是缠绵、伤感和缺乏征服意识的委顿以及对平静和安乐的崇尚。苦难被甜蜜代替。浸泡在蜜罐中的性格永远无法刚勇起来。孩子已经有些不堪造就的苗头。而瓦勒庇浑然不觉，依旧陶陶然于家中有了男人的满足中，依旧淋漓尽致地发挥着她那母性的溺爱。

大约是仲秋的一天中午，邦主猎捕羚羊归来经过她的毡房，向她问起巴思坎得尔的情况。她眉飞色舞地夸耀孩子如何听话如何吃肉如何睡觉和她对孩子的宠爱。邦主没听完大发雷霆。他说："你要把他当作一根捡来的木棒，用它抽打牲畜的屁股，最好让它沾染一些粪臭，用它敲碎挡路的石头，最好也让它飞扬起漫天的碎屑，用它烧滚你家的奶水，成了木炭就留着，成了灰烬就随风扬弃。你还要把它架在牛背上挑起两个盛满水的木桶。它也许会在中间劈裂只剩下又短又粗的两头。这两头才是真正有用的东西，能做战刀的把柄，能削出坚硬锋利的箭矢。瓦勒庇，没良心的女人，你存心要让这孩子给柯柯男人丢脸吗？听着，今晚就把他赶出毡房过夜，只有经常迎风受寒的人才不会在冬天的雪原上伤风感冒。听着，等他长大成人，我要用鞭子抽他的脊背，看他是哭还是笑。我要像掰断羊肘吸骨髓那样掰他的腿，看它是硬的还是软的。男人的腿是掰不断的，因为它在追风赶月中得到了锻炼。我要让他骑在马上，看看他的双腿能不能夹出成年马的响屁，要是不能，他就别想骑着马去追逐敌人。我们的生活就是在原野上奔走。他有胆量驱除布满原野的山魈鬼魅？他有力气连续砍下几十颗敌人的头颅？当羚羊群奔跑的时候，他有本领射穿跑得最快的带头羊的心脏？这是最低的要求，他应该做得更多，应该比我比他的父亲更加勇敢。如果他将来留恋安逸平静的生活而没有冒险的习惯和牺牲精神，他的母亲对部落就是犯罪。"瓦勒庇诺诺连声，惊诧地领会着邦主的残酷。但性别限制了她，她无论如何也无法在邦主离去时给他做出实施这残酷的保证。

她是女人，她可以把孩子当作捡来的木棒，当然是难得的可以创造后代的镶银饰金的木棒，却不能用它去砸碎附丽着下贱的荒野鬼的石头，也不能狠心让它淬火，更不能把它作为横轭而施加过于沉重的负担。晚上她让孩子在草地上过夜。草地上铺着白色的羊毛毡和能够阻挡潮气的熊皮。她和衣躺在他身边陪伴他，并将自己宽厚的皮袍压在他盖着的皮袍上面。巴思坎得尔觉得这样露宿比在毡房里有趣，可以看星星，可以听到狂野无度的风从头顶上掠过，听到一些莫名其妙的细微的夜声。但过了几夜，随着秋风日见料峭，他就开始怀念锅灶旁的温暖和那满毡房弥漫不散的醇厚的奶油味。他说他要回毡房睡觉，瓦勒庇自然想不到她应该反对。她理解邦主的用意，明白只有父亲般的严厉无情才能培养骑手的骁勇。可孩子没有父亲，自己没有丈夫，她无所适从，只能听从自己心灵的安排，那颗善良的温情脉脉的女人心带给孩子的是幸福还是灾难她不愿去想。她只注重现在而忽视着未来。

日子依然如故。冬天来了又去。春风急颠颠地吹过洼野，瞬间制造出一地疯狂的绿色。瓦勒庇一如既往地用自己的柔情蜜意拥抱着孩子。也有一点变化，那就是在孩子白天睡觉时她会推醒他，要他去户外的阳光下消食散心。她说："浅紫色的羊奶头花开得满地都是，去闻闻它奶油一样的香味，你就会吃得更多睡得更甜。"孩子出毡房没走多远，她又说："别走到我看不见的地方去。天上有云，四周有狼，云要落雨，狼要吃人。就回来，我一叫就回来。"已经养成听话习惯的巴思坎得尔果然没有走出多远，无聊地游荡了片刻，很快就回到毡房前。她的欢喜油然而生，觉得自己没有白白养活他。这样久了，连大女儿尚席娅也有些看不惯，对母亲说："巴思坎得尔为什么不能和我一起去挤奶呢？挤完了奶我教他骑牛。"母亲不同意，老掉牙的理由是不能让男人掺和女人的事，那样男人就会变得跟女人一样心慈手软。尚席娅蔑视这古老话题，喂喂鼻子提着桶走向牛圈——在所有牲畜中只有母牛才配有圈。巴思坎得尔听到了她的话，喊着我要骑牛就跟了过去。母亲看他很高兴，便说："骑骑骑，我们家的骑手，什么都让你骑。"又过去叮嘱女儿，你要扶他上牛背，你要牵着牛行走，你不能让他摔下来，万一摔下来你要紧紧抱住。尚席娅笑着连连答应。

尚席娅比巴思坎得尔大五岁，是母亲从丹那部落带到这里来的，就是说她的父亲也是丹那人。在这个家中她对巴思坎得尔最尊敬也最客气。在她较为成熟的眼里他既是男人也是客人——他从一个陌生而遥远的地方走来，来给这个家增添欢乐和温馨的气息。她有时替代母亲给他端饭,总是单膝跪地双手捧起歉意地含笑望他,似在说:"别笑话我家的饭不好,将就着填饱肚子吧,尊贵的客人。"她很愿意跟他说话跟他玩耍,很愿意他像一匹顽皮的马驹四处蹦跶或尥蹶子撒泼。可惜他天生沉默寡言,安静和悦。这使她感到别扭,感到了她和他之间存在着的那个云积雾漫的空间,感到了他男人的自傲而使自己变得羞赧起来。她在他面前骤然有了女性的文静。巴思坎得尔这个名字从她口中吐出,就像清晨凉爽的风轻轻悠悠。她跟他说话也变得细声细气却格外动听,给人一种甜丝丝清莹莹响淙淙的感觉。可惜她说得越来越少,许多话被她那双活泼的黑眼珠和微笑的神态所代替。而对巴思坎得尔来说,任何一个女人的存在比那些沉默的朋友——马牛羊强不了多少。他还小,无法理解在她的神情言语背后潜藏着青春的消息。她出身于以肉乳为主食的家族,充足的蛋白质使她才十五岁就已经是一个成熟的少女。少女的脸上洋溢着无时不在企盼春天、渴望异性的华光。

  尚席娅带他走进牛圈,将木桶放到粉红色的牛乳下面,提提衣袍,蹲下身子双手捧着牛乳轻轻搓揉。牛乳闪闪晃晃地湿润了乳头。她开始很有节奏地用力挤压,白花花的汁水一股股滋出来,滋到桶里就有了哗啦啦的响声。热气袅袅升起,清香钻进鼻孔浸润着肺腑。孩子想,人真是太笨,偏要把奶用桶提回去烧煮,为什么不来这里噙住奶头直接吮吸呢?他望了一眼侧身对着他的尚席娅,又想人和牲畜大概是没什么区别的,都有胳膊有腿有屁股有脑袋,还有奶头。尚席娅的胸脯微鼓着,要是里面也贮存着牛奶,那就太妙了,口干舌燥时就去她胸脯上呷几口。尚席娅默不作声地挤完这一头又去挤那一头。孩子看到挤完的奶头上还滴落着奶水,便弯下腰将嘴凑过去,用舌头接住一滴抿着嘴尝尝,温温的,微甜微咸。他还想尝,想把这种味道更加深刻地留在脑子里,尚席娅突然惊叫一声。他扭头疑惑地望着她。她两眼瞪得溜圆,颤声告诉他,人吃了生牛奶身上就会长出牛毛来。他觉得这不值得大惊小怪,人身上要是长出牛毛就不用穿皮袍。他问她,是白牛毛还是黑牛毛?她说:"你吃了花牛的生奶你身上就会长出花牛毛。"他想花牛毛一定很漂亮不禁抬手看看,似乎那上面已经有纤细的牛毛正在皮层下萌生。他想象人长出牛毛后的情形,会不会也要像牛一样四肢着地走路?会不会也要去驮水,也要被人骑,骑上后还要受到皮鞭的抽打?会不会也要囿居在这潮湿脏腻的牛圈里?他突然有些紧张,醒悟到长牛毛的人就不是人。似乎害怕自己顷刻就会变成牛的同类,他赶紧退出牛圈。尚席娅扭头叫他,叫声反而成了催他快快离开的信号。她告诉了他一个恐怖的秘密,她也就变作了恐怖的对象。

　　一整天都不愉快。巴思坎得尔万万没想到,只要自己一有行动,对生活的享受马上就会变作对生活的担忧。他天生是一个疑惑重重、思虑百端的人。

　　墨黑的夜晚如期而来。睡梦里再也没有美妙的情境来陪伴他。浩渺无垠的荒原上,刮起一天尖硬刺骨的风,到处都是诡异怪诞的景象。他看到瓦勒庇一家全都变成了母牛,只有他是人。他给她们挤奶,奶水花花绿绿冰冰凉凉的,带着一股呛鼻的腥气。他轮番骑在她们背上,用皮鞭发疯地抽打着拼命奔走。他抽死了瓦勒庇,看到尚席娅凸突着牛眼恶狠狠地朝他散射阴惨的锋芒,他惊惧地哇哇叫唤。父亲亚敦哥洛大步冲过来望着他呢呢喃喃说着什么,又冷笑着用弓箭对准了他。他听父亲说:"好大一头牛,足够我美美吃几顿。"他低头一看,才发现自己浑身都是密密匝匝的牛毛,前胸垂吊着又胖又大又嫩又亮的奶头。他号啕大哭。父亲不理他,拇指错动着就要放箭。尚席娅蓦地扑过来咬住他的奶头使劲吮吸。父亲的箭射中了她光溜溜的脊背。她放声大笑，更加狂妄地吮吸。父亲溘然逸去，尚席娅掉头就追。他伫立着，觉得浑身被她咂得枯干，便朝他们消逝的地方奔跑，想从她那里索回一个饱满的身体。可他撞到的却是父亲的铁头利箭。枯干的身体里流不出血，流出来的是春天冰壳龟裂时的嘎嘎声。他在嘎嘎声中毫无痛苦地死去。

　　巴思坎得尔醒来时天已放亮，毡房里悄无一人。他披上衣袍跑出去，看到太阳正在升起，阳光穿透晨雾在原野上漫铺而来。羊群欢快地叫着，迫不及待地走向草青花香的地方。牛圈里，尚席娅依然在挤奶。瓦勒庇背对着他，在一只新宰的羊身上剥羊皮。那就是他，就是死去的他。他是有血的。他凛凛而立，赶紧别转脸去，不忍看到自己的血正在染红草地。那边母牛哞哞欢叫，似在让他过去。他打了个冷战，小心翼翼地朝牛圈张望，看到尚席娅站在两头牛之间，展开双臂将手分别搭在牛背上放松地抬头极目远方。那姿势就像要飞起来，飞向她目光所及的云端，而云端是他父亲亚敦哥洛生活的地方。一会儿，尚席娅受到惊怕似的猛然扭过头来，看到巴思坎得尔她微微一笑。他低头下意识地朝瓦勒庇靠靠。瓦勒庇温存地瞥他一眼，从羊肚子里抓出一疙瘩热油想塞到他嘴里。他躲闪着。她奇怪他的躲闪，问他怎么了。他眨巴着眼皮不吱声。她定眼审视他，又慌忙扔掉羊油将湿漉漉的双手在衣袍两侧蹭蹭，拉起他的手回到毡房里。她让他坐在锅灶边，拿起一根掸土掸灰的白色牛尾巴在他头上扫来扫去，边扫边说："你的脸灰土一样难看，你身上有邪气啦。碰碰这祛邪的牛尾巴，好了好了，碰碰这祛邪的牛尾巴，走了走了，邪气走了。"她放下牛尾巴，蹲下身子捧住他的脸仔细端详。他不想让她摆布，就说饿。她赶紧朝外跑，想给他煮一锅新鲜的羊肉。

这时尚席娅挤完奶进来。他看到她后便情不自禁地发出了一声惊恐的尖叫,灰白的额头上冒出点点冷汗。随着她的靠近,他屁股蹭着毡铺一寸寸朝后挪。她不知道他为什么这样害怕自己,她对他说他应该出去帮助母亲干活。他望着她那和平时一样祥和的面容愣愣地思索,突然嗫嚅道:"我喝了生牛奶,我真的会变成牛?"她点头。他顿时变得神情呆痴目光惨淡。她也愣了,随即眯着眼轻松地笑笑说:"女人才会长牛毛。巴思坎得尔,你是男人,什么魔法对你都不起作用。啊,你的眼睛告诉我你不相信。看看你的手和脚,牛毛在哪里?"他知道自己的手脚和以往任何时候都一样,但梦境的印象比实实在在的生活给予他的还要深刻,心中的疑团依然不散。尚席娅坐到他身边。他朝一边溜去。她伸手拉他。他尖叫一声。她问他为什么这样?他不说话,只是用含着两泡水的亮眼睛怯怯地表示着他的拒绝。这使她意识到自己和这个小男人之间似乎根本没有那种她期望中的自然和睦的气氛。她过去从自己睡觉的地方拿出一个羊皮缝制的小口袋,讨好地递给他。他不接,她放到他面前神色怅怅地朝外走去。牛圈里还有一只挤满了奶的桶,她必须马上拎回来。

他不知道口袋里是什么,但在她放口袋时,那一阵叮当的响声勾起了他的好奇。他迟迟疑疑打开,不觉惊讶地哦一声。里面全是石头雕琢的小人头。他一个个拿出来摩挲着细看,有恶煞般的男人,有秀气的女人,有皱褶密布的老人,有天真稚憨的孩子,还有一种阴阳人,一边是男一边是女,连接在一起的后脑勺上雕着一棱棱的螺旋纹。小人头一共十四个。他摆在面前想挑出一个自己最喜欢的,挑来挑去觉得都喜欢。而对阴阳人他除了喜欢外还有一种被魅惑了的感觉。他拿在手中不停地摩挲,犹豫了一会儿便把它命名为巴思坎得尔。别的就不必多伤脑筋。男人头按形状大小分别被他唤作亚敦哥洛、邦主和骑手们，女人头便作了瓦勒庇一家，然后他移动人头编造故事。他让自己骑在浑身花斑的毛烘烘的尚席娅身上，和邦主一起带领骑手们去远方寻找太阳睡觉的地方。还没走到山那边，就到了太阳醒来的时候。太阳蹦出地面，在空中用金色的浪波冲洗着他们。亚敦哥洛从云里雾里钻出来横挡在他们面前说，回到瓦勒庇身边去，她是你们唯一的亲人。可是邦主不让他们回去，说："魔鬼在尚席娅身上施了秘密的法术，你们既找不到太阳睡觉的地方，又无法再回到瓦勒庇家中。"巴思坎得尔的胸腔里贮满了伤感，一阴一阳两张脸都汪汪地流下了如溪的泪水。亚敦哥洛这时拿出弓箭射死了邦主和所有骑手。太阳离开了蓝天，在中午就去睡觉。尚席娅驮着他来到太阳躺卧的地铺边，发现瓦勒庇和金塔娃在那里。一直跟踪着他们的亚敦哥洛大声说："太阳再也不会醒来，你们就永远守在这里。"说罢他一箭射穿了太阳。太阳流了很多血，把整个果果哈奇洼野染得通体透红。他们在冒着热气的血泊中搭起毡房，从此便生活在一个天天能够喝到太阳血的新家里。喝了太阳血，尚席娅身上的花牛毛即刻褪尽。故事到此为止。他不想拿着小人头排演下去。因为他意识到再往后发展也许就是那花牛毛又长到了自己身上，他喝光了太阳血也不见褪去。尚席娅扑到他的奶头上嘎吱嘎吱撕咬，奶水汹涌而出。

　　他沮丧地将小人头装进口袋，懒洋洋来到门外。草地上的死羊已经被卸成许多小块，瓦勒庇在牛圈那边用自己的身影遮挡着尚席娅。他的心像被一只老拳猛击了一下怦怦怦直跳。一定是尚席娅身上长出了花牛毛。他想过去又不敢过去，朝那边频频送去难过到湿洇的目光。他本来应该憎恶她却不知何故又伤感起来。母女俩出了牛圈向他走来。他听瓦勒庇按捺不住地追问："你说他是瑟瑟家的骑手?他是路过?他为什么一见我就跑?"尚席娅拎着奶桶低着头不作回答,红扑扑的脸像一对盛开的馒头花。母亲又问:"瑟瑟家有两个骑手,是大的还是小的?"她细声说是小的。母亲咧开嘴但没笑出声,又说:"马驹子跳到牛圈里,母牛哪里会给他吃奶。"尚席娅手中的桶悠悠晃晃,奶水溅出来滴落到她的靴子上。靴帮两侧有一圈做装饰的毛,巴思坎得尔认定那就是刚刚长出来的。他疑惧地后退一步。尚席娅撩起眼皮望他,那是令人提心吊胆的一瞥。他突然觉得尚席娅内心有一个很深很深的黑洞,不知里面有些什么古怪诡异的东西。牛奶晃出来,一片片泼洒在地上。淋湿的春草愈加鲜嫩。而在巴思坎得尔眼里却成了被牛奶催生出的毛。整个大地都长满了粗细不等高矮不匀的绿毛。尚席娅神不守舍地望着他。牛奶还在泼洒。瓦勒庇以为女儿累了,笑着接过木桶警告她:"第一次来看姑娘的男人,如果他不达到目的就离开她,他的眼睛就永远不会再明亮。让一个骑手变成瞎子那就是姑娘不善良。好心的尚席娅,从今天开始你得梳好你的辫子戴好你的首饰;你得有一身漂亮的新皮袍,除了我谁会为你精心缝制这件皮袍呢?"尚席娅加快脚步去收拾草地上的那一堆羊肉。当她经过巴思坎得尔身边时,他发现她黯郁的眼睛里有星星点点的水色。这水色清清亮亮透出她内心的忧伤。天生对忧伤十分敏感的巴思坎得尔一下子就感触到了女人内部最有分量的那一点,就像触到了一个活人腹中热乎乎的内脏。他低头思索,怎么也寻绎不出产生那种水色和这种感觉的原因。

早晨就这样在坎坷不平的情绪的流淌中度过。吃过煮得血色将干腥味浓郁膻气醇厚的羊肉后,巴思坎得尔继续在锅灶边的毡铺上摆弄小人头。他又编造了一些故事。故事中的尚席娅十分可怜,不是死去就是被人鞭打或让人嘲笑。那个名叫巴思坎得尔的阴阳人总是在关键时刻出现。在她的死尸旁默立或者替她承受鞭打或者躲在暗处像父亲猎杀羚羊那样冲嘲笑她的人猛放一箭。这种游戏很快使他乏味。他有了一种倦怠寂寥的孤独,猛抬头发现尚席娅立在门口不知立了多久,那目光直勾勾环绕在自己身上也不知环绕了几个来回。他迷惑不解地伏下脸将小人头装进羊皮口袋,觉得她的目光就停留在自己脑门上。脑门上的头发一跳一跳的,皮肉也阵阵颤动。好像有什么事情要发生,他慌乱地起身提着口袋往外跑。

亮堂堂的大天大地。原野的朗静无限延伸,辽远的碧草透出白晃晃的辽远的光耀。大自然的瑰丽正在走向峰巅,空气匀净到极点。白云悠悠飘拂,开阔的瓦蓝静止着,深深的如同尚席娅的心。相比之下,毡房里就显得更加阴森昏黑。瓦勒庇赶着牛去远处的溪边驮水。四周一片阒寂,鸟雀悠游自在地飞起落下,播散一声声玲珑的啁啾。他回头看看黑黝黝的毡房门。尚席娅正从里面出来。她绯红着脸说:"你把一个小人头丢了。"她攥起一只手朝他晃晃,立在门口等他来取。他眼睛扑扑地扇着走过去,不敢直视她那双幽幽的眼眸。她的手朝他缓缓展开,里面什么也没有。他发蒙,她是个不诚实的人,她在骗他。他返身就跑,却被她一把拉住又将他紧紧抱在怀里。他浑身发抖,觉得自己已经是头牛了,她抱住他是要吮吸他的奶水血水甚至骨髓。他挥舞着双手尖声喊叫。她连连轻声唤他,巴思坎得尔,巴思坎得尔。这声音急煎煎又怯生生的。他力气太小,被她很容易拖进了毡房。她一手拽住他,一手解开自己的衣袍。巴思坎得尔感觉恐怖得似乎面临着死亡的深渊。当眼前出现一片光滑的肉色而他的整个身子就要陷进这肉色时,他举起手中的口袋砸在她下巴上。她松开手。他像逃命的兔子一眨眼就消失在门外。她追出去又戛然止步,看到瓦勒庇赶着牛从前面一座红土岗那儿绕过来。

牛一迈步一摇晃，左右两个盛满水的大木桶似两座移动的山。整个大地都跟着摇晃。尚席娅收回眼光怜悯地望他，又突然悟到更值得怜悯的恰是她自己。她在心里悲哀地呼喊，巴思坎得尔，你不是我家的男人。

这是惊心动魄的一天。从中午到黄昏巴思坎得尔没有走近毡房半步。光天化日给了他前所未有的安全宁和的感觉。瓦勒庇几次要他进毡房休息。他都不，他说老没看到太阳的笑脸，今天他要看个够。太阳总是笑，笑出了和父亲亚敦哥洛一样爽朗的声音。

牧羊女金塔娃披着一身灿烂的霞色从天边归来。她的马是一匹青白杂色的骓马。她骑在马上就像坐在毡铺上一样安闲自在。吃饱喝足了的羊群在她面前洋洋洒洒地漫成一片，望见了熟悉的毡房便咩咩叫着你争我抢地报告归来的消息。没有烦恼没有忧愁没有精神的负荷，它们的快活如同牧羊女的快活。生活对她和它们显得超然而美好。一霎时，巴思坎得尔对羊群对金塔娃充满了向往，充满了对毡房之外原野内部的明净空气的依恋。这明净开阔的原野是父亲送给他的礼物，而他却在不知不觉间丢弃得一干二净。他迎着金塔娃走去。金塔娃不理他，像往常那样唱起了这一天的最后一首歌。

> 旋风来了把花儿吹倒，
> 流水来了把石子淌掉，
> 月亮来了把星星撵走，
> 金塔娃来了把草原拥抱。

一整天的歌唱一整天的游荡宣告结束。羊群簇拥到平时安卧过夜的地方。金塔娃溜下马把缰绳搭在马背上撒手朝毡房走去。巴思坎得尔叫住她,乞求地说:"明天我跟你去放羊。"金塔娃学着母亲的腔调说:"去牧羊?哼,狼吃了你。"她看他把自己的话当了真,又说:"我家的男人,你会骑马?你会和羊说话?"他摇头。她突然喊起来:"我家的男人,你拿我的小人头干什么?"她上前一把刁过来。他感到委屈,泪珠在眼中闪闪烁烁。她生怕母亲责骂自己,赶紧说:"你不是男人,男人不会哭。"他依稀记起父亲告别他时那有力的一巴掌,慌忙抬手将眼泪揩去。

又是噩梦绵绵的一夜。巴思坎得尔在梦中扮演了最卑微最可怜的角色。尚席娅成了想要置他于死地的魔鬼,金塔娃成了魔鬼的女儿。但她似乎比尚席娅善良得多,因为在梦中当他就要死去时她将小人头施舍给了他。那些小人头后来变成了七色宝石。

金塔娃从六岁开始放牧,到现在已有七个年头。和许多柯柯姑娘一样,等到出嫁时她就成了一个老资格的牧人,从此便和羊群告别,去别人家操持繁重的家务。巴思坎得尔到来之后,尽管他已经吃去了金塔娃放牧的几十只肥羊,但他们之间的陌生从开始到现在似乎被固定在那里。金塔娃每天毫无例外地早出晚归,待在家里的时间不是吃饭就是睡觉,他们没有一起玩耍的机会自然也就缺乏相互间的了解。好在她不在乎陌生。她可以像对待熟人那样对待陌生人,也可以像对待陌生人那样对待熟人。好几次她撺掇巴思坎得尔跟她去牧羊。他想去,却被瓦勒庇好言劝住。她说:"男人的力气不能浪费在牧羊上,攒起来,攒到他成为骑手的时候,他就能担着山走路,把柯柯祖先垒起的圣山搬到他应该征服的所有地方。"对她的话巴思坎得尔总是唯命是从。但在金塔娃看来,这唯命是从的习惯便是天底下最坏的习惯。是男人就应该野浪,就应该顽皮,就应该违抗所有人的命令去发展他那自由的天性。所以她对巴思坎得尔是看不起的。她冷淡地对待他,又希望对方能从自己的冷淡中改变他那种根深蒂固的惰性。

早晨的阳光因为颜色浓重变得有些混沌。乳白的轻气在地表之上凝滞不动。毡房四周沉湿的绿草,在柔和的黄晖照耀下晕散出片片神妙的绮丽。鸟韵声声,娇艳的羊奶头花高翘着细枝轻轻摇摆。一派清心悦目的安谧景象。尚席娅照例拎着两个木桶去挤奶。瓦勒庇将一包带骨的熟羊肉塞到金塔娃怀里。金塔娃站在青白色骓马的身边朝目送她的巴思坎得尔招手。他走过去。瓦勒庇拦住他问他要去干什么。他说他不想待在毡房里,他应该去练习骑马。出乎他的意料,这次瓦勒庇稍一思忖便答应了他的要求。她拉他过去将他抱上马背,又把缰绳塞到金塔娃手里,絮絮叨叨嘱咐女儿,别让马跑,别丢开缰绳,下马时一定要让马停稳,别让他老骑着,那样会磨疼他的大腿。金塔娃怪腔怪调地答应着,从她调皮的神情中看得出她很乐意有一个需要她照应的同伴。

> 我骑在马上来到长草的地方,
> 没有毡房没有奶香,
> 我问天上的云朵地上的羊,
> 这儿为什么这样安静这样荒凉?

没走多远金塔娃就唱起来,巴思坎得尔觉得她唱得不好听,不屑一顾地把头摆向一边。四周的景色跟他在毡房前每天看到的已经大不一样。大地逐渐显示着它野性的秀丽,苦艾野蒿遍地生长,无拘无束地朝高处和低处蔓延,随着地势的跌宕起伏翻卷出一轮轮浑莽的草浪。走在前面的羊群游荡在草浪的静穆中，忧急的沙沙声响成一片。对这种又高又硬的苦艾野蒿连顽皮的羊羔也不肯用鼻子嗅一下。它们匆匆行走，沿着最便捷的道路扑向每天都去的那个地方。金塔娃唱了几首歌，觉得没人跟她一起唱实在乏味，便问他："你怎么什么也不会？不会骑马也不会唱歌，还是我家的男人。"他的脸微微泛红，明白自己在她面前没有任何资格端架子，尽管他仍然觉得她的歌声实在难听。他嗫嗫嚅嚅地说他会唱。她很吃惊。在她看来，会唱歌而不跟她一起唱的人简直不可思议。她拉着缰绳费解地想了一会儿就又唱起来。歌声便是邀请，用不着多余的语言。但她唱完了他还是不唱。她气恼地回头瞪着他说："用鞭子抽你，你才能张嘴吗？"他吓了一跳，忙说："你让我下来，我不能在马背上唱。"她发出一阵咯咯咯的朗笑，过去让马停下，伸开双臂做出要抱住他的样子。他将全身俯在马背上，跷起腿蹭着马背溜下来。在他双脚落地的同时她抱住了他。但这反而使他没有站稳。他的前胸贴到马镫上，不禁哎哟一声。可她却开心地笑了，并引起了他的笑。她扶住他的胳膊让他站稳，丢开缰绳让马自己行走，然后问他会唱什么歌。他说他不知道那是什么歌，全是父亲亚敦哥洛教给他的。她说要是你比我唱得好听，果果哈奇的魔鬼就会感动得温顺起来。他高兴听这种话，一张口便唱出了声：

满天的白雾阵阵升起，
太阳的金光穿不透厚厚的云翳，
大地静悄悄高山已经睡去，
冰雪覆盖着无边的果果哈奇。

他的歌声带着父辈的伤感。歌中固有的冷峻和神圣使他的面孔充满了童稚的深沉。这对金塔娃是陌生的。她只觉得那种带奶味的雄浑的嗓音十分好听，用满脸俏丽的欢喜怂恿他继续唱下去。他大受鼓舞，比刚才唱得更加自由高亢：

在洪荒的原野，在寒冷的冬季，
有一个人向着高山走去，
高山遮住了他的双眼和茫茫大地，
他走向山坡祈祷十二月的天气。

巴思坎得尔被自己的歌声感动得眼中突然有了泪水。他想起了父亲，想起了寒雪之后冷风的啸叫。父亲背着他趑行在一个无垠的冰凉世界中——那皑皑的白色之上雄犷的山影，那咿咿唔唔的天声，那弥扬的雪粉里一串串深深的足迹。他又唱道：

孤独的老熊明白了他的心意，
让出山洞让他栖息。
但他的步履没有停止，
他手握利刀劈开挡路的岩壁。

一种切身体验过的苦难中的忧郁充溢着他那并不宽广博大的胸襟。他无法再唱下去，发呆地望着远方。金塔娃也有了片刻的肃穆。她突然觉得巴思坎得尔并不是个无知无用的男人。他心里藏着一些极其悲壮神秘的故事，而这些故事是关于大人们的。钦佩油然而生，至少在片刻之中她不敢在他面前有什么轻率狂妄的举动。她悄悄离开，去追逐已经跟着羊群走远了的马。巴思坎得尔紧步跟上。他以为是歌声撵走了她，不禁有点怀恨自己。他不能没有她的陪伴，他现在最最害怕的便是独自一人行走在荒原上。他撵上她时她已经牵住马。两个人并排踢着草尖前行。谁也不再说什么。

　　和煦的春日蓝天下，牧地出现在他们面前。这是一片水网交错的平阔的低洼地。鲜嫩的绿色似乎带着玎玎玑玑的响声。水灵灵的景致，清新宜人的空气，四月的凉爽，沁人心脾的草腥粪香，这一切都能不知不觉地长起人的精神。金塔娃跳上马背放纵地朝前奔跑，边跑边尖声尖气地吆喝。听懂了她的意思的羊群一窝蜂朝南拐去。一会儿她又喊了句什么。羊群散散漫漫停下。她扯动缰绳兜着圈子朝巴思坎得尔跑来。马背上女孩儿放浪潇洒的英姿让他歆羡得肌肉发痒。他面孔痴迷恍惚，看到她让马驻足不再驰骋便遗憾得内心一阵酸痛。金塔娃在他面前跳下马问他是想继续唱歌还是想骑马。他踌躇着选择了后者，因为后者更适合原野的风格。

　　她将马牵到一道土坎下面，他跟过去踩上土坎。马背就在齐腰的地方，他一抬腿就坐了上去。她把缰绳交给他又在马屁股上轻轻一拍。马步态稳健地朝前小跑而去。而他觉得自己就像坐在草浪的波峰上，随着风吹大幅度上下颠簸。他担心自己会被颠下来掉进一个无底的软绵绵的深谷，紧张得回头用僵直的眼光向金塔娃求救：还是让马缓缓行走吧，金塔娃，我需要你牵住缰绳。金塔娃咯咯笑着跳下土坎。笑声让他恼怒更让他羞愧。"我们家的男人，去征服敌人的营地吧，你的歌声就是最好的武器。"她快活地喊着，捡起一块石头扬手一扔击中了马屁股。马朝前一跃他的身子便不由地朝后倒去。他尖尖地叫一声就要滚下马背。她跑过去拉住马，踮起脚尖使劲推搡着他那已经歪斜的身子。他再次端端地坐直，两手却松脱了缰绳连声喊叫我要下来。看她不理睬，他着急得双腿乱蹬，眼里挤出了几星泪花。没出息的男人，你不敢骑马你的歌声就不会传遍四方，到头来不过是个会说话的哑巴。金塔娃在心里骂着，板起面孔扶他下来。他站到她面前，难为情地低下头准备接受她的嘲笑。可她什么话也没有说就牵着马朝前走去。为了他——一个男人的不敢骑马奔驰她打算一辈子不再理他。因为和他在一起她会替他害羞。当她需要向别的牧羊女介绍这是我家的男人时，她就更会面红耳赤。一个不能让女人骄傲的男人他的价值就等于零。金塔娃打算在心中从此抹去他的形象，哪怕是想象中的未来的形象。她骑着马去找别的牧羊女玩耍。被丢弃的巴思坎得尔望着她消逝望着羊群消逝，顿时没有了主心骨。茫茫原野上就剩下了他一个人，如同一棵形貌消瘦的矮树被草浪推挤到了草原之外。他失落的心告诉他，他唯一的天地就是那顶阴郁的毡房。唯一能够陪伴他的就是过了时的瓦勒庞。他难过地朝回走去。

　　已是太阳偏西的时辰。巴思坎得尔走近毡房。毡房四周是意外的寂静。瓦勒庞不知去了哪里。往常这个时候她总是在清扫夜里卧羊的地方。羊粪是最好的燃料。他在毡房门口立住，听到里面有响动，响动神秘得令人提心吊胆。他过去从门帘的缝隙间朝里张望，先是看到了一个长长的男人的背影。这背影弯成一张弓俯在毡铺上。那神秘的响动，就是由于这张弓在不停地弹起落下。接着就看到尚席娅袒露着身子躺在他的双臂之间。巴思坎得尔心脏急剧跳动，意识到家中来了坏人而尚席娅就要被坏人掐死。他惊惧地大声喊叫瓦勒庞。那男人猛然回头，沮丧地放开尚席娅。而她下意识的举动就是穿好衣袍跑出来满脸通红地站到巴思坎得尔面前。她把眼光一次次撩向他，那是一种极其复杂的表示。她自己无法理解，他更不能理解。

他奇怪她的脸红，更奇怪她遇上了坏人为什么不喊不叫。那男人好一会儿才出来。他凶狠地盯了一眼巴思坎得尔，大步绕到毡房后面。那儿拴着他的马，是一匹骑手的劲健壮实的栗色马。他轻轻地跳上马背，大声对尚席娅说："记住，只要太阳还会出现我就还会再来。要是你不愿意见到我，你就应该先让太阳永远躲在云层后面。"说罢他荡起缰绳，驱马不紧不慢地离去。巴思坎得尔觉得这时他的身影高大得如同山岭，头顶几乎可以蹭到天上的云彩，细长的双腿弯曲在马的两侧，姿态优雅而挺拔。从他傲慢的神情中，巴思坎得尔感到他是正大光明的，至少在骑手本人看来是这样。相比之下自己反而成了偷窃秘密的坏人。尚席娅朝那人望望，又赶紧悔罪似的低下头。巴思坎得尔带着不可索解的疑问钻进了毡房，身后传来尚席娅的叹息。这叹息是对他无可奈何的告别。她已经明白他还小，小得令人绝望。

尚席娅出嫁了。娶她的就是巴思坎得尔见过的那个双腿细长的骑手。瓦勒庇和金塔娃欢喜异常。她们接受了骑手的父母送来的聘礼：一牡一牝两匹灰色马和五十只雪白的母羊。这说明骑手家并不富足。因为送礼的母羊不上一百就算不得体面。瓦勒庇不计较，作为母亲她养育女儿的唯一目的便是让她出嫁，让她在别人家为柯柯人的繁衍不衰去尽心尽力。至于家道殷实、女儿幸福，统统都是次要的。

为了报答母亲的养育之恩，成亲后的第五天，尚席娅背着两条她在骑手家擀制的毛毡来到母亲面前。毛毯新崭崭的，奶水一样洁白，奶水一样带着羊膻味。她将它铺在锅灶旁再让母亲端端地坐在上面，几乎哽咽着说："让我最后烧一次奶茶，最后端一碗给你吧。"瓦勒庇笑着听从女儿的安排。奶茶烧好了，尚席娅给母亲捧过去一碗,也给瓦勒庇家的男人巴思坎得尔端上一碗,然后依偎在母亲身边。巴思坎得尔没想到他这次见到尚席娅时会显得那样激动。尚席娅几天工夫就变得大方老练起来,也变得形貌昳丽更加耐看,明亮的眸子盯着他,就像盯住了一匹不通人性的马驹那样肆无忌惮。她脸上有红晕,那是在男人的拥抱下青春激荡的痕迹。他脸上也有红晕,但那是羞怯。他为什么要羞怯?他对自己莫名其妙。他想跑出毡房躲开她的眼光。门外大风正在呼啸。失去了奶茶温醇的气息和她的眼睛的照耀,他知道自己会打哆嗦。他坐在自己的铺上低头玩着小人头。这些日子,只要金塔娃去放羊他就让小人头来陪伴自己。尚席娅在给母亲说一些骑手家的事。男人脾气暴躁,动不动就又打又骂。婆婆虽然和善,但不会料理家务,把家里搞得肮脏不堪。公公又懒又馋。除了吃和睡什么也不干。总之是一团糟,没有一样称心如意,更没有一样能比得上瓦勒庇家。这些话说得母亲心里沉甸甸的,脸上再也没有了笑容。巴思坎得尔不时地抬眼望望尚席娅,每次都能和她的眼光相遇。这样待了一个下午。她要走,对母亲说:"让巴思坎得尔送我到红土岗那边。"红土岗离毡房只有五个箭程。瓦勒庇苦涩的脸上布满哀恸的皱纹,征询地望望巴思坎得尔。他没吭声,只是将小人头一个个收进了羊皮口袋。

他们走出毡房。瓦勒庇哭了。他的鼻子也酸酸的。尚席娅脸上勉强挂着笑想送给母亲一丝宽慰。但一上路背朝母亲时她的泪就流了出来。巴思坎得尔走在她身后。她揩净眼泪回身拉起他的手要和他并排行走。母亲隐入毡房。毡房很快远了。在红土岗下面她停下来轻轻唤一声他的名字。他刚嗯了一声就被她搂在了怀里。他服服帖帖地没动。她用手抚摸他稚气的脸和他柔软的头发。她说:"巴思坎得尔,你明白吗?母亲已经老了。她要是死了你就来找我。"他的脸贴着她的胸脯呜呜哭起来。这时，他们听到了一阵马蹄声。骑手颅长的身影出现在夕阳的余晖里。她松开他，转身望了片刻便毫不迟疑地走向自己的丈夫。骑手勒马停下，等妻子走到跟前，扬手一鞭打在她身上。她回望一眼巴思坎得尔，忍住疼痛没有喊出声。骑手下马，一言不发地将她扶上马背，然后自己跨上去。马被他驱赶地奔跑起来。巴思坎得尔听到了她的喊叫。那叫声是凄惨的，是对痛苦的反抗。伴随着太阳落山，叫声渐渐消弭。巴思坎得尔呆望着突然跌下去的地平线，觉得那儿就是大地的边沿，尚席娅已经掉进了原野的底层。他胸中涌动着伤感的情绪，一块沉重的岩石压在他心上。心似乎已不再跳荡。天色趋于黯淡。铁青色的云雾里饱含着冷冰冰湿漉漉的孤寂和郁悒。他唱起了歌，因为他想起了金塔娃的话，要是你唱得动听，果果哈奇的魔鬼就会温顺起来。尚席娅是被残暴的魔鬼带走的。带走她的魔鬼一定能够在他的歌声中变得比羊还要温顺。

> 他登上山顶眺望天边的落日，
> 捧起白雪沉思着等待天黑，
> 在黎明到来前的寂静里，
> 他用柔软的积雪埋葬了自己。

歌声引来了瓦勒庇。她温存地嗔怪他为什么不回去。巴思坎得尔说他想唱完了再离开这里。她又问他唱完了没有。他说没有，但现在他可以回去。她拉起他的手往回走。从此，他的歌声就时常陪伴着他自己。每当他想起尚席娅，他的心灵里就会出现一种透明的憧憬。他想见到她又害怕见到她。他以尚席娅为标准衡量着所有年轻的姑娘。但他再也没有遇见一个和尚席娅一样的女人。他的失望就像牛羊对草原的失望，弄得他瘦弱了许多。

后来，他长大了。

他大了之后尚席娅在他心中也就越来越淡。当瓦勒庇很快老死的时候，出落得美丽无比的金塔娃被邦主召进了他的中心大帐。红土岗前，那座铺着厚厚的熊皮褥子的黑色毡房里突然消逝了女人的溺爱和温情，甚至连那十四个小人头也被金塔娃拿走了。巴思坎得尔因此变得愈加孤独忧伤。

但是，他并不以为孤独是可怕的。他在孤独中歌唱孤独，歌唱孤独中久久的期待，歌唱对失去的生活的深深留恋。他成了柯柯部落中最出色的诗人。歌声陪伴着他的日日夜夜。

第二部 野马

第四章　野鹜之父

　　大概是由于年老昏聩的缘故，柯柯邦主居然期望部落形成一种忌讳别人赞美自己珍爱的东西的风尚。据说他在这方面是有过教训的。他让丹那女人给他生的第一个儿子落地后不到百天就死了，因为孩子在襁褓中受到了别人的称赞，说他像邦主一样面带英气、睿智聪慧。他在征战之余骑着马去原野上面对无边绿色吟唱他的诗歌。那些喜欢诗歌如同喜欢原野本身的部众紧随着他。有人说，我们邦主的诗歌多么华美动听啊，于是那些堆积在嗓子眼上的妙音丽词便倏然消弭，他再也唱不出半句来。又有人说，我们的邦主骑着一匹多么出色的马，它和它的主人一样永远显得青春焕发。那马就在归来的途中误食了有毒的灰叶草中毒而亡。这是受了语言的邪气，语言的邪气比刀子还要锋利，谁能不相信呢。但是既然世间充满了美好的事物，人们又怎么能遏止赞誉的冲动？尤其是对一个崇尚诗歌的部族来说，放弃了赞誉就等于放弃了语言。语言不能放弃，尽管邦主的避讳如此残酷，尽管大家都相信语言的邪气带来的只能是灾难。

> 你满脸春色有如湖水摇荡，
> 你明眸闪亮溢满盈盈波光，
> 金塔娃，金塔娃，
> 你身段柔软马驹一样漂亮，
> 你姿影斑斓胜过早晨的太阳。

金塔娃是柯柯邦主的掌上明珠，是最后一个日日夜夜陪伴着他的女人。柯柯部落的诗人巴思坎得尔钟情着金塔娃。他钟情的歌声响彻在黎明和傍晚，一次又一次地传遍了四方，惹弄得金塔娃茶饭难咽，彻夜不眠。

> 湖水为什么不在山坳的绿地上，
> 马驹为什么不在平坦的草原上，
> 太阳不照耀我就不是太阳，
> 黑暗中我无法追撵金色的岩羊。

正是那无休无止的诗歌挑逗起了效应，金塔娃病倒在邦主的毡房里。邦主要惩罚释放了邪气的巴思坎得尔。巴思坎得尔早已逃之夭夭。不久，邦主带着骑手们去巡视他的疆域。夜幕中，柯柯人的大本营前又响起了如泣如诉的歌声。歌声让金塔娃如痴如醉。她起身来到毡房外面，看到前方头顶一轮澄澈的月亮圆满得就像一面镜子。她从镜子里看到了诗人的身影也看到了自己的身影，还看到了邦主赏给自己的那匹装饰璀璨的骏马。她不由自主地跳上马背，走向歌声响起的地方。

私奔了，私奔了，邦主的爱妾金塔娃私奔了。

邦主在得知这个消息的同时，一下子就明白巴思坎得尔拐带着金塔娃去了哪里。他十分后悔当初在那个孤儿佩戴一百零一个干瘪的阳物来到他面前时，他宽厚地收留了他。他更后悔在看到巴思坎得尔懦弱得连一只绵羊都不敢宰杀时，没有折断他的双腿并把他抛进荒野喂狼或者冻死。现在他只能劳师动众去领略一下丹那山那边的风光，看那儿的野鹜之父是不是比自己更有权力去做金塔娃的守护者和南部荒原的主人。又一次远征开始了。这才是生活。在一个地方待腻了的骑手们群情激昂。

在果果哈奇南部荒原的吉拜格草原上，在投奔野鹜部落的几个垂老的丹那人那里，巴思坎得尔依仗父亲亚敦哥洛的声望，借来了四十只绵羊十五匹溜蹄马，把它们作为结婚的聘礼送给金塔娃。金塔娃说："我要是贪婪财富就不会跟你来到这个陌生的部落，邦主爱我，只要我愿意，柯柯部落的每一只羊、每一匹马、每一头牛都可以用我的名字命名。但是我不喜欢他，我喜欢你。我现在要你对我起誓，如果你爱我，你就带着我永远离开柯柯部落。"巴思坎得尔说："金塔娃，我的马驹，我的太阳，为了你，无论做什么我都心甘情愿。但誓言并不能决定今后的道路。如果我今天起誓要背叛哺育了我的柯柯部落，我就成了一个忘恩负义的人，我就有可能在明天起誓背叛热爱我的妻子。我不想有明天的起誓，所以我必须放弃今天的起誓。金塔娃，相信我，在迫不得已的时候，我会用我的名誉保护你，哪怕面对柯柯邦主锃亮的鬼头刀。"金塔娃不再勉强他，但心里老大不痛快，躲在几个丹那老人为他们专门设置的毡房里久久不肯出来。永远不想违背父亲遗言的巴思坎得尔只好沉默。

这时野鹜部落的首领野鹜之父带着他的儿子和几个丹那长者来看望两个逃亡者，第一句话便是："我们的烽火已经烧起来了，柯柯人的马队出现在丹那山这边。孩子们，你们说怎么办？"巴思坎得尔无可奈何地说："我们唯一的选择就是逃亡。"野鹜之父说："孩子，我早就听说你了。你虽然贫穷但精神富足。你的诗歌将成为神的代言。你没有漂亮的刀枪却有英俊无比的相貌，你没有骑手的经历却天生具有骑手的风度。不要怕，孩子，去迎接柯柯人的马队，掏出你的心让他们看，就说你用它征服了美丽的金塔娃。"巴思坎得尔惊问道："难道你要让我剖腹自杀？"野鹜之父又说："如果诗歌是心泉的流淌，你的语言就会变得和心一样滚烫鲜红。你难道不相信你自己的力量？去吧，为了防备万一，把你的妻子送到我们的毡房里来。"野鹜之父的儿子也说："放心吧，我会像照顾亲嫂嫂一样照顾好金塔娃，如果她美丽的黑眼睛蒙上了灰尘，那我就一辈子做你的奴隶。"巴思坎得尔犹豫不决，征询妻子的意见。妻子说："只要我们能够一辈子在一起，暂时分开又有什么要紧的呢？这里的主人一片好心，要是你不听他们的劝告就是对他们的不信任。对好心的人怎么能这样？"巴思坎得尔被妻子说服了，说了许多感谢对方帮助的话。野鹜之父谦逊地摇头，又提议，为了他们能够像对待亲人一样对待果果哈奇最漂亮的女人，就让他的儿子和巴思坎得尔结为兄弟吧。没有人反对这个提议。因为他的儿子和巴思坎得尔长得一样英武，即使说他们是一母所生，不了解实情的人也会相信。他们身上都带着狼膝盖骨，据说将它拴在腰际能预防腰疼病。他们都有各自的马鞭。为了走路不摔跤，裤带上都系着一束绣线菊的嫩枝。

两个人把这三样东西互相交换了，然后拥抱，然后接受长辈们的祝福。丹那人的长者说："在骨肉分离的时候，那就是死亡来临、受人宰割的日子。只要活着，你们就是密不可分的，如同草原不能没有羊群，骑手不能没有骏马，香甜的果实不能没有茂盛的枝叶一样。"野鸳之父说："作为兄弟，你们要时常为对方祈祷。为别人祈祷自己就会幸福，即使穷人也会丰衣足食。不为别人祈祷自己就会遭殃，即使富汉也会饥肠辘辘。"就这样，野鸳之父的儿子和诗人巴思坎得尔开始称兄道弟了。

野鸳之父的儿子叫达克帕罗，意为拥有弓箭最多的人。这名字并不只是希望的寄托。既然起了这个名字，那他就必须拥有许多令人赞叹的弓箭，如果没有，他就得改名，如果不改，周围的人就会讥笑他从而疏远他。他们会说，如果交朋友不会给自己带来荣耀，不如和牛羊在一起。一个受人崇敬的人也是朋友最多的人。达克帕罗是名副其实的，他受人崇敬，他有许多真正的朋友。他曾经把自己珍藏的十七把宝贝弓箭展示给别人看，那一日他家就像过节一样热闹。老朋友，新朋友，还有一些陌生的朋友；近的，远的，还有一些是从百里之外专程赶来的。他们都在他的毡房周围高高兴兴地喝酒吃肉，欣赏各式各样的弓箭。弓箭有木质的、竹质的、角质的、骨质的；有朴拙的，有华丽的；有雕镂了花纹的，也有镶嵌了宝石和裹饰了金银的。人们开了眼界，达克帕罗得到了荣耀。后来就散了，散向四周的是人，也是对弓箭主人的称道。整个南部荒原都在注视着达克帕罗，就像注视着一颗闪亮的星星。弓箭不仅是他的物质财富，也成了他的精神财富。他因弓箭而扬了名，就像巴思坎得尔因为有了金塔娃而蜚声南部荒原一样。

这会儿，金塔娃跨上丹那长者给她准备好的一匹被认为是吉祥的灰色仙脸马,在野骛之父和他儿子一左一右的护卫下走向了远方。巴思坎得尔望着妻子渐渐模糊的背影,内心顿时感到空落落的,好像一匹伤感而羸弱的公马,被命运丢弃在了寂寞的旷野之原,过早地失去了情爱的活力。他神色黯然地张开嘴,为妻子唱出了一首送别的歌:

> 我的姑娘别回首,
> 回首就像山低头;
> 我的姑娘别忧伤,
> 忧伤就像水倒流。

妻子的身影终于望不见了,他望着凄迷的云雾又唱道:

> 漫漫路途上哪里是你的家,
> 只有黑头老熊伴你走天涯;
> 金塔娃,我的姑娘金塔娃,
> 祖先的白昼里祖先的月空下,
> 有一只老熊伴人走遍了天涯。

柯柯邦主带着他的骑手们出现在果果哈奇南部荒原。他们在一块高地上扎下营帐,派人找到巴思坎得尔,要他即刻去见邦主。巴思坎得尔去了。邦主藐视着面前这个微不足道的叛逆者,声音沙哑地说:"我是来南部荒原散散心,看看风景的。我不想让这儿的主人血染这儿的土地。因为我知道你所投奔的野骛之父是个温良敦厚的人。屠杀一个不会反抗的人只能让我名誉扫地。包括对你,我也不想杀死，尽管你犯下了滔天大罪。你虽然不是一个好骑手，但你是一个好歌手。你对我有用。如果你不是赞美我而是用诗歌诅咒我，那我一定会永世消灾，长命百岁。年轻人，去把金塔娃领来，跟我回去。我需要她就像需要你一样重要。"巴思坎得尔说："尊敬的邦主，感谢你的宽宏大量，从我逃出来的那一刻我就想回去，去给你当牛做马。但是我要诚实地告诉你，我的语言只具备赞美的功能。诗歌也从来不是为了诅咒而存在。一只鹞鸟怎么可以驮运笨重的木桶？天上的月亮永远不会成为地上的白雪，不是直立的岩石就不能叫作山。你没看到丹那山的雪峰越来越直、越来越高了吗？"邦主说："你的话不错。如果你不肯用诗歌诅咒我、诅咒我们美丽的果果哈奇，那你也用不着去歌颂。难道你不知道沉默的价值吗？等你有一天不再歌唱，我仍然会原谅你。年轻人，快去把金塔娃给我领来。"巴思坎得尔沉思了片刻说："我当然同意你的建议。但我必须去和金塔娃商量，如果我不再歌唱，她还爱不爱我。我的邦主，请允许我暂时离开你。这是我最后的请求。我是一个穷人，我一无所有，只有语言才能证明我的富有。能够代替语言让我继续富有的只能是爱情，是金塔娃的爱情。"邦主像巴思坎得尔那样沉思着。半响他缓慢地挥挥手中的马鞭，同意了对方的请求。

巴思坎得尔回到丹那人的毡房，骑上一匹溜蹄马，驰向野驽部落集群而居的草场。他想他是不是该说服金塔娃回归柯柯部落？因为他觉得他或许能够牺牲自己的诗歌而赢得金塔娃。也就是说，他可能答应柯柯邦主要他用语言诅咒一切的要求，其条件便是邦主必须认可他和金塔娃的结合。他想这大概是最明智的做法。虽然这就等于用爱情出卖了诗人的桂冠，但它毕竟是暂时的。邦主已经老态龙钟，一俟他死去，诗人金灿灿的桂冠仍将属于他。到那个时候，爱情会因为诗歌而升华,诗歌会因为爱情而永存。可是,迅疾的短途驱驰之后,他就明白自己的所有想法都已经没有任何意义了。

在野莺之父富丽堂皇的毡房里,主人告诉巴思坎得尔,为了防备野蛮的柯柯人前来抢劫,他儿子已经带着金塔娃躲藏到另一个部落中去了。那儿有许多人都是达克帕罗的朋友,那儿的骑手才能抵抗柯柯人的进攻。巴思坎得尔大吃一惊,说他必须追回金塔娃。他按照野莺之父指给他的方向,扬鞭催马连夜朝另一个异陌的部落赶去。

按照祖先留传下来的浪迹八方四野的习性和生存的需要,塔崩部落就像沿着森林地带循环游动的野马群,时常处在动荡不宁的迁徙之中。但不管他们翻过多少座山,涉过多少条河,每年夏天,果果哈奇南部荒原开阔的慕腊特河流域中段就会升起他们的炊烟,白色的毡房如同颗颗巨大的蘑菇点缀在绿地的东南西北。这儿生长着茂盛的牧草,灌木林在河两岸几乎覆盖了每一寸土地。这儿是野马的天堂。

为了有一身肥厚的肉膘好度过从秋末到来年春天的长途跋涉,野马群要在河北岸一直待到夏天结束,原野浮现秋黄的时候。南岸是一群群被驯化了的牲畜,那儿的羊仰仗着牧人的守护才得以安常处顺,那儿的马总是卑贱地听候主人的调遣,从不像对岸的同类那样时不时地爆发野性的嘶鸣和出现活蹦乱跳的狂欢局面。有时那些牧人或者从对岸远射或者驱策自己的马涉过河水向野马群发起进攻。野马群只好丢下几具同伴的尸体,在一阵狂奔之后再去安详地吃草。它们对死亡已经习以为常,它们不会伤感,除了那些看到自己的孩子夭折在利箭下的母亲。虽然它们惊恐地畏避着牧人的猎杀,却不想远远地躲开人类。就像它们熟悉自己每年迁徙的路线那样,它们对塔崩部落怀有一种航标灯似的感情。而人对它们的感情也同样如此。整个夏季，以肉为主食的塔崩人从来不宰杀自己的牲畜，猎获的野马肉足够他们填饱胃囊。野马肉是主宰荒原夏季的绿色女神独予他们的最优惠的待遇。他们因此而愈发热爱自己与野马群息息相通的迁徙生活，那是一种顺乎自然又得益于自然的循环运动，是他们作为自然之子的权利。

果果哈奇南部荒原与丹那山的西北端接壤。秋天来临的时候，塔崩部落开始北进，在慕腊特河流经山谷的地方和野马群分手，朝冬天不太寒冷的谷地深处移动。而野马群却要沿着河水，依山进入雅隆盆地，在那儿躲开一年一度的寒流，直到冬天过去，然后登上高寒的帕加草原，和春天一起出现在慕腊特河上游地段，再顺河而下，前面就是夏天，是和原路返回的塔崩人再度会合的日子。生命就在这种迁徙中接受着大自然冷酷的挑选，该死的死了，该活的就证明已经处在了轻易不被摧垮的地位。灾难与幸运对人和野马一视同仁。

这一年初夏，和塔崩人同时瞩望到河北岸的野马群的，还有野骛部落的达克帕罗和金塔娃。那会，塔崩人刚刚做完选址下帐的事情，就迫不及待地想用野马肉作为第一顿晚餐。他们涉过河去，把在弓箭下倒毙的野马就地剖开，卸成几大块，再用皮绳捆扎好，让自己的马驮回营地。有几个人过来和达克帕罗搭话，没说几句就惊呼起来，有人见过他，没见过的也听到过这个响亮的名字。一个白皮肤的少年飞马回去，将来了贵客的消息告诉塔崩酋长。塔崩酋长出帐迎接，尽管离客人只有几百米，但他还是跨上了自己的骑乘，打老远就笑着朗声问好。达克帕罗说："伟大的酋长，夏天来了，慕腊特河准备好了最肥的野马。但是我要说，迎接你们的不是铺天盖地的野马群，而是我。你们看，我给你们带来了什么？"他指着自己身边的几匹辎重的马又说,它们是马,马身上是皮袋,皮袋里面是各种弓箭。弓箭可不是像野马肉一样能够狼吞虎咽的东西。塔崩酋长身边已经簇拥了许多人。他们一起哈哈大笑。酋长说:"我要用我们部落的所有牛羊换取你的弓箭。要是你不答应,那你就别想离开我们。"达克帕罗说:"我不会离开你们,因为我是来找朋友的。"酋长说:"你的朋友就在眼前,要是你不赶快进我们的毡房,小心横空飞来一支响箭射中你的女人,就像射中野马那样。"达克帕罗说:"她不是我的女人,是我的嫂嫂。我带她出来,是因为她的善良和纯洁感动了我。我必须保护她免受别人的损害。我的兄弟是个软弱的人,我猜想他很有可能把她交给可恶的柯柯人,所以我带她逃了出来。对你们来说,她是一个陌生的人,即使天气炎热,她也要用彩锦把头蒙起来。接受她吧,等她早晨起来梳妆打扮的时候,等她把你们当作可以信赖的朋友之后,你们就会变成哑巴。因为你们为她的美貌所感动却不知道怎样称颂才算恰如其分。"酋长说:"为了得到这种荣幸,就让我们全体变成哑巴吧。"

塔崩酋长和达克帕罗几乎同时跳下了马,拥抱在一起。白皮肤的少年机灵地过去,牵着金塔娃的马朝酋长的毡房走去。这一天,塔崩部落的人们过得愉快而充实。他们在草地上簇拥着客人,喝够了马奶子,吃够了野马肉,敲着手鼓唱起了歌。天黑了,金塔娃揭去了蒙在头上的彩锦。人们点起篝火,终于看清了她的面孔。部落中的女人将她围了起来,似乎怕男人们抢走。男人们则高声奚落着她们,说要是天空夜夜都有明月照耀,那些星星就该自动泯灭。白皮肤的少年在沉默。他好像漠视着金塔娃,眼光不时地扫向和酋长起劲说话的达克帕罗。这情形被了解他的每一个部众的酋长发现了,大声问道:"我的白孩子,你有什么话要对我们的客人说?"白孩子有些慌张。但他还没有学会掩饰,只好说出自己的心思:"我有一首歌想献给客人的嫂嫂,不知客人允许不允许。"酋长爽快地说:"我们的客人会允许的,因为他和我们一样尊敬诚实的人。"达克帕罗也说:"俊美的白孩子,你就唱吧,辜负了这个好时辰,连我也会替你遗憾。"白孩子唱起来,开始显得很拘谨,声音也很低沉,渐渐地放开了嗓门,歌声变得开阔潇洒,感伤的情绪像露珠一样透明。

> 冬天的寒风试图把一切抛弃,
> 荒凉夺走了我的爱人的热情,
> 当山豹撕住男人的衣袍,
> 游牧者的歌声就渐次哑寂。
>
> 你一如荒原,我的姑娘。
>
> 对歌者冷漠,对骑手冷漠,
> 对亲人冷漠,对朋友冷漠。
> 冷漠啊磨硬了我的心肠,
> 轻轻地在岁月里没有声响。

人们不再出声了,静静地听着。金塔娃瞪大眼,吃惊地望着歌手。塔崩酋长对达克帕罗说:"我们部落的歌手不轻易唱,一旦唱了,那就是内心的感情实在憋不住了。"达克帕罗对白孩子笑着说:"朋友,把你的歌喉借给我,或者用我的弓箭交换吧。"白孩子认真地摇摇头说:"歌喉是借不走换不掉的,如果能够办到,我当然非常愿意,因为最美丽的女人需要最美丽的歌声终生陪伴,弓箭再多对她又有什么用呢？"达克帕罗表示不同意。他说："歌声是撑不走敌人的，只有弓箭才是我们生活的依据，是胜利的法宝。它能打败任何敌人，也能射倒最好的歌手。"白孩子说："歌手不会倒下，如同歌声永远不会消逝。除非你的嫂嫂说，歌手的歌跟狼嗥一样难听，那我就再也不唱了。"达克帕罗爽朗地大笑，又望着身边的金塔娃说："我的嫂嫂是不会这样说的。我的朋友白孩子，继续唱你的歌吧。"白孩子不为人觉察地叹息了一声。人们嚷嚷起来，要求他把刚才的歌再唱一遍。白孩子又开始唱。酋长的脸色渐渐沉暗了。达克帕罗喝光了最后一碗马奶子。金塔娃发痴地听着歌声。

夜深了。为了明天，人们需要休息。所有人都表示愿意睡在露天的地方，把自己的毡房让给客人。酋长说："就让客人自己选择吧。"达克帕罗客气道："英明的酋长，我们听从你的安排，就像战士要根据你的命令选择生死那样。"酋长说："白孩子，让你的母亲陪伴着我们的姑娘。达克帕罗，你呢？我的毡房虽然昏暗，但有了你，它会变得光明无比。"达克帕罗说："这正是我求之不得的。"

白孩子是个性格孤僻、落落寡合的少年，作为部落的歌手，他并不喜欢在大家面前卖弄嗓子。他觉得有时候有些歌只有唱给自己或者唱给无言的草木，才能唱得感情充沛，才能细致入微地表达自己的心思。他常常离开人群，一个人来到僻静的草地上放牧。在这种时候，假如有人跟踪着他，就会听到他的歌声如同河溪一样不尽不绝。人们虽然无法窥探歌手的内心世界，但一定会被歌声感动，尤其会感动那些在坎坎坷坷的生活中苦苦寻求的人。巴思坎得尔就是其中的一个。他听到了白孩子的歌声，不由地勒马停下。

> 我爬到高高的白杨树上，
> 为了向远方的迷雾眺望。
> 望不断的迷雾多么绵长，
> 我只好喊一声我的姑娘。

巴思坎得尔跳到地上，牵着马来到歌手面前。歌手不唱了，用闪亮的双眸问他：你是谁？你来干什么？啊，好一个英俊的男子，一看就知道他是果果哈奇所有漂亮姑娘眼里的情人。白孩子眨眨眼，友好地朝来人点点头。巴思坎得尔惊异地问道："你一个人在草滩上歌唱，难道是因为你没找到和你对唱的姑娘？小伙子，你为什么这样忧伤，为什么不去慕腊特河边？那儿是姑娘常去汲水的地方。你说你在向迷雾眺望，可为什么总低着头呆望自己的影子？"白孩子说："陌生人，你来这里就是为了打探别人的秘密吗？要是这样，那你就走开。"巴思坎得尔歉意地笑笑说："我不会走开，除非你告诉我实话。你可看见一个赶着驮马的年轻人带着一个姑娘打这里经过？"白孩子稍一思忖，疑问便脱口而出："你找他们干什么？"巴思坎得尔舒口气说："这么说你见过了？那年轻人是我的兄弟，那姑娘是我的妻子。我要追上他们让他们回去。"白孩子说："不错，我见过。但我觉得你这是白费力气。我看得出，为了那个迷人的姑娘，你的兄弟是不打算回去了，不然他为什么要把自己的弓箭全部带出来呢？丈夫不在身边，妻子就是兄弟的。俗话说，路走得越远，情人就越多。难道你的妻子会白白地走这么远的路？要是她碰不到比你和你的兄弟更加中意的情郎，那她就是个无用的女人。回去吧，不要再去寻找。你找到的只能是屈辱。"巴思坎得尔说："看来你只能唱歌而不能说话。你的歌声是动听的，你的话却让人感到你是个可怜的人。好像你要做她的情郎,好像你在乞求我满足你的幻想。可是,既然是四条腿的野兽,就不要奢望去天空飞翔。金塔娃,我天空的飞鸟。我拥有她是因为我和她一样也有一对矫健的翅膀。"白孩子不再言语。他用一首歌继续着他的劝说。

　　岁月没有尽头,
　　生活没有结果,
　　你喜欢的你得不到,
　　除非你不再走路不再寻找。

　　巴思坎得尔不想再耽搁时间,回身上马,打算去前面遥见点点毡房的地方去拜见塔崩酋长。白孩子叫住他,又说:"朋友,部落的机密是不能随便泄露的。但我很同情你,我想对你说出实话。金塔娃已不是你的妻子,如同她已不是达克帕罗的嫂嫂。他们已经成了我们部落的人。回去吧,你就别再麻烦自己了。你知道部落会用生命保护自己的人马,更何况你要带走的是能给部落带来声誉的最美丽的姑娘。"

　　巴思坎得尔愣怔着。白孩子告别他赶着羊群朝部落走去。一会儿,慕腊特河南岸便升起了七堆红焰滚滚的狼烟,那是拒绝外族人进入的信号。巴思坎得尔缓缓掉转马头,信马由缰地走了一程,便愤怒地驱马奔向来路。

　　战争开始了。塔崩部落的男人们个个英勇善战。他们视柯柯邦主率领的骑手是一群懵懂无知的野马,把长刀与弓箭的威力暴风雨般覆盖过去。放肆的猎逐带给了他们浑身的舒畅。舒畅之中的胜利者自然想不到，当他们在射死第一个柯柯骑手时就注定了自己的命运，因为他们伤害了柯柯邦主的尊严，伤害了对方一贯狂狷不羁的习性。第一次交锋的结果是，塔崩酋长带人阻止了柯柯骑手们试图靠近部落毡房的行动。达克帕罗的弓箭百发百中，人们为他欢呼，同时又挑剔出毛病来，说他射中的不是要害部位，说他比起本部落的优秀射手来还差一大截。面对狂奔的野马群，部落的优秀弓箭手们能够选择肥壮的一匹一箭射中它的右眼。这样中箭的野马就会离开马群，绕一个大弯跑回来倒毙在离猎人不远的地方。而面对骑马挥刀直撞过来的人，他们就更有把握做到想射哪里就能够将箭矢射入哪里。对此，达克帕罗目睹了，他不得不钦佩。

两军对垒开始不久，达克帕罗就许诺，等打败柯柯人以后，他要拿出一把嵌了宝石的角质弯弓，奖给射杀敌人最多的人。白孩子提醒他，你最好以金塔娃的名义赠送你的弓箭，因为只有她才能鼓舞起大家如此旺盛的斗志。达克帕罗同意了。白孩子还提议，应该一天奖励一把弓箭，这样你有十七把弓箭部落就能坚守十七天。而在这些天里，柯柯人的马队一定会彻底溃败。为了金塔娃，达克帕罗狠狠心也同意了。

第二天的交锋更为激烈。塔崩部落的人也更加勇敢。双方都死了些人。慕腊特河畔有了女人的哭声。达克帕罗将一把华丽的弓箭奖给了这天杀敌最多的白孩子。柯柯人的马队又一次被打败了。接下来就是平静，整整七天没有交战。等到交战再次发生时，形势急转直下。柯柯骑手们兵分几路，从四面八方包抄过来。塔崩人打败了面前的敌人，但身后的部落已经面临被洗劫的危险。塔崩酋长分出人马来四处迎击，面前的这股敌人却突然增多，河浪般奔涌而至。白孩子离开阵地，纵马跑回部落。达克帕罗和另外一些人收起弓箭，抽出长刀，冲上去奋力拼杀。这一刻，塔崩酋长突然意识到，自己的任务再也不是指挥战斗，而是组织部落男女迅速突围。他朝回跑去，却见许多女人已经卸去了毡房，赶着驮马和畜群沿着慕腊特河顺流而下。她们的前面是白孩子的身影。他保护着自己的母亲和金塔娃，面迎不远处柯柯骑手的包围线走去。酋长毫不迟疑地来到了金塔娃身边。一会儿，他们身边便簇拥了许多勇士。长刀和鲜血开拓着道路。金塔娃紧紧跟在白孩子后面。他每挥一下刀，她都要尖叫一声。她并不害怕，只是吃惊白孩子那把长刀何以变得如此神奇。任何阻止他前进的人只有两种选择：一是主动让开，二是献出生命。但她自己并没有意识到，塔崩部落的得救依赖于像白孩子这样的奋不顾身的年轻人，更依赖于她的存在。

　　塔崩人冲出了包围圈，离开慕腊特河，进入阿勒山谷。在漫长的流动生涯中，他们这是第一次先于野马群告别了夏天的乐园。后来，当他们得知慕腊特河流域成了柯柯人的属地时，就改变迁徙路线，再也没有回来。这次战争，使塔崩部落损失了三分之一的男人。一些人死了，一些人失散了。失散的人被死里逃生的达克帕罗陆续聚合起来，向东飘零。他们在寻找金塔娃和塔崩部落的过程中形成了自己的生活方式，那就是一路乞讨。短暂的夏天很快过去了。

　　无论谁，没有伟大的可汗所指定的地点，绝不允许居住。走吧，我给你们食物是为了让你们能够顺利离开这里。别再回来，回来就没命啦。在帕加草原，达克帕罗听够了这样的劝告，渐渐地他不在乎了。而且，说这话和给他们食物的总是老人或者女人。老人和女人有什么可怕的？开阔的原野，远在天边的山脉，牧草枯黄一片，河流在冰层下面激响。间或有一些积雪的高地，阳坡上长满了桧树。

在这冬天的沉寂里，透露出春天的艳丽和夏日的丰饶。达克帕罗带着他的人在原野上游荡。他们没有牲畜，只有几十匹坐骑和驮马。饥肠辘辘时，散居的毡房便会引起他们的惊喜。在那儿他们总能得到一些食物，当然还有警告。

　　终于有一天，当他们接近一座毡房时，听到了这样的话："又来了，他们怎么还不走？我希望这是最后一次见到他们。"达克帕罗上前搭话："你们要我们去哪里呢？难道这里的山山水水只喂养你们本地人？我们要走可我们的心说，就在这里生活吧，这儿的人是你们的亲兄弟。"一个老牧人立到毡房门口说："我们伟大的可汗把这个地方封给我们，就是要我们世世代代成为它的主人。为了保持它的完整，我的两个儿子已经死去了，我没有死，是因为捍卫领土的战斗暂时还不需要我这个老头子骑马上阵。但我时刻准备着。我一见你们就想起了我的马刀。马刀是锋利的，我每天都把它擦得明光闪亮。它是我祖父传给我的。我用它杀死了上百个试图抢占我们的草场的人，却没有碰过一个过路的客人。你们没有羊群牛群，你们是过路的。我一直这样认为。过路的客人，还要吃的吗？梅尼诺，给他们拿些羊肉来，还有奶酪，有多少就给他们多少。客人们吃饱了肚子好走远路。"一个姑娘手里提着几条煮熟的羊腿从毡房里走出来，交给达克帕罗身边的人，又进去拿出几个牛肚子，里面鼓鼓囊囊的全是半温的奶酪。达克帕罗伸手去接，姑娘朝后一闪，问道："你说，你们到底走不走？"达克帕罗说："姑娘，你别这样对待一伙饥荒的人。即使你不给，我们也不走，至少现在不走。等有一天，我们准备离开这里的时候，你就会发现，草原的春天来到了，满地鲜花竞相开放，河水唱着歌，说它从来没有这样高兴过。因为它看到一个举世无双的女人从西边的云雾里走来。她就是你的嫂嫂。"梅尼诺忽闪着大眼："我的嫂嫂？"达克帕罗说："你的嫂嫂就是我的老婆。我们被柯柯人的马队冲散了。如果她不被抓去的话，她说不定就会跟着塔崩人来这里。这里是塔崩人每年东去的必经之路。姑娘，她长得可比你更漂亮。"梅尼诺说："我不信，那么漂亮的女人为什么要跟你呢？你一没有财产二没有家园三没有走南闯北的本事。"达克帕罗说："我有本事，我有财产，我有家园。我的财产就在我身后的马背上，我的本事就是给我一支箭我能射下三只大雁，我的家园在远方，但我们已经无法回去了。"达克帕罗说着黯然神伤。梅尼诺将奶酪递了过去。老牧人说："那就等到春天吧，到那时，不管你的女人来不来，你们都得离开这里。"达克帕罗回头对自己的人说："听到没有？朋友们，我们的期限就在眼前，我们有没有勇气流浪远方呢？"众人默然着，天空默然着。

暮冬已过，首岁开始。大地的颜色正在由黄变青。达克帕罗没有等来自己的女人和塔崩部落的人。他只能离开帕加草原了，带着他的人，向丹那山的纵深处进发。他企求能找到金塔娃，也企求着一块栖身的草原。为了使他们能够尽快离去，这里的主人给他们准备了足够吃一个月的食物，并告诉他们这样流浪是非常危险的。他们应该去投靠那些需要战士的弱小部落。达克帕罗未置可否。梅尼诺给他送来了一条象征吉祥的皮腰带，祝福他一路平安。

腥风飘向天际，慕腊特河流域中段又一次升起了和平的炊烟。炊烟下金塔娃最初的钟情者正在接受新的磨难。因为他不仅拐走了金塔娃，而且毫不负责地将她丢失了。丢失在一个被柯柯邦主认为根本不配在人间生存的群落里。慕腊特河流域中段的新主人柯柯邦主命令部众从地下掘出石块，给巴思坎得尔砌了一个四面无门的狗窝，长三尺，宽二尺五，高二尺。他们就像塞羊毛那样将他又拉又拽又摁又压地塞进去，再用一块卧牛大石压在上面算是顶棚。

巴思坎得尔委屈在里面，头和屁股顶着两头的窝角，双腿蜷起来，膝盖顶住胸脯，一边的肩膀蹭着地，一边的肩膀紧贴着上面的卧牛大石。他高大伟岸的身躯被挤扁、被压缩，比一只牧狗的体形大不了多少。他无法动弹，除了喘气和吸气，除了不能不跳动的心脏之外，身上的每一节骨头，每一块肌肉都被固定在一个极不合适的位置上。和身体一起固定死的还有他的命运。

这个狭窄、结实、窒闷的死亡的牢笼带给他的那种空前痛苦的感觉让他有了深深的自责：为什么我的躯体如此庞大如此僵硬？为什么我不是一只真正的狗？他只恨自己不恨别人包括带给他痛苦的柯柯邦主。因为在他看来，凶残是人的本性，凶残地实施惩罚是邦主的职分。而他作为一个必然要吃苦头的诗人竟天生不具备迎接这种惩罚和忍受这种痛苦的能力。他蔑视着自己，觉得就这样被折磨死去，那只能说明他该死。该死的巴思坎得尔，为什么不试试你是否还有力气抗争？他诅咒着自己，一股强烈的想伸直腿的欲望使他开始用脚、用屁股、用头拼命顶着四围的石壁。石壁固若金汤。而且他愈想膨胀自己，石壁对他的禁锢也就愈显强大。他歇了一会儿，又试着用肩膀顶扛上面的石头，他的眼睛瞪凸了，牙齿几近咬碎，心脏往外憋着似乎就要破胸而出，腰肢却越缩越细，挤压得肠胃在朝上移动时有了一种被兽爪抓挠似的剧痛。他忍住了，他还在顶扛，他知道自己浑身的热汗不会白流。终于，上面的卧牛大石移动了一下，又移动了一下。而他的牙齿越咬越紧，肌肉越绷越硬，双腿越蹬越牢。到了后半夜，那卧牛大石轰的一声歪斜了下去。

他大口喘呼，大汗淋漓，浑身瘫软着蜷了一会儿，便像一棵顶破冻土的不屈的草芽那样，颤颤巍巍地站了起来。可他刚迈出酸麻而沉重的腿，就又一头栽倒在石壁沿上。这时他听到一声女人的惊呼从离自己很近很近的地方传来。他吃力地歪过头去，看到一双穿着黑色靴子的脚就在自己眼皮底下。那人叫了他一声巴思坎得尔。于是，他知道她是尚席娅，知道那块卧牛大石并不是他一个人顶开的。他没说话，沉浸在一种伸展四肢的舒畅中，慢腾腾翻出石壁，趴俯在草地上久久不动。她说："快逃命吧，巴思坎得尔。"他说："我要是逃命，你就没命了。"她说："谁也没看见我，邦主睡了，骑手们睡了，连月亮也睡了。"他说："难道神也没看见你？"她说："正是靠了神的指引我才来到你身边的。昨天晚上部落的女人和牛羊刚刚来到这里，我就远远看见这块盖住你的石头在闪闪发光。我问别的女人看到了没有，她们都说没有。可见神在对我一个人显灵。神要我来帮助你，就是一座大山压住了你，我也能推得动。巴思坎得尔，我不会死的，神明在上，他保佑了你，自然也会保佑我。"巴思坎得尔说："神啊，如果你要我活下去，我将终生做一个守护你的勇士。"这时空中传来一阵夜鸟的叫声，仿佛是神的回答。他又说："如果你让尚席娅不因为帮助我而遭柯柯邦主的杀害，我将为你的存在唱出一万首歌。"夜鸟不叫了，早已飞走了。那边，不远处的毡房群里传来一阵狗吠声。难道这也是神的回答？他惶惑着。尚席娅连连催他快起，自己转身恋恋不舍地离去了。巴思坎得尔翘起下巴，感激地望着她直到她倏然消逝。他朝前爬去，爬了大约有三十步，就扶着一棵似乎是专门给他预备的孤树站了起来。他没再倒下，在微微北风的吹拂下停了一会儿，便踽踽珊珊迈开了步子。

　　天亮了。开阔的原野出现在眼前。遥远的天际线上，一片蔚蓝连接着一绺草绿。空气清新而宜人，他猛吸几口，觉得胃囊一阵痉挛，双腿打战，冷汗从浑身的每一个毛孔里溢然而出。像一棵大树被人骤然从根部伐断，他摇摇晃晃地扑向大地。他太虚弱了。摧残加上饥饿，加上空前的绝望，使他无法直立前行，无法触摸那些在清晨的空气里朝气蓬勃的活食。凶恶的鹫鹰在头顶盘旋，在等待他渐渐僵硬。鹫鹰的预感总是正确的，尤其是面对食物的时候，它们比人更有灵性。他知道自己不能停下，他必须不屈不挠地爬行。他一寸一寸地挪进着，直到日照中天，再也挪不动了的时候。他仰躺着，眼瞪空阔的苍穹，渴望落下一滴水来，可落下来的全是蒸发着水分的金光，还有几只鹫鹰。不知什么时候，这些闻惯了尸臭味的灵物站在了离他很近的地方，快活地嗥叫着，互相用翅膀扇打着，就像人类饱餐前的互相祝愿那样。巴思坎得尔一动不动。他把双手放在前面，掩盖着自己肚腹微弱的起伏，嘴唇紧抿着，双腿蹬直，浑身死僵僵的。

他这样过了一会儿，几只鹫鹰就小心翼翼地朝他靠过来，用坚硬的嘴试探地啄啄他的衣服。他屏住呼吸，真的像死了。一只缺乏经验的年轻的鹫鹰首先跳上他的身体，狠啄他胳膊上被邦主鞭挞出的伤口。他咬紧牙关强忍着疼痛。突然他感到一只爪子踩住了自己的胸脯，尖利的指甲陷进了袒露的皮肉，接着那硬嘴便捣向他的脖颈，最后的时刻来到了，他没让它捣第二下就一把攥住了它的腿。它翅膀猛地一扇，拉歪了他的身子，又弯过头来啄他的手。这时他用另一只手抓住它的脖子，使劲扭曲着。别的鹫鹰迅速跳开。它挣扎着，焦灼地用翅膀打击他的脸。他闭上眼睛来回躲闪，唯一的意念就是不能松手，年轻的鹫鹰感到已经十分危险，挣扎变得剧烈而毫无章法。巴思坎得尔就势拉翻了它。它的呼吸变得困难了，半张着嘴尽量不让自己窒息。而他的胳膊却一次比一次坚定地朝回缩着。

刹那间，他使出最后一丝力气翘起头，一口咬住了它的脖子，牙齿好一阵撮动。鹰血渗出来了，滚烫滚烫的。他蠕动舌头像吃奶一样吮吸，一滴一滴朝下咽。这样过了好长时间。鸷鹰终于因失血过多而奄奄一息。而他体内却渐渐滋生了一股站起来的力量。鹰血就像流进了龟裂的土壤，被贪婪地吸收着。他的肠胃的运动迅疾而富有成效。希望在鹰血中诞生了，他果然站了起来，提着死去的鸷鹰滞重地迈开了步子。一会儿他又停下，用新生的力量将鸷鹰体内剩余的血全部吸干舔净。然后他将鹰尸扔掉，浑身战栗着举起了双臂。

远方山巅，太阳正在下沉，燃烧的霞霓映照得荒原没有一点绿影。他看到一抹红云像一把血染的大刀在把太阳一劈两半。星火飞迸，纷纷扬扬洒落在空旷的荒野里。他哭了，眼泪落在地上，沉重得如同熠亮的陨星夯撞着大地。他听到了眼泪在地上裂成八瓣的声音，听到了隐藏在这声音后面的马队的奋进。前方乳白色的大气开始动荡，天帷地幕豁然拉开，骑影出现了，黑压压一片。巴思坎得尔稳稳立着，既不害怕也不惊喜。即使看清了几个丹那长者的身影，他也没有改变石雕般的冷漠。

巴思坎得尔的再次光临是丹那人的荣幸。他们让出了最好的毡房，拿出了最好的饭食，并一再请求诗人永远留下来。他没有答应，他心里只挂念着金塔娃。吉拜格草原的主人野鸷之父脱下自己珍贵的熊皮大衣，又从各家各户挑选来了十五匹良马和一百五十只黑山羊，对巴思坎得尔说："是我那个背信弃义的儿子害了你。他现在再也不敢来见我了。收下我的东西吧。我是来向你赎罪的。按照我们的习惯，你用它作为聘礼，就可以娶来部落中最漂亮的姑娘。"馈赠的东西是不能拒绝的，他收下了。但巴思坎得尔根本不会有迎娶姑娘的打算。每天他都穿着熊皮大衣赶着牲畜去最高的山上放牧。在那里他向四处眺望。望得眼睛困顿酸麻、迎风流泪，还是要一望再望。这样久了，连四周的野兽山禽都认识了他。它们不再躲闪他，包括那些三五一群的草原狼，常常来到畜群跟前，趁机叼走一只羊。渐渐地，他的羊群少了。有一天，牧归的时候，竟有几十条恶狼悄悄地跟在了他身后，一俟天黑，便对聚拢在毡房周围的羊群进行了一次空前残酷的洗劫。这样重复了几次后，野鸷之父送给他的财产几乎丧失殆尽。不仅如此，狼群还咬伤咬死了别人家的几十只羊。接着天空飘下这一年的最初一场大雪。

神灵让老天降下一场大雪来，本来是为了让人间充满祥瑞喜庆的色彩。可在吉拜格草原不是这样。大雪天，狼下山，马嘶羊叫人不安。每年，碰到这种情况，部落里的男女老少都要在旷野上点一堆旺火，冲远处放声吆喝，告诉那些也许正在山窝窝里朝部落觊觎的狼群，趁早死了心吧，我们早有准备。

喔——咻——喔呵呵——咻——

这声音从野鸷之父的胸腔里发出，像是草原发自内心的一声浩叹。部众们齐声合鸣。野禽在远方惊起，朝雪雾钻去。连续三天都有这吆喝声。雪依旧下着。银白的雪袍从高天拖下来，被覆盖的毡房变成了袍襟上的几处皱褶。狼灾仍然频频发生。在部落人众的记忆里，似乎还没有过这样的事情：几经驱逐而狼群不散。草原仿佛死去了，忧患余生的人们时时处在恐怖之中。即使这样，巴思坎得尔也没有忘记去山顶眺望。他骑在马上，一个人面迎风雪的吹打，身边时不时会冒出几只狼。他用弓箭威胁着，却从不射死它们。而狼也不会发疯地扑过来。他回来了，狼也跟过来了，簇拥在毡房不远处，彻夜长嗥。有一天，巴思坎得尔又要去山顶，狼群跟着他离开了部落。这情形被野鹜之父远远看到了,他问自己,为什么狼总是跟着诗人时聚时散?为什么它们离他那么近却从来不伤害他?为什么狼群的出现会在他到来之后,并且狼群越来越庞大,好像全果果哈奇的狼都汇合到了吉拜格草原?用不着再作深入思考,一种异样的声音便从野鹜之父口中飞出,啊。神狼。他觉得这是天神对自己的惩罚,因为他生养了一个不仁不义的儿子。而巴思坎得尔便是这神狼的首领,他的每一种复仇的意念,都会变成狼群的行动。既然这样,消除狼灾的办法就只有一个,那就是通过祭祀求得神的宽宥。

祭狼了。野鹜之父让部众把自己捆绑起来,也就是说他要成为祭狼的牺牲。没有人反对。因为他们觉得祭祀神明要用最高的祭品,不然神明是不会理睬的。而在部落中,谁能比野鹜之父高贵呢?还因为他们相信,野鹜之父的高尚行为必然会感动神明,被感动了的神明决不会让他流出半滴血。

这是一个鸟鸣半空的早晨。雪雾将要遁去,天青了半边白了半边。稀疏的雪花在洁净的空气中飘摇。巴思坎得尔也来了。他静静伫立,面迎几百张红得发紫的面孔,明白这紫色不是由于冷风的吹打而是激动,一种期待着神明关照人世并福佑人群的激动。被绑缚的野鹜之父蜷缩在空旷的雪地上。神圣的痛苦让他失去了挣扎的力量。他把自己装扮成了一块无思无虑的僵死的石头,准备迎接一场挽救部落兴衰的考验。

神狼哟……

部落人众的颤声呼唤是朝神仪式开始的信号。所有人都像受制于某个按钮的机器那样急急跪下,静跪片刻后便是磕头。他们庄严地朝原野深处的狼群顶礼,发出一阵阵虔诚的祷告,然后拖拖沓沓地爬起来,仪式就是这样古老而简单。

巴思坎得尔混在人群里，和他们做着同样的动作，思绪在此时飞扬而起。他为野鸳之父默默祈祷：你来到一片洁白的雪地上，面对恶魔的叫嚣。你说，用我的血肉来拯救你们的灵魂吧。你大义凛然，让恶魔发呆。于是你得救了。和平宁静的吉拜格草原上，一万种生灵在这里歌唱。随着他的祈祷，远方的云雾一层层剥去，天上是一团团白、一团团青、一团团黑，间或有一团团的灰蓝色。巴思坎得尔伸长耳朵，谛听云雾滚动的声响，谛听由这神明喘气似的声响带出来的狼群的集体嚎叫。狼来了。那么壮丽的一片银灰色，如同气势磅礴的银灰色的飙风，在缟素的大地上惊掠而来。恐怖的嚎叫由小变大，洪亮得布满了整个空间。

骤然之间，野鸳之父似乎意识到他已经不是一个象征性的祭品了，他的灵飞肉灭才是狼群所需要的，才是对部落生存的保证。他倏然扭动起来，可这临死前的最后一搏无疑成了对狼群的富有魅力的挑逗。平铺开来的狼群朝他凸起了一个三角形的前锋。而这时太阳露脸了。地更白，人更黑，天更亮。掀起的雪粉变作了股股白烟。流泻的狼群像滴落在大地这块白布上的一串项链，波荡着迅速靠近了。巴思坎得尔惊悸地看到，一只大头公狼首先跑过来，停在离祭品十步远的地方。仅仅是一眨眼的工夫，那公狼便扑到祭品身上。整个狼群哗地簇拥而上，一串项链变作一座狰狞的狼山。巴思坎得尔惊叫起来，许多人惊叫起来，前面撕扯祭品的狼群也惊叫起来。谁都想跑过去解救野鸳之父，谁都没有跑过去解救野鸳之父。因为这是对神明的祭祀。难道，他们这些神的子民，会反对神对祭品的热爱吗？巴思坎得尔莽撞地朝前跳去，猛觉得心脏一阵奇疼，大地好像旋转了一下就把他的双腿扭成了女人的发辫。他身子重重地摔倒在地。他惊悟这是神的威力。神不允许他前去营救。神啊，原谅我。

他在心里念叨着，费了好大的劲才又站起来，继续瞩望前方。祭品已经不存在了。狼群的动荡伴随着萧萧风声。浓雾迷空。他看到一条冷飕飕的白雪黑路笔直地通过宽广的原野，包括野鸯之父在内的许多精灵游丝般招摇在黑路上面，徐徐地远去了。

野鸯之父以伟大的献身精神做了祭狼的物品。遗憾的是，狼群对如此隆盛、庄严的祭典并不满足。它们齐声嗥叫，群情激荡地向部落人群潮涌而来，旋出一股庞大的涡流，将积雪搅动得团团飞转。巴思坎得尔愣了，呆了，禁不住地愤怒了。他发出一声愤怒的笑声。这笑声由亢奋变得沉闷，渐渐落入了地层深处。而别的人却悄然伫立着。他们绝望了，这是一种和大地一样平静博大的绝望，充满了对乾坤既定而人世衰变的忧叹。转眼间，狼潮滚滚而来，人畜倒毙，惨叫声连成一片。血泊中，巴思坎得尔似乎得到了神的启示。他将野鸯之父送给他的那件熊皮大衣脱下来，反披在身上，又用袖子勒紧腰际。之后他四肢着地，面朝狼群缓缓爬去。他不是人了，浑身密集厚实的熊毛让他变成了一头凶猛蛮憨的草原棕熊。

狼潮掀起更高的浪峰，又倏然跌落，倏然停止了喧嚣。大熊坦然前行，眼看就要爬进狼群了。山惊地动，狼群在平静了一会儿后疯狂地尖嗥起来，呼啦啦啦一阵巨大的响声，退潮了。那似乎是头领的公狼具有非凡的号召力，以天生对大熊的惧怕，惊呼着带领众狼向大野深处溃败。雪尘扬起，迷迷蒙蒙的，什么也看不见。人们这才明白，狼灾消逝了。而那个仍然爬在地上行走的诗人巴思坎得尔则成了他们的具有无边神力的救命恩人。

可是，谁能保证狼群不会卷土重来呢？厄运的利爪可以缩回，但当它再次伸出来时，也许就会变得更加锐利。主宰人群的依旧是无法超越的悲哀。大地的萧瑟之风和残杀之气依旧在头顶萦绕。而值得信赖的公众的父亲野鹜之父却已经溘然逸去。一种意识在众人的脑海里越来越明确：狼群害怕巴思坎得尔，部落必须依靠他才能转危为安。他的到来也许正是神明的安排。吉拜格草原就要改变神明的代理人了。人们围住了反披着熊皮大衣的巴思坎得尔。一个声音说，做我们的父亲吧，看在狼群的份上，你将拥有野鹜部落所有的财富，所有的男女将听你使唤。巴思坎得尔不说话，以为自己听到的不过是风声，是风送来的狼的絮语。他站起来抬头远望，看到狼潮已经消逝。在那粉白色的颤动的地平线上，摇晃着几个黑色的人影，像是狼群拜会之后留下的礼物。所有的人都注视着那儿。

好一会儿，有人突然喊一声，达克帕罗。不错，是他。巴思坎得尔也看清了，他变得无比激动，他意识到自己久久盼望的那个日子终于来到了。与此同时，他也意识到刚才那个要求他做公众的父亲的声音如此真切，如此具有魅惑力。他对大家说："看吧，那几个朝我们走来的人就是灾星下凡。要是你们肯听从我的指挥，我是没有理由拒绝神明的意志的。我要肩负起保护部落的责任，我要让你们每个人都得到想得到的一切。"

喔呵呵——喔呵呵——

部众们高声呐喊，此起彼伏，一阵阵地把雄壮的音浪排入空际。这是对新生的野鹜之父的认可与欢呼。

那几个人影异常艰难地靠近着他们。按捺不住的巴思坎得尔大步迎过去。众人呼呼啦啦地跟在了后面，一会又呼呼啦啦地将达克帕罗一行围了起来。

金塔娃？为什么没有金塔娃？

巴思坎得尔发疯似的责问道，两道目光直勾勾地逼视着达克帕罗。后者结结巴巴地解释着。但巴思坎得尔根本不愿意听下去，他只注重眼前的事实：金塔娃不见了，她再次被钟情于她的人丢弃了。他恨得咬牙切齿，上前盛怒地将达克帕罗拽下马背，然后向他的部众发布了第一道残酷的命令。于是长刀举起来了，鲜血溅出来，头颅落下来。那几个跟随达克帕罗的塔崩人没做任何反抗就作了刀下鬼。血色漫洇着，很快渗进了积雪。白茫茫的大地上绽开了一片殷红的硕朵。

现在只剩下达克帕罗了。巴思坎得尔把他交给了部众，自己过去牵住了那匹驮着宝贝弓箭的马。部众们提刀在手，却没有人再将刀举起来。达克帕罗愕然望着大家。有人给他说了几句话，他悲叫一声，接着就号啕大哭。巴思坎得尔说："你是幸运的，如果你父亲还在世，你今天必死无疑。赶快离开这里，去寻找金塔娃。如果两个月之内你还不把金塔娃带到我面前来，你就不是野鸯部落的人了，你的弓箭就属于我——诗人野鸯之父巴思坎得尔了。"这声音让达克帕罗揩去了眼泪。

雪原静静的。飞驰的云雾把半天的蔚蓝托付给了巴思坎得尔。肃穆的吉拜格草原上到处都是耀眼的部落之光。

第五章　塔崩人

　　金塔娃即将生养。白孩子的母亲带着绳索满草原转悠。她精心挑选，将每一枝盛开着五朵白花的鲁鲁草小心翼翼地摘下来。鲁鲁草也叫汪泪草，它汪出来的是红泪。当青枝在接近根部的地方被人折断时，一片殷红便通过根茎渗出地面，晶莹透亮，随着微风闪闪烁烁。它为失去的青枝和白花暗自哭泣。承受着红泪的是土地。

　　这片土地是陌生的。母亲不敢走得离毡房更远。她害怕自己碰到陌生的野兽、陌生的鬼魅和陌生的神祇，也害怕迷路，因为这里似乎没有人马践踏出来的路。只有汪泪草是她所熟悉的。好像全果果哈奇都是它的故乡。从慕腊特河流域的丹那山脉，再到这生长着密匝匝的荆针棘刺的旷原，白色的花朵在夏季的暖风里绽放到遥远的天边。它的红泪也不断漫溢，哪里有人和牲畜，红泪就出现在哪里。

母亲回头望望已经变得小如点点白花的毡房群,把身边的汪泪草用绳子扎成一捆,搁在背上朝回走。注满青枝的红泪很快就浸湿了她的衣袍。衣袍越来越沉。她加快了脚步。毡房群近了。她弯着腰翘起下巴瞪视自己的家。家门口有几个人影闪动。她有些紧张,自己刚出来时那儿没有人。儿子打猎去了,他要猎获一匹野马,和汪泪草一样,这是女人生养时必需的。金塔娃很平静,躺在毡铺上,似睡非睡,脸上总有甜丝丝的笑意。多少天来她都这样,可现在,显然是痛苦如期而至了,她的呻唤招来了别家的女人。母亲想跑,可她已经过了健步如飞的年龄,心急意切腿脚却不听使唤,不小心被什么绊了一下,便趔趔趄趄倒在地上。绳子脱绑了,汪泪草盖了她一身。她吃力地翻身坐起,搓揉着膝盖,就要将汪泪草收拾起来,重新捆扎时,发现刚才绊她倒地的东西竟是一把翘出地面的铁剑。她的眼睛亮了,忘记了汪泪草,忘记了金塔娃正在经受分娩前的痛苦,扑过去,握住铁剑又锈又钝的前锋,想拔出来又没有足够的力气,便起身疯狂地朝回跑去。这次她的腿脚迈得又快又自如。

但是到了自家的毡房跟前她就愣住了。金塔娃在毡房里大声喊叫。几个女人进进出出。还有一些女人在草地上挤成一堆恐惧地望着门内。而那些男人们却骑着马静候在毡房四周。白孩子也在他们中间,酋长在离他十步远的地方怒视着他。他出去行猎两天了,竟没有猎获到一根野马的毛。他说,在这片原野上根本没有野马的踪迹。酋长不信,所有人都不信。现在,他的母亲又空手回来了,流泪的鲁鲁草难道也像野马那样难以寻找?母亲在众人惊诧的瞩望中突然清醒过来。她将自己的发现埋在了心里,返身就跑。儿子白孩子纵马撵上了她。

汪泪草取回来了,堆积在毡房前,艳艳红泪如同油脂,等待着燃烧。它是天赐神授的圣物。在一个遥远的年代，从一座巨大山峰的尖顶上流浪到果果哈奇的塔崩部落的祖先，发现远方有一团偌大的火焰。他沿着一道土梁朝火焰走去，首先看到的却是一群群肥硕的野马。它们并不惧怕火，而是围着火时紧时慢地绕圈子，好像火是被它们特意点燃的。火焰狂猛地蔓延着，制造这火焰的白花朵朵的鲁鲁草一片片地勇敢献身。饿极了的祖先瘫软在地。一匹老马冲进了火堆。一会儿，火灭了，马群哗然散开。祖先的面前出现了一片轻柔如纱的白色灰烬，灰烬之上是那匹被烤熟的老马。醇厚的香味缭绕而起，诱使祖先爬过去，撕下黄灿灿油闪闪的马肉大口吞咽。这儿就是慕腊特河流域，祖先成了这里的第一个居民。在以后的岁月里，他发现鲁鲁草是汪泪草，看到了野马群用响亮的鼻息点燃汪泊草的奇迹。每次，当他感到饥饿难耐时，就会有这种奇迹发生，就会有一匹老马勇敢地跳进火堆，做他延续生命的美餐。

年深日久，复苏的草地上出现了累累马骨。马骨往往会被火焰第二次烧烤，那些白花花的板锨骨（肩胛）上，龟裂出许多极有规则的线条，线条扭曲着组成一些神秘的图案。祖先在寂静的黄昏凝视它们，发现图案有的是山脉，有的是平阔的原野，有的就是慕腊特河两岸的风貌，甚至还有人的造型。一天，就在他格外吃惊地痴望一块新捡到的板锨骨时，寂寞的生活出现了缺口。一个女人拖着沉重的身子，涉过河流，恬静地伫立在了他面前。在这无限空阔阒寂的地方，她必须依赖他否则她就无法生活。她说她是游牧民的女儿，被一个极有权势的男人抢到宫殿里做他的后妃。她住不惯那座到处都铺着丝绸的高大屋宇，吃不惯那种烹饪得消逝了血腥味的食物。她不会缠绵即使在行房的时候。她觉得自己应该是一头能够征服雄性的母兽，而那男人却要她做一只任其摆布的羔羊。她愤怒得要死。她想起了部落,想起了部落中那些感情粗放、喜欢直来直去的男人,想起了马背上的生涯以及空旷的草原上纵马奔向情人的毡房,或者带着狂风的呼啸去猎逐情人并用石头的抛打表示爱情的场面。她逃跑了,跑回草原,草原已经没有了自己的部落。她向着东方流浪,流浪的岁月里肚腹中的小生命日夜滋长。风餐露宿的夜晚,她做了一个梦,梦见一条清清的河流冲刷着她的两腿之间。她明白了,自己应该到有河流的地方去生养。于是她就来到了这里。

仅仅过了两天,在塔崩祖先的照料下,她生下了一个男孩。他发现,刻画在那块新捡到的板锨骨上的,便是一片从女人阴腔里奔涌而出的羊水的形状。女人不想再走了,身边的这个男人和自己部落中的那些男人一样,没有多余的细腻和缠绵。爱就是说互相征服。她用柔韧的灌木枝狠狠抽他。他龇牙咧嘴地忍耐着像猛虎一样扑过去。她转身就跑。他不停地追逐,一直到将她猎获在自己宽大的身体下面。阔大气派的地毯是汪泪草铺就的。他们赤条条地拥抱着,身体闪闪放光,顺着岸边的缓坡一直滚向河水。

河水开始冰凉,夏天转眼过去。野马群缓慢地走向慕腊特河下游。男人和女人,还有母亲怀中吮奶的孩子,本能地跟在野马群后面,度一日换一个地方。正在枯黄的汪泪草依旧会被马群的鼻息打出火焰,那些灵性的老马依旧会为了他们的生存而跳进火堆奉献肉体。

塔崩人的祖先啊,野马群的朋友,塔崩人祖先的孩子啊野马群喂他长大。可是现在,它们去了哪里?它们不来陪伴他们度过温暖的夏天了。

派人再去寻找野马当然是来不及了。金塔娃高一阵低一阵的呻吟让人心焦。塔崩酋长对白孩子说:"为什么不可以杀死一匹驮马呢?"当然最好跟野马的颜色一样是灰色的。灰色的驮马只有酋长本人具有，而且是一匹最年轻的公马。酋长想经过一段时间的调教之后，用它来替换自己日益年迈的坐骑。对塔崩人来说，坐骑和女人一样重要。一匹好坐骑等于一个好姑娘。白孩子迟疑不决。酋长说："金塔娃是部落中最好的姑娘，但那匹灰色马却不一定是全部落最好的坐骑。快去杀了它吧，只是别当着我的面。"白孩子抽出短剑朝酋长家的毡房走去。那匹灰色的公马就在家门口悠闲踱步。

灰色马和人是亲密的伴侣。它对人毫无防备。甚至当白孩子用剑锋刮刮它胸前的厚毛时，它也没意识到应该躲避。这使白孩子更加犹豫。他可以做到杀人不眨眼，却无法心安理得地去杀害一匹驯服的良马。他收回短剑，抚摸梳理得光润闪亮的马鬃。马鬃上吊着两支鹞鹰的羽毛。这是主人钟爱它的标志。鹞鹰是有灵的，它的羽毛可以用来给人畜辟邪祛灾。他一手摩挲羽毛的斑纹，一手将短剑握紧，剑锋渐渐离开了灰色马的胸脯。灰色马似乎明白，只要他嘴唇紧抿，两腮鼓起，短剑就会准确地刺入自己的心脏。它抬起右前蹄在地上刨了两下，歪过脖子来用柔软的厚唇轻轻摩擦他的左腮。白孩子的心尖微微一颤。聪明的骏马，原来你是知道我的来意的。他收回剑锋转身就跑。灰色马用响亮的鼻息感谢着他的仁慈。他跑过去对酋长说："我看清了，灰色马将成为部落中最好的战马。把它给我吧。我虽然没有次色的驮马，但我的战马是灰色的，我就要失去自己的战马了。"白孩子说罢，没有等到酋长允诺就跳到自己的马前，一剑攮去。那马原地跳起，嘶鸣着跑开了。紫色的血浆在地上划出一道鲜艳的曲线。白孩子追逐着，在百步之外看到那马倒毙在地上。他过去毫不犹豫地跳到马身上，举剑再刺，之后便划开了滚热的肚腹。那匹被他手下留情的灰色公马从远方瞩望着他，突然冲他疯跑过来。但没有跑近它就停住了，愤怒地扬直脖颈，大口喷吐着粗气，继而长嘶一声。白孩子从未听到过这样的马叫，像悲号又像复仇的宣言。他第一次对马感到阵阵发怵，剖尸的手有些颤抖。

母亲用火石燃着了毡房前的一堆汪泪草。火苗很快膨胀，带着嗞嗞的声响上下蹿动。白孩子提着一块连筋带肉的板锨骨立在火边。他身后是持续已久的女人的痛叫。男人们跳下马牵着缰绳簇拥着酋长，女人们则围着母亲紧张地瞪视着毡房门洞。门内有七八个年老的女人照料着产妇。有人不时地送出一些不太确定的消息来：大概快了。酋长最后一次大声提醒白孩子，不是野马的板锨骨也许不会给你预示吉祥的。白孩子摇头。他相信心爱的战马不会违拗自己的意愿。再说，假如那匹年轻的灰色骏马真的能够属于他，即使让他心惊胆战地去迎接厄运他也愿意。灰色的骏马通人性的畜生，骑手的勇敢而智慧的伴侣。他将板锨骨虔敬地扔进火堆。火堆里立刻发出节奏明快的咔吧声。骨面上的筋肉迅速收缩、焦黄、脱落，裂纹出现了，先是一座清晰的山脉。这说明金塔娃的两腿之间将诞生一个男孩。接着是旷原是森林是象征吉祥的符号。这符号由五条直线组成：从左到右，分别象征着男人、马匹、弓箭、女人和畜群。最后又是一座更加高大的山脉，山上有树，葱葱茏茏。它昭示着塔崩部落未来的居住地。所有人的脸上都漾满了喜气。尽管产妇还在痛苦地呻吟，他们却亮开嗓门放声歌唱。

    最早的时候形成了塔崩
    ——当天地混合在一起，
    分开天地的是那勇猛的大鹏。
    最早的时候形成了塔崩

——当水土混合在一起，
　　分开水土的是那狂劲的风。

　　白孩子的歌声最嘹亮也最深情。他比任何人都更急切地期望歌声能够代替金塔娃的忍痛之声，能够分开母体中的混沌，能够震动孩子的身体使他快快来到人世。他们连续唱了五遍才停止。刚刚被歌声淹没了的痛叫重又变得尖利凄惨。从毡房里出来的女人还是重复着那句话：大概快了。母亲脸上的喜气荡然无存。她忧急地望着天空，天上白云泛滥。她想，一定是自己去采摘汪泪草时冲犯了神明，那把翘出地面的铁剑莫不就是灾难的暗示？她惶恐无度，想说出来，却见酋长正在命令男人们去羊群中抓来一百只角羊。

　　角羊抓来了。一百个男人各管一只，在毡房四周围成一个圆圈。他们一手捺着羊背，一手攥住羊角。在产妇惨烈的叫声中，酋长粗闷地大喊："啊——啦——荷——"所有人都开始扭动羊角。羊咩咩直叫，牧狗们也过来凑热闹，叫得白云颤抖，洒下点点雨星。羊不再叫了。产妇似乎平静了些。母亲颤巍巍地跪下。女人们跪在她身后和她一样诚挚地祈祷。酋长又一声大喊，比刚才还要粗闷。男人们又一次扭动羊角。羊叫声混乱了产妇痛苦的知觉。毡房里静悄悄的。希望使母亲站了起来。白孩子在母亲身边激动地来回踱步。然而，金塔娃肚腹中的小生命似乎不愿意来到这个嘈杂的人间。这种催产术并没有奏效。酋长喊了五遍，百羊齐声咩叫了五遍，换来的仅仅是细雨中的寂静。

　　寂静很快过去。金塔娃的惨叫又一次猛烈地冲出门外。母亲浑身一颤，汗珠簌簌落下。酋长召唤着部众快快上马。男人们放掉角羊纷纷跑向自己的坐骑。母亲会意了，带着女人们朝后撤去。马队开始奔跑，是伟大的酋长亲自带队。他希望用自己的神威给部落带来诞生的喜悦。千蹄叩响大地，雄壮的蹄音如大山奔走，驱散了凑热闹的牧狗，驱散了天上的云彩，雨不下了，很快又是晴空万里。坦荡的草原上，骑手们围绕着女人分娩的毡房，豪迈地驰骋。驰骋了五圈，酋长带头停下。他的部众挤挤蹭蹭跟在他身后，绿色的背景上沉黑一片。蹄音戛然而止，产妇不叫了，一个女人急忽忽地走出来大声嚷道，金塔娃昏过去了。首先有了反应的是母亲。她从马队后面跑过来，刚到酋长面前就轰然倒地。白孩子跳下马背将她扶起。她仰脸乞哀地望着酋长说自己是有罪的，那一道溢出地面的黑色的闪光是邪恶的诱惑，使她想到了发生在久远年代里的邪恶的战争而没有采取辟邪的措施。酋长脸上阴云笼罩，他睥睨着她却没有怪罪她。因为他明白，这个时辰对金塔娃来说，一个母亲的存在比什么都重要。他对母亲说："你将魔鬼带到了部落，你的心就是魔鬼藏身的地方。现在，由于你对金塔娃发自内心的关怀，魔鬼又寄居到了她身上。难道你还不清楚，塔崩人是怎样对付魔鬼的吗？"这种提示无疑使母亲晦暗的心变得亮堂。她顿时有了力量，甩开挽扶她的儿子，跑进毡房吩咐围着毡铺发呆的几个女人赶快将产妇抬到户外。

热辣辣的阳光肆无忌惮地斜射而来，在金塔娃身上尽情涂抹，很快涂上了一层发亮的油彩。金塔娃仰躺在汪泪草烧过的灰烬边，脸上的泪珠就像水分饱满的羊皮被人挤拧一样渗出来。她神志昏迷，喘息微弱，腰在无意识中不断挺起，赤裸的双腿轻轻摇晃。母亲守护在她身边，扭头要白孩子去用鞭子抽打自家的毡房。因为魔鬼这会儿说不定就躲在毡房角落里。儿子早有准备，带着几个男人围住毡房拼命抽打。噼啪声和蹄音一样急骤。毡房坍塌了，瞬间破碎。而在金塔娃身边，母亲也举起了鞭子。她在空中甩着响鞭，一连甩了五下也不见产妇有丝毫清醒的表示。她愣住了。一切迹象表明，魔鬼就在金塔娃体内。酋长看出了她的犹豫，大声吆喝起来，接着所有的男人都亮开嗓门给她助威。吆喝声持续了很久。白孩子忍不住了，跳过去夺过母亲的鞭子。他知道鞭子会使金塔娃皮开肉绽，但这是驱走邪魔的最后的机会，万万不可放弃。母亲恐惧地望着儿子，浑身打战。突然她向前跨一步横挡在儿子面前，毅然伸出了手。魔鬼是她引来的，就应该由她祛除。儿子将鞭子还给了她。她立着，在男人们喊声的催动下，扬鞭打向产妇的腿。产妇抽搐了一下。她继续抽打，一鞭比一鞭果断凶狠。血流出来了，又被鞭梢甩向四周。产妇开始蠕动，开始呻吟，开始尖叫，开始打滚。母亲累了，扔掉鞭子瘫坐在地上。几个女人过去按住产妇。她挣扎着，大张嘴却喊不出来。一会儿她平静了，平静得跟死去了一般。男人们变得哑默，女人们陷入了绝望。魔鬼顽强地据守在她体内，使她的意识再次进入冥界。酋长提醒大家，看来不置人于死地魔鬼是不会远走高飞的，必须找一个替死鬼。母亲听着站了起来，一步比一步坚实地走向儿子。

她说："把剑给我。"

儿子不动。

"给我，我已经找到替死鬼了。"

儿子还在犹豫。母亲弯腰拾起鞭子朝他甩去。鞭梢勾到他的脖颈上，勾出了一道红印。他抽出短剑递过去。母亲牢牢地握住它，转身朝旷野走去。人们的眼光也在旷野中扫来扫去：她找到的替死鬼在哪里？突然，她歪歪地倒在了地上。人们看到，那把锋利的短剑被她结实的双手揉进了她自己的肚腹。她咬着牙没让自己发出任何叫声。热血无声地流淌。人们跑过去。白孩子家的牧狗跑过去。母亲死了。

这种为了诞生的捐躯和血祭感动了魔鬼。魔鬼悄悄离去。太阳落山的时候,金塔娃渐渐苏醒了。之后她酣畅淋漓地大叫了几声,一个男婴出现在暮色的灿烂中。全部落的女人都开始唱歌,一半是庆贺一半是悲悼。白孩子跑向旷野,跪倒在母亲身边,默默注视远方。远方已是黑色的。夜来了。

在黑夜的一角,塔崩酋长让人捉来一只山羊。他亲自操刀,放血剥皮,然后捧着热乎乎湿漉漉的羊皮将啼哭不止的男婴包了起来。从产妇持久强烈的痛苦中,酋长已经意识到这是一次重大的诞生,只有自己亲手将热羊皮献上才是合乎情理的,也才能按照部落的愿望,除去强硬的邪魔留在孩子身上的胎毒,使孩子永保平安,终生无病。白孩子从母亲身边回来,悲伤之后他显得格外沉静,目光和月光一样清澈无比。他拜托几个女人照料好刚刚睡去的金塔娃,将男婴揣进自己怀里,对酋长说,该是搬家的时候了。孩子落生后这块草原已经变得不怎么洁净清爽,部落必须在三天之内迁走。酋长摇头说:"没有得到野马的示意,部落要搬向哪里呢?至于你白孩子,为什么就不想想,即使到了洁净的地方你也没有新的毡房居住。"白孩子回答说:"我可以挖地坑,可以搬来石头垒起挡风墙。可在这里,每一把土每一块石头都是肮脏的。"

"那就住进我家吧。"

白孩子吃了一惊。按照祖先的习惯,没有人愿意接纳一个浑身胎毒的孩子和一个不干净的女人,那会给他带去灾难的。但白孩子明白,酋长的每一句话都是真诚的,拒绝酋长等于拒绝阳光的照耀。

第二天,白昼用第一抹亮色召来几只百灵鸟在部落上空翻飞鸣叫。孩子突然放声大哭,唤醒了他身边的母亲。一夜安睡,她的身体迅速恢复。她麻利地坐起来,抱起羊皮裹缠的孩子惊诧地不知如何是好。白孩子也醒了，穿着衣服对她说："喂奶吧，你已经是头母羊了。"她惊喜地摸摸胸脯，发现隔着衣服，里面潮乎乎的，赶忙解开衣扣，将骤然胀大的乳房吊在孩子脸上。孩子扭动脖颈张嘴急不可耐地寻找，终于将乳头噙住了，然后便拼命吮吸。金塔娃感到浑身舒畅，一股温热的气流从胸口向头脑延伸，脑子里顿时浮现出一座森林的形象。老人们总说森林是黑母牛变的，所以从它身上能流出许多泉水。可是金塔娃从来没见过森林。她出生时看到的就是旷野。草原和山脉是旷野的主宰。她想也许自己就是森林，自己身上能够流出汩汩泉水。

　　孩子吃饱后又睡着了。金塔娃将他放到毡铺上，扣好衣袍来到门外，蛋青色的黎明中，整个部落还在沉默。她看到白孩子走向自己母亲的坟包。坟包很远，被雾岚托起来飘忽不定。她这才想起那个老人已经永远地去了。她想伤感可怎么也伤感不起来。这使她有了一种深沉的罪孽感。她跟着白孩子悄悄走去，想为那孤立的坟包插上一束香艳的汪泪草，忽听身后有人轻轻唤她。她扭过头去，见酋长从毡房旁边的畜群里走出来。为了她和孩子，酋长被绵羊温暖着度过了一夜。他的老婆却在别人家寄宿。酋长让金塔娃过去，她过去了。这时，雾岚愈加浓稠，捏一把可以挤出水来。白孩子正在消逝。酋长张开鹰翅一样的双臂将她紧紧抱住。金塔娃假装惊异地问道："伟大的酋长，你为什么要这样？"酋长说："你是一个属于全部落的女人。自从你来到我们中间，我天天都想这样。"他抱起她走进毡房，将她的衣袍款款脱去。她浑身战栗，情欲的浪潮从灵魂深处滚滚袭来，让她变得四肢乏力。她抓住他的手说："伟大的酋长，我没有理由不服从你。但你必须答应，要是你老婆嫉妒我从而杀了我，你一定要为我报仇。"酋长点头，又问她："要是白孩子嫉妒我从而要和我作对呢?"她说:"男人们之间的事我不管。"她已经忘乎所以了,声音发抖地催促他快点。

　　白孩子出现了。酋长这时已经穿好衣袍站在那里,而金塔娃还躺在熟睡的孩子身边。三个人的眼光来回穿梭。要愤怒大家都愤怒。酋长看到白孩子耸起了眉峰,便紧抿起坚毅的嘴唇。金塔娃坐起来,冷眼望着两个男人。突然,白孩子激动地大叫:"野马群,我刚才看见塔崩人的野马群了。"反应敏捷的酋长一步跨向门外。

　　雾气消散的原野一派空明。浩浩荡荡的野马群用杂沓的蹄音和此起彼伏的嘶鸣宣告着它们的来临。部落人众全都走出了毡房,眺望着它们河水一般在前方流动,总也流不尽,一直到日照中天的时候才变得稀稀落落。

　　部落就要搬迁,板锹骨上的神示告诉他们,塔崩人的福地将是一块衔接着森林的高原。野马群的出现恰到好处。酋长果断地命令部众做好一切准备,立刻开拔。马背上的生涯又一次开始。贪婪着牧草的羊群总要停下。人们不时地甩开手中的抛石,将石头打向头羊的身后。牧狗们时而懒散时而活泼时而跑前跑后时而对着野马群齐声狂吠。满地金黄色的马粪铺垫着他们前去的道路。在马背上给孩子喂奶的金塔娃紧跟着白孩子。她幻想着下一个安居的地方,心里充满了孩子气的喜悦。白孩子回头向母亲告别,发现母亲的坟堆已经被野马群踏平。他伤感至极,唱起了低沉的歌。

　　　　河边的树要倒了,
　　　　树上的花要落了,
　　　　塔崩人踏上了远去的路,
　　　　流散的日子没有头。

塔崩人跟着野马群走了整整半个月,终于看到野马群停留了下来。这儿是一道开阔的山谷。河流纵横交织,牧草具有原始的丰盈。黑脖红顶的鹤鸟在苍茫中嘎嘎乱叫,似乎不这样就不足以证明自己的存在。谷地边缘是恢宏宁静的森林,沿着山势伸展而去。壮阔的黑绿无边无际。而和森林遥遥相望的便是塔崩人走来的那一片旷原。他们在旷原的尽头扎稳毡房,不知为什么没敢走近森林。塔崩部落的牧狗也像人一样对森林保持了沉默。它们试图走近森林却不肯离人群更远些,总是在一个中间地带发呆地眺望,哪怕前面传来林涛的喧嚣也不会发出一声低哑的吠鸣,好像它们比人更迷恋这林声,更好奇森林里面的事情。女人们照常放牧,男人们照常行猎。谷地和野马群慷慨地奉献着他们所需要的一切。这一段日子真是太平静了。不喜欢平静的金塔娃把随身携带的十四个小人头缝在孩子的衣袍里,让它们去陪伴守护他。她自己却每天跨上马背,扬鞭奔向野马稠密的地方,在那里大声喊叫着横冲直撞,直到精疲力竭她才会想起自己还有一个嗷嗷待哺的孩子。一次她微喘着朝回走去,碰到了远远跟踪着她的白孩子,便嘲笑他一个男人竟不敢去森林里面看看。他忧郁地说,我才不是惧怕森林,而是惧怕一个没有丈夫陪伴她的空隙。像野马一样不喜欢任何羁绊的金塔娃感到一阵厌恶,憋住满肚子幽怨纵马从他身边一跃而过。

她常常这样出去回来,时间久了,白孩子也就放弃了跟踪。他还有很多事要做。已经打好的毡房需要装饰花纹,他必须挖来能做颜料的嘎巴草根和赤色土,染有彩色的毛线。羊群需要剪毛,马匹需要调养,毡铺需要擀制,食物需要他操办。本来应该由男人和女人分担的事情现在要由他一个人去做。甚至有时候他还得管管孩子:将他抱到阳光下接受微风的吹打,再将一只羊羔拴在他面前,羊羔蹦跶跳腾着逗起孩子神经质的笑。有时孩子饿了，啼哭不止，而他的母亲还没有回来。白孩子就将他抱到母羊的腹下，让他的嘴噙住奶头，再用一只手轻轻挤出奶水。当然整个白天陪伴孩子最久的还是那只牧狗。它守护着他如同守护一只小狗，自始至终保持着兽性的绝对忠诚。它用狂吠不允许天上的鹰在低空盘旋过久。假如有一只异物闯入它的视域，不管是棕熊还是兔子，它都会跳起来扑过去直到把对方撵跑。甚至白孩子的那匹心爱的灰色公马也别想从孩子身边经过，狗担心没长眼睛的马蹄会踩到孩子身上。

就在白孩子不再跟踪之后，金塔娃每天出去疯癫的时间越来越长。因为有一天，野马群里突然冒出了酋长的身影。他将金塔娃一把拖下马并让她准确地摔到自己怀里。金塔娃惊恐地大叫却不想推开他，又怨他为什么直到这个时候才来拦截她。酋长来不及回答就扒去了她的衣袍。她咯咯浪笑。野马群簇拥着他们目瞪口呆。情欲的秘密就这样得到了数万野马的保护和同情。金塔娃从此把野马当作了最忠实的朋友而加以赞美。那几天，她归去的时候总是黄昏。孩子已经被母羊喂饱，躺在草地上或睡着或睁着眼睛观赏周围的一切。她抱起孩子像男人亲她那样狠狠地亲吻。孩子不习惯这种狠劲难受得哇哇大哭。而她却放肆地笑着硬是将奶头塞进了孩子不情愿吮吸的嘴里。牧狗长舒一口气，如释重负地走向一边，很快地又跑起来，随意奔逐着沉浸在运动的无边欢乐中。白孩子走出毡房请她赶快吃饭。她笑着进去坐在毡铺上大口吞咽，不时地说着笑话让男人感到心情舒畅。晚上，为了报答白孩子的恩情她让他尽情占有。激动时她还会躺着为他唱一支抒情的歌。他伏在她身上精神无比集中，什么也没听见。

这样过了很久。野马群开始继续向北转移。整个谷地像揭去了一层生命的覆盖，一夜之间变得冷寂荒凉。眼看着最后一匹野马消逝在森林边缘，金塔娃要求酋长带她去森林，酋长拒绝了。就在这一天，在旷野里，当女人和男人融汇到最佳状态时，白孩子从萋萋荒草中窜了出来。他怒视着酋长一言不发。酋长站起来笑望着他不发一言。僵持了半晌，酋长说："带走你的女人吧，就像管羊群一样管好她。可要小心，野地里到处都是饿狼。"白孩子提着马鞭走过来。金塔娃浑身哆嗦，求救地朝酋长挪挪。酋长走开了。作为男人，他赞同白孩子使用马鞭管教女人。但白孩子只抽了一下就停住了。他命令女人赶快上马回家去，自己来到酋长身边说："你老婆知道了你和金塔娃的事，金塔娃就要倒霉了。"酋长哈哈大笑着说："我的马鞭可从来不坏在马身上。老婆不听话就像养狗不看家。别忘了，塔崩部落里是男人当家。"白孩子有些沮丧。他觉得这是酋长对自己的责备。男人当不了女人的家，怎么能怪别人勾引呢？他跨上马背忧郁地望望远方，让马慢腾腾朝前走几步，又回头告诉酋长一个惊人的消息：达克帕罗从天上掉下来走进了他的毡房。他说他忍饥挨饿日夜赶路就是为了找到金塔娃。酋长愣怔着，突然发出一阵狞笑，说："我早就料到有这么一天。我们部落的年轻人，拿出你的勇气来。你那镶嵌着宝石的华丽弓箭既然是你的宝贵财富，它就可以射中别人的财富。要是因为你的胆怯而丧失了你的女人，那你就滚出部落去做草原上的乞丐。"白孩子说："可她是一个正在背叛我的女人。"酋长一脸惊诧："这么说你的血不想为这个女人流淌？"白孩子心思沉沉地没有回答。酋长说："那好吧，就让达克帕罗来问我金塔娃到底是谁的。"

短剑已经出鞘，剑锋的寒光如同眼波荡起一轮一轮的纹浪。握剑的手正在颤抖。褴褛的衣袍脏腻的面孔愠怒的神情，达克帕罗活脱脱是一条从泥潭里钻出来的饿馁的狼。一听到门外有动静他就站起来迎过去。从草地上抱起孩子走进毡房的金塔娃不禁尖叫一声连连后退。达克帕罗明明知道自己不能将剑锋插入她的心脏，却步步紧逼做出了一副要杀死她的样子。金塔娃回头看看，浑身一抖便抖落了全部怯懦。她大胆地挺起胸脯从他高举短剑的臂膀下面钻过去，又闲适地哄着孩子盘腿坐到簇新的毡铺上，有意无意欣赏着被白孩子缀饰在毡房四周的彩色菱形图案。图案用粗毛线编织，有单有双还有三菱五菱交错的。白孩子在它上面显示出他女人般的精细。达克帕罗回过身去瞪视着这个女人，慢慢地收回短剑，浑身感到乏力。面对她这副满不在乎的模样他内心已经十分狼狈，只能用粗闷的叹息引起她的注意，并希望她对自己怀有无限的怜悯。尽管这样，他还是坐在她对面把自己愤怒的原因告诉了她："你成了别人的女人，你给人家生下了孩子，你心安理得而真正爱你的人却颠沛流离四处把你寻找。你忘了我也忘了巴思坎得尔。难道你不明白女人的价值除了美丽还有贞洁还有对失去了的爱情的哭泣？"金塔娃放下孩子站起来。她没办法不怜悯他又没办法不憎恶他。对他说："你要一个女人保持贞洁却又公然夺走了她的贞洁。她为什么要记住你。除了巴思坎得尔谁也别想限制她的自由。"金塔娃的话使他兴奋起来，便告诉她，如果她能够像对待巴思坎得尔一样对待白孩子，她就应该跟他走，因为是巴思坎得尔来让他找她的。她抑制不住惊喜地望着他，明眸中的深情如同三月结冰的河水清亮澄净。她说她没有理由留恋白孩子和塔崩部落的任何人包括这孩子。她要他马上带她走，一旦白孩子回来那就会寸步难行。话虽这么说，但当她跟着他走出门时却又回身将孩子抱起来裹在了怀里。孩子似乎感觉到了什么异样便哇哇地放声大哭。她用奶头迅速制止了他的哭声，跟着他紧紧张张来到门外。

已经晚了。他们看到酋长就在离他们几步远的地方腾地跳下了马背。达克帕罗只好停下,用低哑的声音请求酋长允许金塔娃跟他离开这里。信守承诺的巴思坎得尔得到她后将会把所有的弓箭还给他,到那时他一定再来投奔塔崩部落做一个忠心不二的部卒。酋长边听边摇头。达克帕罗话没说完就感到一阵绝望。酋长过去将刚才在路上准备好的一绺马鬃、一股头发和一块从衣袍上割下来的布放到他脚前。这是一种挑衅的方式,意思是说他要和他比赛马术、射箭、刀法和摔跤。要是达克帕罗拒绝,那就意味着他自动放弃了带走金塔娃的权利。达克帕罗惊愕着突然大声嚷嚷,我饿了我渴了我得畅畅快快吃几只羊。这当然是最合理的要求,酋长命令这时赶来的白孩子赶快去羊群牵来最肥的羊。金塔娃眼睛滴溜溜地转着,部落又要热闹了。她不由自主地变得十分快活,冲白孩子走去的身影高声喊道,再去谷地看看有没有落下的野马,你应该用最好的饭食招待远来的勇士。白孩子头也不回地应承了一声。这时达克帕罗默默望着阳光下闪烁绿光的远山,虔诚地祈祷了一声,从地上捡起马鬃、头发和布条,揉成一团,抽出短剑将它们挑在剑锋上。这是接受挑战的表示,酋长见了肃然起敬。在他看来不管输赢如何,只要有胆量和他对抗就已经是英雄。

不知道那天是阴是晴,也说不上是黄昏是清晨。部落里的所有男女都集中在草地上观看这场有趣的较量。较量的双方来到金塔娃面前要她对天发誓,她必须心甘情愿地属于这场比赛的赢家而永不反悔。金塔娃欣然照办,她的声音明快清脆袅袅地升入天际,完了朗笑一声,引来周围许多惊异的眼光。其中有一双眼睛里溢出刻毒的光波。这光波将金塔娃的笑容一点一点地抹去,将金塔娃的美丽变作了仇恨的靶子。拥有这双眼睛的就是酋长的老婆一个普通的牧女。她具有女人的宽容也具有女人的嫉妒。她不恨丈夫只恨金塔娃给她带来了灾难。她想杀死金塔娃又没有足够的智慧和勇气。她兀自伤感,想用跪拜哭泣阻止这场比赛,因为酋长是赢是输对她都没有实际意义。但这时比赛已经开始她只好继续伤感。

按照尊重客人的习惯,首先飞身上马的是达克帕罗。他纵马笔直地朝前跑,突然从马腹右侧溜下去仰着身子将头发拖在地上,忽又钻过马腹从左侧跃上马背,转身背对着马头朝后面假设的追兵连连射箭。他将所有的箭射在事先用羊毛做好标记的木桩上,然后背起弓回身抽出长刀朝两边地上放置好的草墩花簇一阵砍杀。一会儿他勒马返回,俯下身去两腿夹牢马体,一手提刀一手捡起那些被他砍下的花簇,又头顶马鞍用双脚将花簇高高托起。众人为他欢呼。

轮到塔崩酋长了。他将达克帕罗完成的动作没有闪失地重复了一遍。不同的是花簇被他用脚托起后又回到了手中。他在马背上端正身子将花簇抛向达克帕罗。达克帕罗接住,看他继续在跑;明白新的角逐已经开始,便策马追了过去。

按照约定俗成的办法,酋长必须用五支箭射中他或他的马,而达克帕罗要想取胜必须躲避对方的箭矢,在两个箭程之内撵上去活捉他或将他砍下马背。这时酋长射出了第一支箭,他想射对方的马腹。达克帕罗左手紧拉缰绳,马急速旋转,箭擦过马尾梢头落到二十步以外的地上。达克帕罗调整方向正要追去,第二支箭便射了过来,正对马头,想躲闪已来不及。只听咔嚓一声,长刀闪过,被碰落的箭矢又被马蹄踩断。酋长毫不气馁,面对达克帕罗这样一个强手他本来就没想很快取胜。第三支箭是射向达克帕罗前胸的。他在马背上一个仰躺,箭从上面呼啸而过。但他刚直起腰第四支箭就到了。慌乱中他将长刀在面前一挥，忽地趴在马背上。箭从马的两耳之间穿过斜插他的脊背。脊背上是皮袍的皱褶，箭在上面凝然不动。达克帕罗这次没有立刻直起腰。他将马停住，迫使它迅速卧倒。几乎在同时第五支箭凌空掠过。接下来便是达克帕罗对酋长的追杀。但他未及射箭，酋长就已经驰过了两个箭程。两个人都勒马停下。这场比赛未见分晓。但酋长明白，其实自己输了，弓箭手射不中目标就已经证明他的无能，还有什么脸在部众面前耀武扬威。他抽出长刀奔向斜睨着自己的达克帕罗。达克帕罗举刀招架。两把刀在空中爆响。酋长收回刀大喊一声又朝对方砍去。达克帕罗闪过，横刀直戳酋长的心窝。酋长后退不及，衣服被挑开了。他睁圆眼睛惊叫一声，对方以为他受伤了，正要收刀，他却挥刀猛砍，砍中了达克帕罗的右肩。达克帕罗纵马跳开，见对方穷追不舍，便敏捷地溜下马，抡刀劈向酋长的腿。酋长毫无防备，他的马却一跃而起，带着主人脱离了险区。达克帕罗负伤了，拼刀已见输赢，酋长得意地狞笑。达克帕罗恼怒地将刀扔到地上，两手张开做出摔跤的表示。现在他只有把酋长摔个半死才有可能带着金塔娃离开这里。

　　草原上的摔跤一锤定音。当达克帕罗扑过去咬牙切齿地撕住酋长的双肩时，一股温淡的兴奋顿时袭遍了全身。他觉得在他的大手之中对方的肩膀显得瘦弱了些。而酋长也同样兴奋。他感到达克帕罗在颤抖，他把对方的激动误解成了害怕。两个人就像两头公牛，顶撞着僵持了一会儿。渐渐地酋长的双肩被达克帕罗扭歪了，再歪下去他就很可能被对方一个绊子打倒在地。酋长突然松开手，抱住达克帕罗的腿再用肩膀使劲顶撞。达克帕罗的手很自然地抓住了他的腰，想拔起来但未能奏效只好拼命朝下压。酋长知道自己顶不翻对方，便松手顺势朝达克帕罗叉开的两腿之间扑去。他倒地了，达克帕罗也倒地了。他的一条腿被达克帕罗压着，另一条腿踩住对方的裆部用力一蹬。达克帕罗以头撞地，受伤的肩膀也碰到隆起的岩石上。这使他没有能够马上跳起。眼看翻身起来的酋长又朝自己扑来，他一个滚儿打向一边，受伤的肩膀又撞到石头上，痛苦得他闷叫一声。酋长再次跳起朝他扑去。他跪着挺直腰一拳出手正好打在对方脸上。酋长翻倒在地，和达克帕罗一起吼喘着站起。围观的人大喊大叫。两个摔跤手明白，已经用不着继续比赛。达克帕罗违反了规则，一记老拳注定了他失败的命运。

　　人们拥向胜利者。塔崩酋长被他的部众压倒在地。他们在他身上叠起了一座大山。这意味着酋长将用他强壮的身体托起部落大众给予他的所有赞誉。达克帕罗颓唐地立在一边，黯淡的目光里是白孩子茫然无措的面孔。同样茫然的还有酋长的老婆。她望着和别人一起兴高采烈的金塔娃，不知自己该操起地上的那把长刀还是快快逃离此地。人山消散了，人们纷纷立住。酋长起身，抹一把头上的汗珠，朝金塔娃走去。他要当着大家的面把自己的胜利成果带回家。金塔娃这才意识到自己已经陷入困境。她连连后退着拐向达克帕罗。达克帕罗怨恨地瞪她一眼，无可奈何地躲开了她。酋长一把抓住金塔娃的手腕就往回拖去。他的傲慢使他甚至忘了给白孩子礼节性地打声招呼。这是他的疏忽也是命运对他的嘲弄。

　　被他伤害了的白孩子这时已经变得身不由己。为了男人的自尊他必须有所举动。首先，他的手抓住弯弓；接着，将箭稳稳搭上弓弦；然后，把那弯弓拉如满月，拇指将箭轻轻放松。他就这样将箭射向了前方，射进了剽悍的塔崩酋长的前胸。酋长惨叫，金塔娃尖叫，人众大声嚷叫，酋长的老婆骂骂咧咧地哭叫。她看到丈夫已经死亡便从地上操起长刀直扑金塔娃。而别的人却奔向白孩子，试图将他撕成碎块为酋长雪仇。白孩子高声浪叫："别动，我是黑天白魔王，我降生到部落就是为了让罪恶的酋长丧命。"言毕，他抢上前去跳上马背，就在人们没反应过来的一刹那，飞马过去，拦住酋长老婆杀气腾腾的长刀，弯腰将金塔娃和她怀里的孩子一起搂上马来奔驰而去。人们幡然惊悟，骑上各自的战马发狂地追赶。只要塔崩骑手们穷追不舍，平阔的原野和谷地上就没有白孩子生还的道路。白孩子只好毅然奔向森林，在一片苍茫绿色中消逝得无踪无影。

  骑手们在森林边缘徘徊了好久，终于因害怕树藤绊住马腿而回到了原地。那些女人们将盘桓不去的达克帕罗团团围住，等候男人们归来将他处死。听天由命的达克帕罗坐在地上耷拉着脑袋一言不发。既然逃离这里后他将去迎接巴思坎得尔的屠杀，那他还不如坐以待毙，也少受些风餐露宿的饥饿劳顿。他现在不怕死，因为没有了他的弓箭和他的女人，他也就等于已经死了。可是塔崩部落的男人们放弃了立刻杀死他的念头。他们疯狂地热爱着他的那些弓箭，告诉他要是他能够使那些弓箭成为塔崩部落的财富，他愿意活多久就可以活多久。达克帕罗没有答应。他觉得夺回那些弓箭不过是幻想，除非塔崩人甘愿跟他冲锋陷阵，去征服巴思坎得尔和野鹜部落的人马并将他们统统杀死。他将苦衷说了出来。人们都变得沉默。有人开始埋葬酋长。酋长的老婆抑制住哀恸询问达克帕罗，要是他继续活着他将首先干什么。他干干脆脆地回答："找回金塔娃再拿她赎回所有的弓箭。"酋长的老婆跑过去请求男人们不要杀死达克帕罗，因为他也许会成为她报仇雪恨的帮手。男人们同意了。

  那一年，塔崩部落的人没有再去追踪野马群。他们固执地滞留在山谷和原野的衔接带遥望森林，耐心等待白孩子和金塔娃的出现。但等来的却是一个在原野里游荡的咒师。咒师叫坤都，是个不会忧愁的中年人。他不知从哪里来也不知到哪里去。他用锐利的眼睛寻觅远方的炊烟，再靠永不疲倦的两条腿走近毡房。而他的两片灵活的嘴唇准能赢得主人的信任。主人会请他进去又给吃又给喝。他的报答便是祝福吉祥，预言未来，便是用咒术给人家驱除已经降临或即将降临的灾难。他深秋里来深冬里去。去的时候草原枯黄一片，塔崩人的面孔也就失去了自然赋予的灵光秀气而变得委顿干瘪。几百张晦气的面孔集中在草地上给坤都送行。他们拿出一些部落中所剩不多的奶酪和干肉让坤都带着在路上度过饥荒。坤都毫不客气地拿过来装进行囊，又按常规说了许多祝福部落吉祥如意的话。可临到分手时他又高声狞笑几声，阴阴地说出了他声明代表着神明意志的预言："你们不能走回头路，不能回到那片生满荆针棘刺的原野上。当一面又锈又钝的古代剑锋探出地面、探出汪泪草丛的时候，谁看见了它谁就会死亡。因为一万年前的古老邪恶正在复活。你们必须离开这里，去追寻果果哈奇的野马群，不然就会大祸临头。离开时你们要在森林的边缘点起三堆火焰，越旺越好。这样，不久的将来你们才会有新的酋长。现在，我诅咒，一切疾病，一切魔鬼，一切给部落带来灾难的女人。"说完他就扬长而去。等到人们意识到他是天神来到凡间要给他顶礼膜拜时，为时已晚。他消逝得那样快，如同冬日的寒风飕飕地掠过大地。

塔崩人按照他说的做了。枯黄的冬日里，寒冷的风中林旁，三堆火焰冉冉升起。酋长的老婆参与了男人们的行动，因为她不相信他们垒起的柴垛会有她希望的那般高，点燃的火焰会有她希望的那般炽盛。火焰冲天而起的响声呼啦啦地直走云际。他们看到几十匹野马冲出了森林，又冲向火堆，看到野马身上涂满了透明的树脂。它们用火焰点着了自己，然后带着股股青烟、团团火苗奔向行将出发的塔崩人，并在他们面前迅速倒地。于是每一个塔崩人都有了许多烧熟的马肉。只有一匹点燃了自己的野马没有成为塔崩人的食物。它来回奔跑着招摇过市。等塔崩人为它身上的火焰竟有丈余高而大为惊叹时，它毅然和同伴们分手，悲声嘶叫着投入了森林。看吧，我们应该按照它指引的方向去寻找我们的野马群。不知谁在说，声音那般坚定果断。塔崩人的脚步向前迈进了。他们骑着马，他们赶着羊，他们唱着歌。他们的牧狗自动聚集到一起，在白孩子家的那只牧狗的带领下，静悄悄地来到森林边缘的第一棵树下。第一缕浓郁的森林气息首先进入了它们的鼻腔、肺腑。焦烟在前方弥漫升腾。那匹带着火焰的野马在森林深处燃起了熊熊大火。

第六章　通往荣誉的路

　　春天，流浪汉坤都咒师跋涉数百里进入吉拜格草原，想寻找一个可以饱食一顿畜肉的机会。他远远看到在已经解冻的河边有一顶黑色毡房，便满怀着希望走过去。卧在毡房门口的牧狗跳起来狂吠。一个男人钻出毡房将狗喝住，淡漠地望他一眼便又隐入门内。他奇怪，按常规牧家对待陌生客从来不这样。他再往前走发现门口有一堆冒着淡烟的马粪。这是家有病人拒绝来客的表示。他感到欣喜高声吆喝。那男人再次出现，端着一碗酸奶子过来，歉疚地弯了一下腰将酸奶子捧上："过路的客人，喝一碗消乏的酸奶子再去赶远路。"坤都双手接住，问他家有谁遭了灾难。男人悲哀地说，上个月草原上刮过一阵大风将他家的七十多只羊卷进了河水，一只也没捞上来。现在他老婆又得了疾病，他每日每夜祷告神明想求得无私的帮助。坤都喝着酸奶子直到舔干净碗中的每一滴奶汁后才朗声地说："你的祷告已经灵验。神明降临到你面前你为什么还这样悲伤？快杀一只羔羊招待我，紫红的羊血会成为我杀死鬼魅的法宝。"他说完，不等邀请便走进毡房。既然客人开口要吃的，主人尽管不相信他就是神明下凡也得满足要求。

　　吃腻了羊肉喝足了羊奶，坤都咒师端过半碗羊血朝里吐进去几口浓痰然后泼向门口。羊血顿时变作几滴重浊的黑水落在地上。他闭目凝思嘴唇微微颤动。良久，随着地上的黑水渐渐消逝，他跳起来直奔门外。门外已是灿烂的黄昏，好像羊血飞升而去将西天的霞霓染得分外绚丽。坤都大吼几声，沿着毡房急急转圈，直转得头晕目眩浑身大汗淋漓一摇三摆无法站立的时候。才一屁股坐在地上大口喘息。那男人目瞪口呆地看着。只听毡房内已经昏睡了两天的女人突然呻吟起来。他急步进去。女人已经睁开眼睛，莹亮的泪珠被血丝映照得又红又大。她开始说话，要吃要喝要男人扶她坐起来。之后不久，她像注入了鹿血浑身感到温热。她试着立在地上走出毡房，迎风伫立了一会儿，便骑着家中那匹四蹄雪白的骡马，在草原上来回兜风。男人傻傻地望着，嘿嘿一笑，笑得自己打了个愣怔。他突然想起在毡房后面喘息的坤都咒师，急急过去一看，人早没了。他来不及鞴马鞍就跳上自己的坐骑，来到老婆跟前，说他要去把神明降临吉拜格草原的消息告诉酋长巴思坎得尔。旺斯老河，快去。女人说着甩鞭打向男人的马。

　　黄昏正在走向黯淡。云翳由血红变成了铁青。一只流浪的大鹰无所适从地在高空盘旋，渐渐沉降。突然它垂直而下，直捣一丛枝干丫杈的白刺树。它的判断相当准确，一只望鹰而逃的兔子恰好在鹰翅扇动树梢的同时钻进了树丛。可鹰伸直的双爪并没有抓到兔子，自己反而被什么东西牢牢拽住,翅膀扑腾着怎么也飞不起来。旺斯老河远远看见了,策马跑到跟前,跳下马扑过去满怀抱住大鹰,发现它右爪套着一条黄色锁链,锁链另一头有两个套环,交叉着扣在白刺树柔韧的枝干上。旺斯老河解下套环,发现套环和链条上面刻有精致的花纹和一些莫名其妙的文字。他很紧张,搞不清是凶是吉,抱着大鹰跨上马背直奔巴思坎得尔的毡房。

坤都咒师已经到了那里。巴思坎得尔热情地留他过夜并给他端来最好的奶酪。他慢慢咀嚼,以他的见多识广说东道西,偶尔提到塔崩部落,引来巴思坎得尔的连连追问。他尽其所知一一道出,巴思坎得尔沉默不语了。等旺斯老河抱着大鹰闯进来时,沉默已使坤都进入梦乡。他坐着睡觉,鼾声阵阵,身体纹丝不动。旺斯老河大声说出他的奇遇并将大鹰送到酋长跟前。酋长抱住大鹰奇怪它怎么这样柔顺。坤都突然睁开眼凝视大鹰,冷漠地一笑说:"又看见这只鹰了。巴思坎得尔,你和你的部落已经不是这片富庶草原的主人了,如果你们不赶快离开这里,你们将卷入战争。"他说话的口气古怪阴冷。巴思坎得尔不禁打了个寒战。坤都又说:"世界上有个部落叫宁方特。他们没有固定的地方也没有固定的迁徙路线。他们自称是大藏王的后裔又混合了成吉思汗的骨血,杀人越货抢掠成性十分强悍。他们把鹰作为自己的保护神用上等的羊肉饲养着它们。但每一个季度一开始,他们便停喂三天,再把饥饿的鹰放出去让它们自由觅食。男人们骑马跟踪。鹰落到哪里,哪里便是他们这个季度放牧居住的地方。这是神的指引,无论那里有没有主人有没有河流牧草,他们都将毫不犹豫地前往,长驱直入或武力征服。"巴思坎得尔听完了也宽心了。天神保佑,旺斯老河捕捉到了他们的鹰。如果将它杀死埋入地下,宁方特部落怎么会知道这里就是他们应该占领的地方呢？他将自己的想法说了出来。坤都一阵冷笑。而旺斯老河却迫不及待地扑向巴思坎得尔，几乎在抢过大鹰的同时抽出了悬挂在腰际的短剑。坤都吃惊地站起，来不及阻拦就见那剑已经狠狠戳进了大鹰的胸腔。大鹰一阵猛烈的挣扎，之后便是嗥叫，死亡的阴影霎时笼罩了它。谁也不说话，都不知说什么好。旺斯老河将满手鹰血在还没有变冷的鹰躯上擦擦，悄悄拿出去在不远处挖坑掩埋。预感到不妙的坤都想马上离开这里，却被巴思坎得尔一把拉住，向他讨教怎么办。坤都还是那句话，不幸就要来临，赶快去寻找安全的地方。巴思坎得尔摇头。他并不留恋这地方，但他和他的部众要去哪里呢？难道他会去寻找塔崩人的帮助？坤都叹息一声，坐到毡铺上打坐念咒，念了整整一夜。巴思坎得尔心思沉沉地陪伴着他，天亮前打了个盹，醒来时坤都已经杳然无踪。他使劲晃晃脑袋，仿佛夜里做了一场梦，梦醒了，一切都是老样子。

　　日头爬入中天，又一只大鹰来到吉拜格草原上空。它悠悠盘旋，带着金光闪闪的锁链，不慌不忙地接近地面。巴思坎得尔站在毡房门口木木地翘望。而鹰也在不断向他遥睇。这样过了很久，鹰和人都感到疲倦了。巴思坎得尔转身朝一边走去。他想叫来部落的弓箭手给它致命的一击，让宁方特人永远失去占领吉拜格草原的机会。可他并不知道，大鹰久久不肯落下是为了让远方的主人看到自己的影子以便追踪而来。

　　此时马队的风尘已经出现在鹰的视域中，就在巴思坎得尔回望它的一瞬间，它飘飘而下，准确无误地落在了那堆土包上。土包下面是被旺斯老河刺死的那只鹰的尸体。它用双爪和尖硬的嘴轮番刨挖，土包很快消逝。它双爪抓住鹰尸，翅膀猛然一扇便将尸体抓出了地面。它蜷起右爪，单腿撑地，咕咕叫着守护在同类的身边。那条锁链就像冬眠的金蛇平静地盘绕在它脚下。巴思坎得尔看呆了。让他回过神来的是一阵由远而近的奔腾声。

尘埃升起，遮去了半天明丽。征服者雄壮的嘶喊声滚过天际。大鹰原地掀动翅膀，召唤主人快快到来。巴思坎得尔跳上马背惊呼着去通知自己的部众："血光之灾已经降临，勇士们，快快上马，丢下我们的财富，保护我们的生命，冲出去，活下去，去寻找远方的好日子。"他把部落中的男人和女人集合在一起，却没有来得及带他们逃走，就已经被侵略者包围了。

宁方特人像吆喝牲口那样肆无忌惮地冲他们喊叫着，威胁他们不准反抗、不准逃跑、不准走来走去、不准交头接耳。一会儿，喊叫声停息了，宁方特部落的酋长翻身下马扑倒在鹰尸前面。他身边的人也想跪下悲号，却见酋长迅速爬了过来，魁梧的身体迎风不动。他望着挤在一堆的数百野弩人，明白对方已经给他们创造了一个集体大屠杀的机会，便放浪地发出一阵令人毛骨悚然的大笑。

死亡就要发生，坤都咒师的预言灵验了。巴思坎得尔情急生智，跳下马前走几步高声说："我们十分荣幸地看到了宁方特部落的雄姿，我们将用最热忱的方式欢迎你们来吉拜格草原做客。要是我们无意中伤害了你们，我们将用世界上最好的弓箭作为微薄的赔偿，请求高尚的宁方特部落的原谅。"酋长板滞着面孔不说话。他身后的人嚷嚷着要巴思坎得尔把弓箭赶快献上。十六把弓箭很快摆到了宁方特人面前。酋长脸上大放光彩。但鹰尸的阴影依然存在。贪婪的酋长询问巴思坎得尔野弩部落还有什么宝藏。巴思坎得尔说："肥壮的羊任你们宰，暖和的毡房任你们住。我们最好的宝藏就是我们的热情。"宁方特酋长狞笑一声，摇头说："我们没有不经过厮杀就占领草原的习惯。宰羊之前必须杀人，这是我们的祖先得到的神示。"

他说罢，回身跳上了马背。在那些贵重的弓箭被宁方特人收起来的同时，酋长挥刀在空中横劈一下，他身后就有人举起一面红色的旗帜，挥舞着向全体宁方特人发出了屠杀的信号。

就像水潮从四面涌来，宁方特人的冲撞一下子在野鸳人中间激起了狂浪，之后便是搅动的旋涡。野鸳人勇猛抵抗，却被更勇猛的进攻连连击败。头颅在绿野中滚动，在宁方特人的战刀下瞋目切齿，在马蹄的践踏下粉碎了。女人和孩子们的哭喊声骤然响起，引来许多更为狂妄的滴血的锋刃，骨肉被一截两半。巴思坎得尔想跑，可无论他怎样挥鞭那马总是在原地打转。而所有的宁方特勇士都好像没看见他，纵马从他身边跑过也不曾把战刀朝他砍过来。他明白这是坤都昨夜的咒术起了作用，便勒马停稳，绝望地看着部众一个个倒下。许多男人开始逃跑，宁方特人觉得这是一个施展箭术的机会，收刀握弓。几乎所有的箭都没有射空。野鸳人一个个惨叫着从马背上栽下来。

最后一个跑离人群的是旺斯老河。他的马死了，他只能把也许根本就不存在的希望寄托在双腿上。在估计宁方特人就要放开拉紧的弓弦时，他一个马趴扑倒在地。弓响了，箭从他头顶嗖嗖掠过。他凝然不动。宁方特人笑了，骄傲地以为他们箭无虚发，并且吵起来，都说是自己射中的。旺斯老河一跃而起，疯跑着像野羊划过草原，又一个滚儿打翻在地。箭镞再次飞来，接着是平静。他知道他们在死死地盯着自己。他不动，持续了一会儿，有人骑马过来，发现他眼睛紧闭着满脸是血，便回头大声告诉别人这次是真的射中了。话音刚落，旺斯老河就蹦起来一把将那人撕下马背，那人还没落地，短剑就已经插入了他的心窝。他拽住马尾让它将自己拖了一段路，等马要回身跑向宁方特人时，他跪直身子，揪住马鬃，紧紧贴到马腹的右侧。马按照他的意志朝远方急驰而去。这情形似乎使巴思坎得尔的马有了灵性,在主人仍然呆愣着的时候扬起了四蹄。毫无防备的巴思坎得尔却仰挺着身子从马上栽了下来,手中的长刀被抛向一边。宁方特人这才看到还有一个活人在他们面前,他们纷纷下马,扑过去将他抓住。

　　骄横的宁方特人是不肯杀死最后一个敌人的。他们要将他放走。并怂恿他去寻找复仇的机会。正是在这种和复仇者的不断拼杀中,宁方特人变得越来越强大犷悍。他们不怕敌人来报仇,因为那只会锻炼部众,只会使他们更加过瘾地去杀人,去战斗。再说。活到最后的人一定是得到了神明的保佑,他们为什么要和神明作对呢?但这次情况特殊,野鹜部落竟然有两个活着的。杀死巴思坎得尔是符合常规的。人们将刀架在这个幸存者的脖子上,等待着酋长的命令。出人意料的是,从来不会心软的酋长突然有了对生灵的怜悯。他说看在那些珍贵无比的弓箭的份上,再给他一次反抗的机会,看他是不是真正得到了神明的保佑。巴思坎得尔听着,猛地回过身去,从一个宁方特人手中夺过砍刀,一刀劈下去,正中那人的头颅。血浆霎时飞溅,溅了宁方特酋长一脸一身。酋长哈哈大笑,笑得巴思坎得尔手提砍刀愣怔在那里。他听酋长说:"年轻人,你的手为什么要发抖?难道你是第一次杀人?要是我们的肉躯能使你变得杀人如同宰羊一样顺手,你就是我们真正的敌手。我们为能够培育起和我们一样强大的敌手而感到骄傲。"巴思坎得尔气得咬牙切齿,却没有再次将刀举起。簇拥在四周的宁方特人都笑了,连那个被巴思坎得尔劈死的人也在笑。巴思坎得尔扔掉手中的砍刀,赤手空拳地朝前走去。酋长极有风度地挥挥手。所有的宁方特人都给他让开了路。

　　嫩绿铺展到远方就变成了鹅黄。春天就在这嫩绿或鹅黄之上一次次地展示着生命的繁荣。大角羚羊健美的身躯总是陪伴着阳光,有多少束阳光就有多少只羚羊,有多少时间的光照,它们就有多少时间的徜徉或奔逐。褐斑鼠刚从冬眠中醒来,现在它们要和一切活物比比精神了,没完没了地咬嚼,没完没了地挖洞,没完没了地窜动,没完没了地躲避着旱獭或老鹰的偷袭。鼠类的活跃带来了旱獭的活跃,以鼠类为食物,它们把自己吃得一个个滚瓜溜圆。而旱獭的这种肥壮却又饲养了数以万计的豺狼。大地如此活跃。从天上丢下来的声音也变得芜杂而繁多。百灵啁啾,云雀啼啭,大雁嘎嘎地俯视着地面,成群的鹤鸟忽起忽落,叫声和行动一样欢快。蓝尾雉飞来了,铺天盖地,一瞬间就会屙下十里粪便。

野鸯之父诗人巴思坎得尔就是在这样一种万物争荣的环境里度过了十多天孤寂的生活。他把旱獭当作了自己最亲密的朋友,每天都要寻找它们的洞口。他在离洞口很近的地方稳稳坐着,一俟旱獭露头,就轻轻一松早已张好的弓弦。这就是说他有肉吃了,味道鲜美到无与伦比。他在朝东走,走向坤都咒师告诉他的那个方向,那儿有塔崩人和金塔娃。他需要复仇,需要爱情,需要纵情歌唱,需要跃马驰骋。还需要别的,那就是荣誉,无论是骑手的荣誉还是诗人的荣誉,或者是作为部落首领的荣誉。他不相信塔崩人会满足他的这些需要,但他要争取。人活着就是为了争取一切或者说一切都是为了争取。他边走边放开嗓子唱歌,高亢尖利的歌声有时能震惊得头顶群鸟翻飞,而四周却了无兽迹。后来他就不唱了,他用歌声吆来了一队匆匆赶路的骑影。

马队在离他五十步外的地方停下,只有旺斯老河单骑来到他跟前,跳下马背,悲凉地叫了一声酋长,巴思坎得尔长出一口气,无限哀恸地说:"就剩下我们两个人了。"旺斯老河亢奋地回望一眼说:

"我请来了塔崩人。复仇的日子就在眼前,快快去见达克帕罗,他会送给你一匹战马一把大刀。"巴思坎得尔冷笑一声,慢腾腾走向达克帕罗。达克帕罗翻身下马迎接他,第一句话便是:"我的弓箭呢?你把它送给了强盗?"巴思坎得尔说:"我的女人呢?哪去了?快把她还给我。"之后两个人再也不说什么,僵持了一会儿。巴思坎得尔转身回到旺斯老河身边,告诉他:"达克帕罗决不会诚心替我们报仇,他只想着他的弓箭,塔崩人也是为了弓箭才兴师动众的。别去送死了,现在不是报仇的时候,只能引火烧身。"旺斯老河觉得这不是野鹜之父应该说的话,失望地说:"你可以不去,但你不要阻拦我。"巴思坎得尔说:"我是野鹜之父,我有权力保护你的生命。"旺斯老河轻蔑地哼一声说:"你本来就不是我们部落的人,你根本不想为死去的人报仇。部落灭亡了,你为什么还活着?我的野鹜之父,难道你不怕那些死去的灵魂搅扰你今后的生活?"他看对方沉默不语,又说:"逃你的命去吧,往南走,不太远,就是塔崩部落的营地。"说罢他跳上马离开了巴思坎得尔。

马队又开始奔驰。威风凛凛的骑手们一个个从巴思坎得尔身边闪过,远去,消逝。原野重新归于寂静。时间的延展深邃而沉重。

为了发泄不满,旺斯老河故意给巴思坎得尔指错了方向。七天以后,他才辗转来到塔崩部落的驻地。塔崩人正在忙乱之中。从那些集中起来准备迁徙的羊群身上就可以看出,宁方特人打败了塔崩骑手的进攻,当巴思坎得尔在忙乱而无暇顾及客人的人群中找到旺斯老河时,他正躺在草地上睡觉。他没有毡房没有家什没有女人没有羊群,他不想留在这里也不想跟着塔崩人迁徙,他失去了主心骨不知道自己要干什么。在他被巴思坎得尔推醒后他朦胧觉得自己已经被捆绑起来,而面前蹲着的正是一个狰狞的宁方特人。他惊叫着跳起，急眨眼皮，又松口气，浑身无力地坐到草地上。巴思坎得尔比他显得还要疲惫，坐到他身边一句话也不想说。他的心思跟旺斯老河的一样也在去留之间徘徊。过了半晌，旺斯老河突然开口讲话了："你说得对，达克帕罗只想夺回自己的弓箭。他对人家说，只要把弓箭交出来，塔崩骑手就可以放弃进攻。宁方特部落的酋长跪在他面前，战战兢兢地乞求他息怒，说只要使部落免遭不幸，哪怕献上他的心脏他也愿意。弓箭被人磨磨蹭蹭地拿出来摆到了达克帕罗面前。达克帕罗跳到地上——验收自己的宝物。就在这时，一根绳索飞过来套住了他的脖子。正在悄悄包围塔崩骑手的宁方特人突然从四面夹击过来。前去征讨的塔崩人死了一半逃回来了一半。达克帕罗没回过神来就做了俘虏，是死是活不得而知。宁方特的酋长说，他要杀尽塔崩人，不然他受了耻辱的双膝将会承受风湿的痛苦，折磨得他终生不宁。"巴思坎得尔吸口冷气，惊悸地抬头望望。他什么也没望见，但他明白战争的阴云就在一眨眼的将来。

塔崩人在这里度过了最后一夜。就要出发了，星群逸去，晨光斜洒而来。宽阔的谷地渐渐显露。一种奇迹和白昼一起降临。人们看到，在前面不远处的山坡上有那么多漂亮的灰色野马。用不着商量，所有人都停下不走了。他们把这看作是神的启示，无论是祸是福，这儿就是他们的家园，至少暂时如此。只有巴思坎得尔看出了蹊跷。野马群不吃不喝，做出随时奔逃的样子。它们受惊了，好像它们是被追撵到这里来的。不祥的预感使他向塔崩人大声发出了警告："赶快走吧，宁方特人就要来了。"没有人理睬，包括旺斯老河也用眼光讥讽着他的胆小怕死。他们重新安营扎寨，打火做饭。之后，女人们去放牧，男人们急不可耐地扑向山坡进行这个年度的第二次猎马。中午，男人们回来了，兴奋地吆喝着女人赶快洗马肠煮马肉。

但兴奋并没有持续多久,一切都按照巴思坎得尔的预料发生了。宁方特人的突袭惊跑了野马群。塔崩人来不及撤离,就被敌人的马队踏平了所有的毡房。屠戮再次发生。喊杀声盖过了惨烈的叫声。抵抗是无济于事的,活着的人都开始逃跑。而这时,巴思坎得尔早已来到高坡上,挥动手臂大声喊叫着要塔崩人向自己靠拢。他的预言实现了,他的喊声自然发生了效力。亡命者朝他跑去。很快,数百男人和女人都背靠山脉簇拥在了高坡上。狂妄的宁方特人杀尽了来不及逃走的老弱妇孺,便气势汹汹地向高坡包抄过来。幸存的塔崩骑手们就要迎上去拼命。巴思坎得尔连声呵斥。他和旺斯老河带头走进了山谷。追兵已经逼近,群龙无首的塔崩人来不及考虑是不是应该服从一个陌生人的引导,慌慌张张跟在了巴思坎得尔身后。

穿过一片林带,再穿过一片荒草滩,迎面是一座陡峻的山峰。宁方特人追过了林带追过了荒草滩追到了山峰脚下。他们杀死了几个落在后面的人,直把塔崩人赶到不得不攀缘上山的地步。所有的马匹都被塔崩人丢弃了。他们徒步上山,来到半山腰时发现宁方特人也徒步追了上来,密密麻麻的,一直铺排到山脚。塔崩人立住,大口喘气,只有巴思坎得尔一个人继续朝上走去。旺斯老河冲他喊一声,不能再上了,你上到哪里人家冲到哪里,不如就在这里和他们拼了。巴思坎得尔一阵沮丧,酸麻的双腿瑟瑟发抖,浑身沉甸甸地直往下坠。他一屁股坐下,坐在一块龇牙咧嘴的石头上,疼得他又站起。石头松动了,顺着山坡滚下去,正好砸到一个宁方特人的头上。那人的脑壳顿时迸裂,没来得及喊一声就倒了下去。我们为什么要跑?我们已经有了战胜敌人的武器——堆积在这里的累累大石。巴思坎得尔在心里说着又将一块石头踢了下去。用不着提醒,所有的塔崩人都扑向石头。

轰隆隆隆，这里的万年寂寞被阵阵石头的滚动声搅扰得动荡不宁。鸟兽惊恐地四散而去，发怵的云雾来回扭动着。尘土飞扬，蓝天霎时昏暗了。而在半山腰，在那些滚石头的人中，时不时发出几声疯狂的吼叫，回音从两侧的高山上传来，像猛兽奔走。宁方特人既没有撤退也没有爬上来，因为几乎所有追撵到山坡上的人都被乱石砸死了。山脚下的荒草滩上，宁方特酋长组织了第二次第三次进攻，但他的部众除了送命之外毫无所获。眼看黑夜就要来临，宁方特人只好停止进攻。他们来到山谷外面，也像当初塔崩人等待金塔娃和白孩子那样，等待着塔崩人被饥饿所驱使，跑出来送死。但是塔崩人没有出来，他们发现，野马群出现在了荒草滩上，就像酷寒的冬天里大地出现了无数温暖的太阳。

这是一个白昼，山谷外面的宁方特人还在惊悸地回想着万石轰击的悲惨场面。他们决心复仇，但对再次攻山却表现得异常谨慎。酋长明白，不到失去最后的耐心的时候，自己是不会贸然进攻的。而在山谷里面，已经取得了塔崩人信任的巴思坎得尔将人群分为两拨，一拨人去山下猎马，一拨人掏石挖洞。用来砸击敌人的石头已经不多了，他们必须揭去植被挖出石块来垒在阵地的前沿，至于洞，那是要住人的。他们必须做长期打算。这样过了半个月，耐不住性子的宁方特人终于又一次走进了山谷。他们这次把人分为十五批，三十个人为一批，沿着山坡拉开间距，一批失利了再上一批，如同大水漫溢，一波未平又起一波。然而半个月的准备使塔崩人有了足够的石块。他们三人为一组，一组人瞅准一个进攻者往下滚石头。石头用完了，宁方特部落的人马已有十三批被砸退或砸死。随着太阳落山，他们又一次撤离了山谷。塔崩人的斗志正在旺处，他们连夜做准备，将挖掘出的石块再次堆积在阵地上。这种劳作在巴思坎得尔的督促下又持续了半个月，又用老办法打退了宁方特人的三次进攻。他们做好了准备，要让这种抵抗一再地重复下去，直到宁方特人全部死尽。

春日将尽的时候，宁方特人发动了最后一次绝望的进攻，结果仅仅是换取了许多石头的崩落。塔崩人很快又在阵地上把大大小小的石块垒得更高。宁方特酋长再次丢下了几十具部众的尸体后，无可奈何地带人离开了山谷。大地以不变的规律送走了黑夜迎来了白昼。野马群的迁徙又开始了。它们似乎不愿意离开塔崩人，走走停停，从中午一直走到第二天黎明，才完全消逝在塔崩人的视域之外。塔崩人也不愿意离开野马群，他们征询巴思坎得尔的意见，巴思坎得尔说："我们已经丢失了战马，只要我们一离开这些挖出来的岩石，宁方特部落的骑手就会追上我们。你们看到天上的那只大鹰了吗？它是宁方特人的眼睛，它每时每刻都在监视着我们。可野马群一走我们就没有肉吃了，我们必须离开这里。如果我们跟着野马群往山谷深处走，我们就是失败者，如果我们走到山谷外面去，去做一个抢马、抢肉的强盗，我们就是胜利者。尽管我们必须流血牺牲。现在，对我们有利的是，宁方特人已经尝到了我们的厉害，气焰不像开始那样嚣张了。当我们突然出现在他们面前时，他们一定会惊慌失措。勇士们，你们说我的话对不对？"没有人说不对，也没有人说对。旺斯老河说："你是我们的头，你的话就是神明的意志，为什么还要征求我们的意见？难道你怀疑我们都是些怕死鬼？"巴思坎得尔说："野鸯部落已经灭亡了，我已不是公众的父亲。我也不是塔崩人的酋长，因为据我所知，不是塔崩人的血统，不在塔崩人中长大的人，是不能成为他们的酋长的。但是如果勇敢的男人们愿意出生入死去做一个强盗，我倒可以带领这些强盗抢来部落所需要的一切。我以诗人的名誉保证，宁方特人的马将成为我们的马，宁方特人的羊将成为我们的羊，宁方特人的毡房将成为我们的毡房。如果达不到目的，我永不歌唱。"

塔崩人骚动起来，为了这钢铁般铮铮作响的誓言，他们激动了。他们举起了双手，开始高声喊叫。这就是说所有的男人都用几个简单的音节表示：我们愿意做一个强盗，而你就是强盗之首，我们愿意服从你的领导。巴思坎得尔神情肃穆地昂首云天，朗声地说："现在，我将歌唱。我要用歌声吓跑那只监视我们的可恶的大鹰，我要用歌声唤来黑夜，因为黑夜是强盗的天堂。"歌声响起来了，每一个词每一个音符都是吼出来的，都用尽了他全身的力气。

> 老熊吃了骑手给它的羊肉，
> 便把姑娘交给英俊的骑手。
> 它说做一个爱情的强盗吧，
> 为了诗人能够歌唱到永久。

鹰越飞越高，天空却越来越低。当鹰消逝的时候，黑夜就来临了。女人们留下，和往常一样捡来树枝，点起篝火。男人们摸下山去，摸出山谷，摸到宁方特人的毡房四周。那儿也有篝火，但篝火只照亮宁方特人，篝火使强盗们更加隐蔽。强盗们发现了拴在各个毡房四周的战马，发现了那些作为远征的粮草的羊群，发现所有的宁方特骑手都集中在一顶居中的大毡房里，那儿和外面的夜色一样静悄悄。

巴思坎得尔命令三十个人去偷马，三十个人去赶羊。其余的人由他带领朝那顶有人的大毡房爬过去。每个人手里都握着一把刀，匍匐着尽量躲开被篝火照亮的地方。近了。从毡房后面靠近的人迅速缩短着距离，最终停留在一片蒿草丛里，从那儿扑过去就可以用刀划开毡房。从正面靠近的巴思坎得尔这时已经看清了毡房内宁方特人的面孔。他沉住气，只等那些人把马和羊偷走后再发起进攻的信号。他的眼光朝里逡巡着，想瞅准宁方特酋长的位置，因为他觉得只有那酋长才配领略一个诗人的暴怒。他找到了目标，同时大吃一惊。他看到酋长歪斜在地上，怀里躺着一个裸身的女人。那女人酷似金塔娃。不不，她就是金塔娃，就是他的朝思暮想的女人。

部落失去了酋长就等于失去了头脑。没有头脑的部落怎么可以对自己的行动做出正确的判断呢？塔崩人对坤都咒师言听计从。他们用三堆火焰点着了森林，却不明白这场燃着了整个森林的大火的意义。该毁坏的都已经毁坏了，那就是南部荒原——慕腊特河流域的一片原始森林转眼变作了披挂在山山坳坳上的焦黑的地衣。果果哈奇荒原上的又一头黑母牛死了，从它身上流出来的哺育大地和人类以及一切生命的奶汁正在干涸——那股股淙淙流淌的泉水已经不再欢跳和闪烁。慕腊特河因此而损失了许多纯净的源流。可是塔崩人并不知道森林的消逝意味着他们将拥有一颗能够引导他们继续生存下去的头脑，酋长就要诞生了。而如果他们在烧起大火后不是马上离开而是吃着野马的鲜肉耐心地等待几天，酋长诞生的日期是可以提前到宁方特人来犯之前的。

白孩子和金塔娃藏身的森林着火之后，他们逃了出来，怀揣着孩子，忐忑不安地走向原野灰蓝色的地平线。不知到哪里去，不知去干什么，终日惆怅，悽悽惶惶，他们怀念着部落，怀念着往昔的生活。于是，他们冒险走向塔崩人的驻牧地，却发现那儿连人畜的粪便都不存在了。接着又是惆怅。他们漫无目的地沿着慕腊特河溯流而上，从邂逅的野马群那里打听到了塔崩人的行踪。他们追踪而来，又从百灵鸟那里知道了自己的部落正在和宁方特人交战。白孩子对金塔娃说："如果我不能为部落解除危险，我怎么能回到部落中去呢？他们一定会杀死我。你说你要为我万般乞求，但你的乞求是没用的。酋长的老婆不会饶过我，更不会饶过你。"金塔娃说："你的担忧也是我的担忧。但我之所以催促你寻找自己的部落，是因为我梦见天上的太阳变得和积雪一样煞白。那白色就是你。你不会有灾难的，你将会成为果果哈奇的白太阳。现在，我要说的是，你有能力解除塔崩部落的危难，因为我在你身边，我会给你想出最好的办法。"于是，按照金塔娃的主意，他们来到宁方特人的毡房前。宁方特酋长听他陈述了一遍他们的遭遇后，便毫不犹豫地收留了他们。在他看来，一个杀死了塔崩酋长的塔崩人除了死心塌地地投靠宁方特人之外，别无出路。况且他看到，金塔娃的眉眼里一股荡气正在冲他氤氲而出。他心旌摇荡，觉得如果自己不占有她就放弃她，就等于还没看到死亡的阴影就打算放弃对敌人剿杀，这是宁方特人绝对不可能有的行为。哈哈，这一夜，应该是放浪形骸的一夜。征战已经多日，死了许多骑手，也伤了许多骑手。他已经派快马去部落中增调援兵。这一夜，应该是等待援兵、准备决一死战的一夜。

这一夜的所有舒适都是由女人给予的。宁方特骑手们吃着女人做好的食物，唱着女人挑逗起的情歌，沉浸在毡房内由女人创造出的种种情趣中。生活的气息比冬日炉火边冒热气的羊肉汤的香味还要浓郁。金塔娃被宁方特酋长搂抱在怀里，一只滴着羊油的大手在她脸上横竖涂抹。她变得滋润丰腴，就像在白孩子怀里那样醉醉地憨笑，嘴里咀嚼着食物，油从嘴角流出来，又被那只大手抹开。别的男人也像酋长一样，吃饱喝足之后，都过去把满手的油涂抹在她半裸的肌肤上。涂抹便是意味深长的爱欲的释放。作为习惯，他们心里都充溢着一种对母性和繁殖的无声礼赞，都有一种对男欢女悦的崇敬而神秘的感觉。在那个遥远的年代，宁方特人的祖先就是在冬天，在一大堆祭祀的食物面前，用兽油涂抹一个生育能力极强的赤裸的女人，直到她浑身流淌兽油的小溪。然后男人们用松明火炬燎烤她光亮滑腻的身体。她带着一团火忽而跳跃忽而狂奔忽而在地上翻滚，用阵阵惨烈的叫声唤醒沉睡的大地和作为大地主宰的繁殖之神。这神是男性，所以女人的叫声对他具有强烈的震撼作用。燃烧的女人壮烈死去。祭坛前别的女人开始放声尖叫，一个比一个起劲，一声比一声锐利。神祇同情为繁殖殉难的女人，又受到众多活着的女人妖妖冶冶的尖声调情。他勃起在星空之下，让许多女人在冬天怀孕。冬天是寒流逞凶的季节。男人和女人只有被激情黏合在一起才能创造毡房里无比甜美的温热。这要感谢神祇的帮助，因为他将精气分散在每个男人身上，他让女人生成了接受这精气的卵巢子宫。但是，当这种古老的祭祀从旷野的祭坛前搬进毡房时，宁方特人就有了多余的感情，神圣的涂抹中带进了怜爱疼惜和抚摸。抚摸让他们变得含情脉脉。

　　这期间，白孩子一直在大口吃肉。孩子在他怀里，已经睡了。对酋长和金塔娃的作为他视而不见，好像他面对的是一只公羊和一只母羊互相之间的摩擦。他稳稳当当、津津有味地吃肉，给人的感觉是他已经很久没吃肉了，现在要一直吃下去。但宁方特酋长还是多少窥伺到了一点白孩子的不快。为了安慰这位把妻子让给他的外族人，他讲起了一个故事。他说在果果哈奇的部落最繁多的那个时代，有个叫希罗芭的女人在一天中午突然发现自己的阴户里生出了一个硬邦邦的阳物。于是她每时每刻都处在微颤和轻喘之中，竟至于让男人们感到惭愧而远远地避开了她。后来她怀了孕，仅仅过了七天就分娩出一个男孩。那男孩带着那个阳物走出阴户来到阳世。他要离开母亲，母亲却将他紧紧抱住。他告诉母亲，如果你不放我走，我就将这阳物送回你的阴户。母亲说："所有的男人都不再理我，理我的就只有你。"孩子顺从了母亲的意志将阳物送了进去，却无法永远留在那里。孩子说："这东西已经不是你的了，我要带着它去走南闯北。行前我要找来许多男人，让他们代替我陪伴你。"母亲答应了。男人们都来了。孩子就要走了。但刚出门他就发现自己的阳物不见了。走南闯北的人如果没有阳物就不会有人家接待。孩子只好回来。男人们正在你争我抢地和母亲拥抱。母亲淡漠地望他一眼，告诉他自己已经不需要他。孩子看着难过地流下眼泪。这时神占了他的思想，他突然擦干眼泪说："我让男人有了女人，我让女人有了男人。我是你们的恩师，快快拥戴我吧，我要做男人的王。"大家都认为他说的有道理，就开始尊崇他。因为他把自己的母亲无私地奉献了出来也就等于把自己的阳物平均分配给了大家。无论母亲今后受孕于谁的精液，都应该属于他和母亲的造化。两年后母亲又生下一个男孩，这男孩便是宁方特酋长的父亲。他是一个伟大的情种，和数不清的女人做过繁殖后代的事情，但只有一个女人给他生下了孩子，这孩子就是宁方特酋长。

　　宁方特酋长讲完了他的故事。骑手们的情绪变得格外高涨。涂抹羊油的活动再次开始。金塔娃荡情地笑着任他们涂抹。她自己也手蘸羊油给他们每个人涂抹了一脸一身。她自然格外钟爱酋长，给他涂抹得那么厚、时间那么长。有一次她甚至端过一碗羊油来泼在了他身上。这时白孩子正在啃食一条烤焦的羊腿，牙齿嚓嚓嚓地发出一串令人歆羡的响声，唾液糊了一嘴，肉就像丢进了一个深不见底的黑洞，转瞬消逝得无影无踪。他埋头沉浸在吃喝的欢畅中，不怕烫也不怕噎。生活培养了他对冷烫的麻木。最后他将啃干净的羊腿骨咔嚓一声掰断，嘴对着断裂处猛然一吸，白色的骨髓便直飞喉咙。他伸出宽厚的舌头舔舔嘴，端过一碗奶汤来慢慢啜咽。之后，他便搂着孩子躺在地上昏昏睡去，沉沉的鼾呼感染得大家都有了睡意。人们东倒西歪地躺下了。宁方特酋长拥抱着金塔娃撕拽开了她的衣袍。该做的事情很快就做完了。他酣然入睡。他酣然入睡的时候正是强盗巴思坎得尔觊觎在门外的时候。

　　金塔娃从自己身上拿开了宁方特酋长的胳膊。悄悄地站起，悄悄地穿好衣袍。她要往外走，但首先走到门外，映入巴思坎得尔眼帘的却是胸兜里鼓鼓囊囊的白孩子。巴思坎得尔不作声，所有的强盗都不作声。那一男一女来到篝火边，四只手从火堆里捞起了四根点着的树枝。他们举起来，走向大毡房。

　　大毡房着火了。那毡壁和毡顶在人们经年累月的居住中浸透了油脂，火势一开始就很凶猛。飞起来的红焰从四面八方舔向那些睡梦中的宁方特人。满身的羊油让他们迅速燃烧。

　　巴思坎得尔跳起来，所有的强盗都跳起来。他们跳起来的目的仅仅是为了阻止那些在燃烧中惊醒过来的宁方特人跑出门外。他们堵在那里，谁跑出来就砍谁一刀。毡房里火红一片。惨叫和冲撞搅得大火上下翻滚。霎时，大毡房坍塌了。强盗们又把别处的那些毡房拆了，拿过来增加火威。所有的宁方特人都被裹进了火阵，一个不剩。

　　强盗们簇拥住了白孩子。是他点的火。他们说他是英雄。他们一下子就淡漠了为自己的酋长讨还血债的责任感。有头脑的男人只注重眼下的事实：因为有了白孩子，塔崩人对宁方特人取得了最后的胜利。重逢的喜悦和对胜利的欢呼是至高无上的。

而这时巴思坎得尔却在四处寻找金塔娃。混乱中，金塔娃不见了。他向每一个塔崩人询问，可见到一个姑娘？她有一张美丽的面孔，有一双星星般光亮的眼睛。她烧死了宁方特酋长和骑手。她是我的老婆。他一个劲地问，人家一个劲地说没有见到。于是他站在旷野里大声呼喊："金塔娃，金塔娃。"喊得星星泯灭了，喊得焚烧宁方特人的大火倏然萎缩。他喊来了白孩子，白孩子厉声问他："你是谁？你为什么要喊我的老婆？"他比白孩子还要诧异，反问道："你是谁？你的老婆是谁？"白孩子说："我是塔崩部落的歌手。我原来叫白孩子。现在我已经不再是一个孩子了。所以我刚才对祝贺胜利的塔崩人说，白孩子已经死去，当一个火烧宁方特人的粗硕高大的勇士出现在你们面前时，你们就叫他的本名阿克狄拉吧。阿克狄拉的老婆叫金塔娃。她是我怀中这个孩子的母亲，她在哪里？她和你有什么关系？"巴思坎得尔惊叫起来："我认得你，我们见过面，我听你唱过歌。我过去是柯柯部落的诗人，后来做了野鹜之父。我现在是塔崩人的强盗，我叫巴思坎得尔，我的老婆叫金塔娃。"阿克狄拉跺跺脚，哦了一声说："我想起来了，巴思坎得尔，如果你不把金塔娃领出柯柯部落，我就不会遇上她，就不会有我的孩子。刚才我还听说，如果不是你领导塔崩人用石头砸碎宁方特人的头，塔崩部落早就不存在了。巴思坎得尔，你是我的福星，部落的福星。"巴思坎得尔说："我的朋友，你的话一半对一半不对。我带着金塔娃流落异邦，我害苦了她。我没有带给她生活的安逸和爱情的幸福。如果她还有一点点满意的话，那是你关照的结果。不然，她怎么会给你生孩子呢？

至于塔崩人和宁方特人的战争，那全是因为野骛部落的无能招致了这场灾祸。我的朋友，现在说这些有什么用。我要问你，金塔娃在哪里？"阿克狄拉说："我想她会跟在我的身边。但当你喊她的时候，我发现她已经离开了我。"

两个男人无限深情地谈论着他们的金塔娃。谈论到最后，他们都觉得金塔娃身上涂满了招惹火焰的羊油，很可能已经烧成灰烬而无法辨认了。但他们还是来到被残火照亮的死人堆里仔细察看，结果看到所有那些皮焦肉熟、蜷缩成胎儿模样的死人没有一个像金塔娃，也没有一个不像金塔娃。巴思坎得尔悲声喟叹。阿克狄拉伤心落泪。热泪滴落到怀中孩子的脸上，烫得孩子放声大哭，哭声如同雄鸡报晓一样高低不平且声声悠长。好一会儿他们才回到为胜利亢奋不已的人群里。这时巴思坎得尔发现旺斯老河也不见了。他想如果旺斯老河和金塔娃一样成了取得这场战争胜利的代价，那么这代价就含有一种走向极端的残酷。因为从此以后果果哈奇荒原上就再也找不到一个纯种的野骛人了。吉拜格草原，让他从懦弱走向强悍、从诗人走向酋长的神圣的摇篮，将会成为谁家的天下？

他为野骛人的灭绝而久久沉痛着，突然灵思在他心中萌动了。他朦朦胧胧地觉得金塔娃没有死，旺斯老河也没有死。他把自己的想法告诉了阿克狄拉。阿克狄拉说："当我们深爱着她的时候我们都得这么想。可是事实上如果她没死她就应该站到我们面前来。难道她会为了你的到来而插翅高飞？或者她会跟着那个不起眼的旺斯老河私奔？在她眼里，一万个旺斯老河也抵不上你我两个。不是吗？"巴思坎得尔点点头，再也不说什么了。

第二天中午，塔崩人的骑手们骑上了宁方特人的战马，由阿克狄拉和巴思坎得尔带领，分成两路伏击了前来增援的五十多个宁方特人。他们大获全胜。胜利的喜悦使诗人巴思坎得尔禁不住放声歌唱。阿克狄拉带头为他击掌叫好。之后他们两个一起唱起来：

    蓝蓝天上的白云朵，
    白云朵飘过了地面。
    赶着羊群唱着歌，
    骑手们去寻找家园。

  在旷野的一角，马背上的旺斯老河从黑暗走向黑暗。他用自己坚实的胸脯支撑着金塔娃柔软的身躯，对她絮絮叨叨地说："复仇的日子已经过去。当宁方特部落的人来这里收拾那些尸体的时候，我们就会出现在我的故乡。我以野鹜部落的名义把整个吉拜格草原送给你。你就是那里的主人，我就是你的奴仆。我们安居乐业，生儿育女。我们将永远不再有流亡和失败。"金塔娃不说话。她大概死了。就在她被一股强大的热流呛倒在燃烧的大毡房旁边时，旺斯老河就觉得她死了。但他还要絮叨下去。他相信古老的格言所昭示的真理：只要语言诚实，死人也能活过来。他还相信，只要她一睁开眼，她就会说，啊，男人，你是谁？这里有惊讶，也有庆幸。她躺在吉拜格草原唯一的主人、唯一的爱恋者——旺斯老河的怀里，能不庆幸？

  留守在吉拜格草原的宁方特人没有等来骑手们胜利归来的那个日子，一只随同酋长出征的大鹰带着瘆人的悲唳回到了这里。宁方特部落那些骁勇的骑手们完蛋了——悲唳明白如话。吉拜格草原的新主人们沉浸在哀恸之中。他们老的老少的少，担忧着自己的前途，觉得当一群不能投身于战争和胜利的废物聚集在一起时，苦难就成了他们永恒的太阳。他们没有权力再去杀人,他们必须时时克己、处处为善才能求得神授的平安。

两个耄耋老者带着残存的部众走到一棵树下,解开了绑缚着达克帕罗的那根绳索。宁方特酋长没有杀死他是想让他在渐渐饿死的过程中经受更多的折磨,以便让人明白谁让他双膝着地谁就迎来了走向死亡时度日如年的痛苦。达克帕罗已经奄奄一息了。两个老人用温热的奶汤让他苏醒过来,让他明白了他为什么有权继续活下去的原因。达克帕罗坐在地上半晌不说话。那在饿馁中一步步趔行到鬼门关前的漫漫旅途似乎已经到了尽头,可现在一下子让他急转趸回,闪电一般回到曾经启程的那个地方,抬眼再瞧,仿佛生与死都是十分遥远的。遥远的那遥远的鬼门关转瞬之间通入天外,再也望不见了,能够望见的依然是青青草原、点点毡房、飘移的羊群和一只在高空盘旋的大鹰。过了好长时间他才站起来,他说:"你们救活了我,为什么不给我力量和财富?快把我的宝贝弓箭还给我,有了它们我才能走路骑马,才能安身立命、海吃海喝。"两个老人很快拿来了酋长托付他们妥善保管的十六把珍贵的弓箭。达克帕罗拿起一把绿光闪闪的松石弯弓,又让老人赶快给他找一支箭来。箭到手了,大鹰的死期来临了。一声箭响,在场的人谁也不怀疑宁方特人借以南征北战的最后一只千里眼倏地泯灭了。宁方特人黯然神伤。而达克帕罗却显得亢奋不已。他像布道圣谕那样声音朗朗地说,他终于又一次挺立在了故乡的土地上。他的父亲野骜之父的灵魂将时时刻刻护佑他。他就要成为吉拜格草原的主人了。他面前的每一个人都将得到主人的邀请成为这里的居民。他说他是新一代的野骜之父,他愿意受到每一棵草、每一只羊、每一块石头、每一个人的拥戴而重整野骜部落。他问他们听见了没有。他们回答说听见了。他又说你们中间有女人,有女人就会有健壮的后代,就会有充满希望的未来。难道你们会反对我,说女人的作用仅仅是烧水做饭?他这时吼起来:"来吧,你们,女人,哪个愿意和我生孩子?站出来,跟我走。毡房,我的毡房在哪里?"刚刚给他喂过奶汤的一个老人说:"你走到哪里你的毡房就在哪里,去吧,神奇而富有的野骛之父,从今天开始,所有的女人都将在你的毡房门口排队接受你的恩爱。"达克帕罗听到这话,就收起摆在地上的所有弓箭,走向离他最近的一座毡房。在隐进毡房门时,他看到身后许多女人跟了过来。

他骑在马上,怀抱着金塔娃,低头目不转睛地看着这位草原美女芬芳的秀目。他感觉到她的身体软软的,她的呼吸热热的,她的心脏咚咚的。她就要苏醒过来了。这时,那只被达克帕罗射中的犬鹰从高高的云天之上陨落而下,不偏不歪地砸在了旺斯老河头上。旺斯老河闷叫一声,摇摇晃晃地带着金塔娃落下马背。在和大鹰一起夯撞到地上的那一刻,她又昏死过去。旺斯老河仰躺在她和大鹰之间,痉挛似的蠕动了几下,就陪伴她进入了隧道般幽深黑暗的冥界。

天地混沌不清。吉拜格草原上新生的野骛之父和他那些由老弱妇孺组成的部众谁也没有看见遭到大鹰陨击的这一对男女。两天之后,一队寻找福音的柯柯骑手路过这里。他们把这一对男女扶上马背,日夜兼程,朝驻牧在慕腊特河流域中段的柯柯部落走去。

老迈的柯柯邦主就要死了。坤都咒师来到部落中,对病瘫不起的邦主说:"当那个宝贝弓箭的主人达克帕罗射中一只鹰之后,他就注定失去了获得爱情的机会。一个男人带着一个女人被魔鬼困死在了吉拜格草原上。快去寻找他们吧。他们是部落的福音。"

塔崩人背靠着太阳,向着野马群走去的地方进发。野马的粪便和它们散播在空气中的气息便是前行的路标。路标以一种从未有过的笔直和坚定一直在朝西,朝一些陌生的地域延伸。一个月以后,果果哈奇西部荒原的壮猛风土就出现在他们面前。一切都变了。原野高峻而浑莽,粗糙朴拙的地表之上常常裸露着青灰色的岩石和黑黝黝的土壤。地显得异常厚重而植被显得异常轻薄。变幻多端的气候时风时雨时晴时阴,冷凉而坚硬的空气里总散发着一种腥臊味。地上的走兽,天上的飞禽,变得丑陋狰狞了。连百灵鸟的叫声也混杂了一种鸥鹗般的阴森森的哭笑。塔崩人怀疑野马群走错了迁徙的路线,同时又坚定地相信,野马群走到哪里他们就应该在哪里生活。

终于有一天清晨,他们不再做准备赶路的事情了。因为就在那个晚上野马群突然消隐,像升天入地了的游魂一样,连一堆标明去向的粪便也没有留下。他们像一群被主人丢弃的牲畜,滞留在远山之前、近水之边,进不知去哪里,退不知去何方。也许是神明的安排,这儿就是他们赖以生存的风水宝地。他们顾盼彷徨了一阵后便加固好前一天晚上仓促搭起的毡房,捡来兽粪草根,从从容容地生火做饭。接着就是寻找牧羊的草场,寻找狩猎的对象,寻找人影骑影想知道周围是否有人家居住。他们的目的全部达到了。这儿叫赤狼草原,远方的山叫赤狼山,有一条河叫赤狼河。在赤狼河上游、赤狼山脚下,居住着赤狼部落。而他们无意中成了赤狼草原的侵略者。

必不可少的战争即将爆发。战争需要酋长。阿克狄拉把怀中的孩子交给一个女人替他抱着,声音铿锵地说:"我是酋长,因为金塔娃曾经梦见我是果果哈奇西部荒原冉冉升起的太阳。"巴思坎得尔首先举起了双手。他说:"为了实现金塔娃的美梦,让我以强盗的身份、以强盗的双手托起这个太阳吧,赤狼草原将成为我们永久的家园。"除了那个死去的酋长的老婆,所有人都表示赞同。他们意识到这是关乎部落存亡的紧要关头,最要紧的便是万众一心。酋长的老婆旧事重提,说那个杀了她丈夫的人是部落的灾星,要是他做了酋长,她丈夫的灵魂将不再保护部落并暗中帮助部落战胜敌人。话音刚落,早已来到她面前的强盗巴思坎得尔忽地举起了砍刀,一刀落下,只听噌的一声,那女人左边的耳朵飞了起来。女人尖叫着赶快跑开。巴思坎得尔冲她的背影呵斥道:"当部落面临重大抉择时,不准你扰乱人心。"阿克狄拉大受感动,说:"巴思坎得尔,我的朋友,我们就像亲兄弟。从今以后,我的权力就是你的权力。你可以处死任何人,只要是为了部落的利益。"巴思坎得尔说:"要是你看到一棵大树挡住了你的道路,你砍掉那些枝枝杈杈有什么用呢?英明的酋长,你是一棵遮雨挡风的大树,我们以此为骄傲。我相信你永远不会挡住部落的路,部落的路是通往昌盛和名誉的路。"阿克狄拉说:"你说得对,当你在砍掉那些枝枝杈杈的时候,顺便也要看看这棵大树的根子正不正,树干直不直。"巴思坎得尔收起砍刀,上前跪倒在阿克狄拉面前说:"我受命于神明来到你面前,你的诺言便是部落的幸福。该是赞美的时候了,尊贵的酋长,为什么不命令你的诗人放声歌唱?"阿克狄拉说:"歌唱是你的自由,只是我害怕自己承受不起你的赞美。"巴思坎得尔说:"那就歌唱太阳吧。"部众们发出阵阵呼声。巴思坎得尔起身神情肃穆地遥望天空:

  老熊坐在山顶眺望天边的金黄,
  坐了千万年那金黄才变作太阳;
  露水做的黎明啊丝绸做的黄昏,
  哪儿有太阳哪儿就是我的牧场。

这一天，果果哈奇西部荒原的太阳变得白晃晃的，如同凌空升起了一个偌大的雪球。雪球映照着无边的大地，大地也是白晃晃的，没有一处阴影，没有一滴黑暗。草是透白的绿，水是白透了的水，远山耸起一座座白峰白岭。土壤、岩石，所有的地貌都拒绝着色彩。夏天的假雪一下子滤净了空气，人们可以看到十里外物体的形状。初来乍到的塔崩人瞩望远方，望见了一群安卧在山坡前的野马。他们发出狂喜的呐喊。喊声未止，巴思坎得尔就一马当先，朝那里奔腾而去。

不错，是塔崩人的野马，一共三百七十八匹，是整个迁来西部荒原的野马群的一小部分。但是，不知何因，它们已经失去了精力，它们死了。它们在死前采取了一种视死如归的安闲的姿势，前腿跪着，后腿伸展到肚腹下面，尾巴弯曲着铺在地上，脊背的线条依然保留着站立时的优雅。所有的死马都把头朝向东方，那是它们和塔崩人走来的地方，是塔崩部落的营盘。它们身上没有刀痕和箭伤，血肉保持着完好无损的原初形态，毛色光润闪亮。巴思坎得尔愣住了。狂喜而来的塔崩男人们个个变得目瞪口呆。谁也不知道说什么，那儿鸦雀无声。天上地下，到处都是白色的静穆。怀揣着孩子的酋长阿克狄拉突然想到，在祖先的故事里，野马就有跳入火堆壮烈自杀的习惯。它们千里迢迢来到果果哈奇西部荒原大概就是为了自杀。对塔崩人来说，野马的自杀意味着他们不必弯弓射箭就可以有肉吃了。他把他的想法说了出来。并说这是神明恩赐的福光。部众们没有理由不相信他的话，而且谁不相信这是吉兆谁就是自寻烦恼。人们转忧为喜，默默感谢神明泽被人间的恩德。

天上，云翳之间，依然是白晃晃的太阳。一件谁也没有想到的事情发生在自太阳落入山垭的时刻。那个失去了左耳朵的女人半夜潜入阿克狄拉的毡房，偷走了他的孩子。女人逃离了部落，骑马走向悲风嗷啸的旷野。她不知道自己要去哪里，像一片无所依托的浮云，惝惝惶惶地面迎着未来的九秋风雨。

阿克狄拉大哭一场。派去追踪女人和孩子的骑手们回去后，显得和他一样沮丧忧戚。巴思坎得尔安慰他说："就让孩子去吧，只有经过危难锻造的骨头，才能顶得起十万黑云的重压而永不断裂。他会回来的。回来后他就是一只气魄惊人的荒原狼了。"然而孩子没有回来。甚至他根本没有回到荒原的怀抱里来。在他和那女人孤苦伶仃的流浪生涯中，任造化颠来倒去，总算保全了性命。最后他们来到果果哈奇西部荒原临近汉邦的巴垄巴地区，女人染上了瘟疫，一病不起，不久就死了。从汉邦来的商队路过那里，收养了这个已有七岁的骨瘦如柴的孩子。从此，他的命运便和荒原无关了。他成了生存在汉邦的绝无仅有的一个荒原人——一颗孑遗在外界的部落的种子。能够证明他身世的只有一些装在一个小羊皮口袋里的石雕的小人头。那女人曾经告诉过他，小人头是他的母亲、一个叫金塔娃的放荡的女人，缝在他衣袍里的用来护身的吉祥物。

第三部 強盗

第七章　卡阳非瓦

赤狼部落的酋长阿克狄拉在中心草场的毡房前燃起了烽火。狼烟升起，袅袅地混入天上的白云。散居在四野的部众蜂拥而至。他们骑在马上挤挤蹭蹭簇拥到阿克狄拉周围，等待着他向山神祷告之后便去金谷扫荡那些采金人。巴思坎得尔来得很晚。他信马由缰，一路上悠闲自得地观赏七月草原的美好景致，觉得今晚无论如何要去看看诺戈泰姑娘。到了中心草场，他才扬鞭催马驰向阿克狄拉的毡房。他跳下马，从别人那里打听到酋长点燃烽火的原因，便牵着马走过去对刚刚结束祷告的阿克狄拉道："这是我的事，谁也不要掺和。"阿克狄拉说："他们人多，你一个人不行。"巴思坎得尔拔出短剑，将自己那象征无畏的毡盔扔到地上，一剑戳去。这就是说，不是他胜就是他死。他瓮声瓮气地说："谁也没有权力说我不行，除非我已经被人家剁成肉泥。"强盗的意愿是不能违拗的，因为他有杀死任何人的自由，包括自己的酋长。阿克狄拉亲自给他端来一碗混合着羊血的酒，他接过来喝干。众人来到烽火旁，拉起手跳着舞为他壮行。灰飞烟灭，太阳在中天被云雾裹起。一匹棕色的骏马朝金谷飞奔而去。

二百多个来自汉地的马步芳麒麟军采金人沿着金矿矿脉的走向分散在狭长的金谷里。他们的营盘就设在靠近沟口的平坦地上，五顶白色大帐从南到北排列着，堵塞了进入沟内的道路。巴思坎得尔没走到跟前就有人出来瞭望。他让马放慢速度缓缓靠近，大帐内又走出一个人来，端着枪做出瞄准的样子。他勒马停下，从胸兜里掏出一串彩色珍珠朝他们晃晃，大声说："远方的客人，我有一些偷来的珍宝。拿出你们最亮的盐巴最好的砖茶最白的面粉，我的珍宝一定会让你们称心如意。"两个采金人提着枪朝他走来。他跳下马又拿出一些玉石捧在手中请他们看货。他们看了后说只要珍珠不要别的，一把茶叶一颗珍珠，你有十颗珍珠我给你十把茶叶。巴思坎得尔点头同意。一个采金人走回去钻进居中的那顶大帐。另一个采金人守着巴思坎得尔问他那些珍宝是从哪里偷来的。巴思坎得尔诡谲地笑笑，又说他还有一把镶金饰银的宝剑能不能换回一点盐巴。他抽出自己的短剑给那人看，又夸口说短剑锋利得能削碎金块而不卷刃。说罢他举剑朝地上的一块石头砍去，忽一下短剑拐了个弯飞快地插向那人的腰肋，他又飞快地拔出来，再朝胸一剑便结果了对方的性命。巴思坎得尔收起短剑，从背上取下砍刀，跳上马直奔居中的大帐。采金人拿着茶叶刚好出来，猛抬头见砍刀已到眼前，张嘴没叫出声脖颈就裂开了口子。他头耷拉在胸前倒在地上，血从断裂的脖颈上涌流而出。两个看守营盘的人就这样给巴思坎得尔让开了路。他将盐巴、砂糖和茶叶全部搬出来,用皮袋装着放在自己的马背上,又从厨房找到食油,在五顶大帐上胡乱泼洒了一阵后用火点着。强盗点着的火便是胜利之火。等分散在金谷里的采金人跑来救火时,粮草和行李已经全部焚毁。强盗杳然逸去。失去了后勤保障的采金人,在度过了一个悲凉的冷夜之后,无可奈何地离开了金谷。也就是说,这一年他们的采金目的全部落空。他们得回到荒原以外的老窝里去,秣马厉兵,等待翌年夏季再来荒原投入险恶的为了黄金的战斗。巴思坎得尔对此毫不介意,今年有今年的胜利,明年有明年的胜利,只要他们不放弃对金谷的侵犯,就会给他创造胜利的机会。况且在他看来,对这些外来人的胜利是微不足道的。他甚至不会得意,不会因此而觉得有必要去向他的酋长报告战绩。

离开金谷后,为了寻找诺戈泰姑娘,巴思坎得尔在草原上转悠到半夜。诺戈泰姑娘和孤僻的父亲在一起。老人躲开人群,几乎不到中心草场去,无论部落遇到危险还是遇到节日。他也不给自己固定居住的地点,随意搬迁,总是寻找最完美的寂寞。这种日子已经持续了很长时间。自从赤狼草原来了塔崩人之后耻辱和孤独就成了他生活的全部。塔崩人虽然人数不多,但最终征服了赤狼部落,并胁迫他让出了酋长的位置。为了部落人众能够免于刀斧之祸,他只能这样做。他老了,他唯一的要求便是保留赤狼这个祖先创造的名号。为此他分外感谢强盗巴思坎得尔。当时他被阿克狄拉用刀背砍倒在马下。塔崩人抓住了他,把他绑缚在一棵树上。阿克狄拉说:"老不死的卡阳非瓦,让你的部众服从我并拥戴我成为赤狼草原的主人,不然我的刀就会到你的胸膛里走一遭。"他说:"只要你们不剿灭赤狼部落的人,我做什么都愿意。但是,当你成为这儿的主人的时候,部落的名号是不能变的。这个吉祥的名号已经存在了数百年,拥有这个名号的部落才配生活在这片广阔的草原上。"阿克狄拉大摇其头，而强盗巴思坎得尔却说："英明的酋长，既然这儿的山这儿的地都叫作赤狼，部落为什么要改换名称呢？神赐的名号是不能废弃的，除非神明将它收回。我们的野马叫塔崩人的野马，当它们来到这里后我们仍然称它们为塔崩人的野马，它们就死了。要知道什么样的土地喂养什么样的人，赤狼草原只喂养赤狼人。就用这个名号吧，它表明我们不是客人，我们不再流浪了，我们将永远是这里的主人。"这些话句句在理，阿克狄拉有什么理由要反驳呢？从此卡阳非瓦便把巴思坎得尔当作了挽救部落名号的恩人。

卡阳非瓦是赤狼部落第一辈酋长的嫡传后代。他十二岁那年，父亲六辈酋长在一次对鹿母部落的抢劫中被对方的毒箭射死。部落人众就推举当时的强盗顿博斯特做了酋长。顿博斯特娶卡阳非瓦的母亲为妻，卡阳非瓦就在顿博斯特的教导下长大成人。顿博斯特看他身材魁伟，聪明好学，几次都想把酋长的位置让给他，自己好趁年富力强再去过几年自由自在的强盗生活。年轻的卡阳非瓦拒绝了。他觉得自己是个好男人。好男人不去做强盗就等于喂大了母羊不让它产奶。

    强盗的自由是你神仙没有的，
    强盗的快乐是你部落装不下的，
    强盗的性格如同阵阵山谷的风，
    强盗的生活好比朵朵天上的云。

卡阳非瓦用歌声表达着自己的渴望，不厌其烦地谋划自己成为强盗后如何进行无数次最艰难的抢劫和征伐。强盗行径，那迷人的生活，那最有价值的可以名利双收的事业——一个有志气的男人的终生理想，和空气同样重要的最有效的生存方式，果果哈奇西部荒原亘古以来的风尚。正是在这种风尚中，祖先成就了伟业，赢得了声誉，拥有了生存的空间，维持了部落的延续。那时年轻气盛的卡阳非瓦发誓要与强盗的声誉共存亡。他常常单人出行，先是在近处小打小闹，面对一些结伴人数较少的过客锻炼自己埋伏、出击、角斗和抢了东西迅速逃跑的本领。后来他就带着骑手们一次比一次远地去寻找抢劫的机会。果果哈奇西部荒原的东方连接着广袤而神秘的汉邦，那儿长年累月都有来往于遥远的汉城和荒原之间的商队，所有的强盗都把那儿看成是自己的用武之地。卡阳非瓦也不例外。他几乎每个季度都要带人去那里一次，每次都是满载而归。除此以外他还多次一个人骚扰了鹿母部落。他在那儿杀了人，抢了人家的羊群。他成了鹿母部落的仇人。

　　一次他带人外出抢劫归来，看到家园一片残败气象，毡房破碎，女人啼哭，守家的酋长顿博斯特被杀，尸骨已寒，牛羊也所剩无几。原来趁他们不在，鹿母部落进行了一次最彻底的报复。卡阳非瓦问母亲是谁杀死了继父。母亲摇头不语，但从她惊恐的眼神中儿子看出她有难言之隐。他闷闷不乐地出去游荡，回来时见母亲去河边背水，就让人把自家毡房的门从外面用牛毛绳拴死。他自己在毡房内将一把抢来的银豆放到火炉上。银豆烤热了，母亲回来了。他说："阿妈，别人和我要笑把我关在了家里，你把手从门缝里伸进来，我给你刀子你把牛毛绳割断。"他抓住母亲伸进来的手，将银豆放进她的手掌，又说："阿妈，现在你该告诉我了，是谁杀了我的继父，不然银豆烫坏了你的手，你就挤不成奶烧不成茶拾不成牛粪了。"母亲知道儿子不达目的不罢休，只得告诉他仇人便是鹿母酋长的儿子，又叮嘱他千万别去报仇，因为赤狼部落的祖先出自古老的鹿母部落，那个在巴巴哈拉山游游荡荡的弓箭手说不定和卡阳非瓦还有亲缘关系。卡阳非瓦放开母亲的手，让银豆滚落在地上，说："我是父亲的儿子，我只能做对得起父亲的事。阿妈，为我烧好羊奶煮好肥嘟嘟的羊肉，我会带着好消息回来见你的。"

他全副武装，骑马来到巴巴哈拉山中。见到一个年轻的牧人，他老远问道："你这么辛苦，莫非你放的牛羊是自己的财产？"牧人说："草原是部落的，牛羊是酋长的，我是山神的。山神要我辛苦，我不能不辛苦。"卡阳非瓦用最美好的语言祝福了这个牧人，然后赶快离去。他又来到一面山坡上，问一个骑马的年轻人："你这样自由自在，莫非在巡视自己的牧场？"猎人说："野兽不是酋长的，不管它在谁的牧场，我都可以自由地追踪。难道你看不出我是个猎人？"卡阳非瓦听罢又走了。他这样边问边走，走到日落西山的时候，见一个穿着水獭皮袍的年轻人站在一顶毡房前朝自己张望，便停下来问道："你不去放牧，又不去打猎，莫非你的主人是天下最宽厚的主人？"年轻人说："我的牛羊自有人去放，我用不着打猎就能吃到最可口的野味。我是强盗，除了抢劫我不知道世上还有别的事可做。"他说："你是强盗？你叫啥？在草原上我可只听说过卡阳非瓦的名字。"那人轻蔑地笑笑说："卡阳非瓦不过是一只小羊羔。他的父亲就是我用弓箭射死的。"卡阳非瓦说："我不信，我看你好像连弓都没有。"年轻人傲慢地哈哈大笑说："我的弓是世上最好的犀牛角弓，光明的战神给它涂上了一层金粉。"卡阳非瓦也笑了，说："你的弓再好也没有我的好。说大话的年轻人，拿出你的弓来和我的比一比。要是你能比得过，我就把我的弓送给你。"

卡阳非瓦说着将自己的弓从背上解下来握在手中。年轻人不服气地哼了一声，转身就去拿弓，刚走到毡房门口，嗡一声箭矢飞来，射中了他的后心窝。卡阳非瓦喊道："我就是强盗卡阳非瓦，我是来给父亲报仇的。"扑倒在地的年轻人歪过头吃力地说："卡阳非瓦，你的生父我应该叫他叔叔。你不该为霸占你母亲的人报仇。"说罢他就咽气了。卡阳非瓦突然感到一阵惆怅，掉转马头朝回走去。

第二天早晨，当他走到巴巴哈拉山口时鹿母部落的人追了上来。他知道自己的马已经疲倦，无法穿越两天两夜才能走完的那片通往家园的开阔地。他朝南奔去，想趁着早晨的浓雾躲进峡谷。但峡谷不狭，仅仅跑了两公里山势就逐渐低矮，一马平川赫然出现在眼前。瑰红色的地平线上一列武装押运的汉邦人的商队缓缓行进。他连抽几鞭靠近他们，大声吆喝，强盗来了，你们还不赶快做好准备。商队停下来，利用就近的地形严阵以待。鹿母人奔腾的马队出现了，在毫无防备的情况下，跑在最前面的几个人吃了枪子栽下马背。一场枪弹对弓箭的恶战打响了。而卡阳非瓦却绕开战场往回跑。鹿母部落中几个头脑清醒的人知道卡阳非瓦会趁隙逃脱，便放弃战斗纵马驰向山岗，眺望了一阵后朝卡阳非瓦追踪而去。等卡阳非瓦发现他们时已经来不及躲藏。他被迫拐向北方，北方是索拉尼河，死路一条。卡阳非瓦跳下马，拔出短刀插向马屁股。马惊叫着跳下悬崖扑向河水。一会儿，几个鹿母人来到河沿的峭石上，看到那儿放着一双靴子、一件衣袍、一张弓和一把刀。马在湍急的河水中时沉时浮，一顶毡帽漂向下游。宁死不屈的强盗，自杀比接受别人的宰割更能显出性格的刚毅。卡阳非瓦因此而受到了他的追杀者的尊敬和称誉。受到尊敬的强盗，在他死后遗物是不能随便拿走的，就像酋长的衣钵不能随便传人一样。几个鹿母人默默瞩望了片刻永逝的河水便快快返回战场。

那儿的战斗已经结束。鹿母部落用死伤十六人的代价赢得了胜利。商队的人一半死了一半逃了,以布匹和食盐为主的物资被鹿母人接管。他们一部分人驱赶着驮畜唱着悲歌返回巴巴哈拉山深处,另一部分人把死去的同伴抬上马背,运送到河沿扔进了河水。正当他们双膝跪下伤感地赞美着死者生前的功绩以超度亡灵时,就见一个赤条条的人从峭石下爬上来。他穿上自己的衣袍,佩好自己的弓箭和短刀,沿着河水溯流而上,泰然自若地走进了黄昏。鹿母人没有再次追撵。卡阳非瓦的智慧和勇气让他们钦佩。他们觉得徒劳地追杀一个英雄的强盗是可笑而滑稽的。

卡阳非瓦安然无恙地回到自己的部落,把他为继父报仇雪恨的经过告诉了母亲。母亲郁郁寡欢。她认为自己是个罪孽深重的人,儿子杀了丈夫家族中的人,是因为自己的生养出了问题,也许是儿子落生的地方不干净,惹恼了他们的保护神,神便安排了这场残杀,或者是由于自己无意中得罪了鬼魅,鬼魅便让她生下一个不听话的儿子去干伤天害理的事作为对她的报应。她想起很久以前,当赤狼部落还在草原靠近汉邦的那一带驻牧时,父亲让她去冬日的河边寻找一块红色的石头。找到石头后她碰到两个小伙子向她调情。她喜欢一个讨厌另一个,便说谁能赤脚走过河中的冰面她就睡在谁给她铺平的皮袍上。她讨厌的那个抢先脱掉皮靴快步走过冰面又匆匆返回。但这时她已经和她喜欢的那个紧紧抱在一起,并嘲弄地向赤脚的小伙子撮鼻子眨眼。赤脚的小伙子愤怒地指责她撒谎骗人,没有诚意,然后搬起那块红色石头跑过去扔进了冰窟。她回去又给父亲撒谎说,河边根本没有那种红色石头。红色石头是放在毡房里威慑鬼魅的法器,没有它就可能招致灾难从而家破人亡。后来,赤狼部落受到汉邦人的驱赶离开那里朝西方迁徙,临近现在这片牧地时她父亲就被一阵飓风吹来的石子打瞎了双眼,不久便溘然长逝。失去了父亲保护的她被那个她所讨厌的小伙子抢去做他的老婆。她和他生活了半年后愈加讨厌他。在一个狼嗥阵阵的暗夜她跑向酋长的毡房,钻进酋长的被窝请求庇护。年轻的酋长激情无限地拥抱了她并让她在那一夜怀上了卡阳非瓦。第二天,头人赐给那个小伙子五匹骒马、二十只绵羊要他把她让给自己。小伙子欣然同意,倒不是因为慑于酋长的权威,而是他觉得她迟早会离开自己,不如现在就和酋长做成这笔合算的交易。

　　卡阳非瓦的母亲回想往事,渐渐意识到自己在少女时代就已经埋下了灾难的种子:当初她不该欺骗那个小伙子致使他扔掉了红色石头,更不该背弃他去做酋长的老婆。她作为酋长的老婆生下的孩子就一定会背弃她从而惩罚她的罪过。惩罚的结果便是她的罪过更加深重,除非死亡能够解脱自己也能够减免儿子日后的灾准。她吞下了曾经迫使自己说出真相的银豆,叮嘱儿子再不要和鹿母部落为敌,之后就僵挺在家中黑色的毡铺上。

　　卡阳非瓦从此结束了强盗生涯接替继父顿博斯特做了赤狼部落的酋长。他觉得结束得太早。他还没有实现那些他预想中最有魅力的目标。但如果这个时候不结束,那就意味着他将背弃对母亲的承诺,继续与鹿母部落为敌。因为他早就认为吞并鹿母部落,把赤狼人的领地扩展到巴巴哈拉山里面,是他作为赤狼强盗必须完成的军事使命。而一个酋长却可以有很多理由让别人也让自己相信,对鹿母部落采取宽容的态度绝不是由于他的无能。事实也的确如此,如果他愿意,处理好部落的内部事务就会用去他的大部分精力。在以后的三十五年中他娶了妻子有了女儿。他带领他的部落繁衍生息、放牧打猎，在没有战伐、没有灾难的平静生活中发展壮大。直到被阿克狄拉和巴思坎得尔打败，他不知道什么叫耻辱什么叫忧伤什么叫忍耐。可是现在他加倍地尝到了耻辱的滋味。他们来了，他们用起了赤狼人的名号，戴起了赤狼人祖祖辈辈戴惯了的无畏毡盔，喝起了只有赤狼人才能酿造得无比甘美的酒。他们对赤狼人颐指气使，似乎想用这种办法时时提醒他：你这个昔日的强盗、妄自尊大的酋长，你的风采哪里去了？你的本事哪里去了？你的责任哪里去了？你为什么不承担起挽救部众于危难之中的义务？你眼看着宁和的赤狼草原变得日渐动荡不安却无可奈何只有悲声长叹而已。悲叹的内容宽广无边——他老了，他的妻子死了，他的羊群离散了，他的日子寂寞了。妻子是他们来后才死的。她虽然死于疾病，而他从那闭合了眼睑的面孔上感觉到的却是无言的责备：你啊，我的骄傲的丈夫，当你再也骄傲不起来的时候我为什么还要活着做你的妻子呢？

妻子离开了他，他离开了人群，离开了真正的生活，过起了一种必须忍耐的日子。他在离群索居的压抑中考验着自己，天长日久，他觉得自己还是有能力承受痛苦，有胆量面对寂寞的蚕食。只可怜了诺戈泰姑娘。为了他的孤僻，她变得就像一片荒凉的沼泽，虽然水色荡漾一派清秀，却只有独来独往的强盗巴思坎得尔前来光顾。卡阳非瓦可怜诺戈泰深知她的孤独和自己不一样。她正当年华，应该获得那种有众多男人追求的充实和满足。可是他不让她这样做。她是强盗的情人，要勾引她那得看强盗的脸色，包括权力无边的酋长阿克狄拉。强盗是部落的军事首领，万一他要翻脸，整个草原就会失去和平。为了这和平，也为了自己独居生活的需要，卡阳非瓦时时用眼神表示着他对女儿的依恋，好让女儿不必等他的央求就明智地不要离开他。而女儿却常常无遮无拦地把苦闷挂在脸上，用沉默回答着父亲的依恋。

父亲，你老了，你糊涂了，你忘了草原的规矩。做女儿的有一百个男人，做父亲的就有一百种骄傲。

在诺戈泰苦闷的神情前，他猜测到了她那沉默的含意，就开始连连打战。

巴思坎得尔在暗夜的旷原上用歌声呼唤诺戈泰姑娘：

> 我骑着瘦马沿着雪山流浪，
> 失去了老熊失去了姑娘眼泪汪汪，
> 淌下来的泪水流成了河结成了冰，
> 请问老熊流浪的人何时才得安详？

终于，他听到了远方的回音，是卡阳非瓦老人的：

> 你的牛羊成千上万由别人牧养，
> 你骑马流浪安详就在马背上，
> 伟大的强盗你为什么独自忧伤？
> 只要天上有月亮世上就有你的姑娘。

马背上的巴思坎得尔穿透夜幕来到卡阳非瓦老人的毡房前。他看到老人盘坐在地上凝然不动，像一堆黑色的岩石。诺戈泰姑娘从毡房里钻出来静静地立到门口。巴思坎得尔看不清她清澈的眸子，却真真切切地感受到她那幽怨凄恻的目光正扫在自己脸上。她是在怨老人给她带去了孤独还是怨他没来经常探望？巴思坎得尔跳下马，从马背上的口袋里拿出一些抢来的茶叶和砂糖交给她。她进去放下又出来，看到巴思坎得尔正在和父亲说话。他说："夜气正凉你为什么独自坐在外面？"老人说："我为女儿守夜防止别人把她从我身边抢走。"他说："你的女儿要嫁人，你不仅守不住，总有一天还会高高兴兴地把她送走。"老人说："我的女儿不嫁人，她要在我的毡房里给我生下一大串活蹦乱跳的孙子孙女。"巴思坎得尔说："怪不得你会用歌声引导我过来。卡阳非瓦老人，高兴起来吧，你的愿望一定会实现。"巴思坎得尔走向诺戈泰姑娘。她像往常一样低头默默地任他将自己拉进毡房。老人支棱起耳朵。他希望听到女儿的笑声，可他听不到。每次巴思坎得尔的来临带给女儿的为什么总是沉默？她做着一个女人在男人面前应该做的事，这是给老人的安慰，但这远远不够。老人的耳朵里要装满欢乐，尤其是在这种远离人群的枯死寂寥的生活中。他滞重地站起来走向离毡房更远的地方，似乎那里的寂寞比毡房门口的寂寞要好受一些。他在那里坐了很久。平静使他觉得自己已经死去。像过去曾有过的那样，他学着狼的声音发出一阵哀嚎，如同一只老狼在呼唤逝去的岁月。一会儿他就嗅到了真狼的那种腥臊气息，几对绿莹莹的眼光在远处朝他闪烁。他欣慰地舒口气觉得自己还是个活物，便悠悠地唱出一首歌表示对狼的感谢。狼理解了老人坦然地靠近他，来回走动着陪伴他一直到天亮。

天亮后几只狼恋恋不舍地离去。它们看到巴思坎得尔威风凛凛地骑马走来，看到诺戈泰姑娘走出毡房叫父亲回去吃早饭，看到坐着不动的老人指指远去的它们说："狼也没吃早饭，你去拉一只羊来把它拴在这里。"她不把羊拉来老人是绝对不会起身的。它们看到她照办的时候表情是那么不情愿。这不是她舍不得羊，而是她不想事事时时都服从老人的意志。它们知道这是为什么，巴思坎得尔走了，一天的寂寞重新到来。在他再次出现之前的这段日子里，她为什么每时每刻都要守在老人身边或者每时每刻都要受到老人的监护呢？既然她等不来别的男人，她就应该走过去，去中心草场看看，哪怕仅仅是为了兜兜风——让别人看到自己，也让自己看到别人。狼们窃窃私语着，约定今天晚上再来，然后一哄而散。草原在静谧中变得散淡而慵懒。闲云静止不动，朝晖把亮色均摊给大地万物，到处都是华丽的光芒。

撵走采金人之后的两个月中，赤狼部落进行了一次远征。他们从西到东横穿赤狼草原，行程三百多公里进入临近汉邦的巴垄巴地区。在那里他们拦截了一支由三千多头牦牛组成的运输队。运输队本来打算穿越果果哈奇荒原前往亚历山大城进行贸易交换。运送的物资大都是皮货、丝绸和白银。抢劫成功后赤狼人获得了将近两千头牦牛和一部分货物。另一部分被鹿母部落抢去。两个部落都派快马探知到了运输队的行踪，几乎同时来到巴垄巴地区。双方都想侵吞所有货物但都没有成功。在打退押运货物的麒麟军人马后，各自都以最猛烈的攻势扑向对方。鹿母部落的人在强盗泽里拉羊的指挥下跑向牦牛最集中的地方，试图将它们驱赶到自己那边。而巴思坎得尔却命令自己的部众把攻击的目标对准人。鹿母部落的许多骑手被箭射死在牦牛群里。泽里拉羊赶快带人返回保护自己抢到的那部分牦牛。赤狼人紧追不舍将鹿母人团团围住。巴思坎得尔高声大叫："卑鄙的鹿母人，是我们打败了马步芳麒麟军，凭什么你们要赶走一部分牦牛。"泽里拉羊也用同样高的嗓门回答："你们别太贪婪了，贪婪的人没有好下场。"巴思坎得尔说："我们不贪婪，我们只想再赶走两百头牦牛。"泽里拉羊率众挥刀杀过来。赤狼人扑上前迎击。

巴思坎得尔带着几个人退到后面,将鹿母人抢来的牦牛朝自己那边赶去。鹿母人击退了赤狼人,但他们的牦牛却只剩下了五百多头。双方罢战,以最谨慎的方式防范着敌手陆续离开巴垄巴地区,直到接近赤狼草原两个部落不得不分道扬镳时,双方才算松了一口气。

　　鹿母部落向巴巴哈拉山进发。漫长的跋涉中,抢来的牦牛有些病死有些不胜负荷累瘫在路上。运不动的货物只好被丢弃。更为不幸的是在他们路过沛沛林门神山时受到沛沛部落的袭击,抢来的所有牦牛和货物又被别人抢去。强盗泽里拉羊被刀砍断了右臂,一路亡命一路流血,未进入巴巴哈拉山口就倒在马下睁着眼死去。同样的事情也发生在赤狼部落归去的途中。在幽深的摩嘎峡谷中梅尼诺女王部落截住了赤狼部落的前锋。其时赤狼人正在谷底打火做饭。听到峡谷两侧传来声嘶力竭的呐喊,他们丢下牦牛一溜烟跑到巴思坎得尔身边。梅尼诺女王骑马立在山顶上眯着眼微笑,继而举起手中的彩旗一左一右骄傲地挥舞。她的部众收起弓箭跳下马背徒步溜下山坡,轻而易举地获得了三百多头牦牛和一大批辎重,之后高高兴兴穿越峡谷。他们身后相隔二十多公里是缓缓推进的赤狼人。

　　峡谷外面是一个空旷潮湿的盆地。盆地中央的沼泽在八月阳光的照射下闪现荧荧烨烨的光斑。女王部落进入盆地后发现这是一片陌生的领域。他们靠近沼泽,想在那里凭借平缓的地势向南直插原野上的雪线,然后沿着消融的雪水返回阿西加坝雪山脚下的家园。沼泽前野蒿丛生,阵阵荒风从几座土丘后面吹来。巴思坎得尔带领二十名轻骑突然窜出土丘在蒿草地上拦住了女王部落的人。他们是利用摩嘎峡谷上面野牲踏出的便道飞马来到这里的。梅尼诺女王命令一个长者上前搭话,试探拦路人的意图。长者年逾七十,之所以让他上前搭话,是因为如果对方首先动武,死了也不可惜。他单骑过去，停在离巴思坎得尔三十步开外的地方，大声说："你们要干什么？要抢东西就把弓箭拿好，射不穿我们的眼睛，我们就要射穿你们的喉咙。"巴思坎得尔说："你没见我们的弓箭已经握在手里了吗？快告诉我们，你们每个人有几只眼睛几个喉咙？"长者说："我们有二百六十双眼睛，而你们的所有眼睛加起来还没有我们的零头多。知趣的人，还是回去吧，等多多召集了人马再来抢劫。"对方说："我们是要回去的，但不是因为听了你的话。我是强盗巴思坎得尔，我的目的是要见见你们的强盗。俗话说，雪水只听太阳的话，不然它就不消融，强盗只听强盗的话，不然他就不谦让。"长者想想，抹一把皱纹密布的脸，掉转马头回去了。

一会儿从女王部落中骑马走出一个年轻人，高大的身影山一般伟岸。他取箭弯弓边走边射，嗖一声射中了一只从沼泽地惊飞而起的水鸟。他狞笑着说："可怜的巴思坎得尔，快快把路给我们让开。不然你就是飞上天也逃不出我的箭的追踪。"巴思坎得尔哈哈大笑说："你想试试我们的本领？告诉你，我们的眼睛能看到藏在水草里孵蛋的鸟儿，我们的箭能射中鸟儿的舌头。不信你就睁大眼睛看。"巴思坎得尔和他的轻骑都取箭搭在弓上，背转过去，面对沼泽拉满弯弓。只听他大喊一声，二十个人便旋腰扭身，齐齐朝女王部落的强盗射去。那强盗惨叫着倒在马下，身上有了十九个窟窿十九支山鹰的羽毛。巴思坎得尔没有放箭。刹那间他对面前这个年轻人的高大身躯有了崇敬，觉得他们射中的也许是整个果果哈奇最健壮最标准的强盗肉体。他有些心软，暗自欺骗着自己，万能的神明，你赐给人间这样完美的肉躯，但毁坏它的不是我。

梅尼诺女王愤怒地挥动彩旗。她的部众嘶喊着追过来。巴思坎得尔指挥二十名轻骑迅速撤退。他们沿着进军巴垄巴时就已经走过一次的仄径顺利通过沼泽地。蜂拥而来的梅尼诺人看到敌手过去，以为沼泽不过是些浅水潭，争相驰入，转眼便陷进泥淖，在那里人拽马、马拉人乱成一团。巴思坎得尔带着轻骑又从仄径反扑过来，冲那些在泥淖中挣扎的人一阵猛射。血流进水里，水变得绚丽夺目。幸存的人丢下马匹朝前爬去。泥淖像一片胖嘟嘟的女人的肌肤呼哧呼哧地倾斜着闪晃。那些还在沼泽外面的梅尼诺人纷纷下马，踩着自己人的尸体冒死冲锋。梅尼诺女王亲自持刀开路，寒光旋舞，好几支箭都被她唰唰唰地打落了。巴思坎得尔率人又一次退去。女王放弃追杀，尖叫着指挥人搭救那些依然在泥淖里吼喘不迭的部众。有些人已经被泥水没顶。水泡带着嘟嘟嘟的响声层出不穷。

而在沼泽外面，女王部落抢来的牦牛正在移动。赤狼人已经全部走出摩嘎峡口，一拨人从后面攻击对手，另一拨人赶着牛群遥遥而去。巴思坎得尔和他的轻骑绕开沼泽沿着盆地边缘奔驰，很快汇入浩浩荡荡的牛群。牛群钻进夕阳的余晖，和白昼一样消逝了。梅尼诺女王清点自己的人马，发现活着爬出沼泽的人还不足一半。

那么多华丽的雪棕鸟，像缀饰在草原毛烘烘的肌肤上的宝石和珍珠。生命在这里占有和平的时光和宁静的幸福，也占有无忧无虑的愚钝。晨露挂在牧草茎叶上润湿了鸟羽，鸟很少飞翔，只在地上蹦跳着啼唠。太阳出来了，光明中的灵秀嫩翠飘逸出乳白的烟雾。毫无杂质混同的纯净的原始气息悠悠弥漫。草原更加幽旷，冉冉的绿色显得清新而匀净。卡阳非瓦老人走出毡房，将因为身体逐渐瘦弱而变得宽大了的羊皮袍用一条紫红的麻丝布腰带缠紧，径直前去，站到残留着羊血羊骨的那个地方呆望了很长时间。

自从巴思坎得尔带走了女儿的心，给他带来空前残忍的枯寂之后，他每夜都要在这里拴一只羊招惹狼来聚餐。狼嗥声成了陪伴他度过黑夜的伴侣。在这种时候他会忘记自己的女儿，忘记他所处的窘境。这窘境是他意识到女儿必定会远走高飞，而他又不愿意承认她已经长大的事实所造成的。他感激着狼，只要听到它们的声音他就变得无比充实，流逝在遥远岁月中的骄傲又重新出现。他突然想到，在他的一生中他杀死了多少只狼数也数不清。现在已经到了应该忏悔的时候，他必须献上自己的羊，祈求神明的原谅。谁让自己过去那么凶残呢。是狼的无数亡灵安慰了他晚年的苦闷。他听到女儿在毡房前喊他，答应了一声就掏出小便将憋了一夜的热尿朝羊血猛浇。这是一种表达内心诚意的办法，也就是说他要在这里留下自己的气息好让狼明白羊是他的敬献。

他回到毡房里看女儿已经给他盛好了滚热的羊奶，便不太灵便地坐到毡铺上端起来就喝。早晨除了喝奶还应该吃些奶酪和面食——炒面或者干粮。但自从巴思坎得尔出征后他这里就无人光顾了，更没有谁会给他殷勤地送来面粉并同情地目睹他老脸上的苦涩。每天果腹的除了奶酪便是干肉。他牙齿已经松动，嚼肉变得十分困难。每顿饭中间的叹息也就格外悠长更加深重。诺戈泰姑娘坐到他对面说她今天想去一趟中心草场，去找阿克狄拉。虽然他对他们不承担任何义务，但作为酋长他没有理由不答应一个女人的请求；吃不到面粉的老人，他的肠胃会像风干的畜肉一样萎缩痉挛，而女人则会变得眼睛干涩，皮肉枯裂，失去柔软和缠绵。卡阳非瓦老人一声不吭，像一只反刍的羊不停地嚅动嘴唇。这样过了一会儿，待女儿起身要出去时，他突然举手将碗摔到地上。碗碎了就像破碎了他昔日的尊严。他恶狠狠地骂了句阿克狄拉，举止笨拙地站起来，取下挂在头顶的长刀，双手握柄，蹒蹒跚跚来到户外。诺戈泰吃惊地撑过去搀扶。他晃动臂膀甩开她。女儿说："阿爸，苍鹰虽老，但他决不仇视儿女们的勇健，因为是它教会了它们所有的本领。阿爸，我知道你并不恨阿克狄拉，你恨你自己，恨自己无可挽回地老迈了。可是世上根本没有不老的东西。天也会老地也会老，阿克狄拉和我也会老。难道你就不能给我们教会度过老年的本领吗？"长刀落地了，卡阳非瓦有气无力地闭上眼就要歪倒在地，诺戈泰跳过去让他正好倒在她怀里。他的沉重的身体使她无法站稳，双腿弯曲着咚一声跪在地上，她挣扎着起来，将父亲拖进毡房后已是大汗淋漓。她给他喂羊奶。他睁开眼，费力地欠起腰双手接过碗，凑过嘴去慢慢呷吮。女儿胆怯地朝后挪挪，喃喃地说："我去了。"老人轻轻点头。

　　晨露已经消散。太阳的金光把草原肆意涂抹。雪棕鸟飞高了，听不到了它们的啼啭。远方，牧草荡起一轮轮的绿波，牧羊人的骑影就像即将漂逝的孤舟。南风阵阵吹来，吹得草地飒飒响，吹得诺戈泰姑娘发辫散乱衣袍在马体两边鼓起。轻风从袍襟下面钻上来，像有几只孩子软绵绵的手在搔弄她光光的肌肤。她惬意地半张嘴，如同一只从远方归来的焦渴的羔羊在接近亮晶晶的粉红色的母乳。身后是病弱的父亲，面前是英武的酋长阿克狄拉。傲慢的阿克狄拉，请赐给我洁白的面粉。她想她在说这句话的时候一定会匍匐在地，抱住他的双脚拼命摇晃。她用马鞭在马屁股上轻轻地抽，那匹毛色纯净闪闪发光的栗色马就小跑起来。它理解她，比起她的父亲它显得懂事多了。栗色马跑上一座低矮的山岗。在那里诺戈泰姑娘望见了开满白色绣线菊的中心草场。

　　草场延展到天边，畜群浮游在草浪上，安谧和温醇使这里具有了无穷的魅力。她让马顺着山坡跑下去，觉得只要自己再加一鞭，一眨眼工夫她就可以站到阿克狄拉的毡房前。但这时她勒马停下，眼光瞄向草场边缘墨绿的昭索草带。一个骑影出现在那里。她眨眨眼心想，如果他不是阿克狄拉，那她就刺瞎自己的眼睛永不看人。她不知所措，想到他身边去却忘了去干什么。好在他也看见了她，用一声吆喝解除了她的窘迫。他策马朝她奔来，没等马立稳他就忧急地问："诺戈泰姑娘，你来这里难道也是受了魔鬼的支使？"这句唐突的话使她不知如何回答，想摇头却点了点头。阿克狄拉不禁啊一声又道："你做了噩梦？你听到了魔鬼蛊惑你的声音？"诺戈泰姑娘看他脸上没有戏弄自己的神色，突然有了胆量，爽朗地说："我梦见你在呼唤我的名字。你说没有人请求你赐给她面粉你感到整个赤狼草原都是空空荡荡的。"阿克狄拉吃惊道："你说得太对了，魔鬼向你透露了我的情况，昨天夜里请求我赏赐的只有母老鼠，几十只母老鼠就像女人一样来回窜动，不知道自己要干什么。"他看她茫然摇头，又说："你要是不信今天晚上就来看，我毡房里的母老鼠个个都能挺着肚子立起来走路。诺戈泰姑娘，再要听到魔鬼的声音就来报告我。我要走了，去看看那边的女人们。"他指指草场北边的几顶毡房，双腿一抬让马急急走下山岗。

　　阿克狄拉和女人们说着刚才和诺戈泰说过的话。这使诺戈泰明白，在这个阳光和煦的早晨，赤狼部落中的所有女人都走出毡房来到中心草场。她们四处奔走这儿看看那儿望望，有时又会追逐畜群追逐男人追逐潮湿的晨风。她们不知道为什么这样但必须这样，否则就会在自家的毡房里焦躁不安坐卧不宁，甚至莫名其妙地摔碗砸锅。阿克狄拉心里非常清楚，女人一旦感到不安，那一定是部落中最有威望最伟大的男人出了事。魔鬼正在向她们诉说这个秘密，只不过魔鬼的语言更多地要通过女人的行动来表现。他想到了出征在外的巴思坎得尔，预感到大难已经降临那个出色的强盗，强盗率领的那些部众也有了灭顶之灾。但有一点他没有细究：时至今日，部落中到底谁是最伟大的男人，是巴思坎得尔还是他阿克狄拉？他谦虚地以为只有征战杀伐才能证明一个男人的完美，而酋长无论怎样英明怎样具有权力也不能和一个闻名遐迩的强盗相比。这想法使他突然感到兴奋，感到胆气十足。他将眼光扫向由于发愣显得愈加静美的诺戈泰，意识到命运已经降下宏旨，他的灵魂必须依附于诺戈泰的肉体，哪怕是短暂的一刻。他觉得这是他经久不息的欲念也是巴思坎得尔的心愿。非凡的强盗当然不希望他的情人再和一个凡夫俗子去睡觉。他死后占有她的只能是他曾经尊敬过的人。阿克狄拉不想再有掩饰和回避。他问诺戈泰姑娘卡阳非瓦老人的情况，又责备她巴思坎得尔走后为什么不及时到他这里来索取面粉。他将竭力满足而现在事实上并没有满足，他感到惶恐不安。他喝散那几个女人，催促诺戈泰马上跟他去他的毡房。诺戈泰低头沉吟而双脚却悄悄敲打坐骑的肚腹。马迈动了步子，她又做出一副迟疑不决的样子。阿克狄拉挥鞭猛抽栗色马的屁股，那马跃然而起驮着诺戈泰狂奔而去。阿克狄拉紧紧追赶直到自己的毡房前。他抢先跳下马让诺戈泰脚没沾地就进入了门内。他将她放到毡铺上诚恳地告诉她，今后所有的时光都将成为他给她幸福和满足的美妙日子。她已经迷醉，脸上的所有器官都开始关闭，不听不闻，无声无息。她忘了面粉忘了父亲忘了巴思坎得尔，似乎也忘了是谁在她身上肆意妄为。白天不够夜晚不够，她痛恨时间为什么只有这两种永久不变的交替。

又来了一个早晨，他们发现户外的阳光更加明媚。他躺在被窝里说想吃东西，她就起身给他做。这时门帘悄悄撩起，进来一个怒发冲冠的女人，她握刀在手，高声说她是梅尼诺女王，女王部落的勇士们已经包围了这顶毡房。阿克狄拉赤裸着身子跳起来。女王眼疾手快抢过去从毡壁上取下他的长刀,一声断喝,又有几个男人从门外冒进来。诺戈泰吓得浑身哆嗦,紧闭了眼睛颤声祈祷,万能的神,难道是我的罪过招来了灾难?那几个男人把阿克狄拉用一根牛皮绳捆起来拉到草地上。有人要砍他的头却被女王制止。她说她要把他带回部落让他慢慢去死。阿克狄拉扫视这些嗜杀如命的侵略者想狂怒地大叫,但发出的声音没有一点威力还不如大哭一场。他发现自己并没有真正的忧愤,有的只是情不自禁的得意。女人们用不安的举动预示的灾难倏然压向他的头顶,这说明他仍然是赤狼部落中最有威望的男人,而男人的风采只有面对屠刀时才能得到淋漓尽致的发挥。他微笑着盯视梅尼诺女王,看她挥了一下手,她的部众便纵马奔向四野。他们为雪恨而来,发誓要将赤狼部落的人斩尽杀绝。阿克狄拉说:"尊敬的女王,你们为什么要偷袭我们的家园?除了我,留守部落的只是一些妇孺老幼。杀死他们就像割草一样容易,难道这会证明你的伟大和勇敢?女王的英名已经传遍了草原,不是由于她的凶残而是由于她的仁慈。仁慈的女王,刀下留情吧。如果你真的想消灭赤狼部落,那你就应该和我,和我们的强盗,和我们那些健康的男人们对阵。凭你的智慧和胆略,你一定能战胜我们并亲手杀死我们的强盗巴思坎得尔。"梅尼诺女王的眸子闪射熠亮如火的光波,这光波荡漾在他裸露的金色肌肤上,从上到下又从下到上。她说:"英俊的酋长,你除了和女人睡觉还会干什么?对了,你还会说话。你说得不错,我虽然无限仁慈但决不会原谅巴思坎得尔。我迟早要征服你们的部落,要让巴思坎得尔听我的话为我效力。为了我的名声,我现在可以不杀你们的人,但你必须跟我走。"阿克狄拉说:"我没有理由不服从你的命令,因为你已经取得了辉煌的胜利。快让你的人收起战刀,赤狼草原上的女人和她们的孩子会让梅尼诺这个名字传颂开去，永世不衰。"女王让她身边的人传令收兵。她自己过去亲手给他松绑，又让他回毡房穿好衣袍。他在穿衣袍时将一把短剑塞进了袖筒，走出房门微笑着来到女王跟前，微微弯腰说："你的迷人的眼睛不可阻挡地诱惑了我，我不是俘虏而是自愿归顺的走狗。美丽的女王，请让我骑上你的马，马鞍上有你的体温它会使我忠心不二。"女王笑着点头允诺，看他还要向自己靠近，扬手一鞭打在他的胳膊上，厉声道："为什么你要蜷起你的右手？交出你的武器来，想刺杀一个仁慈的女王是有罪的。"阿克狄拉只好亮出短剑，辩护道："要是我没有杀羊吃肉的权力，难道你会把白花花的肥肉、红艳艳的瘦肉用手撕开捧到我面前？"女王狞笑一声算是回答。

　　阿克狄拉跨上了女王的马，女王跨上了他的马。他前走几步便深情地回望自己的毡房。诺戈泰姑娘正好站到毡房门口。她受到他的眼光的牵引朝前扑去。女王妒恨的眼睛突然一横，一鞭抽在诺戈泰的脖颈上，让她尖叫着滚翻在地。女王对从四面八方重新聚拢来的部众说："男人们，她的情人已经不能回来了。因为他是个一见女人就起性的色狼。他把他的猎物扔给了你们，你们为什么不爽快地接受呢？留下你们的种子，让赤狼人的后代长出一颗梅尼诺人的心灵。"除了护卫女王和押解阿克狄拉的骑手外，所有的男人都下马围住了诺戈泰姑娘。阿克狄拉试图阻止。女王打了声呼哨。她的马顿时狂奔而去。女王和几个男人紧紧跟上，很快驰过中心草场，消逝在天边的云雾里。

　　孤立无援的诺戈泰姑娘像母兽一样狂暴地反抗。她用脚踢用手抓用牙咬用眼里的怒火四处喷射。但对那些剽野无度的男人们来说，她就像一匹尥蹶子撒欢的马驹一样可笑。他们个个雄心勃勃，争先恐后，直到她昏死过去。草原的美丽和丑恶对她都已经不复存在。

卡阳非瓦老人似乎知道女儿这夜不会回来。在黄昏的霞霓就要褪去时,他从畜圈里拉出一只绵羊拴在依旧散发着他的尿臊味的地方。拴羊的那墩紫席草上染满了血浆,血浆已经干枯,草茎草叶沉甸甸地弯曲下来像老人一样疲软乏力。而老人在拴绳子时竟还扶持了它一把。它挺直了片刻又哗然伏地。一只青羽蝗从草墩里跳出,蹦到老人脚前,奇怪地瞪视那只筋骨隆起的大脚。老人没穿鞋,整个夏天他都打赤脚。结束了马背上前颠后蹶的生涯,脚踏实地地吃饭睡觉,再去蹬靴穿鞋那就是多余的。他纹丝不动。青羽蝗以为那是一块硬土便蹦了上去。老人觉得脚面上痒酥酥的,不禁弯了一下腰。青筋在它腹下蠕动。它赶快跳开,回身再次瞪视那只脚。一会儿它朝前小心窜动,窜近脚掌,在脚心无法踏实地面的那道缝隙前停留片刻后便钻了进去。为了防止即将来临的夜气打湿自己的翅膀它必须躲藏在土块下面或岩石中间。而老人的感觉却是有人在轻轻搔弄他的脚心,他舒适地微合了眼帘,有了片刻宁静的幸福。那只被拴在旷野里的羊眼看黑夜就要笼罩大地,发出一阵凄楚的叫声。老人被猛然惊醒,打着冷战极目远方。

远方混沌一片,青色的天际线上隆起一道道浑莽的山梁,这是云的造型。他突然想起一个遥远的傍晚,当云的山梁遮去了太阳之后,强盗顿博斯特就骑马出发了。部落的男人们昂奋地跟在顿博斯特身后,唱着歌向草原上空出现的第一颗星星招手。而卡阳非瓦却依依不舍地站在母亲身边给她揩去离别的眼泪。继父走过来,将母亲推到一边,又呵斥她快回到毡房里去,出征前的眼泪是不吉祥的。母亲慢腾腾后退着隐进了毡房。继父又一拳擂在他的胸脯上说:"快去追赶你的队伍,你要是给我丢人我就用马鞭抽死你。记住,战刀不卷刃就不算我的儿子,握弓拉箭的手要是颤抖,那你就干脆刺死自己。活着回来的时候,别忘了你也要和我一样马身上挂满敌人的头颅。"卡阳非瓦点着头跳上马背,旋腰一拳打在马屁股上。马奔腾向前,冲向黑色的远方。他再也没有回头望一眼自家的毡房。那一次他们是去迎击汉邦人的进剿。他没有给草原丢脸,战刀卷刃了,他捡起敌人的武器继续砍杀;箭矢射完了,他就解下炮石向敌人甩掷。虽然最后他的右腿负了伤,但敌人的滚滚头颅足以平复他的仇恨和痛苦。他们回来后继父亲手将一碗烈性的奶酒端到他面前。他豪迈地一饮而尽。母亲过来抚摸他的脸。她又要流泪了。他挡开母亲的手转过脸去和别人又说又笑。那年他才十五岁。

卡阳非瓦老人喟叹一声,绷直弯曲的腿,用大脚在地上使劲一旋。他听到了青羽蝗的长腿被压断的声音,听到它滚圆的肚腹砰然开裂。他回身走去,来到毡房里,不想吃也不想喝,坐在女儿睡觉的毡铺对面呆呆遥想。羊还在叫,叫声越来越凄清哀婉。一会儿,熟悉的狼嗥声传来了,就像闪电刺入他的耳膜。他面无表情内心却激荡不已。它们如期而至和月亮一样守时。但月亮只有一个,狼却可以忽多忽少。他知道夏天过去了,独居的和小群散居的狼开始寻找群体。它们从旷原的各个角落走来,汇入最早进行了组合的狼群。这种组合将持续整整一个秋天。直到雪沃大地,原野出现无边白色的时候,赤狼草原将只剩下四五群狼。而每一群狼都将膨胀起来,以数百乃至上千的成员集体行动,扫荡所有可以给它们提供食物的地方。这夜,卡阳非瓦老人听到了狼集体行动时的那种嗥声,悠长,嘹亮,此起彼伏,带着情欲的呼唤和对冬日饥荒的本能的恐惧。一只羊已经远远不够。毡房旁边的畜圈将在今夜成为屠场。最后十多只绵羊的死期就在眼前。

那只由老人特意献给狼的可怜的牺牲品一直哀嗥着,突然它不叫了。老人发现狼对它的咬噬比以往提前了许久。他起身来到门外向那边张望，一下子愣了。他看到一条绿幽幽的河流从东到西波荡起伏，横贯他目光所及的地方。河流朝前滚动，噪声越来越大。畜圈里迎接死亡的绵羊开始哭泣，一声比一声悲惨。卡阳非瓦老人似乎高兴起来。他耸动脸上的肌肉让皱纹愈加浓密，之后悠闲地发出了一阵轻松舒畅的呼吸声。他前走几步坐在地上，眼光从容不迫地从头到尾扫视着狼眼组成的河流，内心却庆幸今晚女儿不在家。

过了一会儿，他向渐渐迫近的狼群大声祷祝："让这死一般的寂寞从我身边走开，让我的肉体成为你们的食物。你们吃净了它就等于吃净了人间的罪恶。你们，灵性的狼群，保佑我的诺戈泰姑娘，让她至死陪伴巴思坎得尔。巴思坎得尔是永远不会伤害你们的，无论你们是独行还是结帮成队。而我，卡阳非瓦，昔日的强盗和酋长，就要死了。为了我的声誉，你们要向别人证明，我的死不是由于我无能。我用我的尿臊味诱惑了你们。我在你们面前视死如归。因为我想到明年这个时候我就会重新来到这个世上。当我重新来到这个世上的时候，我也许是你们的同类——一只雄风不老的公狼。但我是善良的。我宁肯饿死也不打算从事任何残杀活动，并要告诉我所遇见的每一个两条腿走路的人：你们为和平而活着，你们要为道义而献身，你们义不容辞的责任是丢掉你们的长刀，收起你们的弓箭。你们必须和你们的同类和睦相处，必须和你们的异类包括我们这些狼族的兄弟们和睦相处。你们应该为道义和公正做出表率，应该耐心去感化那些黑暗残酷的面孔让它浮现明朗的微笑。为此，你们要坚韧不拔、百折不挠，因为在我们共生的这片土地上，提倡道义的人往往会遭受到最不道义的待遇。"

夜色渐渐稀薄了。狼眼的河流显得堂皇华丽，显得富有诗情画意。阵阵高亢锐利的嗥叫似乎具有一种翻天覆地的力量。整个地球都在震荡。一只母狼带头朝他扑来，像一支狂猛的响箭迅速准确地洞穿了他的胸脯。胸脯里的心灵颤抖出一丝悠扬的旋律。卡阳非瓦咽下了来不及说出的祷祝词歪倒在地。于是，狼群像天塌一样盖住了他。他在不觉恐怖的最良好的状态中告别了草原。身体瞬间成为无数碎块。

第八章　到女王部落去

　　强盗巴思坎得尔以他不停息的驰骋度过了草原的夏天和秋天。作为暖季和寒季的过度，秋天显得异常短暂。牧草一夜之间枯黄萎败，旷原的金色正在催促所有生命做好越冬的准备，一场西北风带着死亡的音信呼啸而来。紧跟着风的便是雪。荒雪铺向大地，白得令人发怵。来不及封冻的河流像一条纤细的绳索捆绑着荒原的躯体，青色的闪光在这个冰凉世界中显示了它最后的活力。在果果哈奇西部荒原以西和以南更高的地方，阿西加坝雪山和巴巴哈拉山上的冰川已不再融化，河流即使不封冻也会逐渐干涸。到那时耐寒的水族们会聚集在河流经过的湖泊中和一些水潭里。冬眠的早已冬眠了，没有福气冬眠的动物在这个季节里因为食物奇缺而变得分外凶残。道义和忍让如同绿色一样全部成了夏天的风景。荒原正在死去，一切都变得凝固沉重。天空或晴或阴,却无法改变那种永恒的冷凉。神明心事重重,已不再有扭转乾坤的伟力了。

巴思坎得尔在果果哈奇西部荒原已经很有名气。但名气如同冰雪随着时间的流逝就会消融。而他需要的是名气的永固和威望的无休止的增高。他的野心正在膨胀,他要做荒原上最出色的强盗,让四方的牧人一听到他的名字就伸出大拇指表示敬佩。他知道在这片英雄辈出的荒原上要做到这一点如同让牛长出翅膀飞上天空一样困难。但他必须朝着这个方向去做,因为强盗加诗人的声誉是世上万千声誉中最响亮最富魔力的一种。他明白要追求声誉的顶峰还要经过无数次的厮杀抢劫,所以当冬天来临生活冻得和冰川和土地一样结实的时候,他也没有按照一般强盗的生活习性进行冬歇。他让部众去过那种他们自得其乐的懒惰安逸的冬日生活,自己离开部落,单人匹马流浪远方,就像歌里唱的那样:

　　他找到睡觉的石头,石头太冰凉;
　　他踢开地上的积雪,雪下没有路;
　　他拔来烤火的干草,火上缺少肉;
　　他走近有奶的人家,主人放狗咬。
　　流浪的强盗别忧伤,冬天行路不吉祥。

巴思坎得尔顾不得吉祥不吉祥,一切磨难对他都显得微不足道。他在马背上睡觉,在马背上吞咽干肉和奶酪,只是需要喝水的时候他才下马,抓几把莹洁凉爽的雪塞进嘴里。他不让马停下来吃草。草虽然可以在雪下找到,但已经枯黄缺乏营养不能产生足够的热量。他把自己的干粮欠身递到马嘴边。马和他一样边嚼边走。这样走了五天，人和马都有些支撑不住了，巴思坎得尔找到一块洼地，下马清理积雪。丰盈的扁穗冰草出现了，草枝枯黄，根部却还有一截青绿。这是秋天和冬天衔接得太突然的缘故。马高兴地咴咴直叫，感激地瞥一眼主人，急不可耐地弯下颀长的脖子。马鬃潇洒地散开，像远逝的慕腊特河流域幽静的林带，勾起巴思坎得尔内心深处的一丝怅惘。他看到马的鼻孔急剧张合，嘴忽地张大，舌头一卷，一丛扁穗冰草便重叠着滑进了嘴里，嚓一声草断了。它似乎没嚼就吞了下去，接着牙齿准确地咬住了根部一寸长的青绿。它细细咀嚼慢慢回味，直到嘴边流出白色的唾液和草茎的青汁后才开始下咽。巴思坎得尔用研究的眼光看着它的举动，觉得自己也应该美美地吃一顿。他望望天上又看看远方，什么也没觅到便走出洼地，手伸进胸脯从羊皮袍里面撕下几撮羊毛，又拿出一块麝香用羊毛包紧，放到用脚踢出来的一个深深的雪窝里。他回头望他的马，一会儿又过去立等在马屁股跟前。马好像明白了主人的意思，尾巴悠悠翘起，屁股一扇一扇地挤出两疙瘩粪便。两股白色的热气拖在粪便后面像人类的炊烟曲曲弯弯地上升。他将马粪捡起，来到雪窝旁，将马粪衬到麝香下面，然后取出火石打火。羊毛被烧着了，随着暗火透入麝香，一股浓烈的异香窜出雪窝袅散向空际。马粪的味道很快被烧着的羊毛和麝香吸收，那香味就变得更加奇妙，草香肉香奶香中还混杂有呛人鼻息的腥膻，似乎整个草原所有动植物的味道都挤缩到了这里。巴思坎得尔回到洼地，取弓在手，眼光机敏地扫视着天上地下。

　　他先等来了一只白冠赤尾的胡鹫。他没动。胡鹫低低盘旋了几圈，见有活人活马存在就又飞入云端。它站在云端鸟瞰下面，看到地气在动荡中由灰白变作铅青，它屡次见过的那头食肉牛从铅青的地气中冒出来已经被那股奇异的香味引诱得摇头晃脑。胡鹫发出一阵怪诞的叫声。这叫声让巴思坎得尔的眼光迅速从云端移到地面。他警惕地四下看看便也怪诞地叫了一声。他跳起来又原地蹲下利用面前隆起的雪包仔细观察动静。身后的马长嘶着扬起前蹄，朝一边狂猛地跑几步又急转趑回，焦躁地等待巴思坎得尔快快跃上马背好让它逃离险境。巴思坎得尔猫腰过去拉住缰绳，抚摸它的脖颈让它安静下来又强迫它卧倒。人和马都静静地望着前方。

　　无边的雪野上是旷世的宁静，是死灭的色彩。没有一丝风，整个大地不再呼吸。那个引起他们惊慌的庞然大物就像一座遗世独立的神秘殿堂崛起在荒原之上。它的黑色的脊背起伏跌宕着从两侧蓬蓬乱乱地披下来一些黑毛。黑毛拖到地上的积雪中在它身后留下两道浅浅的扫痕。像绒线菊的硕朵一样绽开的尾巴忽左忽右地摇摆着间或翘起来甩下去。四条粗壮的骨节突出的腿稳实有力地支撑着随时都在向外膨胀的肉躯，旁若无人地缓缓迈进。它的头比一般的牛头几乎大一倍，额际有星星点点的黄斑，也许是白斑但被它在吃肉时弄脏了。鼻孔一张一合，张开时像两个喷放热渣的深洞，闭合时像一对硬毛掩映的肉窝。肉乎乎的嘴唇发蓝发青，浑身上下只有这里才显得潮湿而光亮。长条形的眼睛那么漫不经心地关注着四周，有时甚至会闭上片刻。眼睛闭上时它也在走路，而且走得更加稳健。它离升腾着异香的雪窝已经很近，雪包后面的人和马也早就进入它的视域。但它不在乎，它在乎的是异香格外浓烈的那个雪窝里为什么只有青烟而没有别的可以大嚼一通的东西。它用长嘴笨拙地在雪窝边擦来擦去。雪粉落下去埋住了麝香，很快消融，青烟涣散成一团团白雾，一疙瘩一疙瘩地跳出地面，一会儿又变成烟柱悠悠晃晃地上升。它扬起褶痕密布的脖子不想再理会青烟。青烟却氤氲在它的脸上就像潮雾依恋山峰久久不肯散去。它猛地呼出一股气体将青烟吹开，然后迈步，四只蹄子轮番踩进雪窝。雪窝被踩平了，青烟消散在虚空之中。它似乎对消散莫名其妙，煞有介事地在那里研究了一会儿，便朝雪包走来。

巴思坎得尔下意识地朝后挪挪，发现不知什么时候他已经将弓箭握在手中。他没有了最初的惊慌和恐惧，因为从这个庞然大物滞重的步态和迟缓的行动中他明白自己的马随时可以带他逃离险境。他用脚踏住缰绳，防止马离开自己，直起腰拉弓引箭。几乎没有瞄准箭就飞了出去。食肉牛停住，歪过头去冷漠地望一眼那根楔入脊背的箭矢，浑身骤然一抖就把箭抖落在地上。它的皮肉迅速弥合，但浅红色的血仍然渗了出来，顺着它的右肋一股一股地流着。它似乎不觉得疼痛，继续以稳健的步态朝前走来，巴思坎得尔取出所有的箭放在面前，不停息地射过去。一阵嗖嗖嗖的响声之后那家伙已经是一个浑身带刺的怪物。它再次停下，略微有些忧急地抖动浑身的皮毛，抖了几下便发出一声洪亮的哞叫。所有的创口都砉然张开了，箭矢纷纷落地。最后只剩下插在额际黄斑处的两根箭了。它无法抖落它们，便弯下脖颈将头在雪地上来回磨蹭，直到箭矢脱落它才抬起头恢复了那种憨傻懵懂只顾前行的姿态。巴思坎得尔怦然心跳。他看到它已经改变了颜色，浑身上下血红一片。包括它那极力睁圆却仍然细长的眼睛也变得血光闪耀，头上的血水不住地流下来，通过眼睛滴落在积雪上。积雪的匀称洁净顿时被许多红色的窟窿眼所破坏。巴思坎得尔扭头看看，见身后远方的雪雾正在消散，洞隙一样的蔚蓝中一线固体的白色清晰可见。那是浮现在半空中的阿西加坝雪山。这就是说他已经走出了赤狼草原，再有一天或一天半的行程，他就可以进入梅尼诺女王部落的领地。他想到此行的目的并不是要和一头野兽分个你高我低，而是要去女王部落寻找一个能够满足自己的勃勃野心的机会。他不怕死,但要死得其所,死在那种能让自己声名万里的事件中。他将弯弓套在脊背上,手持长刀唰地站起。这一刻他想如果那食肉牛朝自己一头撞来,他就毫无惧色地迎上去和它殊死一战,如果它还保持着那种娴雅的不怕人伤也无意伤人的样子,他就立即离开。他立了一会儿等到的结果是后者,便收起长刀拽着缰绳拉马起来。

这时食肉牛停下来又一次发出阵阵洪亮的哞叫,如同长号吹彻天涯。正准备立起的马随着这哞叫跌倒在地。巴思坎得尔大吃一惊,没容多想就跨上了马背。马的眼睛无奈地重复着张开又闭上的动作,马头耷拉在地上,腰际陷下去显得软弱无力。他捶了一下马屁股,双腿从马的两侧使劲踢打。马强迫自己克服体内正在滋长的疲软,绷起眼皮抬起头颅跪起前腿撅起屁股,驮着主人摇摇晃晃地站了起来。它想按照巴思坎得尔的指挥迅速离开,可它身不由己,扭头摆腰绕了一个大弯才笨拙地转过身去。他要让它放蹄奔跑,它也想放蹄奔跑,可身体却不由自主地往后倾去,似乎那牛正憋足力气试图将它牢牢吸住。它好不容易迈开了前腿,只走了几步,就遇到绊腿的雪堆。它跌倒在地上,主人被掀下了马背。巴思坎得尔爬起来恼怒地猛踢它的腰际,它却固执地贴紧大地连挣扎着站起的样子也不做了,巴思坎得尔终于明白,他的马已经被那个庞然大物吓瘫了。庞然大物还在继续靠近。他觉得自己再也不能耽搁在这里,便用伤感的语调向马告别,又担心在马还没有咽下最后一口气时承受被那家伙撕咬的痛苦,就举刀砍向马腹。血花飞溅,红色染透了积雪。庞然大物稳住身子平静地注视着他,眸子里充满疑惑:为什么要这样?巴思坎得尔离开雪包,朝阿西加坝雪山的方向大步走去。这时,他发现滴血的食肉牛不紧不慢地跟上了他,发现积雪突然消逝,在他四周有了一片宽广的泥土的色泽。他愕然立住，瞄了半晌才明白不是积雪消逝，而是那种他极不愿意捕杀的动物覆盖了大地。

从他一离开部落，狼群就跟在了后面。它们知道他孤身一人，对它们这个集中了所有凶残的群体没有绝对威胁。它们当然也知道，一旦咬死前面那个猎物，能够分食一块血肉的仅仅是那只处于领袖地位的公狼和几只受它保护的母狼。还有几只在勇猛和狡猾方面出类拔萃的公狼也会抢到一些肉或者带肉的骨头，但那必须绞尽脑汁，用计谋引诱头狼对猎获的食物放松警惕。比如选择最佳时机向母狼发出情欲的呼唤，甚至扑上母狼的脊背强行求爱。这样头狼就会分散注意力。等它跑过去恶毒地想赶走那只公狼时，公狼便撇下母狼直扑食物。这时另外几只公狼一定会乘隙叼走一块它们早就看中的肉奔向一边直着脖子大嚼特嚼了。每当出现这种情况，头狼总显得有些沮丧。它的力不从心已经表明，除了厮杀之外，在智慧方面狼群中超过它的大有人在。在屡次上当之后它变得更加疯狂更加暴戾也更加自私，因为它想到，或许有一天，它通过无数次搏斗才得以稳固的地位会被别的狼代替。

在追踪巴思坎得尔的长途跋涉中就有过一次这种事情。它们意外地碰到了两匹精疲力竭的马。不知骑手为什么要出门，大概是冻死或者饿死了，撇下它们漫无目的地在雪原上游荡。头狼在窥伺到周围没有危险后，一声长嗥发出了进攻的信号。两匹早已在人的调教下失去了野性的马几乎没来得及产生恐怖，就被它们扑倒在地被利牙切割而死。头狼并不急着吃肉喝血，它喊喊叫叫地让那几只母狼过去，同时来回窜动着驱赶那些可恨的同性和那些它不钟情的母狼。但那几只受宠的母狼怎么也到不了马尸跟前，公狼阻拦着它们并不合时宜地向它们调情。嫉妒使头狼丧失了理智。它扑过去用象征权力的牙齿狠狠咬散那些公狼。接下来发生的事情是,所有的好肉都被别的狼叼走,而它作为领袖却只能和它的妻妾们围着两具马的骨架歪头斜脑地啃食所剩不多的残筋剩血。到了嘴边的肉吃不上,还要承受母狼们的奚落。它取得的地位对它又有什么用呢?它因此而感到愤怒。

从那以后它变得沉默起来。在苦苦的追踪中它总是跑在最前面,想以此证明,它虽然没吃上好肉,但它仍然无比强健无比凶悍。只要它不停下,别的狼哪怕累得剩下最后一口气也会紧紧跟上。在这种集体大奔驰中,在冬日死寂的雪野上,掉队就意味着被生活抛弃,意味着死亡。因为所有的动物都处在饥饿的疯狂中。单独行动不仅觅不到食物反而会很容易成为别种动物的美餐。而狼群却是战无不胜的。在这个群体里,每一只狼都会感到安全充实,都不会放弃对未来的希望。尽管未来——明天或者后天等待它们的仍然是饥饿和焦渴,仍然是群体内部相互间的谨慎防范和惨烈争斗。

追踪进入第五天后,头狼发现马的脚印越来越深,雪地上的每一个蹄形的痕迹都被拖拖拉拉的蹄掌弄得残损不全,马的步幅渐渐变小,后腿渐渐叉开,偶尔留下的马粪变得干硬无味。这些都是猎物已经疲惫的征兆。而它的身后,狼群也有了倦意,队阵由一片变成狭长的一绺,尾部延伸到它望不见的地方。能够紧紧跟上它的只有四只劲健的公狼和两只发疯地想讨好它的母狼。爱情使这两只母狼显得比它还要精神抖擞。就在它回望狼群的时候,它意识到在黑夜来临之前它们一定会结束这场追踪。它跑向一座高岗,停下来等待它的部众。这种等待是必要的。作为领袖,它有权力阻止别人和它分吃食物,却没有权力扔下它们去独自搏杀。它的能力体现在判定追踪对象，瞅准有利时机发出进攻信号，遇到强硬的对手，自己带头扑上去。它的职责是组织每一只狼参加搏杀而绝不是疏远它们。当然它还可以随心所欲地决定亲近谁和惩罚谁，但这是搏杀以外的事情，是生活的另一个侧面。狼群络绎不绝地汇集到它面前，又是熙熙攘攘的一片。整个一片都和它小心地保持着距离，除了两只忘乎所以的母狼，谁也不敢在这种时候逾越那段被它视为法定界限的积雪带。狼群很快平静下来，静得好像它们已在瞬间死去。肃穆沉郁的气氛弥漫在四周，所有的狼都从领袖威严的神情中感到关键的时刻已经迫近。抑制住贪欲的激情，沉静地打发临战前的这段时光是它们唯一的选择。

　　头狼不声不响地转身走下高岗，轻盈地前行。它直视前方，对两只母狼在它屁股上柔情的舔舐毫不理会。母狼互相看看，知趣地放慢脚步，汇入狼群之中。狼群悄悄地跟在头狼身后，像一片推进的灰云，连积雪轻微的响声也没有了。很快，阵阵荒风把一股股奇异的香味送入它们的嗅觉，似乎不远处正在举行一次荟萃了所有美味的盛大宴会。它们不由地迅跑起来，弹性的四肢使它们几乎像离开了地面飘逸在空中。狂喜的光辉从幽深阴毒的狼眼里流溢而出，一团团唾液通过被它们拉长的粉红色舌头无声地流进雪地。它们用最大的忍耐力克制着不使自己狂躁起来。相互间的倾轧和忌恨悄然消解，整个狼群显得井然有序、充满信心。这样行进了将近半天，狼群在头狼的暗示下再次停住。它们敏锐地分辨出浓烈的奇香异味中有一丝淡淡的人马的气息。它们内心无比激动，表情却冷漠异常。因为经验告诉它们面对猎物决不能急于求成，即使在跳起来扑向对方的那一刻也要保持镇定自若的风度。它们待了一会儿，见头狼改变方向，紧缩着肚腹用轻碎的步子很有节奏地开始小跑，便明白该是包抄前进的时候了。它们自动散开，形成一个弯月形的队阵迅速靠近目标。这灰色的弯月在原野上向西移动，本能使它们想到它们必须突然出现在猎物前去的地方。

它们看到了洼地里的人和马，看到了那个正在走向洼地的浑身血淋淋的庞然大物。它们愣了，戛然止步，再也不敢往前移动半寸。连头狼也半晌没反应过来，到底是自己在追踪猎物，还是猎手在用迷幻的香味诱惑着它们并要使它们成为猎物？只要是冬天，只要处在一个具有统一杀心的群体中，它们向来无所畏惧。但这次它们害怕了，害怕得忘记了逃跑。

巴思坎得尔处在两种危险之间，只好伫立不动。但他并没有那种心惊肉跳的感觉。他了解狼，明白自己很可能会毁灭在它们的利牙之下。他之所以没有迎上去，倒不是他担心毁灭，而是这种毁灭无法证明自己的勇武和智慧。他冷漠地望着静悄悄的狼群，从那些不无绝望的眼光中看出它们已经在雪原上苦苦追寻了许多日。饥饿的大棒举在它们头顶，唆使它们最大限度地发挥潜在的凶残。绝望之后便是疯狂，到那时它们唯一的举动就是为一口食物冒死亡的风险。相比之下，身后的庞然大物倒显得和蔼可亲得多。至少它不会像狼群一样闪电般地攻击他，更不会让他临到死时，连句祷告神明原谅自己此生没有更大的作为的话也来不及说出。

他回过身去，看那庞然大物已经走近死马。它用多肉的嘴唇在马身上轻轻摩擦，从脖颈一直摩擦到屁股，又用牙齿衔起马腿将马翻转过去，再次从头到尾地蹭来蹭去。它身上的箭伤有的已经弥合，有的还在流血，只是不像刚才那样如泉如涌了。一会儿，它抬头凝视前方，呼唤似的朝巴思坎得尔翘翘尾巴。然后它开始用嘴撕扯马肉，咬一口嚼一阵再抬一下头，似乎在向他向狼群炫示一种泰然自若的风度。它吃了一会儿就不吃了，缓慢地掉转沉重的身体，朝它来的那个方向坚定地迈开了步子。巴思坎得尔不禁有些失望。他知道它的这种举动会使狼群丢掉顾虑很快朝前逼来。他走回洼地在死马前站了片刻，就毅然跟在庞然大物身后若即若离地走去。

头狼感到吃惊。以它的狡猾它应该再观察一会儿，直到确实判定自己不会走进对方的圈套之后才肯带头冲锋。但这次它异常果断，等狼群反应过来开始行动时它已经窜离它们十多米了。它带着狼群狂奔，却没有奔向它们艰难追踪了许多时日的猎物。它看到在阿西加坝雪山那边，点点骑影冲破雪雾飞驰而来。它认定自己已经上当，整个狼群都处在比它们更加狡猾的敌手的包围之中。同时它看到，在南边，驼峰一样的地平线上，隐隐显露着一群石羊奔跑的身影。它带着它的队伍奔腾叫嚣，既是为了逃命也是为了猎逐。可它没想到，它们将要夺走的是梅尼诺女王部落的猎手们围追了两天的猎物。

猎手们一望见狼群就停住了。岁岁行猎，月月奔走，这种被别的狩猎者中途打劫的事情常常遇到。他们高声叫骂着自认倒霉。因为他们根本不可能夺回猎物，尤其是碰见狼群。如果他们无法全部杀死它们，说不定自己也会撞进狼嘴。没骂几声，他们就被另一种奇观吸引了过去。一个在旷原上在无边的雪色中显得很渺小的人，和一头庞大的食肉牛相安无事地行走在一起。他们的感觉就像狼最初看到时的感觉一样，惊奇，神秘，恐怖，之后便是呆呆地凝望。直到他们看不见了的时候，才有人提议赶快回去报告女王。但领头的猎手以为这样跑回去是一种耻辱，他们应该探知究竟，应该去和那人谈谈。既然他能如此大胆地亲近那个庞然大物，他们为什么连过去看看的勇气也没有呢？他说："我们是梅尼诺女王部落的猎手，在果果哈奇西部荒原难道还有比我们更加勇敢的人吗？我们的保护神，耸立在众山之上的阿西加坝雪山之王赐给了我们无比崇高的荣耀，这荣耀绝不是为了让我们遇事退缩，我们享有它，我们就不会被危险甚至死亡吓倒。"这话使大家镇定下来，也使他自己激动亢奋得难以自持。想做强盗的男人总是事事都想出风头。自从女王部落的强盗被赤狼人射死后，部落中还没有一个出众的男人被女王认定和受到大家的拥戴而成为强盗。他想做强盗，他叫莫里多多。

莫里多多带着七名猎手追过去，当他在离那庞然大物七十多步的地方勒马停下，而巴思坎得尔大摇大摆地朝他们走来时，莫里多多突然想起了沼泽地里的那一幕。他惊奇地问道："你是巴思坎得尔，赤狼部落的强盗？"巴思坎得尔叉开两腿，举起双手喊叫着回答："我就是巴思坎得尔，我是神，我的化身就在你们面前，一个是人，一个就是这头叫作食肉牛的怪物。快给我一匹马，我要去面见你们的保护神，阿西加坝雪山之王已经着急万分，他要我去喝酒吃肉并要我赐给你们的女王一批珍贵的财宝。可我碰到了我的化身——你们面前的这个庞然大物。我只好陪伴它免得它伤害了你们。因为我看到你们正在围猎石羊，而石羊是我的孩子，它们一定会把猎手引到我这里来。"莫里多多半晌说不出话，别的猎手更是惊愕不已。巴思坎得尔跳上前，撕住莫里多多的衣袍一把将他拉下马。他没做任何反抗，狐疑地呆望着对方。巴思坎得尔骑到马上朝那个庞然大物吆喝了几声。在这段时间里庞然大物一直静立着不动，听到吆喝声它继续朝前走，缓缓走进了浓雾遮罩的地方。

沉甸甸的浓雾是从高空掉下来的，碰撞到大地上后弥漫开去，就要弥漫到巴思坎得尔身边。他深情地瞩望着什么也望不见的浓雾深处，很久才掉转了马头。莫里多多和一个身材瘦小的猎手骑在一匹马上，带领猎手们相跟着巴思坎得尔。巴思坎得尔回头讥诮地看看他们，惬意地唱起了歌：

> 那年那月那阵风，
> 那个老熊走出山洞，
> 它眺望无边的原野，
> 天气是那样寒冷。

　　这儿离梅尼诺女王部落的大本营已经不远了。巴思坎得尔看到大山的前锋已经出现，一道道浑莽的雪梁此起彼伏地隆升着，如同许多巨型卧兽的脊骨。雪梁挟带出条条雪沟，沟中凌凌乱乱的蹄印昭示了另一种群体曾经来到过这里。不用细辨他就看出这是野马群的痕迹。他感到一种深挚的怀念之情充溢在胸间，感到这一年的冬天狼群是不会放过它们的，感到如果它们把活动范围局限在女王部落的领地，就免不了要用死亡去点缀猎手们的功绩。他为此愤愤不已，回头问身后的莫里多多，你们可曾猎获到灰色的野马？莫里多多说："当一种动物总是和你形影不离的时候，你为什么要把箭射向它们呢？野马群是雪山之王赐给我们的朋友，已经两年了，在阿西加坝雪山之下我们和它们相安无事。"巴思坎得尔感到欣慰，又感到妒忌，感到自己和赤狼人——野马群原来的神圣的伴侣正在被野马群抛弃。他想不通这是为什么。他突然有了一个莫大的奢望：如果他能碰到野马群，他也许会招它们回去，回到赤狼草原、赤狼人的身边。他想着，眼光四下里寻觅，发现一顶白色的毡房已经离自己很近很近。他嗅到了食物的气息，于是便很快把野马群遗忘在了脑后。

这是一顶作为女王部落边关前哨的毡房。看到以莫里多多为首的猎手们对巴思坎得尔充满了敬畏，主人又是宰羊又是烧奶，以最周到的礼节盛情款待他。他放浪不羁地吃肉喝奶，吃得红光满面、神采奕奕，眼睛里油光可鉴。他的体力迅速恢复，浑身又有了使不完的劲。但他却装出一副极端困顿的样子哈欠连天。莫里多多请求他歇息一宿再赶路，并帮助主人为他腾出了毡铺。巴思坎得尔说他再也不赶路了。为了给梅尼诺女王提供一个虔敬神明的机会，他要在这里等待女王的到来。他的化身那个血红色的食肉牛已经去拜会阿西加坝雪山之王。如果明天上午他见不到女王，神赐给女王部落的幸福将会落空，不仅如此，冬天的灾难就要降临。他说罢就睡，鼾声和他的警告一样振聋发聩。莫里多多要大家守护好巴思坎得尔，自己连夜进山去向女王报告。

　　半夜，巴思坎得尔起身小解。一个对他的话一直存有怀疑的猎手相跟着走出毡房。黑色的夜气拥抱着他们。巴思坎得尔边解手边说："有人注定要在今夜死去，你说是谁？"猎手摇头。他手指前方说："看，那人就立在山脚下。"猎手探头瞄瞄说什么也没看见。巴思坎得尔抽刀在手快步前去，一会儿又回来，将刀凑到猎手脸前说："闻闻上面的血，你就知道谁已经死了。"猎手嗫着鼻子一闻，那刀便飞快地刺向他的喉咙。巴思坎得尔返身溜进毡房，看着毡铺上的一排酣睡的人头，刀挥了三下，六颗人头便离开躯体滚向一边。他跳出毡房，又拿出一个麝香，从皮袄上拔出几撮羊毛，捡来两块马粪，放在一具尸体的胸窝里小心点着。他要引来狼群，让这几具尸体在天亮前就变成一堆干干净净的白骨，消除他的残暴痕迹也消除他的意图和去向。到时候来吊唁部下的梅尼诺女王将把全部灾难归罪于狼群，她即使有两个脑袋也不会想到赤狼人的强盗已经出现在她的大本营里，杀人放火，洗劫一切，荡涤一切，并将自己的酋长阿克狄拉解救而去。一切就绪之后他绕到毡房后面解开所有战马的缰绳，轰散它们。只给自己留下一匹，跃上去向着雪山奔驰。暗夜和他一起移动。

阿克狄拉在女王部落中的生活悠闲自在。他代替那个死去的强盗成了女王的情人。第一夜他几乎是被女王强奸的，以后他就明白，没有什么能够阻止女王的淫欲，与其被动不如反客为主。他施展本领让强悍的女王在他粗壮的腰肋之下瑟瑟发抖、哓哓叫唤。他因此有了猎手捕获到猎物时的自豪，迅速丢弃了那种作为俘虏的卑微心理。他知道他的情欲维系着他的生命，一旦女王对他的男人的本能表示失望，他就没有一天存在的必要。夜夜寻欢，夜夜扮演征服者的角色。女王还从来没有从另一个男人那里得到过如此强烈的欲焰的烤炙。她被迅速软化，不由自主地听从着他的摆布。往日的威仪和面孔上严肃到僵死的神情，被他的气势荡涤得一干二净。她判若两人，女人的娇媚和柔情甚至在白天也会情不自禁地出现在他面前。她觉得再把他像最初几天那样幽闭起来是不合适的。他已经没有胆量逃跑了，赤狼人难道还会欢迎一个做了俘虏后受到敌方优待的人回去继续做他们的酋长？当然，对这一点阿克狄拉比谁都清楚，部众不再拥戴他并不意味着他被抛弃。在广阔的果果哈奇西部荒原，凭着他高强的本领，他可以在任何一个有人群的地方取得他应该取得的地位。可是他不想这样做。他深深地留恋着那些过去的塔崩人现在的赤狼群。只要是他们中的一员，不做酋长他也心甘情愿。但他不能不想到由于自己一时糊涂所招来的那个敌手是不会轻易放过他的。他已经两次占有属于巴思坎得尔的姑娘了。他明白仅仅是为了诺戈泰姑娘和他做了女王的情人这两件事，巴思坎得尔也会随时寻找报复的机会并和他和梅尼诺女王世代为仇。他并不是害怕巴思坎得尔，而是觉得一旦和这位目空一切的强盗发生冲突，他就会不得不改变自己的生活目标，一辈子陷入提防他和想杀死他而又无法轻易奏效的奔波中。所以尽管女王给了他充分的自由，但他并没有把它当作离开异己部落的条件。

白天他可以骑着马到处走动，甚至可以参加他们的行猎和抢劫。晚上只要他能够保持旺盛的精力让女王得到一次变作温顺绵羊的机会，她决不反对他在别人家待到半夜——和男人们狂饮滥喝或者和姑娘们放肆调情。渐渐地他发现自己处在一个非常可悲的地位上。女王部落的人们把他看作自己人是由于女王需要他，而他在女王面前不过是个生殖代表。他的尚武的习性他的骑手的风采他的精湛的刀法箭术反而被人忽视，而这被忽视的恰恰是他立足于草原的根本。

那一天，在夕阳的余晖里数千头白色牦牛汪成一片涌动的湖。牧归的莫里多多站在牛背上从这一头跳到那一头，自如轻盈地如同在山丘间捕捉猞猁。他看到阿克狄拉站在一旁发呆，便跳过去说："朋友，上来吧，这是一片飘飞的土地，能在这上面生活的人，可以随它去任何想去的地方，甚至天边，那儿是天下所有神的家园，万能神是那里的主宰。"阿克狄拉摇头说："我不敢跳上去，我害怕这片土地上突然出现的裂缝会将我陷到牛蹄子下面。我的骨头不是石头的，我不准备和牛蹄子过意不去。"莫里多多叹口气说："你的坦率使我遗憾，要是我做了强盗，我就会带领部众，让这片飘飞的土地把我们带到神的家园。我会把抢劫来的所有东西分献给各位神明，神明就会向我们许诺保佑我们永世无灾。到那时，我们驰骋疆场，上天入地，你就只好留下来看守部落和女人。你会觉得那是一种耻辱,你会伤心落泪。"阿克狄拉说:"耻辱要占据你的心,你就是钻到地底下也躲不过。但我不会落泪,因为没等眼泪掉下来,我就已经用自己的刀割下了自己的头。"莫里多多说:"为什么你这样悲观呢?求助于我吧,耻辱将永世和你无关。我能将你驮在我的背上,在万能神将他的头冠赐给我们时,你的手离头冠比谁都近,你将首先拿到它并将它扣在自己头上。你头上不是耻辱而是光芒无限的荣耀。使你得到这荣耀的必须是我。朋友,请你在晚上拥抱女王的时候告诉她,我们的部落不能没有强盗,而最最合适的强盗除了我莫里多多外,就只有女王的孩子了。但女王的孩子至今无影无踪,即使你能给她留下种子,那也得等到阿西加坝雪山再升高几丈的时候。她难道不想有一个英雄的先辈将会成为她的孩子的楷模?"阿克狄拉说:"我非常愿意拥戴你成为一个伟大的强盗。要是我有权力允诺你,我现在就可以向雄奇的梅尼诺雪原宣布,我们伟大的强盗莫里多多将成为你的尊者。你必须奉献一切包括天上的星星。遗憾的是,我没有这个权力,我只能按照你的吩咐努力去做。"莫里多多说了许多感谢的话就踩着牛背跳跃而去。白色的牦牛群拥载着他,他就像传说中腾云驾雾的武士凯旋时那样骄傲。阿克狄拉轻蔑地望着他,幡然明白自己面前有一条既能继续待在女王身边又不丢面子的出路,那就是做女王部落的强盗。

晚上,他对女王说:"你不能夜夜和一个俘虏睡觉,你的身份只允许你做强盗的情人,而且这个强盗应该是整个果果哈奇西部荒原最有声望的强盗。"女王说:"我正在寻找,可寻找到的总不如你。阿克狄拉,当你提到这个问题的时候,你就应该明白我为什么对你如此器重。"阿克狄拉说:"你的意思是让我做梅尼诺人的强盗?这不行,莫里多多的愿望要比我强烈一万倍。就让他来代替我吧,他一定会使你感到他是世界上最懂事的男人。"女王不语。阿克狄拉又说:"莫里多多已经向我挑战了。他要我离开你,而且就在今夜。他说他一定会让你大吃一惊,会让你忏悔自己过去瞎了眼:'怎么没发现我眼皮底下就有一个举世无双的男人?'"女王笑笑说:"那你就让他来吧。"

阿克狄拉出去了。他找到莫里多多说,女王将在今夜考验他,并告诉他女王夜间行事的习惯。他说:"你不能首先动手,也不能脱去你的衣袍,你得耐心等待,即使她脱光了身子,你也只能用眼光挑逗她。她喜欢天刚亮时行事,那正是你扑上去的机会。去吧,朋友,沉住气,她可是天下最难对付的猎物。"他和这位想当强盗的年轻朋友交换了毡房,酣然入睡。而莫里多多却彻夜未眠。

莫里多多走进女王的毡房时女王已经躺下。他坐在她的对面按捺住内心的骚动不吭不哈。女王等了一会儿,看他无动于衷便假装梦中翻身将自己赤裸的上身露出盖身的皮袍。而他却默念着阿克狄拉的叮嘱,生怕自己被引诱得控制不住赶紧转过脸去。这举动被女王眯缝着眼睛瞅见了,在心里骂道,到底谁瞎了眼,猎物跑到他跟前请求他的捕杀,而他却像不会放箭的猎手羞羞答答地遮掩着自己的无能。她等着他,朦朦胧胧地睡去。天亮了,她睁开眼望望窗口的一缕晨光。这时他才站起来走过去俯身抱住她。她恼怒地叫了一声,推他推不开,一口咬住他的胳膊。他赶紧跳开。她骂道:"千刀万剐的畜生,谁让你到我这里来的?虽然你是个该阉的家伙,但我不是阉匠,我是尊贵的女王。"莫里多多诺诺连声,慌慌张张地退了出来。他找到阿克狄拉诉说经过。阿克狄拉责怪道:"难道你以为她是一般的女人?面对女王圣洁的肉体你怎么忘了惯常的礼节呢?你应该下跪,请求她原谅你的无礼。因为在你占有她的时刻,她会出现在你的身体下面而不是像以往那样高高在上。"莫里多多后悔不迭，当天就离开部落去追踪石羊群。他想用自己狩猎的成果挽回夜晚的损失。他坚信自己终究会得到女王的信任，终究会取得做强盗的资格。

当莫里多多向女王报告见到巴思坎得尔的前前后后时，女王并不相信巴思坎得尔会有如此神妙的本领。这态度中包括了她对赤狼强盗的仇恨，也包括了对莫里多多的斜睨。她表示一定要去前哨毡房看看，要戳穿赤狼强盗吓唬人的把戏，从而让莫里多多感到难堪和丢脸。作为对那夜他让她失望的报复，这种手段恰如其分。莫里多多，你像个傻瓜像个呆子，你胆小如鼠你不长脑袋，在女人面前你犹犹豫豫丧失了本能，在敌人面前你贪生怕死轻信了谎言。打消你的强盗美梦吧，做好一个日出而行日落而归的牧人就是你最合适的去处。她要让事实来证明，莫里多多，你这辈子做不出什么惊天动地的事情，除了撒谎能让人大吃一惊外。

聆听莫里多多报告的还有从女王皮袍下钻出来的阿克狄拉。凭着他对巴思坎得尔的了解和某种神秘的预感，他洞悉到了他那位搭档的阴谋诡计并且断定前哨毡房里的所有梅尼诺人已是在劫难逃。等莫里多多离开后他问女王有几条道路可以从山外通到这里。女王说满山遍野都是路，但部落的骑手们都愿意沿着平坦的河谷往来奔走。阿克狄拉说："巴思坎得尔正在山野小路上朝我们走来。我们带领人马冲出河谷后他就会出现在这里。你让莫里多多留下来守护你的毡房，在他和巴思坎得尔交锋时我们再返回来。如果神明帮助你，巴思坎得尔就会死在你的战刀之下。"女王沉思片刻说："为什么你不留下？我知道你比莫里多多更有办法对付这个强盗。"阿克狄拉说：

"强盗是为我才来的,你应该想到我作为他的酋长很可能会跟他离去。"女王说:"我想到了,但对我来说更重要的是给你提供一个取信于我的机会。你要用你的智慧和胆量证明你已经和赤狼人一刀两断,证明你是当之无愧的梅尼诺女王的情人,一个有资格接受阿西加坝雪山之王赐封的强盗,杰出到无与伦比。"阿克狄拉没再说什么,他知道该是自己冒死拯救声誉的时候了,无论他有没有办法对付巴思坎得尔,他都得理直气壮地向女王表示,放心去吧,留下我就等于留下了一条忠实的狗,它会为你守好家门,咬死一切来犯者。

梅尼诺女王率众出发了。莫里多多紧跟在她身边。巴思坎得尔在河谷中段的雪包后面已经等候多时。一见大队人马奔腾而过,他高兴地跳上马背,朝部落的领地中心飞驰。他是准备要苦苦鏖战一场的。但当他看到梅尼诺人的毡房时,发现没有一个男人的骑影迎他过来阻止他的横冲直撞。他看到女人和孩子们四散而逃,看到一大群白色的寒带牛好奇地注视着他,看到阿克狄拉孤零零一个人立在雪地上。他策马跑过去,悲哀地说:"万能的神,为什么不让我流血就要让我达到目的?"阿克狄拉说:"你是神的化身,你的意志就是别人的命运。在你的伟大面前,你的敌人的下场总是悲惨的。巴思坎得尔,快快动手吧,为了束手待毙,我从秋天等到冬天,每天都在雪地上张望。"他看巴思坎得尔呆愣着,又说:"别再犹豫了,我现在已不是你的酋长,我是可怜的俘虏,我只求你快快处死我,千万别把我带回赤狼部落。快动手吧,这里除了女人就是我。他们的男人都去山外了,不知道他们去干什么。"阿克狄拉扑通一声跪下,连声哀求。巴思坎得尔长叹一声,跳下马过去扶起他说:"我怎么会杀死一个倒霉的弱者呢?我来这里,是想让女王部落变成一片灰烬。我要是救出了你,你一定会助我一臂之力的。可是,阿克狄拉,我实在不明白，你怎么会变成这样呢？你过去的勇武为什么不可以在你做俘虏时染上新的光彩呢？"阿克狄拉说："神圣的强盗，你的问题正是我的痛苦。本来我完全有资格做梅尼诺女王部落的强盗，但他们提出了一个让我无法容忍的条件。我做不到。我暗自思忖，在宽宏大度的巴思坎得尔面前我算个什么。他们的条件是，只要我能够用一板绳索捆住你的手脚哪怕片刻，我就可以成为他们的强盗和女王平起平坐。你说，这不是逼我去死吗？我怎么可能接近我们的伟大强盗呢？尽管我也有不寻常的本领和勇气。除非善良的强盗为了援救我而自动接受绳索的缠绕。"巴思坎得尔听着冷笑一声。阿克狄拉忙道："当然了，捆绑你并不是想杀害你。你的声威早已震慑了女王那颗冷酷的心，她觉得继续和你为敌，是神所不允许的。作为一个女人，她说她此生只有一个愿望，那就是被这位世界上最伟大的强盗紧紧拥抱，让他的灵性的精气注入她的体内。你知道，她至今不曾生育。她说如果你能赐给她一个光明灿烂的夜晚，她将会给我们的果果哈奇生下一个最健壮的孩子，那孩子不是人而是神，是万能神的造化，是阿西加坝雪山之王和巴思坎得尔合而为一的骨血。但是，但是女王对你已经惧怕到极点，如果你不被捆起来，她是万万不敢在你面前赤身裸体的。"巴思坎得尔哈哈大笑，问道："阿克狄拉，你想不想当强盗？"阿克狄拉说："为什么不想呢？但我更想死。"巴思坎得尔吼一声，那就死吧。他亮出了短剑。阿克狄拉镇定地闭上眼睛。剑锋戳过来了，直戳他的心窝。他倒在地上，咬着牙没让自己叫出声来。但巴思坎得尔的短剑只戳破了他的衣胸和皮肉，并没有深入到心脏里去。阿克狄拉大声道："别住手，再来一下。既然你不想让我做强盗，那就快快让我死去。如果我不死，你总有一天会在我的面前发抖。"巴思坎得尔一把揪起他，问道："你为什么想做强盗?"阿克狄拉毫不含糊地说:"因为我想超过你。你杀死了我就没人敢和你争高下了。我知道你会除掉最强硬的对手以便始终保持最完美的形象。"巴思坎得尔将短剑收回袖筒说:"为了你没有保护住诺戈泰姑娘,我戳了你一剑,请记住这仇恨,用你十倍的疯狂来向我复仇。现在,你去拿来绳索吧,我成全你。但愿你成为我最强硬的对手。还有,你必须告诉我,是哪几个男人从我的心里抹去了诺戈泰姑娘?"阿克狄拉说:"我只知道有个带头的叫莫里多多。"巴思坎得尔将这个名字默念了一遍说:"愚蠢的家伙。我见识过他。"又说:"至于你们的女王,我当然非常高兴跟她睡觉。但要是她阻拦我离开这里,我就将她劈成八瓣。"阿克狄拉说:"你是强盗。谁也无法阻拦你去成就自己的事业。最要紧的是,明天,果果哈奇西部荒原将升起两个太阳,它们肯定会相撞。最后留下的才是世界的主宰。"巴思坎得尔说:"一个太阳掉下来,赤狼部落将是他的坟墓。"对方说:"另一个太阳当然不会掉下来,因为它在空中的时候就已经被我粉碎。"

两个人都说着气势不凡的话来到女王的毡房前。阿克狄拉进去拿出一根白牛毛绳将巴思坎得尔捆住。他们默默对视了一会儿。阿克狄拉过去将他的短剑从袖筒里抽出来,神秘地微微一笑。巴思坎得尔一愣。阿克狄拉赶紧扭过脸去。

前方,雪粉像水浪一样激起,地上平整均匀的覆盖层正在被撕裂。远山更加迷蒙,天和地没有界限。一片浑朴无垠的白色映衬出一队飞翔的黑色人流。女王回来了。跑在最前面的是莫里多多。就在这一刻,巴思坎得尔浑身一颤,蓦然惊悟自己上当了。女主显然没有到达前哨毡房,不然她的归来决不会如此迅速。他咬牙切齿,恨得几乎要窒息,浑身的力量朝外拥挤着拼命想挣脱束缚。挣脱不了,他就锐叫一声滚翻在地,滚到阿克狄拉跟前,用牙齿抈住他的衣袍下摆。阿克狄拉赶紧跳开,一撮羊毛出现在巴思坎得尔嘴中。巴思坎得尔双腿蹭着地面坐起来,凸突着眼球瞪视阿克狄拉。他张大嘴,似乎就要将自己的舌头吐出去,像扇耳光那样将叛卖者的嘴脸扇个稀烂。阿克狄拉嘲弄地望着他,大声道:"太阳还没有升起就要落下,莫里多多来了,他是遮去太阳的大山。"

莫里多多只为了一个愿望而纵马疾驰,那就是巴思坎得尔的安然无恙。当他从女王那里得知自己被巴思坎得尔戏弄,而女王又把制服这个强盗的光荣使命交给了阿克狄拉时,他就明白自己的强盗美梦即将破灭。除非阿克狄拉无能到被巴思坎得尔杀死,或者他们谁也征服不了谁,而他就像飙风吹去,将那个强盗掀上天空重重摔下。正如他担忧的那样,他看到的情形使他绝望,阿克狄拉已经得手,等待他的只能是为别人拍手叫好。他勒马停下,遗憾地连连捶胸。突然,他举起战刀,唰一声朝巴思坎得尔砍去。刀尖划过臂膀上的牛毛绳,绳子断了。巴思坎得尔还没意识到自己已经松绑,就听莫里多多大声嚷嚷:"阿克狄拉,别以为就你能行,我同样也能制服他。起来,起来,伟大的强盗,比你更伟大的人要再次捆绑你,绑得比任何人都结实。"阿克狄拉想跳过去摁住巴思坎得尔,脚尖一踮却又稳稳立住,呆呆地注视这种变化。面前这两个人无论谁对他都是一种威胁,莫里多多威胁着他的现在,巴思坎得尔威胁着他的将来。他们的互相残杀对他百利而无一害。

巴思坎得尔撕开牛毛绳,站起来望望就要驰近的女王和她的部众。他根本没把莫里多多放在眼里,转身扑向阿克狄拉。他是强盗,他可以理直气壮地欺骗任何人,可以把任何骗术搁置在道德尺度的衡量之外。但他从来没有欺骗过阿克狄拉。他为自己从来没有欺骗过对方而今天却受到了对方的欺骗而愤怒不已。阿克狄拉抱住他。两个人扭打在一起。莫里多多喊道:"欺软怕硬的豺狼,为什么不来和我厮打。我砍断了你的绳子,就是想试试你这个伪装的神明到底是杀人的英雄还是挨刀的畜生。"他看巴思坎得尔不理睬他的喊叫,就跳下马过去撕住他。巴思坎得尔推开阿克狄拉,朝后一跳摆脱莫里多多的撕扯,将手中的牛毛绳像掷标枪一样掷过去。绳头打在莫里多多的右眼上。就在他用手捂眼的同时,巴思坎得尔纵身一扑,用整个身体的冲力将他扑得趔趄了几下后歪倒在地。女王和她的马队离这里只有三十多步了。明智的巴思坎得尔放弃了毁灭阿克狄拉和莫里多多的念头,一拳打在莫里多多的坐骑屁股上。马跳起来,他也跳起来。等马开始奔跑时,他双手已经撕住马鬃,身体腾空,单腿抬起,一旋腰便翻上了马背。马向远方驰去。

　　女王到了,她没有去追。莫里多多的马是部落中跑得最快的马,想追也追不上。阿克狄拉徐缓地摇头。他对此并不惊讶,所有意想不到的事情巴思坎得尔都能做出来,如同他自己常常也会出奇制胜一样。清醒过来的莫里多多也没有想到应该去追撵。刹那间的变化使他把对巴思坎得尔的仇恨迅速变为钦佩。他自愧弗如,用荒原人的直率对女王说:"惩罚我吧,我放跑了梅尼诺的敌人,梅尼诺的敌人也是我。"女王安慰他说:"神的旨意谁也不能违抗。你不是说巴思坎得尔是神的化身吗?"大家都沉默了。

　　女王把部落的男人们召集到这里。这里是冰峰脚下的一面冲积扇。夏天,融化的雪水均匀地从扇面上流过,卵石阻遏着它,使它发出阵阵玲珑的激响。阿西加坝雪山之王就用这股股清澈冰凉的水流滋润着草原和草原上的生命。冬天,当激响在纵横数十里的扇面上消逝之后，生机勃勃的草原便被沉寂覆盖。生活在表面上冻得和冰川和地层一样结实。但铺设在冲积扇上的白冰银雪却异常活跃。先是平整的冰面上鼓起一个个浑圆的大包。雪粉用几天几夜的时间悄悄溜下来，壅积在大包四周。接着它就开裂出无数花瓣一样的洞隙，压在底部的冰层漂移着钻出洞隙，不过数日，一个玲珑剔透的冰笋便争相挺起，逐渐升高，形成一片晶体的冰柱体，一圈一圈地环绕着大包。大包继续膨胀，以不变的浑圆向四周延展，冰柱被它托起，悬空耸立，到了晚春季节，新水从下面流过时，大包就会滑动，接着而来的便是冰柱的倾倒，阵阵轰响之后无数冰花飞溅，流水的激响重新出现。新的一年中部落的远征和抢劫就从这一天开始。现在是冬天，冰柱已经形成，只是还在生长，还没有被大包托起。

　　但莫里多多却敏感地看到，一根异常高大的冰柱在冰林深处已经歪斜，若不是靠着别的冰柱的支撑，也许它早就倒下去了。他站在人群里心脏咚咚地跳着，面孔冷漠得如同这没有热量的天气。什么声音也没有，活的和死的一样悄然，一根冰柱代表了一个冬天里的梅尼诺人，既然冰柱不动声色，它面前的人也就没有理由大声喧哗。所有在这里举行的集体活动都被一种抑郁沉闷的空气笼罩着。今天也一样，即使在女王大声宣谕诰命时，郁闷也没有消散，只是透明了些，因为大家终于明白了女王的用意。正如女王说的，在至善至美的梅尼诺女王部落诞生了又一个卓越超群的强盗。他是雪山之王赐给我们的一个无私无畏的人。他的名字吉祥美丽，响彻天宇；他的形貌壮如野牛，俊如奔马；他的歌声赛过天上最会唱的鸟，赛过地上最嘹亮的风；他足智多谋，本领高强，制服了我们最强硬的敌手——那个曾做过野鸳之父的诗人、大名鼎鼎的强盗巴思坎得尔。他叫阿克狄拉。他将使神圣的梅尼诺女王部落从昌盛走向更加昌盛，从强大走向更加强大。他将使我们的人口繁衍绵绵，将使我们的牛羊日日增多，将使我们的领土不断扩大，将使我们女王部落的名声传遍整个果果哈奇。我们，梅尼诺女王部落是战无不胜的。说到这里，那根歪斜的冰柱突然倾倒，惊天动地的破碎声打断了女王的声音。为了保持必需的寂静，所有人都抑制着惊恐不动不摇，甚至也没有互相交换一下狐疑的目光。莫里多多脸上的肌肉无声地抽搐了几下，脸色由紫红变得青黑。他扫了一眼阿克狄拉，发现对方目光呆痴，内心的茫然和吃惊掩饰不住地流溢而出。在阿克狄拉就要做强盗的时候，冰柱的倾倒可不是吉兆。假如这冰柱被大家认定为是他的变体，那么女王的诰命就等于受到神的阻拦。

女王犹豫了片刻，继续宣谕："我要在这里问大家，非凡的阿克狄拉，一定能受到你们的拥戴吗？你们，我的忠实的部众，能够无所畏惧地跟他去进攻我们的敌人吗？能够像服从我一样服从他的每一句话哪怕这话是对你们的侮辱吗？你们是不是相信在他给我们带来幸福时将没有灾难跟随？是不是相信星星将随着他的出现而发光？雪山会随着他的出现而发亮？"如果没有冰柱林里那一声倾颓的轰响，女王是用不着这样问大家的。大家不吭声。阿克狄拉抬起头，想从那些思索的眼睛里读懂他们对自己的态度。但每一双眼睛都像深深的洞穴，他望不到里面的底细，只好用自己的目光乞求他们赶快开口。乞求便是无能的表现，只能促使那些目前还无法信任他的部众滋生对他的轻蔑。有人大声道："为什么非要用一个外来的人做我们的强盗？女王部落难道缺少出类拔萃的男人？看看莫里多多吧，他的沉默已经说明他是个遇事不慌、沉着冷静的人。为什么不让他和阿克狄拉各自显示神通，以便让我们看清神明的许诺？"女王回答道："我们的选择已经得到了神明的启示，那就是阿克狄拉战胜了巴思坎得尔，而莫里多多不仅上当受骗，还放走了我们的敌人。现在，冰柱倒了，因为莫里多多不是一个顶天立地的男子汉。我敢对冬天的冰柱发誓，我的验证千真万确。"人们从四面八方将眼光投向莫里多多。

莫里多多低下头，慢腾腾离开了大家。突然他惨叫一声倒在地上。人们看到他在大口喘息，身体在急剧扭曲。等他们围过去时，那嘴已经闭上，身体不动了，面孔板滞无神。一把短剑插在他的心窝，一直插到剑柄根部。不做强盗就做鬼，莫里多多用男人的理想安排了自己的命运。而阿克狄拉想到的却是，莫里多多用自己献身的办法成就了他这个外族人，他俯身拔出死者胸前的短剑，刺破自己的手，让血滴落到莫里多多脸上。这是一个负疚者诚实的祭吊。女王过来了。她拨开人群，看了一眼死者，便拉起阿克狄拉的手说："愿你的生命像冬天一样坚固，当所有的冰柱倒塌时，你还在笔直地上升，直到你成为雪峰，成为百万雪峰中最高大的一座，阿西加坝雪山之王将在你的峰巅栖居生存。"阿克狄拉用闪着奇光异彩的眼神表示同意女王的话。然后，他扫视着部落人众，亮开嗓门野浪地尖啸几声。人们开始骚动，喊叫的喊叫，唱歌的唱歌。几个壮汉过来抬起了阿克狄拉。在女王的带领下他们欢呼着离开冰柱朝回走去。壮逝的莫里多多迅速被他们抛在了脑后，只有冰柱体和它后面雄阔的阿西加坝雪山在沉寂中安详地俯望着他。

毡房前有了黑色角羊的叫声。女王部落要用它们的血肉庆贺新强盗的诞生。

第九章　告别太阳

巴思坎得尔走出毡房，唱了一首情歌，就看到阔别已久的野马群出现在眼前。那在六月清晨的凉爽空气里咴咴直叫的一群，那和阳光一起走来和阳光一起活蹦乱跳的一群，让他激动得直想扑过去成为它们的一员。他没这样做是因为那种时时刻刻困扰着他的使命感这时又袭上心来：他已经阅历过许多次战争了，他正准备投入新的战争，他将在战争中无限光荣地老去、死去。而现在野马群的出现恰是一个绝好的征兆，荣耀又一次降临到果果哈奇西部荒原，昔日的野鸯之父、伟大的诗人、强盗巴思坎得尔像昼夜往来的太阳将拥有又一次冉冉升起的辉煌。他又唱起来，唱醒了旷野，它已是草新花艳，万鸟争歌了；唱醒了近处的石头、远方的山脉，石头散发出熠熠闪烁的光亮，山脉显示出白雪皑皑的鹅冠鹤冕；唱醒了毡房前的牧狗和部落的男男女女。人和狗还有羊群还有驯化了的马牛都簇拥过来，人喊马嘶、狗吠羊叫：啊，我们的野马群。

在天一方，野马群动荡不已。哗地流泻而去，哗地汹涌而来，灰色的潮汐超越了季候的安排，一瞬间进行了数十次晚来昼去的运动。万蹄敲打荒原的声音如同惊雷滚过大地，如同百丈瀑布砸向渊底。一切都活跃起来，山影在跳舞，牧草在飒飒的声音中俯着仰着摇着摆着，善于聒絮的昆虫禁不住地齐声发出荒风似的嗷啸，鸟儿的啼鸣清越到如利箭穿心。大团大团的云雾翻滚着翻滚着就缩小了就消散了，天空一碧如洗，那透明的湛蓝把自己拓展到无极。岩石的面孔光艳明丽，它在笑，在说，在高声喝彩。一只牧狗按捺不住地跑上前去，那么多牧狗忽忽忽地跟了过去。它们抒情地说，野马群，终于你又出现了。咩——羊在叫，这是音乐的前奏。诗人巴思坎得尔比刚才更加抒情地唱起来：

> 老熊爬下山去一步一喘，
> 看到一个姑娘安睡在河湾林边，
> 它围绕着姑娘迎风起舞，
> 听到她的心轻轻把它呼唤。

随着歌声，一切都渐趋平静。野马群安详得像人瞩望它们那样瞩望着部落人众。它们自然还要奔跑，还要嘶叫，还要走向消逝。但这一刻，它们必须等待他们欣赏够自己，等待他们尤其是那个光明的强盗巴思坎得尔发出要他们离去的命令。巴思坎得尔问大家，数过没有，多少匹？许多人七嘴八舌地回答，数过了，大约有八千八百匹。又少了，又少了，怎么搞的？巴思坎得尔想，部众们都这么想。

四年前,就在那次巴思坎得尔胜利地从女王部落逃脱出来后,他在一道数十里长的雪沟里发现了野马群。他用美妙的歌喉,用赞美它们的华丽的辞藻引起了它们的注意。他不停地唱下去,直到唤醒它们曾是赤狼人——塔崩人——塔崩祖先的朋友的记忆。然后他走近它们,大声说了许多恳求它们跟他回到赤狼草原的话。他琢磨它们听懂了,允诺了,便跃马奔上雪梁,兀自前去,边唱边走。野马群用互相摩肩蹭鼻的动作商量了一会儿,又咴咴地好一阵叫嚷之后,不远不近地跟上了他。许多走在雪梁上,许多走在雪沟里,但都朝着他去的方向。那方向是太阳沉降的地方。太阳沉降之前把冬天的所有白雪映照得金红一片。这就是他那次千辛万苦去女王部落的收获,比抢劫来千驮的万驮财宝不知要珍贵多少倍。又见到老朋友了,赤狼部落的人们因之为他欢呼雀跃,尽管他们也知道,不久的将来野马群还会悄然离去。每一个赤狼人都把自己的名字大度地馈赠给了他们认为能代表自己的那匹野马。一匹四肢劲健、体魄高大壮实,毛色光滑莹润的公马被大家称作巴思坎得尔。巴思坎得尔注意到这匹灰色公马的尾巴和耳朵上残留着因遗传带来的枣红色。

赤狼人的老朋友果真离去了。是第二年春天,是一个银白色的月华如水如歌的夜晚。谁也没想到,在赤狼草原会响起阿克狄拉的歌声。他是地道的塔崩人出身,他的歌声比巴思坎得尔的歌声更能唤起野马久远而牢固的记忆。它们似乎没怎么犹豫就跟着歌声的远去缓缓离开了距赤狼都落仅有两公里路的那片牧草丰饶的高地。走了,再也没有回来。这是梅尼诺人的强盗阿克狄拉为使他成名的那个部落所奉献的一次辉煌战果。他因此而稳固了他的地位。在阿西加坝雪山脚下,能够召唤野马群的舍他没有第二人。女王布下敕令:

阿克狄拉是神的儿子，是一匹真正的荒原马。他是马群里一呼百应的英雄，难道还不能永远成为人群里数一数二的豪杰？

这之后，巴思坎得尔一直想寻找野马群。但频繁的战争拖住了他。他在怀念野马群的感伤的情绪里带领部众连续三年撵跑了想来金谷挖掘黄金的马步芳麒麟军。部落因此而付出了异常惨重的代价：将近半数年轻剽悍的骑手死在密雨般飞来的枪弹之下。而他们唯一能做到的就是想方设法抢劫他们的粮草，断绝他们的供给，围困住他们直到他们人乏马困、饥寒交迫，然后自动撤离。赤狼人胜利了，胜利的标志就是保住了神明赐予他们的葱葱草木、泱泱厚土。挖掘黄金要揭去植被、铲掉土层、掘开岩石。这就是说，他们要在神明开阔的肌肤上用铁器掏出一个个偌大的窟窿，铲出一片片露骨的刨伤。怎么能这样呢？他们准备拿走的金块不就是神的骨骼吗？这是神明的痛苦，是整个果果哈奇荒原的痛苦，是这片广袤的土地喂养大的所有人、所有马，所有羊、所有牛、所有鼠类，所有旱獭、所有野羊、所有熊、所有豹、所有麝、所有狼以及所有飞禽的痛苦。惩罚他们，以神的名义惩罚他们。听吧，神还在发出隐忍的呻吟。天空中的确是有声音的，是风的哭泣。一会儿风声更加响亮了。采金人最后虽然撤了，但他们并没有死多少人。如果按照一命抵一命的办法进行报复，等待赤狼人的将是一个漫长的岁月。好在赤狼人的骑手得到了邻近部落的补充。这又是神的意志。神让他们归顺赤狼部落，好聚集在伟大的强盗巴思坎得尔麾下共同对付神的敌人——麒麟军的采金人。

就像当年柯柯人侵占丹那人的领地并迫使丹那部落走向消亡那样，在鹿母部落三次血洗沛沛部落后，许多沛沛人都投奔到了赤狼部落，试图依仗巴思坎得尔收回失地，恢复部落。巴思坎得尔说：

"沛沛部落不仅抢劫了鹿母人抢劫来的财富，还杀死了他们的强盗泽里拉羊，鹿母人是永远不会放过你们的。只要沛沛这个名号还存在，那就是战争的理由。你们将永无宁日，你们的脖子将套上绳索随时面临被勒死的危险。打消你们的那些自讨苦吃的念头吧。你们住在赤狼部落吃着赤狼草原奉献的羊，骑着赤狼草原喂肥的马，喝着赤狼草原上淙淙不息的水，你们就是自豪的赤狼人。难道生长在河边的草会说它应该留恋高山的寒土？难道靠了风的帮助才会说说笑笑的羊奶子花会希望看到无风的天气？现在，你们听着，赤狼部落和鹿母部落曾出于同宗同祖，但后来他们又世代为仇。我们的目标就是要通过战争回到祖先面前，和祖先保持同样的功绩。因为在很久很久以前，当赤狼人的祖先身强力壮时，整个果果哈奇西部荒原就只有一个主人。他的眼睛能看到天边，因为他们的牧地能延伸到天边。他身上有多少根毛地上就有多少片草场。他从来不杀死野兽，因为它们都是吃那些草长大的。他从来不去进攻远方居住着人家的一座座山脉，因为他的十个脚趾就是十座山，他不能举起拳头打自己的脚。他朝南呼出一口气，巴巴哈拉山上的云雾就会散尽，朝北呼出一口气，阿西加坝雪山的万年积雪就会消融。他啊一声，狼就来了；他吼一声，熊就来了；他哞一声，成千上万头食肉牛就来了；他呀一声，褐斑鼠带着满荒原的旱獭就来了；他唱了一首歌，天上的飞鸟就全体落到了他面前。他说，你们代表我去向神明问好吧，它们就去了。他喝了一口河里的水，鱼儿就从河中跳出来对他说，明天可别走远路啊，一场大雨正想注满荒原呢。那时这里的万物都听他的，都拥护他，因为不会有另外一个人强迫它们去服从他的意志。这正是我崇拜赤狼祖先的原因，也是我对自己的希望。当我怀抱这种希望的时候，你们就应该明白果果哈奇西部荒原的未来是什么样子。现在你们要死心塌地地成为赤狼部落的骑手。因为你们的目标和我的目标是一样的。鹿母人对你们的挑衅也是对我们的挑衅。如果还要让鹿母人横行霸道下去，那我活着又有什么用呢？"沛沛部落中所有来投奔他的人都听从他的话，作了一名骄傲的赤狼骑手。他们等待着战争，等待着牺牲，等待着毁灭鹿母人的那一天。

冬天，正是赤狼人撵走采金人之后的一段百无聊赖的日子，巴思坎得尔带领骑手们倾巢出动，威武雄壮地向巴巴哈拉山进发。于是，鹿母人的末日到了。鹿母部落的酋长尽管年轻有为，但自从泽里拉羊死后，部落再也没有产生一个能够以骁勇服众的身经百战的强盗，他们的灭亡是必然的。没有强盗的部落便是一个衰败的群体。当巴思坎得尔孤军深入暗夜中摇摆不定的部落中心，割下鹿母酋长的头颅挂在马脖子上出现在赤狼骑手们面前时，曙红耀满草坡的巴巴哈拉山下，云阵雪浪都在高呼：强盗万岁。他们杀死了所有不愿意投降的鹿母人，带着所有钦佩他的勇敢和智慧并准备为他赴汤蹈火的鹿母人，赶着鹿母人的羊群牛群，告别了满地耀眼的曙红。他们胜利归来，正赶上采金人再次侵犯果果哈奇的前夕。于是他们又一次严阵以待了。

现在是早晨，野马群的出现意味着什么？是它们怀念如此众多的老朋友而主动离开了阿西加坝雪山？还是遭人残害被迫来到了这里？最初见到野马群时的狂喜过后，巴思坎得尔变得心事重重。一切都是有预兆的。预兆的景象出现在晚冬和初春相交的那个时节。嗜金如命的麒麟军没有像往年那样在这个时节偷偷潜入荒原，在金谷外的开阔地上升起他们的帐房。巴思坎得尔曾为此长出一口气，以为他们不敢来了。这样好，这样就可以让部落的骑手少死几个。

这样他就可以有足够的精力和时间去寻找野马群,去干他这个强盗最应该干的事情——抢劫别的部落和商队,去和阿克狄拉比试高低,实现他独霸果果哈奇西部荒原的夙愿,让赤狼部落成为果果哈奇西部荒原的唯一部落。可是紧接着出现的却是宁静中的怪异的天象,那一日,阿西加坝雪山那边升起了五个太阳,五个金灿灿的并行排列的光芒万丈的太阳。迷乱人眼的太阳映照得刚刚吐绿的大地失去了绿色,一派浑黄,一派重浊,一派模糊不清的亮丽,给人一种头晕目眩的感觉,一种失去了判断能力的惊奇。狼在这个时节早就应该分散活动,但出现在五个太阳下面的却依然是隆冬的庞大狼群。它们集体奔跑,集体嗥叫,集体休息,没有任何迹象表明它们还会分开,走向暖季的孤独,好像一部分本能正在它们身上失去,一部分更加原始的为保护自身而忧虑的本能空前强烈地表现了出来。它们不能走散,它们宁肯集体挨饿也要这样你挤我、我挤你地满荒原游荡下去。它们似乎都准备着用自己的骨肉垒起一座保护群体的堡垒。五个太阳在正午郁闷的时光里一同消逝。之后便是一连数十天的阴霾蔽日,没有风,没有雨,甚至没有了早晨的浓雾和那湿润的空气、莹润的露珠。天地板着面孔在思索着什么?巴思坎得尔和他的部众们大惑不解。更让人找不到答案的是就在野马群出现的前一夜,许多人都看到昨天还是圆满如盘的月亮变得尖锐起来,狰狞起来,变得棱角分明凹凸不平暗晕突出。月亮向四周伸出了五个短剑一样的角,滚着滚着就划破了天空。这时部落中来了许多褐斑鼠,跟在它们后面的是那些贪婪着鼠肉的旱獭。那么多褐斑鼠被那么多皮毛柔软的褐红色的旱獭吃掉了。然后,旱獭们旁若无人地蹦跳着,吱吱地唱着饱食后快意的歌,消逝在被五角月亮照彻着的可怕的暗夜里。巴思坎得尔告诉和他一起静观这些奇象的部众:"当你们为这个五角的月亮为这些动物的出现而感到心慌意乱时，你们的任务就是睡觉。明天，看着吧，光明会告诉我们一切。"

太阳出来了，光明的白昼里野马群走来了。难道这就是种种诡异的现象所昭示的一切？不不。当天野马群就悄然远去。在那灰色的湖水倏忽而逝的一瞬间，尘埃阵阵扬起，迷住了蓝天，迷住了赤狼人的眼睛。他们大声诅咒这弥漫不散的尘埃，尘埃却越来越浓，越积越厚，竟至于改变了所有物体的颜色，竟至于像一座灰蒙蒙的大山在离他们两步远的地方奋然崛起。霎时，山体崩溃了，尘埃纷纷落下，空气渐渐澄清，光明的草原上绿色重新开始在他们眼前朝远方伸展。他们始才明白，野马群是为了不让他们知道它们的去向才扬起这阵弥天野尘的。赤狼人面面相觑。巴思坎得尔说："当你们为野马群的来去匆匆而感到莫名其妙的时候，你们的任务就是耐心等待。相信神明会帮助我们，相信野马群不会离开辽阔的赤狼草原。明天，看着吧，神明会告诉我们一切。"巴思坎得尔是神的儿子，部众们听信他的话如同听信神明的话。没有什么意外能够动摇部众们的这种信念，包括这一次。正如巴思坎得尔所告知的，神明就在野马群离去的这天夜里来到赤狼部落，告诉了那些充满灵性的人们许多许多。

又是一个阳光灿烂的白昼。部众们簇拥在草原上谈论着昨夜神明降临赤狼草原的情形以及他们从冥冥中听到的那些低沉舒缓的话。——在一望无际的白色之中，你们将看到血，看到人血和兽血结出的野菊花的蓓蕾，看到在腥臭的原野上到处都是翻起的白色的石头和黑色的泥浪。你们将看到天上硕大无朋的飞鸟正在下着蛋。当这种巨型的鸟蛋破壳的时候，果果哈奇最高的山峰就会轰然崩塌。你们还会看到一种大型的温顺和善的动物变成了疯子，一种小型的千年万年以你们为敌的动物成了你们忠勇的骑手，一种中小型的曾和你们和睦相处的动物成了荒原的主宰。乞求主宰者的原谅吧，当天空泛滥着刺耳的声音时，大地将恢复万年前的寂寥，你们和你们的子孙如果不沦为奴隶就变作放浪的野马。部众们都在重复这些话，巴思坎得尔听到的也是这些话。他们还说，一个人影呼吸着黑色的清凉清凉的夜气一边唠叨一边走家串户。他走在毡房外时高大顾长，走进毡房里时粗硕矮壮。他的脚步轻盈得如同蛇走草丛，鱼游水中，他没有五官，他的声音是从肚子里面发出来的。但是巴思坎得尔知道他是有面孔的，他认识他。他就是多少年前曾和自己一起喝过奶吃过肉的坤都咒师。巴思坎得尔奇怪，自己看到他时为什么没有像对待老朋友那样大呼小叫地让他入座，请他吃喝，同他神聊。那一刻，巴思坎得尔变得麻木不仁，变得一下子失去了往日的应对能力。他听坤都说完，看他迅速离去，好半晌才想起自己没有尽到主人的责任。他撑出毡房，坤都已经杳然无踪。他没有再去四处寻找。他知道坤都留下来的恐怖的预言已经把神明的意思表述得十分完美，尽管他还猜测不出预言所指的到底是些什么样的事件。现在，该做的事情还是要做，他的强盗的本性使他觉得与其这样等待预言的灵验，不如去女王部落看看。如果他能够战胜阿克狄拉并让女王部落归顺自己，即使面对世界末日，他也会以果果哈奇西部荒原第一主人的身份高傲地走向毁灭。

两个月后，巴思坎得尔带领赤狼部落的骑手们出现在阿西加坝雪山脚下。

这儿依然是冬天，依然是白雪覆盖的山脉和旷原。这儿的冬天总是每年都有变化，一道道新生的雪梁，一条条新生的雪沟，白色的地貌随着风的走向永不停息地进行着它那种隆起凹下的波浪式运动。如同谁也无法从河水中辨认出面前的波浪就是四年前他看到过的那峰波浪一样，尽管巴思坎得尔到过这里，但出现在他面前的仍然是一片异陌的地域。望不断的汹涌动荡的白色一下子让巴思坎得尔明白，今年的狼群之所以没有分散开活动，是因为果果哈奇的冬天还没有过去。而且料峭的寒风似乎一再表明：冬天将永驻在这里。进入女王部落领地的赤狼人首先遇到的是饥寒的挑战而不是敌方骑手的堵截。他们原来以为光辉的太阳会把热量平均分摊给果果哈奇的每一个地方；以为梅尼诺人的美丽的家园也和赤狼草原一样已是牧草茵茵、绿色无涯了；以为到处都是牧家的帐圈，到处都是追逐新草的羊群，他们到处可以抢劫，到处可以填饱肚囊。可现在面临的问题是如果他们不深入领地中心抢劫食物，他们就将在饥馁中丧失战斗力甚至死亡。为此巴思坎得尔带领骑手们昼夜兼程，目的已不是在战争中冲锋陷阵而是饱餐一顿了。

　　临近部落领地中心的时候，他们遇到阿克狄拉和梅尼诺骑手的迎击或者说是迎接。巴思坎得尔首先搭话说："让我日夜思念的强盗阿克狄拉，你好啊？你的骑手们好啊？你的羊群牛群怎么样了？但愿它们还像以前那样肥壮繁多。还有你们的梅尼诺女王，她还像以前那样美丽强健？她的孩子生下来了没有？阿克狄拉，我们四年没见面了。你显得这样苍老憔悴，莫非我在远方对你的祝福没起作用？"阿克狄拉笑着说："好好好，一切都像你希望的那样好。骑手们越来越勇敢，羊群牛群越来越繁多肥壮。女王的美貌不会消逝在四时轮回的季节里，她生下了一个每日每夜在喊叫着'打仗打仗'的未来的骑手。巴思坎得尔，四年没见你还是老样子，这是由于我祈求阿西加坝雪山之王保佑你的结果。雪山之王不仅保佑了你还保佑了整个赤狼部落，保佑了我的那些父老兄弟。骑手们，你们好，你们的父亲母亲好。你们的兄弟姐妹和你们的财富都好吧？"巴思坎得尔身后传出一片回答好的声音。赤狼人的强盗又说："当严寒的冬天迟迟不离开你们的时候，我们来了。我们内心的愿望是想给女王部落带来温暖的春天。阿克狄拉，请告诉我，这儿的寒风为什么不去？这儿的冰雪为什么不消？如果是灾难的征兆，你们为什么不点起祷告神明的烟火？"阿克狄拉说："神明从来就是女王部落的保护者，只有魔鬼才会给我们带来灾难。如果魔鬼想作祟，祈求它们又有什么用呢？让我高兴的是，当这片尊贵的土地上有了你们的脚步时，我就看到春天的影子正从天边悄悄走来。为了感谢你们的帮助，我们的部落为你们准备好了最肥的羊肉，最暖的毡房。跟我走吧，朋友们，即使你们想动刀动箭，我们想以牙还牙，那也得吃饱肚子，暖热身子。再说强盗和强盗的较量有时并不需要拼杀搏斗。巴思坎得尔，你吃能吃过我吗？喝能喝过我吗？你唱歌能唱过我吗？如果你赢了我，我的头就是你的，如果我赢了你，我的卑贱的刀怎么可以侵犯你高贵的头呢？那就让阿西加坝雪山之王亲自来向你索取吧。"巴思坎得尔听了哈哈大笑。笑声里充满了豪迈而自信的承诺。他说："我的头我会自己扔给你的。到那时候，你就成了果果哈奇西部荒原的王，你的英名将代替我覆盖荒原的山山坳坳，角角落落。你要记住，我们的世界之外还有许多我们不知道的部落。你的使命就是代表死去的和活着的西部荒原人去让所有的部落给你下跪，去让他们说，西部荒原是诞生英雄的地方。但让我担心的是你不会领有这一天。因为我们的神说，最后的荣耀是属于巴思坎得尔的，来吧，肥嘟嘟的羊肉在哪里？白花花的奶汤在哪里？快快领我们去。我对女王部落的征服已经开始了。"

空旷的原野里,这声音就像霹雳盖顶,轰炸得所有人头脑发热,眼冒欲望之火。两队人马混杂在一起朝领地中心的那些咩咩叫的羊群走去。

果果哈奇西部荒原的伟大强盗,为了荒原的荣耀,你们大吃特吃吧。头戴雪鸡羽翎花冠的梅尼诺女王大声说完了这句话后,争夺强盗荣誉的战斗就在巴思坎得尔和阿克狄拉之间开始了。

这是一片清理掉积雪的平场。赤狼骑手和梅尼诺骑手挺立在各自的强盗身后,威武雄壮地露出种种贪馋模样,似乎随时准备扑过去把食物顷刻变作一堆粪便,把自己幻然变作一条饿狼。其实除了巴思坎得尔之外他们都不饿。在长途跋涉中饥肠辘辘的赤狼骑手们已经被主人款待过了,嘴边的油腻还在天光下莹莹烨烨地闪烁。他们之所以要把人的贪馋极度夸张地表现出来,只是为了给自己的强盗助阵,并以此来威胁对方,似乎在说,看啊,我们个个都是能吃的圣手,我们的强盗是我们这些圣手中最能吃的代表。两个强盗面前都用石块支着一口锅,放着一堆干牛粪和半只扒了皮的羊,还有割肉剔骨的刀子。比赛的规则很简单,谁最先吃完半只羊谁就是赢家。阿克狄拉左手握刀,先从半只羊的大腿处开始取肉,取下一块肉丢到锅里,锅里的水已是沸动的。他把用刀取的肉在锅中滚了几圈,右手伸过去抓起来就吃。这时左手迅速抓起几块干牛粪塞到锅下,然后再拿刀取肉。嘴里的肉还没吃完,右手便已经伸向锅中抓起了第二块厚油包裹着的血水未干的肉。他的动作如是重复下去,半只羊飞快地减少着。而巴思坎得尔的吃法和自己的对手全然不同。他先将半只羊解成八块,全部放到锅里,把刀一扔,在锅下架满干牛粪。现在他只管吃就行了。他开始吃的时候阿克狄拉已经消灭掉了一条后腿正准备啃食一排肋骨,但他很快撵上了对手。他双手同时从锅里捞肉,舌头上似乎有锋利的尖刺,那肉只要送到嘴边,舌头一卷就服服帖帖滑向嘴里,他的牙齿飞快而劲健地错动着,从不停息,喉咙的嚅动显得力大无穷,源源不断地把一些嚼碎的和没嚼碎的肉送入粗大的食管。

他已经超过阿克狄拉了。只消一会儿他就能打赢这场战斗。他想对手正在注意自己,对手会感到心慌意乱,会在紧张中把取下来的肉不通过沸水直接送到嘴里。那样自己不用再吃就成了胜利者,因为对手少了一道程序,少一道程序是违反规则的。他大口吞咽着再次瞄了一眼对手。他感到吃惊,这个沉静而诡谲的阿克狄拉,为什么到现在还显得那样有条不紊、胸有成竹呢?大概对手是在装腔作势,他本来就是个饱足者,他一顿吃不了这么多肉只好摆出一副颇有风度的架势,好让大家相信巴思坎得尔的胜利是由于他的漫不经心。而赤狼人的强盗是忍着极度的饥荒感坐到这里来的,要补充经过长途跋涉后变得空空无边的胃囊,半只羊对他并不算太多。

正如巴思坎得尔所期待的那样,他先于阿克狄拉吃完了半只羊。他吞下最后一口,一蹦子从地上跳起来,两手在皮袍两侧蹭了几下,舒畅地打了一个饱嗝,高声朗叫一声:"我吃完了。"既然对手赢了,阿克狄拉也就不吃了。他站起来,显不出一点沮丧,笑着说:"喝奶了,喝奶了,女王部落的奶汤是全果果哈奇最浓最鲜的奶汤,但愿这奶汤能够滋润赤狼强盗的胃口和他的勇敢诚实。"两边的骑手们都骚动起来。为了失败的骚动和为了胜利的骚动都显得激动不已。

女王泰然自若地微笑着,好像谁赢谁输,谁的人头落地,对她都一样、都无关紧要。她大声祝贺巴思坎得尔:"尊敬的诗人,伟人的强盗,当我恨不得把整个部落的羊群都送给你一顿吃光的时候,我真真切切地感到了赤狼人的勇武善战。下面我要献给你的奶汤是对你的祝愿，你要像刚才吃肉那样势如破竹地把它喝完。要知道不接受祝愿的客人是会被仁慈的主人轰出部落的，当然要把头留下来作为吃喝的报偿。"巴思坎得尔说："女王的祝愿让我内心十分不安，因为我喝了奶汤也将喝去我的对手你的丈夫的性命。女王如果痛惜，叫我一声果果哈奇西部荒原之王，我就会嘴下留情的。"女王说："我非常愿意这样称呼你，可如果神让我闭嘴的话我就不会强迫自己了。"巴思坎得尔说："那就让神命令你开口吧，诚实的主人，我的美丽的女王。"他显得傲慢亢奋，立在平场上眼睛四下里逡巡着大声喊道："奶汤在哪里？快来呀。我的胃口就像一道深深的峡谷，那儿正准备流淌奶汤的河。你们可别等到峡谷越裂越大，女王部落的全部奶汤倒进去也装不满的时候。"其实他早已看到盛奶汤的两只木桶就放在离他不远的地方。阿克狄拉立在木桶边，笑望着他这种也许仅仅是为了帮助消化的虚张声势的喊叫。巴思坎得尔走过去，对阿克狄拉说："梅尼诺人的强盗，还是你先开始吧。"阿克狄拉说："感谢你的谦让，但我不能违反女王的规定。快端起你的木桶，看谁先让它底儿朝天。"于是，两个人同时将木桶抱起来举到嘴边，同时灌进去第一口奶汤。接着在两个人的喉咙里便不停息地发出了一阵咕隆咕隆的声响。让巴思坎得尔出乎意料的是，等他滴奶不漏地把全部奶汤灌进嘴里，并用双手托着将木桶倒扣在自己的脸上，让那扁圆的底儿朝向阿西加坝雪山之巅的时候，阿克狄拉的木桶却还在嘴边朝下倾斜着，桶里奶汤的涌浪还在一轮一轮地拍击着喉咙。也就是说对手的木桶里还有将近一半的奶汤，而他却已经可以单手抡起空桶，洒脱地将它甩向空场外面了。咚的一声，木桶被摔得稀烂。阿克狄拉停止了灌饮。他又一次输了。

阿克狄拉输得非常自在。他毫不羞赧地抬头望着两边的人群，轻轻放下木桶，然后对巴思坎得尔说："伟大的强盗，你又赢了。但这并不是由于神明对你格外偏厚，而是我肚子里装满了能让你这个诗人哑口无言的歌，再也没有半点余地可以装这醇香的奶汤了。"巴思坎得尔说："能把歌装满肚子的并不是一个好诗人，因为他的歌毕竟有限。我的歌装在天上装在地下，装在荒原的所有地方，永生永世也唱不完。朋友，在我们还没有比赛唱歌的时候，我就已经把你的头颅提在了手里。乞求我吧，我将用我的强盗和诗人的胸襟宽恕你。"他还想说下去，这时一个饱嗝打上来，刺激得他喉咙一阵酸痒，所有的话也就被打上了九霄云外。他感到肚腹闷胀，胸腔里的奶汤一阵阵地往上翻着，而他必须咬紧牙关、闭实嘴唇、憋住嗓门，才能不让奶汤和那些压在胃囊里的肉冒出来。他好几天没吃过一顿饱饭，现在一下子吃喝了这么多，就像河道里突然砸进去了许多岩石堵住了畅通的流水，带给他的只能是必须忍耐的痛苦。而这时，空场上已经响起了阿克狄拉的歌声：

  我的强盗你是狗，
  你不要对我汪汪叫；
  我的强盗你是鸡，
  你只会钻到我的裤裆里。

接下来应该是巴思坎得尔唱。他们要轮番唱下去，谁的歌词首先枯竭，谁的嗓音首先喑哑，谁就是失败者。胜利者将把比赛中的最后一首歌献给自己的战刀然后用它取下对方的头。但现在巴思坎得尔感到这个本来唾手可得的目标骤然变得遥远起来。他不能张嘴，不能以昔日的不可一世把洪亮高亢的歌声播向四方。更让他沮丧的是他恍然悟到自己上当受骗了，在他吃第一口肉的时候就已经注定了他失败的命运。阿克狄拉巧妙地利用了他的饥荒。对手的狡猾让他心服口服。唱啊，唱啊，为什么不唱？他不能不唱，也就是说他不能不张嘴，而张嘴意味着呕吐。他终于忍不住了。当一股腥酸的肉末汤水从口中喷涌而出时，所有人都吃惊地叫起来。他不停地呕吐，地上很快出现了一大摊漫漶而去的秽物。这秽物霎时象征了他的生命。他的生命已经变得毫无价值。吃进去的东西吐了出来也就等于什么也没吃，也就等于他在吃肉喝奶唱歌三方面都成了阿克狄拉的手下败将。阿克狄拉得意地狞笑着，对巴思坎得尔说："你对我的挑衅就是对雪山之王的不恭，可恶的强盗，你为什么这样愚蠢这样无能？在女王部落，你的目中无人就是目中无神。神的怪罪是不能回避的，请快快把你的头交给我。"女王部落的骑手们开始大声起哄。停止了呕吐的巴思坎得尔回头看看自己的部众。部众们鸦雀无声地盯视着自己的强盗。他们明白他面前有两种选择：实现自己的诺言和率领他们以死相拼。但在巴思坎得尔看来，他只有一种选择，那就是刎颈自杀。他回望部众正是为了告别这些生生死死跟随着自己的勇士。"在我败下阵来的时候也就是说我已经活够了。我的敌手说得很对，我不能目中无神。在我们的领地我受我们的神保护，在他们的领地能够保护我的只能是雪山之王。但雪山之王抛弃了我。我的死是保护我的声誉、保护我们赤狼部落的声誉的唯一办法。"他在心里说，冷静地从腰际抽出了战刀。

　　赤狼骑手们一片哑默。梅尼诺骑手们一片哑默。天上地下一片哑默。哑默的空气里巴思坎得尔把刀架在了自己的脖子上。脖子上暴露的青筋突突乱跳，为了即将来临的断裂它悲壮地活跃着。他眼光熠熠闪烁，如火如炬地扫向此时静候着他的头颅的阿克狄拉，扫向面无表情的梅尼诺女王。死吧，死吧，为什么还不死？他碰到的那些眼光都这么说。他有点愤怒，但他又不想让自己有丝毫愤怒的表示。他微笑着，让脸上的每一个隆起物、每一道阴影都去证明他的刚毅和视死如归。他说："尊敬的女王，愿你的心灵在我的死亡面前变得更加平静，愿你丈夫的美名在我死后传向果果哈奇的四面八方。照顾好我们的草原吧。这是我唯一的请求。当你们听到马步芳麒麟军的枪声时，你们就会明白他们要杀死的不光是赤狼人。有朝一日，果果哈奇的所有部落都将面临一个敌人。面对这样的敌人，你们只能胜利不能失败。"他还要说什么，就听女王打断他的话说："巴思坎得尔，你是一个高尚的强盗。当你准备赴死的时候，阿西加坝雪山脚下突然出现了一条灰色的河流。难道你不认识它？难道你不明白它预报的是凶是吉？难道你不认为它正在挽救你的生命？而你的生命如果不是为了挽救果果哈奇西部荒原的灾难才走向完结的话，那不就太可惜了吗？"所有人都朝着女王手指的方向望去。他们看到雪山银白的衣袍悬挂在天上，看到静止不动的乳白的雾气里透出星星点点的金色光斑，看到那条灰色的河流正在缓缓流淌，突起一波一波地涌浪，浮动着一层惊悸不宁的气息。

啊，野马群。

巴思坎得尔把架在自己脖子上的战刀提到手中，冲远方浪情地叫嚣了一声。他的预感也正是梅尼诺女王的预感。野马群是被枪弹驱撵到这里的。赤狼草原出事了。至少那儿已经发生了一些不该发生的变化。

他们已经不觉得这是丰饶美丽的赤狼草原了，也不觉得家园的毡房和畜群在夏日的和风里曾有过生机盎然的景象。好像是一场梦，开始是美好而玄虚的，后来就变得恐怖和实在。每一棵草每一片草叶都在记录这场梦的进程，最后是战争的兴起，不，是屠杀的兴起。没有一顶毡房是挺起的，没有一片牛毛擀制的毡是完整的。到处是坍塌，到处是破碎，到处是刀痕。没有声音，连鸟声也没有。草原的宁静霎时恢复到远古的状态。这是空前惨烈的人喊马叫之后出现在热阳下的沉默。时间跌入了深谷，永远不再流动。倾倒在地上的血浆已经凝固，正在干涸。

那么多血，那么多紫红色的血，那么多羊血、牛血和人血。赤狼草原板结出一层龟裂着无数罅隙的血壳。血壳之上横陈着许多赤狼人的尸体、赤狼人的牛羊和马匹的尸体。

除了女人、年轻的女人被抓走了之外，留守部落的赤狼人没有一个存活的。那些让他们丧失性命的弹洞说明杀害他们的只能是果果哈奇荒原以外的人群。

从女王部落归来的巴思坎得尔和他的骑手们看到了这一切。他们风餐露宿，日夜兼程。他们疲惫不堪的身躯需要睡觉，需要食物的滋养，但现在他们已经不饿了，也不再疲倦。他们在无边的空间所提供的窒闷的气息里沉默着咬牙切齿。谁都知道他们应该去哪里，应该去干什么。

于是他们发现自己正在走向雾蒙蒙的山脉雾蒙蒙的金谷。他们看见了人影，看见了准备狙击他们的许多掩体，看见黑色的枪筒搭在掩体的顶端正对着他们。已经很近了。巴思坎得尔手里握着那把本应该砍下自己头颅的明晃晃的战刀，在马背上挺直腰板，命令自己的马朝前冲击。所有的战刀都举了起来，所有的骑手都跟他一样开始奔跑。喊声和马蹄声搅混在一起就像山崩那样气势磅礴。接着就有了密集的枪声,有了人从马背上陨落在地的那种轰响。突然一个意念闪电般掠过巴思坎得尔的脑海:他们是来送命而不是来报仇雪恨的。他们的敌人最最需要的便是他们这种丧失理智的疯狂。他第一个掉转了马头,喊叫着让自己的骑手们赶快撤退。不想轻易丧命的骑手们紧紧跟上了他。马蹄的疾响沿着失败的路线停息在枪弹射程以外的地方。

但是他们马上发现他们不得不这样进攻。他们的退路已经被麒麟军的骑兵截断了。在枪声停息的这段时间里,巴思坎得尔冷静了许多。他的骑手少说也有二十名已经丧命。而接下来发生的将是更多的死亡,更残酷的献身。他感到长期以来他和他的部落投身在一场不公正的战争中。在这场战争中无论他们怎样勇敢怎样富有智慧,最终迎来的只能是一片家破人亡的惨景。好像结局早已经被法力无边的魔鬼确定在荒原的岁月里,他们只需走过去就会看到自己那不可更改的命运。没有规则,没有法度,没有神明对双方的公平合理的约束。胆怯的人可以躲起来偷偷摸摸地战胜他们,而他们是胆气十足的英雄,是堂堂正正的果果哈奇的非凡的强盗和光荣的骑手。巴思坎得尔感到不可思议,感到这种没有规则的战争正在改变旷日持久的祖先风尚。整个世界、大千万物变得扑朔迷离、不可捉摸了。远方的神明,近处的神明,为什么会这样?为什么要让这些侵犯荒原的贪生怕死的人手里有长枪、枪里有子弹呢?枪弹算什么,是勇士就应该站出来,抛却那些挡身的土包,手握滴血的战刀,骑在马上,在旷野尽情奔驰,追逐敌人或者逃离危险。他在心里蔑视着敌人,越发感到自己的勇武和冲锋仿佛是另一个世界的产物。现在如果他不想死他就得像褐斑鼠躲避旱獭那样在地面上逃窜,在地底下藏匿。他愤愤不已而又束手无策,望着骑手们,第一次望着骑手们试图从他们脸上找到抹去耻辱的安慰。而骑手们却一如既往地信任着他,等待他仍然用那种他们听惯了的斩钉截铁的口吻,说出一个能够让他们脱离险境的办法。他沉吟着,喃喃地说:"是死的时候了。"骑手们不怕死。他们觉得他的话是一种沉重的鞭策,如同听到了向着敌人进攻的呼唤一样令人鼓舞。巴思坎得尔理解自己的部众,他说:"我们不能把敌人的鲜血双手捧到亲人的亡灵前,纵然活着又有什么用?那么,就让我们还像刚才那样用自己的血身肉躯去迎受那些阴毒的枪弹吧。"巴思坎得尔举起了战刀,就像宣誓那样盯视着远方灰蓝色的天际。他觉得神明正在注视着自己,死去的亲人的灵魂正在注视着自己。

又一次进攻开始了。他们冲向从后面包抄而来的麒麟军的骑兵。枪声响起,赤狼骑手们纷纷从马背上栽下来。但愤怒的席卷而去的蹄音却变得越来越固执。向前,向前,他们只能向前。人和马生下来就是为了向前去接近敌人的刀枪。巴思坎得尔再也不想发出让部众撤退的命令。他的快马跑在最前面,他相信子弹是打不中自己的,相信如果自己失败敌人必须付出惨重的代价。这时他发现有一颗戴着布帽的惊恐的头颅就在自己马前,他欠腰一刀挥过去,那头颅就飞起来在不远处砰然落地。无头尸体倒在马下。马狂奔而去。他听到喊叫声响成一片,有赤狼骑手的,也有敌方骑兵的。还有另外一种呐喊,在麒麟军的后面突然响起来,越来越近了。许多骑兵掉转了马头。许多箭矢飞过来狠狠地戳向敌人的身躯或者坐骑。巴思坎得尔勒住马,又喊叫着让骑手们勒住马。他说:"让果果哈奇西部荒原的天空把箭雨泼洒到敌人身上吧。"于是枪声稀落了,在箭矢的夹击下麒麟军的骑兵乱成一团。中了箭的已经死去或者正在死去,没有中箭的在夹缝中寻找出路。能够保住性命逃出去的只有十几个人。

一堆尸体出现在巴思坎得尔和赤狼骑手们眼中。他们胜利了，他们在几乎不可战胜的敌人面前发出了胜利者的冷酷的微笑。这微笑是对敌人的嘲弄也是对朋友的欢迎。

　　"远方的朋友，感谢你们帮助赤狼草原的敌人结束了他们的生命。我们的果果哈奇将因此而成为一个同仇敌忾的堡垒。"巴思坎得尔说着，走过去让马停留在阿克狄拉身边。阿克狄拉手里依然握着弓箭，对巴思坎得尔的话无动于衷，眼光机警地扫视着远方。在他身后前来支援赤狼部落的一百名健壮的轻骑也和他一样一刻也没有放松对四周的警惕。阿克狄拉说："当我们最需要休息的时候我们却必须战斗，尊贵的主人，如果我们不能即刻把他们撵出草原，我们和你们就得赶快离开这里。在一个吃不饱肚子的地方，除了逃跑你还有什么办法呢？"巴思坎得尔说："他们赶走了我们的牛羊，拉走了我们的女人。我们除了能征善战之外什么也没有。如果我们不打算饿死自己，我们就必须在今天在下一次进攻的时候夺回我们的财富。"他说罢便挥刀向自己的骑手发出了向金谷靠近的命令。阿克狄拉无奈地摇摇头。他知道阻拦是徒劳的。而他带领轻骑来这里的目的也并不是要遏止这场战争。他招呼自己的骑手们跟在了巴思坎得尔身后。

　　金谷遥遥在望。遥遥在望的金谷如同洞开在胖大山体上的创口。恢宏的尘烟层次分明地堵挡在他们和敌人的那段距离中。第一层是青色的，第二层是淡绿的，第三层是金红的，第四层却沉黑一片。在沉黑一片的上方，高远的云彩飞驰着变幻出一些巨大的斑斑点点的鱼鳞状物体。草原上啸声四起，是风的游窜传来的脚步声。风是迎面吹来的，呼呼的好像是在吹他们回去。这一刻马比人更敏锐地觉察到了危险的来临。它们放慢了脚步，有的甚至拧过头去冲自己的主人哧哧地喷吐白雾。阿克狄拉带头停下，冲巴思坎得尔喊一声。后者没听见或者他不愿意有人干扰他的决心而装作没听见。

　　但仅仅走了不到十步，他就不得不放弃自己的决心。一声巨响惊骇得战马前蹄扬起，接着就四处乱跑。巴思坎得尔好不容易控制住了受惊的马。他迅疾顾望四方，看到骑手们像掉进了湍急的旋涡那样互相冲撞着来回兜圈子，看到一股尘埃就在离自己不远的地方升腾而起，尘埃下面有一个很大的坑，坑边有三具马尸和五具骑手的血肉模糊的尸体。是什么东西产生了如此强大的威力？正在惶惑之间，震耳欲聋的巨响又出现了，一声接着一声，飞起的土浪，腾起的尘烟，人嘶马叫，死了死了，又死了。那么多骑手顷刻间骨肉破碎，灰飞烟灭。而且巨响还在出现，死亡还在发生。每一声巨响都会在人群里制造一个血肉喷溅的深洞。巴思坎得尔恍然明白，这是一种庞大的子弹，是一种一次可以炸死许多人的凶恶的武器。他意识到必须马上离开这里。他大呼小叫着，但别人听不清他的话。他们完全失去了自制，任其受惊的马驮着他们窜来窜去。巴思坎得尔也在毫无目的地窜动，他想到阿克狄拉，想求助于这位在阿西加坝雪山之王的保护下格外狡黠的强盗。他声嘶力竭地喊叫对方的名字，得到的回答却还是那种不绝如缕的灾难的巨响。这时一声尖利的鸣叫从很近的地方传来，这时他正在拼命靠近几个纠缠在一起原地打转的骑手，这时他预感一阵苍凉正在变作啸叫的狂风吹入心肺。那声巨响、那个坑、那股冲天直上的尘烟就出现在那几个骑手的旁边。一阵山崩似的热浪冲撞而来将他掀下马背。他仰躺着落入地面，后脑壳重重地磕碰到一块突起的岩石上。他浑身抽搐了几下便倏然不动了，什么也看不见，什么也不知道，什么也不去想。他在不省人事的状态中走向炮击的结束，走向最后的失败，走向果果哈奇西部荒原的傍晚。

谁是强盗巴思坎得尔？

谁在问？谁在问？他必须睁开眼睛搞清楚这陌生的声音来自哪里，出自谁口？那么静，那么静。宁静中，为什么草原会发出临死前的悄声喊叫，微弱到如同星辰在远方说话。又是一声粗闷而蛮横的诘问，谁是强盗巴思坎得尔？又是死寂，又是大地若断似连的悄声喘息。他为什么不能回答？他必须开口，必须睁开眼，必须搞清楚谁在这里如此大胆地发问？他终于睁开了眼皮，终于又一次拥有了天空的奶油色。还是低沉的灰白色的云，还是那种漫无边际的飘动。他知道天快要黑了，知道只要自己的头稍一歪斜就会看到西天的亮白。亮白后面是太阳的灿煜，如果没有云的遮蔽，此时那儿一定会盛开无数燃烧的花朵，草原将呈现在彤红和金黄两种颜色的照耀中，满地草浪将被染濡得闪烁粼粼光斑。而现在，草原的明丽和生机正在消逝，天空云雾泛滥。他依稀记得首先死去的是他自己，记得曾经在一个十分遥远的年代里他得到神的召唤倏然告别了人世。那时候有那么多巨大的响声和弥漫不散的尘烟，有那么多肥壮的战马那么多彪悍的骑手。还有自己强大的敌人，阿克狄拉？不，采金人。一想到采金人他就清醒多了，就觉得脑中依稀存在的并不遥远。他摆动自己的头颅，看到在预示傍晚的郁郁寡欢的背景上有一些人影在抽风似的晃动。他觉得那从昏死中唤醒他的声音就是从这些人的嘴里发出的。他想答应一声，极想答应一声，然后站起来。啊，他为什么不能站起来？但是，不，谁是巴思坎得尔的问题仿佛是上一个世纪提出来的，现在答应已经晚了。谁还会理睬他，包括对站起来这种无声的回答？这时，他又听到了一声野蛮的叫嚣：

"谁是强盗巴思坎得尔？"

"我是，我是。"他费力地朝上弯起脖子使劲看着，景致、人影、他的思绪以及那仇恨渐渐地清晰了。蓦地他站了起来，双腿劈开，稳稳当当地立住，似乎再也不会倒下。他看到所有的骑手都不在马上，看到所有的骑手加起来也不到五十个。他们两手空空，或坐或立地挤成一堆。智慧的歌手、英明的强盗阿克狄拉也在其中。他们四周是一些端着枪的戴布帽子的麒麟军。就在他看见他们的同时他们也看见了他。十多个麒麟军把黑色的枪筒对准他虎视眈眈地朝他逼过来。他跟跟跄跄地迈动脚步，漠视着前方，主动和他们缩短着距离。他似乎不屑于跟他们啰唆，他是要回归自己的人群的。所以他根本不愿意听清他们对他的呵斥，抬起头，再一次抬起头。他们给他让开路，因为他们的目的也是要把从死尸堆里爬起来的人集中到一起。巴思坎得尔不断绕过骑手的尸体和炸开的深坑，踏着疏松的土壤和红艳艳的血迹来到被俘的人群里站到阿克狄拉身边。阿克狄拉受伤了，身体的右侧到处都是渗出衣袍的湿渍。为了不让自己发出痛苦的呻吟，他用上牙紧紧咬住下唇。在他的另一边是几个被炸断了腿的骑手，他们面孔苍白地互相依靠着坐在那里，同样都有一张不会为痛苦呻吟的嘴。巴思坎得尔逐个地看着这些被俘的悲哀的骑手，又把目光投向前面。前面是枪，是端枪的人和握枪的人。

　　"说，谁是强盗巴思坎得尔？"

　　他看到这个用高嗓门发问的人长得黑瘦矮小，仅有他的半个身子大。他觉得对方很可笑。如果不是那握在手里的羊腿骨一样的黑枪，他用两个指头就可以掐死对方。他没有回答，因为他奇怪具有这样一副龌龊猥琐模样的人竟好意思站到果果哈奇的骑手们面前，竟敢用吃奶的力气对他提出这个问题，而且竟然没有在他的名字前面加上伟大、尊敬、英雄等修饰语。

"好啊，你们不说，那你们就统统死定了。"

阿克狄拉的手死死拽住了巴思坎得尔的胳膊。

"我再说一遍，首恶者严惩，胁从者不问。我们要坚决消灭匪首巴思坎得尔，对于别的人，只要你们说出来谁是巴思坎得尔，我们就可以宽大对待。"

巴思坎得尔明白了，他没有死是因为他必须拯救这些光荣的残缺不全的骑手。他感到自己正在冉冉升起，每一根汗毛、每一根头发都在像旗帜那样豪迈地招摇着，都在炫示非凡的强盗那大义凛然的风姿。

"谁是强盗巴思坎得尔？快说。"

他感到阿克狄拉拽住他的那只手松开了，看到他艰难地朝前走了几步。他听到阿克狄拉挣扎着用沙哑的嗓音说："我是巴思坎得尔，只有我才具有这个最美好的名字。当我看到你们面对我而认不出我的时候，我同时也看到了天上的云、地上的草对你们的嘲笑。雄鹰不会放弃天空，牛羊不会放弃草原，你们难道没看见果果哈奇的石头不会丢掉光泽，果果哈奇的山脉不会失去直立的姿势吗？勇武的强盗是不怕死的。我从来就不会放弃献身的机会，就像你们永远不会放弃你们恶魔般的贪婪一样。"巴思坎得尔要说话了，他要阻拦阿克狄拉，他不能让女王部落的强盗顶替自己死在伤痕累累的赤狼草原上。他也像阿克狄拉那样朝前走了几步，但这举动反而成了阿克狄拉迅速献身的动力。阿克狄拉猛然回头看看他，便用歌手最洪亮的嗓音大吼一声，向着果果哈奇的敌人俯冲过去。

枪响了。数十发子弹一齐射向阿克狄拉。

巴思坎得尔看到晚霞的美丽出现在眼前的草地上，出现在头顶的天空中，出现在果果哈奇西部荒原的东南西北。飞溅而起的灿烂的血花一直飞上天空，再也没有落下来，倏然之间，在晚霞静静的火红色的造影中，无数星星以前所未有的熠亮缀饰着大地。波波荡荡的草浪缓缓地翻卷过去，弥补了所有失去绿色的地方，包括那些被巨型子弹炸开的灰黄的深坑。千千万万个英俊高大、健美无比的灵魂从阿克狄拉匍匐在地的躯壳中飘飘而出，悄悄走向原野的四方。四方是一片豁亮透明的死寂。死寂变作苍茫，变作无垠，变作坚硬的青光可鉴的岩石，变作湿漉漉的永远不会变黑的傍晚，变作了巴思坎得尔和那些幸存的骑手们的悲凉的心境和伤感绵绵的意绪。荒原草色因此完善了它的深沉倔强的品格和永久的爱憎。

现在，巴思坎得尔明白了，他再也不能开口。伟大得比自己更伟大的歌手，英明得比自己更英明的强盗，果果哈奇西部荒原的化身——阿克狄拉，把沉默的使命交给了他。他将活下去，活到岁月的尽头。

可是，岁月难道会死去？岁月难道也有尽头？

他在心里唱起来，唱起蓄积了无数个春夏秋冬的关于那头老熊的悲歌：

> 一万年前的果果哈奇荒原上，
> 北风呼啸牧草枯萎鸟儿死光。
> 骑手走进冰封雪盖的岁月，
> 看到草丛里已经睡着的姑娘。
>
> 老熊流着泪安卧在姑娘身旁，
> 静静守护着她的美丽和安详。
> 骑手下马给老熊深深鞠躬，

捧起那眼泪把它放到自己心上。

他觉得这悲歌并不古老，就在眼前滋长，就在他置身其中的境域里萌发，就在天空、荒原那经久不散的基调里延展。那些负伤的骑手们不久就痛苦而死，那些还活着的不久就被麒麟军驱赶进了金谷去给他们充当挖掘黄金的苦役，那些被掳去的年轻女人不久就一个个地死去。她们是被强暴而死的——当她们夜以继日地遭受着轮奸时，她们就暗暗向荒原起誓：我的灵魂饶不了你们，我的来生饶不了你们，我的兄弟、我的骑手、我的强盗饶不了你们。考茵勒角斯——我们荒原的魔鬼饶不了你们。她们以为，她们之所以要死去，仅仅是因为她们拥有在这强暴面前的誓言，而不在于强暴本身。巴思坎得尔在做了两个月的苦役之后以强盗的机敏逃离了金谷。他比任何时候都明白，就像那悲歌刚刚被人唱起来一样，一切都才开始，所有的都没有消逝，存在的依然存在。他祈祷神明给他一种活下去的保护色。于是，他站在草原上，草色染绿了他的身影，他变作一棵挺拔的树；他站在土岗上，土色染黄了他的身影，他变作一丘坚固的荒原土；他站在霞光中，霞色染红了他的身影，他变作一片燃烧的云；他站在黑夜里，夜色染黑了他的身影，他变作一股看不见的风。

他一边流浪一边唱着悲歌。原野，部落，颤动的地平线——苍凉，颓败，凝固的苦难，让他成了一个再也不善于赞颂和溢美的诗人。当然他还会歌颂太阳。因为他觉得只有一个太阳，那就是自由。

第四部 远征

第十章　黑母牛

　　夏天的血雨腥风里那些枪声留给巴思坎得尔的回忆已经不多了。只记得当阿克狄拉扑倒在地时，他突然意识到强盗的末日也和所有人的末日一样充满了无可奈何的凄惨。而凄惨面前的人们除了恐怖、怜悯和愤怒之外难道还会对死者产生一丝一毫的崇敬？这似乎不合逻辑，却是山体般沉重的事实。为此他在果果哈奇西部荒原独步沉思。他告别了赤狼草原，走过去想翻越晚霞映照的地平线，细细体味生命灭绝的荒凉，荒凉却让他心神动荡、浑身颤抖。一种冷凉黏滑的灰色气体沁入肺腑，冰镇了他那只属于强盗的滚热的血液。他绝望了。既然没有炊烟、没有毡房、没有畜群、没有人迹的草原抛弃了生活，那还要强盗做什么？于是他只好发出一声孤狼似的长嗥算是送给荒凉的礼物。他已经不能歌唱了。死灭无情地剥夺了他的歌喉，他的赞美一切的本能，他的诗人的价值。

　　他告别了赤狼草原，确切地说在他掩埋了最后一个赤狼人的尸体之后，赤狼草原就远远地离他而去，甚至不复存在了。掩埋尸体的坟坑就是遍布荒野的深深的弹洞。他把尸体拖进这些炮弹造就的深洞里，再把四周虚浮的土石用手扒进去。接着他就看不见他们了。他只能看到自己魁梧的身子和黑暗的影子，看到它们乘着凛冽的大风静悄悄地飘移着。

　　他在沉默中流浪，在流浪中度日如年。

　　我必须填饱肚子。他时常这样提醒自己。于是他来到一条长长的峡谷，看到两群高大的草原马狼正在排开阵势互相进攻。撕咬是它们唯一值得让人羡慕的本领，也是它们最残忍最有效的本领。当夜色降临的时候狼尸已经布满峡谷。敌对的双方很有风度、很有规则、很有节奏地撤退了，打算在明天的阳光下重新开战。为什么你们要这样？是为了一只年轻漂亮的母狼？是为了一只落入狼口的羚羊？是为了争夺栖居的地方，还是为了抚慰残杀的本能好让生命在死亡中得到舒展？想不透的问题在巴思坎得尔的脑海里翩翩而至。他使劲摇摇头，试图摇落那些没有价值的疑惑并让它杂草一样蔓生在荒原的沟沟壑壑。现在他什么也不想了，走过去吃够了狼肉，喝够了狼血。他拍着顶起衣袍的滚圆的肚子，喘了几下粗气就明白狼尸给他的营养使他可以在不进食的情况下保持至少五天的旺盛精力。这精力是他得以继续流浪的依据。

　　他沿着当初赤狼骑手们征服梅尼诺女王部落的路线来到阿西加坝雪山脚下，瞩望巍巍雪峰插天而立的雄姿，突然觉得四周无边的寂寞里隐藏着阵阵酷烈的气息。阿西加坝雪山不会不知道它所护佑的女王部落曾经如何虔诚地向它祈求过和平昌盛。可死亡还是不可避免地发生了。当它鸟瞰那场战争的时候,它低下了高贵的头颅,它用气势磅礴的雪崩掩盖了战争的厮杀和惨叫。所以,现在它就像枯瘦了肌肉的骑手一样变得形销骨立。它似乎急于想把自己隐蔽起来,牵来片片云雾阻止了巴思坎得尔对它的瞩望。这样一来,巴思坎得尔就再也无法直挺挺地伫立了。他还能瞩望到什么呢——神山的启示?还是战争的场面?他对此并不需要。他发现自己是可笑的,因为他来这里竟是为了投奔女王部落,并带着重整旗鼓的目的。他跪在地上扒开积雪,扒出一具梅尼诺人的尸体。尸体被冻得硬邦邦的,一切都完好无损,除了胸脯上烂开的弹洞。这就是部落存在过的痕迹,就是他要投奔的对象。他用积雪在尸体上垒起一座高高的白丘,然后坐在白丘旁边静静地等待着他想离开的时刻。大约过了整整一个白天,他才站了起来。这会儿,他是欣慰的。他意识到女王部落虽然不存在了,但用枪炮屠杀了部落人众的麒麟军并没有因此而拥有这片雪原。他们早就撤走了。对他们来说,阿西加坝雪山之王俯视着的这片雪原具有不可战胜的高峻和遥远。这儿寒冷、荒凉、空气稀薄、草木零落,这儿不是他们能够生存的地方。他相信,多少年以后这儿还会是现在这个样子。

也许就在这个时候,他对已经绝迹了人类的梅尼诺雪原产生了最美好的印象,以至于使他那样清晰地看到了自己的未来:他又一次出现在雪原上,像阿西加坝雪山那样不动不摇地挺立着,一丝憧憬透明了他的雪冠。高寒的冻土,果果哈奇荒原的制高点,寥廓的雪域悄无声息地在他心里埋下了神性的种子。这种子在漫长的岁月里破土而出,其结果便是让阿西加坝雪山之王在二十多年后的一个冰水淙淙的夏天,重新目睹了骑手们打算去远征的队列,重新听到了诗人巴思坎得尔的歌声。在这里,远征的骑手们缝制好了渡海的羊皮筏子，饱餐了最后一顿果果哈奇鲜嫩欲滴的肥羊，然后抛却了家园的山山水水，浩浩荡荡地走向东方。那时，他会惊诧于自己当初的预感，惊诧于他在离开梅尼诺雪原之后竟会驯服于麒麟军的枪口之下，竟会忘记阿西加坝雪山之王对他的永恒的召唤。庆幸的是，他没有丧失对神的信仰，没有丧失从荒原大地上吸取精气的本能。一旦神的声音回归到他的心里，他就义无反顾地重新肩负起了强盗的责任。

现在，他离开了梅尼诺雪原，带着茫茫思绪在果果哈奇荒原上四处流浪。两年后一个春天的下午，他看到了滋润过父辈肠胃的茫拉巴音河。他趴在岸边将头埋进清冽的水中灌饱了一肚子河水，然后就疲惫不堪地歪倒在地，无思无虑地睡着了。

巴思坎得尔一觉醒来，就又想起那些曾经对着他和他的部众，对着阿克狄拉的乌黑的枪口。他发现只要自己能够得到充足的睡眠，还能记起许许多多。他憎恶那些枪口，又觉得它是无法战胜的。这正是他的悲哀所在——他希望拥有一支明晃晃的长枪，又告诫自己那不是骑手的所为，不能体现强盗的本领。如果有一天他用枪打死了自己的敌人，他会迷惑于自己是不是丧失了荒原人刀对刀的勇武而长久地陷入一种精神委顿的状态。那么，现在他必须搞清的是，究竟谁杀死了阿克狄拉，杀死了他的部众？是荒原的敌人还是那些鸟儿一样飞翔的子弹？也就是说如果他要复仇，他在用刀砍碎进犯者的肉躯的同时，是不是还应该砍碎那些发射子弹的长的短的黑黝黝的枪？

这些枪他已经见识过很多了。它们似乎充斥着果果哈奇荒原的每一个草树丰盈的地方。它们被那些杀气腾腾的外来人背着、扛着、端着，常常威胁着束手无策的荒原人和荒原上的一切生命。死的已经死了，趴俯在地或仰面朝天，总是永远地挺硬在了不会失去阳光的天空下。没死的惊恐万状，久久地逃避着，再也没有安居乐业的时光了。

在茫拉巴音河畔，他站在高高的岸石上临风如浴。似乎还能寻觅到柯柯人受到瘟疫驱赶后撤离此地的足迹。当年那种毫无顾忌地丢弃家园再去寻找家园的举动，已经不能用来证明父辈们那些值得称颂的品德了——雄野无度的奔驰，目空一切的呐喊，弯弓射箭，豪迈地举起战刀，噌一声，人头落地，新的家园到手了。澄碧的河水洗去了男人们的征尘，洗出了女人们的鲜亮。粼粼波光映照着那些永远不会失去魅力的风采。可是,现在,家园丢弃之后的若干年里，茫拉巴音河两岸再也看不到骑手的姿影了。马蹄失去了草原，草原失去了牧人。这里已不是荒原人的天下。外来的主人刈尽了原野的牧草，再让骏马的后代屈辱地拖着那种被称作犁铧的东西，把黝黑湿润的土壤一片片地翻起来。令人吃惊的是，神不仅没有惩罚他们，反而让草原长出了原本不属于草原的植物。麦田由青嫩变得枯黄，最后是收获。骑手们、柯柯人，在以往的岁月里，还从来没有从草原这里获得过如此丰厚的馈赠。不仅如此，聪明的外来人从茫拉巴音河中捞起石块，四处垒起坚固的房舍。那房舍的根深深楔入地层里面，顶部平平的，栖息着一群群灰鸽和黑鸦。房舍连接起来组成一个个有棱有角的方块，好像里面的人把自己囿居起来后再也不打算走向旷野，再也不打算沐浴阳光和轻风。巴思坎得尔明白他们建造这种无法移动的房舍的目的：他们想永远居住在这里。他们是远方的移民，他们建立起来的是一种叫作村庄的东西。这使他的仇恨变得愈加痛苦。茫拉巴音河畔——柯柯人的原生地已经不可以亲近了,他为什么还要来这里?

在离开茫拉巴音河之前,他异想天开,走近驻防在村庄旁边的麒麟军的营地——一座很大的由房舍组合起来的院落,从一个被雨水泡塌的豁口里溜进去,想偷窃一支能够让自己威风起来的枪。离得逞还有十万八千里的时候他就被抓住了。他毫不怀疑自己有被枪杀的危险,便装得可怜兮兮的,无耻地给人家点头哈腰,一再声称他只不过是想进来看看,顺便去厨房讨要或偷一点果腹的肉。没人对他的谎言表示怀疑。他衣袍褴褛,满脸尘垢,头发披散着,眼窝和脸颊深深下陷。更重要的是,他手无寸铁。有个士兵问他从哪里来,他用手朝背后某个方向胡乱指着说,那一头。又有人训斥道,你到军营里来找吃的,胆子倒不小。你狗日的小心我把你的苦胆给挖掉。他转身踽踽而去。临出那个豁口时有人又喊住他,扔给他一个黄灿灿的油饼。他拿在手里,来回翻转着看看,又放到鼻子上嗅嗅。这油饼是那样诱人,竟至于使他觉得他拿到的是一块烤熟的鹿肉。他听人家让他快滚,便赶紧走出豁口,来到春风扑面的茫拉巴音河畔,细嚼慢咽着那个油饼。就像他在阿西加坝雪山脚下一样,当他打算离开这片引人怨怒的土地时,一种十分美好的感觉便油然而生。

两个月后,他来到果果哈奇中部洼野,挺立到丹那山的峰巅回味那个油饼给他留下的深刻印象。他发现只有在自己吞咽荒野冷风的时候,才能真正体会到油饼空前缠绵的滋味:缠绵是由酥软和芳香造成的,如同触到女人肌肤、嗅到女人气息的那一刻所体验到的温醇和舒服。他发现牙齿对食物的楔入和男人对女人的楔入原来是同一种感受的楔入。他因此而深深怀念那个油饼,怀念惊人的第一口是怎样以奇妙的速度滑入喉咙的,怀念茫拉巴音河畔春风扑面似的心情是怎样一下子减弱了他对那片地域的厌恶。他站在丹那山的山峰上放眼望去。他想歌唱，想有一匹劲健的灰色马，想让灰色马带着他扑向出现在果果哈奇中部洼野的那些村庄，那些军营。他绝不相信如果他唱起了歌对方会拒绝给他一个饱餐油饼的机会。他突然高兴起来，高兴的原因是自己做梦也没想到，仅仅是为了想知道哪儿将会有外来人喷香酥软的油饼，他会不辞辛劳地登上丹那山顶。现在他已经瞅准目标，他就要走下山去了。明朗的天空飘拂着白色的云，白色的云飘拂在明朗的天空上。反正都一样。他去向他们讨要油饼，他们给他送来了油饼。反正都一样。难道会有人指责他，昔日尊贵的强盗你怎么会卑贱到如此地步？不，他已经听到了这种指责，阿克狄拉的灵魂，覆灭了的赤狼众生的灵魂，就在他的跟前飘荡着散发出刺眼的光斑。他说，原谅我，我必须这样。当一个美丽的女人从毡房里走出来时，你会向她鞠躬致敬并希望她投入你的怀抱。这是因为不可遏制的情欲改变了你那山一般高高昂起的心。当你在极度饥馁中跋涉，意识到会有一个酥软到入口即化的油饼让你焕发精神时，你会为它垂涎三尺并恨不得立刻扑过去把它吞进嘴里。这是因为势不可挡的食欲左右了你那符合神的安排的行动。对食欲的压抑和对情欲的压抑同样会消解我们放纵的本性。如果我们把食欲和情欲等量齐观，就会发现，对前者的忽视必然会引起创造了我们又永远在指导我们的神的不安。你们必须吃饱，必须吃尽人间的美味。面对食物你们应该像饿狼一样急不可耐。在食物让你们身强力壮之后。你们要感谢狼。它在猎食方面是你们的榜样。巴思坎得尔觉得有一种声音在头顶响起来。如果这不是上天的圣谕，他为什么要洗耳恭听呢？他可以问心无愧了。

他来到山脚下的阴坡上，看到牧草长在地上，看到地上长着牧草，看到在许多白色的石头之间有一些他不能不去关切的物体。那是人，是躺倒了的无声无息的牧人。死了，为什么会死？他们身上那些洞开的黑乎乎的创口让他再次想起了一排乌亮的长枪。它出现在赤狼草原，出现在茫拉巴音河畔，出现在果果哈奇的所有地方。阿克狄拉匍匐在地，赤狼人众匍匐在地，所有果果哈奇的牧人都已经匍匐在地了，包括那些稚嫩无邪的孩子。一个女人的裸体上已是蛆虫泛滥，孩子趴俯在她的乳房上噙着乳头用吮吸母乳的姿势完成了死亡的造型。那姿势是荒原人永远的不动不摇、不变不移的姿势，它象征了男人女人、骑手强盗对果果哈奇的坚不可摧的依赖。他寻思他们为什么死得如此集中：麒麟军的人马把他们驱赶到这里然后万枪射击，于是几百个荒原的骑手、荒原的母亲和荒原的未来就在同一瞬间发出了惨烈的痛叫。他寻思死者中为什么有一大半被扒光了衣袍？寻思为什么只要是被扒光的，他或她的右肋间都有一个深深的坑窝？难道所有的子弹都准确无误地射在了那个可以用胳膊护卫住的部位？不对，他们身上没有弹洞。那是刀创。他很熟悉它。他自己也曾在动物和人身上制造过无数这样的创口。他抬头从近望到远，眼光几乎在每一具尸体上停留了片刻。已是黄昏了，残阳如血。他恍然明白这是为了掏取人体内的某个脏器。又过了一会儿，他就更加清晰地意识到自己正在领略活人取胆的残酷。他愤恨起来，愤恨的目标是他——一个曾经叱咤风云的强盗。他已经毫无用处。他的毫无用处的逗留使他烦恼焦虑。他挪动脚步惆惆怅怅地回望着死尸和残酷，游魂一般走下山坡。

  油饼已经不在他的欲望之内了。他相信麒麟军之所以如此胆大包天地全面占领了果果哈奇，是因为他们在一开始进攻时就首先吞吃了荒原人的苦胆，是荒原人的胆气补充了他们的懦弱。结果是他们的胆子越来越大，而荒原人却越来越失去了反抗的勇气，包括他自己。他悔恨着他自己，悔恨着日见衰残的日子，唱着诗人的悲歌走向洼野。身后，丹那山高大的姿影目送着他，渐渐低下了头。

巴思坎得尔知道这是一座处于中心地位的宅院，就像过去柯柯邦主的中心大帐那样是权力和性力的象征。四周又厚又高的围墙是用白色的岩石砌起来的。麒麟军的官兵们强迫那些被他们押解到这里来屯田的移民揭去了草原的沃土，把岩石撬出来营造他们坚固的堡垒。围墙上密布着方形的孔洞，那是用来防范牧人进攻的枪眼。面北有一座宽敞的大门，没有门扇，四根可以升起降落的沉重的横木被一些绳索控制着，控制它们的机关设在门顶之上。门顶是由两层环抱粗的原木搭起来的，每层八根。这十六根原木牢牢托住了上面那座石头房子。哨兵就在这座房子里观望着草原深处的动静。墙内有许多房舍，一片接着一片，每一片大约有六排，每一排至少都有二十个木板门。巴思坎得尔从后面围墙的枪眼里朝里窥望。他吃惊于里面的宏大整齐和肃静沉闷，吃惊于那些从他面前经过的人无论是带枪的还是不带枪的，都有一张不苟言笑的蜡黄的小脸，吃惊于那冷淡丑陋的身影中偶尔也会闪现一张秀色可飨的面容，那是女人，是他们的女人。他们把他们的女人也带来了。这说明他们不仅想让自己一辈子待在石头垒起的房舍里，还想在这里繁衍生息，把果果哈奇当作他们永久的基业留传给千秋万代。而这一切却意味着荒原的毁灭和荒原人的绝种。一呼百应的强盗、能征善战的骑手将从此不再复苏，就像失去了草原之后将不再复苏牛群羊群马群兽群那样。绝望的时刻到来了。他怒不可遏，踩住枪眼，扳住墙头，爬上去腾的一声落入院中。趁着没人看见，他疾步上前,路过一排房舍，又路过一排房舍，猛然听到自己的右侧有人小声说话就下意识地急转趑回。他来到围墙前面停立了片刻，又沿着最后一排房舍的背部悄悄地探摸过去。

似乎是一种荒原人的本能让他来到了这里。在围墙的一角，几座马棚赫然出现了。那些马棚用栅栏围着，几个牵马的人从栅栏的门里走出来。几百匹马正在马棚里的几十排料槽前吃草，它们的缰绳拴在料槽边的立柱上。只有一个人守护在那里。他没有带枪，背对着巴思坎得尔，和马一样把注意力全部集中在草料上，因为他随时准备把马嘴拱起的草料摊匀。牵马的几个人走远了。巴思坎得尔跳进栅栏，走过去拎起一把用来铲除马粪的木柄铁头的东西（后来他知道那叫铁锨），飞快地朝那人闪过去。

巴思坎得尔记得，对方听到响声后回过头来惊诧地瞪大了眼睛。他猜测那人木呆呆地立着没有逃避是因为他觉得横空出现的不是一个可怜的牧人。牧人们已经不会反抗了。两年多的镇压剿灭之后他们的逆来顺受形成了一种趋势。那些桀骜不驯的骑手，在打算永远不低头的最初时刻就已经献身于枪弹或刺刀。那么面前这个端着铁锨朝他扑来的莫非是荒原鬼怪？披肩的乱发上下掀动，血红的牛卵一样凸起的眼睛具有惊世骇俗的力量，一脸鳖黑的垢痂，龟裂的嘴唇上糊满凝固的血浆，而龇出的两排牙齿却晶莹如雪。那人被吓呆了。巴思坎得尔发出一声撕心裂肺的大喊之后就将铁锨平插过去。那人倒在地上。铁锨迅速扬起来又孟浪地拍下去，拍扁了麒麟军马夫的头颅。咔嚓一声锨柄断了。巴思坎得尔扔掉手中那半截锨柄，跳过去藏匿到马棚里面，等了一会儿见没人来察看这里发生了什么，就从一个个立柱上解开了拴马的缰绳，然后摸出火石打着了一堆还没有投入料槽的青干草。他左一抱右一抱地把燃烧的青干草分散到马棚各处，瞅准一匹青灰色的骠马，扑过去拽住马鬃飞跃而上。

马棚被点着了，火势很快变大。所有的马都跑向栅栏门口。没有拴死的栅门被挤开了。转眼之间排排房舍之间的通道上有了马群的奔腾声。巴思坎得尔搂住青灰马的脖子，侧身贴在马腹的左边，在马群的裹挟下朝前奔去。失火了。马惊了。许多人大呼小叫着从房舍里跑出来。但他们没有能力阻止马群的疯跑。甚至有人竟像对待人一样对它们鸣枪警告。于是马群的奔势更加疾骤狂妄。它们沿着熟悉的路线一直跑向院子的大门口。门顶的哨兵慌忙放下横木。马群被拦截在那里，拥挤碰撞着喧闹不已。几个人举着鞭子从后面追过来。马群突然改变了方向，顺着围墙跑向院子的另一侧。只有那匹青灰马被巴思坎得尔控制着，马头依然朝向门外的原野。等到堵在前面的马跑开后，巴思坎得尔从马腹的左侧翻上去直挺挺地坐到马背上。他吆喝了一声，双腿猛然一夹，马就开始扬蹄奔驰。马是草原的神骏，人是出色的骑手。青灰马穿越门洞连续跃过四道横木。空间顿时阔展了。巴思坎得尔心旷神怡。他觉得自己不是在逃跑而是在进攻，尽管从身后传来了追杀他的枪声，但听起来却异常遥远。他策马往北奔驰。北方的淡云下面有一些新开耕的农田，有一片低矮凌乱的村庄。他觉得麒麟军的人马绝对想不到他会出现在由他们庇护着的外来人居住的地方。

在这荒原的多难之秋。故人相逢，难道不应该紧紧拥抱吗？双方都没想到他们会在这里碰面，双方都保留着骑手的单纯和热情。

达克帕罗，你好啊。你和我一样活着，你的本领一定比我高强。

巴思坎得尔，我见到你就像见到了荒原的影子。如果你的本领不比我高强，你怎么会有自己的马呢？我们的马都被没收尽了，我们现在都是种庄稼的。我个人只有两只羊。走啊，到我们村庄里去，为了你的到来，我会用我的羊和我的女人招待你。

巴思坎得尔丢开马缰，禁不住扑上去拥抱他过去的仇人、今天的难兄难弟。达克帕罗的双臂也用同样的热情回报了他。接着他们又说了许多话。巴思坎得尔提到太阳每天最先照耀的果果哈奇西部荒原，提到赤狼草原的甘饴温馨，提到轰轰烈烈的强盗事业，提到替他而死的阿克狄拉。达克帕罗说起他曾经在吉拜格草原率领野骛人和麒麟军殊死搏斗。最后当野骛人全部壮烈牺牲只有他一个人成为俘虏的时候，他异常怀念巴思坎得尔。他警告自己的敌人，荒原上有许多像巴思坎得尔那样英勇善战的骑手，如果你们遇上他们，你们的末日就来到了。巴思坎得尔听了哈哈大笑。达克帕罗又说，麒麟军把他押解到这里，强迫他和另外十多个从别处俘虏的荒原人耕田种地，过外来人的那种乏味无聊的生活。他们的村庄里一大半是外来人。他们和外来人针锋相对，从来不打交道。巴思坎得尔问道："为什么你们不杀死他们？"达克帕罗苦苦一笑说："还是把这样的荣耀留给你吧，你是荒原真正的英雄。"巴思坎得尔又笑了，并不是由于听到了赞美，而是他从对方的口气中听出，他们过去的恩恩怨怨已经冰释，已经成为应该遗忘的一部分了。在农田的边缘，巴思坎得尔牵着马和达克帕罗并排行走。后者肩上扛着一把巴思坎得尔曾用来拍死过敌人的那种铁锹。临近村庄时他们停下了。达克帕罗把他领到一座土峁后面要他静静地待在这里一直到天黑，因为一个陌生人出现在村庄里是非常显眼的，外来人看见了说不定就会去报告给麒麟军。巴思坎得尔很不痛快，觉得这种谨小慎微的举动是对他的小觑。但他还是应允了。他想达克帕罗也是一名剽悍的骑手，他的主意定然有他的道理。

夜半，巴思坎得尔在达克帕罗的引导下来到一座土坯垒起的房舍前。他将马拴在房前一棵失去了树冠的红桦树上，跟着主人走了进去。里面有油灯黄灿灿的光亮，有食物浓郁的香味。几个人在说话，浪声浪气的，全然不在乎客人已经来到他们面前。达克帕罗要拉他坐到地毡上，左右两边的人很不情愿地挪动屁股给他们让开一块空地。已经不一样了，他们变得不像牧人，至少不像纯粹的牧人。而牧人，对待同样也是牧人的来客是要起身迎请的。他想着坐下来朝四下看看。在围坐着的人的背后，一个敞胸露怀的女人斜躺在几张连缀起来的羊皮上。达克帕罗告诉他，那是给他们烧水做饭的女人，是这个村庄里唯一的荒原女。她在夏天生出了自己的第三个孩子，并且是带有灵根的一种。按照荒原的习俗，她被他们别无选择地认定为本年度繁殖力最强的女人。巴思坎得尔尊敬地朝她点点头。他知道，这种女人如果处在过去她自己的部落中，一定会成为最有声望的崇拜对象，所有关于女人的问题和女人的纠纷将由她来评判定夺。但接下来达克帕罗又告诉他，这女人已经把自己的三个孩子全部用头发勒死了，因为她说那不是荒原人的后代，那是几十个外来人先后强行占有她的结果。尽管如此，她依然得到了村庄里十多个荒原人的崇敬。他们用欲火代替柴火不断烧烤着她。在巴思坎得尔到来之前，她已经和在场的所有男人公开交合。

这时那女人侧头平静地望着巴思坎得尔，似乎觉得他的到来是最自然不过的事。巴思坎得尔冲她笑笑，就像对老熟人微笑那样，给人一种轻松随便的感觉。在她的凝望中他端起一碗滚热的羊油，咕噜咕噜几口灌完，又抓住一节血肠塞进嘴里，嘴顿时变得奇大无比。一会儿工夫，那些人吃剩下的血肠和羊血被他清理得一干二净。他又拿起一块羊肋条奋力撕咬，直到肉去骨净。别人都看着他。他用舌头舔着嘴唇，两只大手在破烂不堪的衣袍上蹭蹭，便起身走向那女人。女人霎时兴奋了。生活的热流在洼野的一角如春如雨如梦如歌。

很快完成了男人的使命，很快有了幸福的困顿，很快觉得一切都令人满意快活，巴思坎得尔穿好衣袍返身入座。让他销魂的那个女人绕到他前面坐进他的怀抱。人们欣赏地冲他眨眼撮鼻。他长长地打了个哈欠，搂着那女人躺倒在地毡上。黑暗就在这个时候驱走了油灯的光亮。什么也看不见什么也就不去预想。巴思坎得尔发出了惊雷般的鼾声。大家也都睡了。

似乎刚刚打了个盹天就骤然放亮。在旷野里警觉惯了的巴思坎得尔首先醒来。他看到临睡前被他搂紧的那个女人已经离开他，头枕着别人的大腿，脸上似笑非笑地沉浸在莫可名状的清梦里。他侧身蹭过去推推她，看她不醒，就用胳膊支着自己的脑袋仔细审视她那张倦意茫茫的面孔。蓦地，他愣了，一丝遥远的哀愁不期然而然地掠袭而来，伸展着回忆的脑子里豁然一亮，他犹犹豫豫地用唇尖轻轻唤出了她的名字："尚席娅？是的，是她。你好啊，尚席娅？"她似乎听到了他的呼唤，头轻轻摆动了一下，而沉重的眼皮却依然紧紧闭合着。他继续说下去："尚席娅，你当然知道我是谁，可是在昨天晚上我和你紧紧拥抱时你为什么不说出你的名字来？你活着，你的丈夫那个又细又长的骑手在哪里？你怎么来到了这里？你打算怎么办？就这样一辈子待在这个外来人的半死不活的村庄里？"她不回答他。但他确信她是听到了他的话的。她之所以佯装睡着是因为她自惭形秽：她成了大家共有的女人，她给外来人生下了孩子，她已是一个没有爱情和没有姿色的女人了，甚至可以说她的生命正在枯竭，她的肌体正在退化，她的欲望包括占有美妙时光的欲望正在减淡，她已经老了，至少对她那毫无希望的黯淡寂寞的心灵来说是这样。过去的时光太美好，但好时光里他对她的爱情却很少甚或没有。现在似乎可以无所顾忌地去爱了，可好时光已经消逝。没有了好时光，女人算什么？巴思坎得尔无声地嘘叹着，眼光离开那张懵懵懂懂的女性的脸，极其悲哀地扫视着那些在地毯上横七竖八的人。一会儿他站起来，亮亮地咳嗽了一声便朝门外走去。没走几步他又回过头来。他想起自己刚才怎么没有瞥到达克帕罗的身影？他又把那些人扫了一遍，摇摇头来到户外。

在清晨的蒙蒙薄雾里他朝地面哗啦啦地射尿。完了，他紧好皮袍腰带，心思沉沉地跛着步子，猛抬头看到那棵孤零零的失去树冠的红桦树边自己的马不翼而飞。他着急起来，回想自己昨夜进门前是否没有把缰绳拴牢。正想间他听到有人骑马走来。那是达克帕罗。他大步迎上去，就听对方厉声质问道，你要干什么？他奇怪，他想回答说他不干什么。这时他发现达克帕罗身后，白雾之中出现了许多乌黑的沾带着露水的枪口。他像羚羊见到猎人那样本能地转身就跑，却见从房舍背后闪出一队人马来，同样用乌黑的枪口对准着他。刹那间他明白是达克帕罗出卖了自己。他激愤地怪叫一声，就朝荒原的叛卖者扑过去。他扑倒了对方，并且挥拳猛揍。但结局是可想而知的，最终被征服的依然是正义的强盗。他被麒麟军的人七手八脚地捆绑了起来。达克帕罗似乎害怕那一双眼睛的瞪视，快快走过去隐进房舍然后从窗户里朝外窥伺。那些被惊醒的昔日的牧人这时全都涌出门外。从他们板滞呆傻的神情里巴思坎得尔又一次感受到了绝望。他们是被驯服的一群。而不驯者的孤独也许正是由于同类的麻木。他微闭了眼睛，觉得同类那些佝偻的身躯，那种惊恐怯懦的样子，比自己，比流血还要惨不忍睹。

他被他们用一根长长的绳索牵引着，后面有人用马鞭狠抽他的脊背。他像一匹劳役的牲口不得不跟着他们走。他左右看看，见他的两边是几十支对着他的枪，这使他更加清晰地认识到，能够征服荒原的不是这些瘦小的外来人，而是那些该死的神妙的枪。他忍受着鞭打的疼痛，愤恨而无奈地咬破了自己的嘴唇。

这时太阳刚刚升起，就在前方，正对着他，偌大的金红色的轮盘渐渐悬上天空。阳光斜洒而来，粗硕的光柱横扫着草原。白云变色了，变成了血红的一片。一片血红铺天盖地。烂漫如火的果果哈奇，你的美丽就是你的罪孽。巴思坎得尔想着一下子跪倒了。他要朝拜太阳，朝拜神祇，朝拜凶险的命运。他轻声祝告一句："神啊，我为什么还不死？"牵引他的那个人使劲拽拧着绳索，直到将他拽得趴倒在地。他的面颊被石头蹭出了道道血印。牙齿咬破的嘴唇上流淌着鲜花一样耀眼的红色唾液，滴滴滚烫，就像昨夜女人大腿间的那种温度。蓦地他想起了尚席娅。他挣扎着直起腰回过头去。他看到的仍然是那些麻木不仁的牧人，仍然是对他这个昔日的强盗的无限怜悯。不，他不需要这个。他需要他们以及荒原对他的崇敬，需要尚席娅——女人的悲切以及对他的依依别情，需要男人和女人对麒麟军的种种义愤填膺的表情。他觉得如果满足了他的这些需要，他就会再次成为一个智勇双全的强盗，就会一跃而起，甩脱绳索，甩脱枪弹的追踪。他会在一个适当的时候呼唤神明的帮助——降下一天拳头大的冰雹将麒麟军和所有的外来人统统砸死。咚的一声，他又被那根绳索拽倒在地。这次是鼻子触在了地面上。紫红色的浓稠的血汩汩流淌，但他感觉到的并不是皮肉的痛苦。在心里，他依旧在喃喃地说："尚席娅，你为什么不走出门来送送我？"

半年以后，巴思坎得尔和另外一千多名囚犯被麒麟军的一营人马押解着,穿越丹那山幽旷深邃的峡谷,来到慕腊特河下游的帕加草原,在一个被荒原人称作赛勒日桑加的树林边安营扎寨。赛勒日桑加的意思是鬼不饶绿地,那儿埋葬了许多被麒麟军杀死的荒原人的尸骨。当成群结队的鬼魅像人一样繁殖出成群结队的儿子孙子时,它便成了复仇的象征。按照麒麟军总部的意旨,囚犯们来到这里是为了依靠那丰盈的牧草,依靠从树林里流出来的源源不断的溪水,建造一座牧放和培育军用马匹的牧场。同时还要开垦一部分荒地,为驻扎在果果哈奇的麒麟军提供给养。

看我们仁慈得就像你的父亲一样。虽然你杀了我们的人,但我们并没有处死你。不过,如果你不老老实实给我们养马和种地,你的下场就跟你种的麦子一样,到时候只要我们一挥刀,嚓一声,就会把你拦腰截断。

巴思坎得尔忘不了看押他的那些人在他耳畔唠叨过的这些话,但他并不相信。一是因为据他的经验,他们杀人总喜欢用子弹而拙于用刀,除非他们想剜取他的苦胆去壮他们的胆,但那也不一定非要把他拦腰截成两段。二是因为他觉得他们标榜的那个仁慈距离他们统治下的果果哈奇十分遥远,就像河流指着映入水面的月亮说它拥有月亮是多么伟大一样滑稽可笑。至于他们没有让他杀人偿命这件事,反倒说明他们的本性里流淌着更加凶残的毒素。在他被抓起来后不久,他就知道那个让他用铁锨拍死的马夫并不是麒麟军的一员。他是一个会给牛马治病的外来的移民,被麒麟军强行拉去照看那些抢掠来的马匹。在麒麟军眼里,这些外来人和荒原人的地位不相上下,都是可以让他们任意役使的牲口。死了匹牲口而且是劣等的牲口又算得了什么?他们会说,本地的土种马踢死了一匹外来的马。这是一个令人鼓舞的发现,因为从此以后除了全副武装的麒麟军之外，他再也没有必要对其他外来人做出听命服从的样子了。他甚至可以把对麒麟军的仇恨发泄在这些外来人身上。他们也是占领者，尽管是被迫的。

军马场很快就建造起来了，包括马栅、房舍和监狱。但麒麟军的人马无一例外地得了一种烂肉、烂心、烂肺的病，像竞赛悲惨那样一个个在极其痛苦的状态下死去。显然是鬼不饶绿地起了作用。赛勒日桑加，考茵勒角斯——在巴思坎得尔的怂恿下荒原人都这么念叨。念叨久了就变成了呼唤。他们有意无意地在呼唤魔鬼的白生生的牙齿。以后，陆续到这里来看押囚犯和守护军马的麒麟军，就在荒原人的这种呼唤声里告别了被他们认为是非常可爱的人生。死了还会来，来了还会死。仿佛这里居住着一位吃人的魔女，用她的美貌永无休止地诱惑着那些色胆包天且不知深浅的男人。奇怪的是，和他们同住一地的囚犯中间，荒原人却一个也没有染上这种病，外来的囚犯也很少有烂肉烂心而死的。所以鬼不饶绿地又成了神明保佑荒原人和所有卑贱者的福地。

但是，这并不意味着巴思坎得尔和那些容易怀旧的荒原人喜欢这块福地。他们只不过是把它看作了一种借助于神祇的报复手段。他们真正崇敬的神祇并不在这里，在别处，在他们的家园和那些曾经留下了他们征战痕迹的地方。说到底，他们崇敬和向往的是他们自己以及那种野牧万里、平岗漫岭的生活。所以在那些沉闷寡淡的岁月里，他们尤其是巴思坎得尔最容易做的便是回想，或者说，他终于能够丢开面前的生活而去静静回想往日的风情了。那煊赫一时的部落，那目光粲然的女人，那可以用侮慢的态度对待一切的蛮悍的自己。那黑母牛奉献着涓涓清流、无涯秀色的茫茫原野啊——一个男人怀抱着一个孩子，骑在一匹马上，后面跟着一只母羊。母羊的肚腹上垂吊着盛满奶汁的皮口袋。皮口袋摇摇晃晃，里面的奶水不尽不绝地流向孩子的嘴。不久，他的眼睛亮了，耳朵明了。除了啼哭他还会微笑，除了让人抱他还会走路。巴思坎得尔用对女人的缠绵怀念着那片原始丛林的葳蕤繁茂，回想起在他孤独地离开父亲后丛林就和他的童稚一起消逝的情形。于是，直到现在他还相信父亲对他的期望便是神明的期望：他是一个伟大的人物，了不起的英雄，在他出生之时和出生之后，他克死了母亲，接着又克死了父亲，克死了中部洼野最神奇的地方——鸟兽出没的原始丛林。而丛林被烧毁之后那儿再也没生长出新树来。森林是黑母牛变的，从它身上能流出许多奶液般诱人的泉水。可是它死了。洼野里星罗棋布的水沼也就逐渐干涸了。从前父辈们看到的那种到处都是银盘似的泉眼，到处都有汪汪的一片静水的景色，在持续了万万年之后，突然在他这一辈子里变成了不可企及的传说。仿佛一个老人讲完了一个故事，就和故事中的美情妙境一起溘然仙逝，留给活人的仅仅是憾恨和悲悼。

　　巴思坎得尔回想起他刚刚成为囚犯时在果果哈奇中部洼野度过的那半年时光。那时最平坦的土地已经被最迅速的开垦计划蚕食干净。麒麟军只好把他和另外一些外来的囚犯驱赶到丛林消逝的地方，让他们挖掘那些古老的树根。按照麒麟军的打算，全部树根挖掘干净后这儿又将出现十多万亩农田——又是一片翻起黑色土浪的被迫奉献的地域。这就是说，他们要让死去的黑母牛重新长出油光闪亮的皮毛来。巴思坎得尔对此痛恨已极却又不得不为之卖力。令人振奋的是，一个雨骤云横的日子，尚席娅从云里雾里走来，来向巴思坎得尔报告一个让她自己欣喜不已的消息：考茵勒角斯居住在了她身上，她已经是魔鬼的化身了。如果神明赐给她永恒不息的生命，她将用白生生的利牙咬死所有进驻果果哈奇的外来人。她拒绝巴思坎得尔对她的亲热和怜悯，同时又肆无忌惮地向看押囚犯的麒麟军和别的男人抛掷着她的浪情。于是可怕的事情发生了。就像当初柯柯人在茫拉巴音河畔领教过的恐怖那样，许多人献身于花柳病的灾难之中。而作为瘟疫源泉的尚席娅却时时刻刻微笑着，向所有死去的和病倒的人招手致意，甚至在睡着的时候她也从不把笑意收敛在心里。后来她走了。在向巴思坎得尔告别的那一瞬，她出人意料地流下了两行浑浊的泪水。她乞求巴思坎得尔在内心深处原谅达克帕罗的过错，因为后者毕竟是荒原人。巴思坎得尔告诉她说，一切都是命中注定的。能吃到嘴边的羊让它跑它也跑不了，不该飞的走兽给它插上十个翅膀它也飞不走。当荒原到处布满了陷阱而你不得不跳进去时，无论跳进哪一个陷阱，对他都是一样的，因为一个荒原人只接受结果而不接受原因。他答应了她的乞求，从此便把他的仇人、荒原的叛徒达克帕罗抛在了脑后。不久，囚犯们也在一个漆黑如墨的夜晚被一些新来的麒麟军押解着离开了那里。因为巴思坎得尔不厌其烦地告诉别人，考茵勒角斯一旦出现，它所生存的地方每一缕空气、每一块石头、每一滴露珠都会沾染魔鬼散发的毒素，那白生生的锐利的牙齿会借助阳光的力量穿透人的肌肤。

尚席娅，骑手的爱人，一个备受外来人凌辱的微不足道的荒原女，延宕了麒麟军政权对十多万亩土地的开垦。这也就等于她依靠魔鬼的力量为果果哈奇中部洼野保留了一片未开垦的处女地。死去的黑母牛似乎是可以复活的。这是巴思坎得尔的希望。为此，他深深地感激她。尽管这感激之情在经过风剥雨蚀后早已变作淡烟薄雾飞向十分遥远的记忆深处。但是夜深人静，萧瑟的扰扰攘攘的生活走向不曾到来的明天的曙色时，他唯有进入记忆深处才能看到自己真正的形象。而白天，这形象是模糊不清的。他知道尚席娅走向了麒麟军更为集中的地方。他站在掘出地面的大树根块上眺望远方。什么也没有，除了风、云、山、原。他意识到他这一辈子曾经无数次地眺望远方，无数次地什么也没有望到。就由于他什么也没有望到，所以他还要无数次重复眺望远方的举动。他因此而想到，人的生存的动力是失望而不是满足。他必须失望，假如他还打算行动的话。

许许多多的时光就在这种眺望远方而什么也没有望到的举动中度过了。接下来的依然是眺望。远方什么也没有。有的，只是一场黑沉沉的噩梦。他提醒自己，噩梦中的巴思坎得尔是不真实的。

如果不是一座飞来的沙山横亘在帕加草原通往果果哈奇中部洼野的那条路上，谁也不会意识到草原的退化已经在荒原各处全面开始。那是初春的季节，连续刮了整整半个月的狂风，于是沙山出现了。人们很久才明白，狂风飞越丹那山的峰顶送来了中部洼野的消息：那儿已是浑黄一片了。那儿的黑母牛根本没有复活的希望。又过了一年，也就是巴思坎得尔作为囚犯的第八个年头，飞来的沙山变成了五座，并且不断派生出许多小沙丘来。巴思坎得尔意识到那是一群繁殖力极强的猛兽，它们力大无穷，具有集体汇合时的那种势不可挡的力量，吞吃着分布在荒原各地的所有黑母牛。它们总是按照自己的风格横冲直撞而全然不在乎人在它们面前的祈求和诅咒。他感到恐怖，感到一种灾难深重的悲哀正在通过他的周身让他的血液变得凉浸浸冷飕飕的，感到原野上到处都是坏死的疽洞，那是黑母牛的创口，是麒麟军对黑母牛万枪齐发的结果。慕腊特河流域的黑母牛就要死了，它现在已是毛发颓然、瘢疤累累。不过，他觉得自已没有必要把一种无可扭转的隐秘的哀伤传染给别的荒原人。当他们谈起这件事时，他总是小声说："我们为什么要诅咒呢？让沙漠覆盖那些丑陋而贫瘠的农田吧，他们的垦荒计划失败了，他们应得的惩罚已经到来。现在神让我们只做一件事，那就是幸灾乐祸。"他说的是假话，他想给那些比自己更容易丧失精神的荒原人鼓劲打气。他已经变得十分圆滑了。这圆滑是从外来人那里学来的。甚至说话时那种诡谲而谨慎的神态和那压低嗓门的语气也不无外来人的痕迹。

是的，八年的囚犯生活迫使巴思坎得尔学会了许多他原先深恶痛绝的事情，包括开垦荒地、春种秋收，包括脱离了自由的马背上的生活后对各种限制的服从。他在看押者的眼里不仅不是一个叛逆者，而且渐渐成了一个善于领会统治意志的人。因为如果他不善于领会就意味他要和枪杆子作对。他永远忘不了当乌黑的枪口对准那些曾经消极怠工，曾经在私下里嘀嘀咕咕的囚犯的时候，他们是怎样一批批倒向事先挖好的深坑里的。倒下去的囚犯中有荒原人也有外来人。他发现只要是囚犯，不管他是麒麟军的同族还是他们的异类，都会得到同样的待遇：要么像石头一样活着，他们扔向哪里就在哪里老老实实不声不响地待下去；要么带着一种委屈乞怜的神情在枪声中轰然倒地。之后就再也没有人提起他们，甚至连为什么而死和死在哪里都无人传述。这似乎是最为可怕的。巴思坎得尔觉得如果自己必须献身，那绝对应该是大义凛然的；如果大义凛然的献身并不为人们所理解，并不为荒原所传颂，那就没有任何必要了。他应该活下去，直到他认为活着等于行尸走肉的时候再去中断生命。那就是说他要主动进攻了，他要自己给自己制造杀场。

生活展现在他眼前的契机终于到来了。十六名外来的囚犯聚集在一起逃离了看押地。茫茫荒原到哪里去找？麒麟军的人马在几经追捕而未能奏效后便求助于巴思坎得尔，要他给他们带路。他说："我一个人就能把他们找回来，给我一匹马，给我两天的食物。"对方怀疑他想伺机逃跑。他说："我能跑到哪里去呢？果果哈奇到处都是你们的人，你们的枪，而我离开了果果哈奇就等于是自寻死路。我为什么要逃？我的几百个同胞可以为我担保。如果我不回来，那就等于是我杀害了他们。这样，以囚犯中的几百个荒原人的性命作抵押，他单人匹马出发了。"他没有食言。他把十六名逃犯一个不少地带了回来。原因很简单，他们已经迷路了，如果他们不跟着他走，那就会被饿死，或者被野兽尤其是狼群吞没。实际上他的出现不仅没有带给他们惊恐反而让他们喜出望外，因为当他们意识到自己走不出荒原的时候就不期然而然地有了回到看押地的愿望。只是他们忘了回去的路该怎样走。

那十六名逃犯在回到看押地的当天就被枪毙了，而巴思坎得尔却因此得到了麒麟军的信任。他被提拔为农事大队一中队的队长，统管一百多名外来的囚犯。他们觉得让一个具有强烈的排外意识的荒原人去管理外来人，其严厉程度并不亚于麒麟军自己。排外和复仇之间并没有明确的界线。而巴思坎得尔认为他已经得到了一种补偿——当他必须屈辱地服从来自麒麟军的一切指令的时候，却能在一百多名怯懦的外来人面前趾高气扬，而且他对他们具有一种生杀予夺的权力。如果他们不听他的话，他给上面的汇报就很容易变成枪弹而射穿他们的肉躯。他感到有了些微的满足，感到是荒原的神明给了他一种捍卫荒原纯洁的权力，他必须像舞动手中的战刀那样尽其所能地发挥它的全部威力。他甚至可以自豪地宣称：他代表荒原人已经在外来的强权面前取得了一定的地位。那些会种庄稼、会做油饼的外来人比荒原人更具备奴性,他们不假思索地在他面前摆出了一副心甘情愿忍受一切苦难的样子。他在他们身上换回了荒原人失去的尊严。他颐指气使,动辄棍棒相加。而麒麟军寄希望于他的也正是他的残酷。在他的淫威之下他所领导的中队成了那一年全农事大队四个中队中开垦速度最快的中队。虽然这些被开垦的土地上后来并没有长出粮食,但麒麟军关心的是开垦而不是收获,因为只有开垦才能说明囚犯们所忍受的劳役之苦的程度。

度过了九年囚犯生活后的一个大雨滂沱的夜晚,巴思坎得尔受到麒麟军看押队的一个面皮白白净净的军官的召见。在一座昏暗的散发着霉腐味的房子里,那军官的脸上有了前所未有的和蔼。他说军队的人在这里不服水土,病死的太多,恐怕是要撤离此地的。但军马场不能撤销。为了不让囚犯过于集中地待在一个地方,巴思坎得尔和他的中队必须离开这里,去五十公里远的一片荒地上建立帕加行政村落,而你,巴思坎得尔,就是这个村庄的大庄头。巴思坎得尔一脸困惑,他不知道大庄头是干什么的,又觉得当一个身背手枪、腰挂军刺的军官要他做这做那的时候他不可能有别的选择。除非他的本领高强到刀枪不入,或者他有能力夺过枪弹,射杀所有的麒麟军。但他是吃过苦头的,他自觉没有这种能力。

军马场的麒麟军最终被魔女施展的法术逼走了,走了以后再也没有回来。几个被他们从囚犯中挑选出来的外来人做了军马场的领导,拿着他们赏赐的俸禄来发展这里的军马生产。囚犯们离开了枪口的监督自然也会离开囚禁他们的牢狱。他们成了军马场的牧人,在鬼不饶绿地南侧的平坦地上建起自己的村庄,养起了能够维持生计的牛羊。他们最近的邻居便是骑马只需走一日的帕加荒村,他们最容易接待的客人便是他们的老熟人巴思坎得尔和他治下的荒村人。巴思坎得尔在一次去军马场做客时发现，在一队作为囚犯刚刚补充到军马场的荒原人当中，竟有他的一个老朋友，那就是他以为早已死去的旺斯老河。

而这时，帕加荒村的人口已经增加了好几倍。在一个干燥的夏天，一批移民来到了这里，男男女女，拖家带口。他们来这里的原因是他们原先的居住地被水库的大水淹没了。水库是麒麟军修建的。谁也不理解他们把水库存起来干什么。好在他们对不理解的事情总抱着一种极其敬畏的态度，从不提出一星半点的质疑。如同他们从不提出他们为什么要来果果哈奇，为什么要居住在这种高寒冷凉、干旱缺水的地方，为什么要服从巴思坎得尔的领导。帕加荒村有了这一批移民更确切地说有了一些女人后，才成了真正的人间村落。巴思坎得尔因此开始了他的新生活，重新学习一切外来人约定俗成的东西，重新领有酋长的风采，重新理解自己作为荒原圣雄的使命。

第十一章　诸神隐没的岁月

十年后的一个秋天，死去了黑母牛的荒原到处都是旱象。天上无雨，家中无粮，死灭的气息又浓又厚，从四面八方汇聚而来，遮罩在帕加荒村的上空。饥荒一天比一天残暴地褫夺着人的性命，没有神明保护的人们已经无计可施了。昔日的巴思坎得尔今日的巴思坎得尔在掩埋了几十具荒村人的尸体后，来到鬼不饶绿地旁边的军马场求救于那里的荒原人。军马场的很多人都说："管毬那些外来人做什么？你到我们这里来，有你吃有你喝的。"巴思坎得尔说："我是大庄头，我不管谁管？过去我是管一个部落，现在我是管一个村庄。世道变了我没变，都一样，都一样。"旺斯老河说："不一样，不一样，你有自己的马，自己的牛，自己的羊群吗？你能天天吃到肉天天喝到奶汤吗？"巴思坎得尔摇摇头。旺斯老河又说："只要你来，我们给你凑一群让你吃肉的羊和几头让你喝奶的牛，你还可以到马群里挑一匹中意的马。"巴思坎得尔说："这个军马场除了石头别的都属于麒麟军，包括你们自己。当他们想把你们再次关进监狱的时候，牛羊和马群都不是你们的了。我不能出了水洼再进火坑哪。都一样，都一样，失去了自由的果果哈奇到处都是一个样。我还是回我的帕加荒村吧，在那儿我好歹是个大庄头。"旺斯老河说："要是单为这个，你就来做我们的头吧。我们可以骑在马上，围绕着鬼不饶绿地日日行走，就当是我们像过去那样自由自在地流浪。"巴思坎得尔说："如果不是为了争抢草原和征服敌人，骑在马上又有什么用呢？难道你认为在马背上吃肉睡觉会比在房子里更舒服些？好心的朋友们，我就要回去了，答应我的要求给我一群羊吧。我曾经是强盗，是诗人，这两种身份的人从来不做见死不救的事。"军马场的荒原人不胜惋惜。他们烧水宰羊好好款待了他一顿，然后每人拿出几只羊凑足一群交给了他。

　　荒原人热情地送别着他，都说："要是有什么难处再来找我们哪。"巴思坎得尔说："难处人人有，你们也免不了，需要我帮什么忙，就派人捎个音信来。"他知道自己是在说大话。如今的果果哈奇谁还会求助他这个穷愁潦倒的巴思坎得尔呢。那种救人于危难之中的荣耀早已不属于他了。他叹息着踏上了归程。旺斯老河吆三喝四地替他赶着羊群一直把他送到鬼不饶绿地和帕加荒村中间的那个地段。巴思坎得尔停下说："我的朋友，该是你回去的时候了。傍晚就要来临，太阳落山以后，即使你和我手拉着手，也会被黑夜隔断彼此依恋的眼光。不想分手是不可能的，分手以后的思念才是真正的依恋。"旺斯老河说："我送你来这里不仅仅是为了依恋。我想把一件埋藏心底的事情告诉你。那就是在许多年以前我曾经拥有过一个名叫金塔娃的姑娘。她美丽动人，温柔可爱。她的脸庞是初升的太阳，照到哪里哪里亮；她的情欲像春潮阵阵的河水，流到哪里哪里就会是湿汪汪的一片。我们日日夜夜相爱，在柯柯部落度过了三个年头。"

巴思坎得尔面孔冷漠地听着，内心却一下子回到了那个令人激动的年月：那场烧毁宁方特人的大火。大火之后的长途迁徙。金塔娃不见了，他站在旷野里凄厉地呼唤。他说："旺斯老河，你的诚实让我感动。但这些事情已经过去许多年了，你为什么还要告诉我？难道你是想让我相信我和她没有缘分从而取消我对她的怀念？"他看旺斯老河在使劲摇头，又说："你得告诉我她以后的情况，她活了多久？她是怎样死的？她死的时候有谁在场？"旺斯老河说："这些正是我今天想要告诉你的。我和金塔娃相爱的时候，柯柯邦主已经死去。部落分成了两部分，一部分是纯种的柯柯人，另一部分是具有丹那血统的人。他们互相残杀，时光在流血中变得漫长而黑暗。后来柯柯骑手们把丹那人的后裔驱赶出了慕腊特河流域中段。为了金塔娃，我跟着丹那人的后裔们来到了帕加草原。但那时我发现金塔娃已经不属于我了，所有能够骑马征战的男人都在追求着她。她成了他们崇拜的对象。她对他们说，帕加草原是梅尼诺人的天下，他们的王就是梅尼诺姑娘。也就是说，在这片土地上，只有女人为王，部落才能长治久安，生机盎然。而对你们来说，没有伟大的丹那女人就没有你们，你们服从的是你们的母亲而不是父亲。我是一个出色的丹那女人，我是属于你们大家的。拥戴我成为你们的王吧，我将带领你们战胜梅尼诺人的抵抗，将在今后的日子里让你们生活在一个强大的不可战胜的部落中。那时，丹那人的后裔们中间还没有产生一个能够服众的男人，于是她就成了他们的女王。正如金塔娃所希望的那样,她成为女王后的第一个战绩就是捉住了梅尼诺姑娘。就在现在你和我停留的这个地方,就在一个夕阳红彤彤的傍晚,金塔娃女王亲手杀死了梅尼诺姑娘。她说,让我吃掉她的双臂吧,我就会具有和她一样的能让男人们汗颜的挥刀射箭的双臂。于是女王的部众就割下了死者的双臂,并把它扔进了煮羊肉的铁锅里。她说,让我吃掉她的心吧,我就会具有一颗比她更加坚定,更加冷酷的心,因为我的心本来也是坚定和冷酷的。于是部众就剜出了死者的心。这时我说,神明教导下的金塔娃,你还应该吃掉她的眼睛,因为她的眼睛里藏有英武和凶猛的光亮,而你眼睛里除了善良和温顺之外什么也没有。你现在已是一个女王了,女王的温顺就是失败的标记,你的部落是不需要这种标记的。女王听了,点头同意。于是她的部众就将死者的眼睛用刀尖挑出来送到了她面前。当我亲眼看到她生吞下去两个湿漉漉的眼球之后,就悄悄离开了她。我要走了,我嫉妒她和别的男人的亲热,同时我相信这个世界上再也不会有我的金塔娃了。她吃了两个凶光四溢的眼球,她自己的眼睛就会变得凶光四溢。她成了另一个没有温情只有淫欲和残忍的女人,我当然不会再去留恋她。也希望别的男人会因为她的容颜的改变而抛弃她。我回到了吉拜格草原,又成了野鸳部落的一员。我对我们的酋长达克帕罗说起了一切,并怂恿他率领部众前去抢夺帕加草原的牛羊和女人。但我们势单力薄,我们把希望寄托在和柯柯人的联合进攻上。这种联合在达克帕罗的游说下不久就变成了事实。那一年夏天我们出现在帕加草原。为了对付我们,金塔娃女王需要更多的部众,她就把自己的名字改成了梅尼诺。于是所有的梅尼诺人都表示,愿意跟随她流尽最后一滴血。是的,他们的确流尽了最后一滴血,因为他们战败了。所有不愿意离开帕加草原的人都给我们献上了头颅。

梅尼诺女王带领着她的残部远远地去了。我希望达克帕罗乘胜追击，活捉梅尼诺，让她重新变成一个男人需要的那种女人。达克帕罗说，金塔娃已经不存在了，不光名字不存在，连那张美丽的面孔也不存在了。我活捉她又有什么用呢？柯柯人也没有去追击梅尼诺女王，因为当时最紧要的问题是和联合者如何瓜分帕加草原的财富。"

旺斯老河说到这里，仔细观察巴思坎得尔的表情。巴思坎得尔苦笑一声摇摇头说："如果正像你说的那样，金塔娃后来因吃人肉改变了自己原来的形貌，并且成了梅尼诺女王而流浪远方，那么你知道不知道这个女王和女王部落后来的结局是什么？"他看旺斯老河回答不上来又说："可我是知道的。她死了，她是被麒麟军杀死的。在那片神圣而高远的土地上，她的部落无一幸存。记住这仇恨吧，当我们不能把复仇变作行动时，我们更应该牢牢记住往日的悲惨和屈辱。现在，天就要黑了，我就要走了。临别的时候我只想说，我喜欢你，我和你是心心相印的。如果在你和金塔娃相爱的那几年里，你的确给了她真正的幸福，那我对你就只有感谢而没有抱怨。"巴思坎得尔说完这些话就赶着羊群走了。旺斯老河望着他那依然高大魁伟的背影深深地后悔着自己今天的举动：他不应该告诉巴思坎得尔关于金塔娃的事。因为事实上是梅尼诺女王烹吃了金塔娃又兼并了她所率领的那些丹那人的后裔。而他之所以要回归吉拜格草原，恰恰又是因为想怂恿达克帕罗去为金塔娃报仇。后来这个目的达到了。他们借助柯柯人或者说借助柯柯人对财富的无尽贪欲撵走了梅尼诺女王部落。贪欲的柯柯人把女王部落遗留下来的全部财富抢掠一空，之后又把进攻的目标对准了吉拜格草原。达克帕罗献出了自己的所有的十六把宝贝弯弓才使野骘部落幸免于难。旺斯老河久久伫立在傍晚的昏黑中，嘴里默念着金塔娃的名字。渐渐地他又变得高兴起来。是的，巴思坎得尔说了，他不应该对他存有半点负疚的心理。在那些值得回顾的岁月里，他只不过是做了一个荒原男人应该做的事，那就是对美好事物的贪婪与占有。他觉得巴思坎得尔虽然做了外来人的庄头，但他依然保留着荒原人固有的豁达与坦荡以及疾恶如仇，巴思坎得尔依然是可以信赖的。旺斯老河突然意识到，自己今天之所以要提起往事，并不是出于愧疚，而是想考验一下巴思坎得尔，看他身上还有没有一个可以称得上强盗的那种荒原男人所具备的一些品质。他想他回到军马场的第一件事，就是将巴思坎得尔刚才所说的话丝毫不差地学给那些关注着巴思坎得尔的荒原人听听。

　　巴思坎得尔把羊群赶回村庄，分发给那些贫病交加的农民，然后忧心忡忡地去田野里察看。他发现稀稀疏疏的庄稼已经枯黄，瘦弱低矮的茎秆大多趴俯在地上，那些穗头瘪瘪的没有结出几颗粮食来。这是又一种不祥的信号，帕加荒村也许就要从果果哈奇荒原消逝了。巴思坎得尔悲哀地预见到了荒村的未来，预见到他自己在一个寒风凛冽的早晨站立在一堆白骨之上，嗓音喑哑地唱着离别的情歌。那时他已经老态龙钟了。他之所以还没有死是因为神明需要用他的衰颓来印证果果哈奇的衰颓。或者他的作用恰恰相反。假如荒原的神明不再保佑他而去保佑一茬接一茬的麒麟军，那他就只能瑟瑟发抖着去映衬别人的蒸蒸日上。他不情愿这样。他的永远不情愿衰颓和低人一等的心灵就在这个时候给了他一种隐晦的暗示：没有帕加荒村就没有他巴思坎得尔，而一切兴衰荣枯的变化都得依赖于某种指令。这不是神明的指令却似乎比它更有效应。他想着离开田野，回到荒村自己那间被村人称作鳏夫窝的土坯房里翻来找去，见没什么吃的可带，便出门来到刚刚宰了羊的村民家，要了几块生肉揣在怀里，匆匆忙忙朝慕腊特河走去。

第三天下午他听到了河水哗哗的流淌声，看到河对岸笼罩着一层静止不动的铁青色烟岚，烟岚深处隐隐约约有一些参差错落的建筑。他知道自己已经来到了城镇的边缘。这儿是慕腊特河流域的政治文化经济中心，是首府，是麒麟军的将军们向这片开阔的荒原发号施令的地方。他对滩边的一颗卵石说："去告诉黑心肠的将军们，帕加荒村的大庄头来了。"卵石听命地滚向前去，一直滚出了他的视域之外，因为他踢它的那一脚实在有力。他傲视着烟岚中的首府，觉得就像踢在了将军身上一样心满意足。

巴思坎得尔继续往前走，一直走到有桥的地方。他停下来，犹豫了半天，眼看天色就要断黑，才决定他应该以荒原人的尊严藐视面前这座混凝土浇筑起来的青灰色的桥。他们架起桥梁的目的是想让人们踏着平直的桥面走向对岸，他偏不这样。当他偏不这样的时候桥也就不存在了。他挽起了裤腿，踏进水里，走了两步，这才意识到过河挽裤腿是外来人的习惯。过去，二十多年前，部落还存在的时候，他们是只穿皮袍不穿裤子的。他又返回岸边，放下裤腿，忍受着浸骨的冰凉，自豪地朝水中走去。

他走过河去，浑身湿漉漉地站立了一会儿，便捡来一些河水泛滥时冲到河滩上的枯枝败叶，点起一堆篝火，极有耐心地烘烤着自己。火色冉冉的，迎来了黑夜，迎来了他的回忆——许多被篝火照亮的往事历历在目，最醒目的依然是童年的篝火：森林里，趁他去猎狍鹿的时候，父亲亚敦哥洛弃他而去。他孤独地守着那堆火，那一夜是多么的惊心动魄。可是，父亲亚敦哥洛万万没想到果果哈奇会改变模样，他的儿子会变成另外一个他完全想象不到的人——他不仅背叛了他们的祖先柯柯人，甚至还背叛了整个荒原和所有的荒原人。父亲，原谅我。他觉得自己的话是惊心动魄的，觉得以后还会有许多惊心动魄的时候来陪伴他走向遥远的未知。他烤干了衣服，然后就仰躺到河边滩地上望着天上的星星发愣。这发愣一直持续到他进入睡眠。他有了一个发愣的梦乡。

第二天上午他出现在首府的街道上。哪儿人多他就往哪儿走，哪里有门他就往哪里进。于是他逛遍了这里的商店和饭馆，暂时忘了荒村那些饥饿的百姓和无望的前景，忘了他是来找将军们的。当然他没敢吃饭也没敢购物。囊中羞涩，限制了他的所有欲望。他只是带着一种敬畏的神态，小心翼翼地推门进去，这儿看看那儿摸摸，好奇心一旦消失就又小心翼翼地出来。他明白这里面有许多莫可名状的规范和制度是他所不知道和不理解的，他不敢像在荒村，在遥远的草原上那样随心所欲。

现在他又一次出现在大街上，他的目的已经与商店和饭馆无关了，他的审视对象不是物而是人，更确切地说是女人，是女人的音容笑貌、精神气质以及由穿戴打扮所造成的那种能让他心驰神往的姿态与色彩。他左顾右盼着走去，尽量搜寻淑女艳妇的身影，突然发现一团极其耀眼的红色在自己面前晃来晃去，定眼看看，见是个穿着红衣红裤的女人。他从未见过这么鲜艳的红色，便不由得跟过去，一直跟她走进一座宽敞明亮的门厅。

这里是电影院，因为是包场，门口没有检票的。他跟她穿过门厅，走进挂着棉布帘子的影剧场，突然他被吓了一跳。里面漆黑一片，女人不见了，好像跳进了水里。前面是黎明前咆哮的海浪。他用手掀起帘子，站在门口一动不动。有人喊，要进就进，站在那里干什么？把帘子放下来。他明白自己一定是违犯了某种规定，便放下帘子赶紧走进去。这时水面上出现了一轮太阳，照耀得大海和整个影剧场都亮堂起来。他看到黑压压的数也数不清的人头波浪一样环绕在他的四周,看到自己站在一条狭长的过道上。他这才觉得面前的水浪和太阳都是假的,觉得这里面挺大,大得可以跑马,觉得那红色背影的女人已经消逝在了人群里,就像这时那张巨大白布上的水花正消逝在喧啸的大海中。他又朝前走几步,见身边有个空座位,就赶紧坐下,魂不守舍地左右看看。

　　银幕上的太阳已经高高升起,阳光下的海水由炭黑变成了奶白。接着大海越来越远、越来越小。出现了陆地和走动的人群。那些人跟他所见过的果果哈奇的外来人一模一样。他们一堆一堆的,挑着担子,抱着孩子,背着包袱,朝着一个方向缓缓行走。孩子突然哭起来。一辆汽车驰过去,车上是一群穿着麒麟军服装和背着长枪的人。他们面孔冷峻地互相说着什么。原野,有树,有村庄。下雨了,道路泥泞。汽车消逝在天边。天边是一些房舍,有高有矮,矮的就像狗窝,高的就像大山。一排排整齐的窗户把那些高房子分割成许多小方块。小方块里有人。他们从窗户里伸出头来俯视下面的街道。街道上车水马龙,拥挤不堪。几个很漂亮的女人扭扭摆摆地走过去。他发现她们穿的衣服是两边开衩的,能从侧面看到里面白嫩的大腿。他兴奋起来,半张着嘴痴痴地看着,眼睛大放光彩。突然一声巨响,整个银幕都被炸裂了。银幕上的世界溘然逸去。他腾地跳起来,看看别人都显得若无其事便又惶乱不安地坐下。响声不绝于耳,烟雾升起来,房舍从半空中轰然坍塌。凌乱的人群又哭又叫着疯狂地奔跑。蓦然之间,他有些迷离恍惚了。仿佛时间正在倒流,他看到了广阔无垠的赤狼草原,看到赤狼部落的骑手们目瞪口呆的面孔和慌慌张张左冲右突的队形,看到他们惨烈地张大了嘴,喊叫着,之后便是血溅肉飞、尸横遍野,看到麒麟军的炮弹凌空呼啸——原野的深坑，破碎的毡房，弥扬的野尘。他们来了，乌黑的枪口对准了骑手们，对准了强盗阿克狄拉。于是所有的一切都开始扑倒在地。

是的，他们扑倒在地了，但不是骑手们，而是麒麟军。麒麟军的血染红了街道、壕沟和银幕。一群长相跟麒麟军别无二致的人端着上了刺刀的长枪出现在血泊之上。银幕上有个女人的声音告诉巴思坎得尔，他们是日本人，是来自海上的强盗。他们打败了麒麟军，占领了南京城，开始屠杀无辜的老百姓。

那些老百姓和首府街道上的外来人一模一样，和帕加荒村的那些移民一模一样，甚至和果果哈奇的荒原人一模一样。他们被捆绑起来，拉到一面山坡前面对着日本强盗的枪口。枪响了，他们一排排地倒下去。突然有了一个深坑，很多妇女和孩子以及老人被占领者驱赶到了里面。坑沿上密密麻麻地站着一些男人，他们在日本人的逼迫下把土一锨一锨地铲到里面。坑里的人很快被埋住了。日本人朝后退去。嗒嗒嗒嗒，一阵机枪的扫射，那些活埋了自己同胞的人无一幸免地倒下去了。巴思坎得尔的身子不由得一颤。他觉得自己不能这样呆然不动，至少应该举起拳头为那些死去的人鸣冤叫屈。他举起了拳头，想喊叫什么却没有喊出来，喉咙里呼噜呼噜的，愤怒的粗气吹打着卡在那里的一口浓痰，让人觉得他像一只刚刚醒来的老虎，一睁眼就觅到了食物：一头鹿羔或一只羚羊。这时银幕上又出现了一场大火。大火是日本人放的，他们想烧死房子里面的女人。那女人在火海中乱跳乱滚，最后被黑烟遮去了。当黑烟散尽的时候，他看到另一个女人正在疯跑，跑了一会儿她就跑不动了。几个日本人围过来扑到她身上撕去了她的两边开衩的衣服。她赤条条地被他们轮番压在身体下面。后来一个日本人用刺刀对准了她的肚腹。就在那刺刀划出肠子的一瞬间，巴思坎得尔站了起来，吼喘着走过电影院的过道。他再也不想看了。他知道看下去的结果便是气得他肝肺迸裂。

他来到门外，阳光下的街道，街道上的淑女艳妇，艳妇中那个让他格外留意的红色的背影，一切都不存在了，只有一个意念牢固地缠绕在他的脑海：世界上最厉害的不是麒麟军，而是日本人，是日本国的强盗。遗憾的是自己作为强盗的生涯已经结束了，如果二十多年前，赤狼草原蒸蒸日上的时刻，他能看到这些海盗们不可一世的样子，他一定会带领骑手们前去征讨。那时他是果果哈奇荒原的伟大强盗，自然也想成为全世界共同敬仰的更伟大的强盗。他又一次觉得是麒麟军败坏了他的事业，觉得麒麟军纯粹是欺软怕硬的一群，觉得自己对麒麟军的看法应该改变了，他可以像二十多年前驱撵麒麟军的采金人那样继续蔑视他们。

然而，他突然又意识到，他更应该蔑视自己。麒麟军早已剥夺了他作为强盗的资格。他是败将手下的败将。他的命运已经证明：他，诗人加强盗的伟大的巴思坎得尔，已经堕落成全世界最渺小最无能的人了。他没有任何理由蔑视那些征服了他和果果哈奇荒原的外来人。外来人在日本强盗面前的卑微和怯懦只能让荒原人和昔日的叱咤风云的巴思坎得尔走向更加卑微和怯懦的地步。除非神明赐给他这样一个机会：让他重新领有可以纵情奔驰的草原和伟大的部落，重新成为勇武和智慧的化身，并带领由骑手们组成的远征队去讨伐日本国的海盗。如果他取得了胜利，他和荒原人就能够跃居于麒麟军之上而让果果哈奇恢复它原有的风貌。但这显然是不可能的。在他生存的这个空间里，在祖先骄横过也悲伤过的天空下，已经没有了强盗，没有了部落，没有了骑手，没有了歌声和自由，没有了草原和征服，没有了神恩降临的欢喜时刻。瞬间出现的崇高和胆略在瞬间消遁。现在，他依然面对着屈辱，面对着一个他必须向将军们乞求施舍的令人厌恶的时刻。

那一刻很快就到来了。他按照路人的指引来到将军们办公的一座高大门楼里，但接待他的却只是一个长着一张娃娃脸的将军的秘书。那人代表将军答应了他的要求，然后告诉他，目前麒麟军正在许多地方重演像当初占领果果哈奇那样的战争。战争难免流血，流了血就必须输血。他们需要大量的血浆，需要褒奖无私奉献了鲜血的村庄以便鼓励更多的人民投身于这种奉献。所以答应给他们调拨一批粮食的前提是，每一个帕加荒村人都要心甘情愿地用鲜血支持他们在别处发动的战争。巴思坎得尔沉吟着摇头不语。那人又说："谁愿意献血谁就有粮食吃，你看着办吧。"巴思坎得尔突然吼起来："我不办，不办。帕加荒村全是你们的人，你们看着办。你们不管自己人的死活，我管个毬。"这个"毬"字是他从外来人那里学来的。娃娃脸的秘书说："喊什么？这里是你喊的地方？实话对你说，征求你的意见是给你个面子，献不献血当然要由我们看着办。你走吧，谁也没请你来。"巴思坎得尔愣怔着无言以对。完蛋了，就这样完蛋了。他的使命完蛋了，帕加荒村人的性命完蛋了。他带着一种被粉碎的感觉走出了那高大的门楼，转眼消逝在人声悄寂的城镇外面。他想他是天不怕、地不怕的巴思坎得尔，他的威风在草原在故乡在未来的海上。欺软怕硬的麒麟军，你们打不过日本人就来打我们，就来欺负你们的同胞兄弟。总有一天，总有一天，我会让你们跪在我面前瑟瑟打战。我要让你们看看，你们打不过的日本强盗是我巴思坎得尔的手下败将。

巴思坎得尔在脑海里发泄着愤怒浑浑噩噩往前走，突然发现自己闯进了一条风带。那风带铺地而来，掀起无数沙浪滚滚流淌，像一条横空飞来的河流试图用迷蒙地吼叫着的波涛将他彻底淹没。他感到恐怖,感到了对土地的恐怖,可在过去土地对人从来就是温馨可爱的。他赶紧离开那里,没走多远,就见到了真正的河流。慕腊特河在平坦的河床上无声地流逝。它已经沉默了,再也没有二十多年前的那种扬波欢跳那种汹涌澎湃的情形了。他愣在河边痴望自己的投影。那投影摇摇曳曳时明时暗,像是要愉快地远去却又被他毫无道理地撕拽着。他正想将那影子拉回到身边踩到自己脚下,忽听有个声音惊诧地问他:"巴思坎得尔,你怎么在这里?"他回过头去,见是一个穿着牧家长袍的老人站在不远处的白刺丛里,便问道:"你是谁?你怎么知道我的名字?"老人说:"你已经不记得我了,我告诉你又有什么用呢?我从鬼不饶绿地那边的军马场来。那里的人说,军马场就要撤销了,他们没几天好日子过了。你为什么不到他们那里去?他们只要跨上马背就是骁勇的骑手,你只要肯指挥他们你就是光荣的强盗。荒原人的部落就要复活了。在一片冰天雪地里,部落的女人正在暖热阴寒的毡房。你为什么不振臂一呼?为什么不带头造反呢?你也快老了,快老的人还怕什么?难道气势磅礴的死亡不足以拯救你和你的荒原人日见消沉的意志和日见萎缩的灵魂吗?"巴思坎得尔惊异地听着,自言自语道:"我怕什么?我是怕麒麟军的枪口对准他们。他们是不能死的,他们有的还很年轻,他们要传宗接代,荒原人已经不多了。"老人沉默着,一会儿又说:"看来你的想法也是对的,或者说你给自己的胆怯找了一个合乎情理的借口。我无法反驳你,但是你要记住,神明一旦显现福光,那就是复活的日子了,谁也无法阻拦他们对首领的选择。你要是不答应他们,你就是死路一条。你要是答应了他们,你的心就平静了,你就会走向果果哈奇最高的山峰。在那儿,在一片冰清玉洁的神圣的境域里,有置放你的荣耀的地方。你的灵魂将从光辉的顶峰飞上云空,去和澄静的神明为伍。你的肉体将永久安卧着,保持最完美的庄严和威仪。"老人说完就走了。巴思坎得尔迷惑地望着他,直到他走向消逝。他突然惊悟过来:这个神秘的老人就是曾经给他指引过道路的坤都咒师。他还活着,他已经老态龙钟了。巴思坎得尔跳起来想追过去,却又戛然止步。他知道,老人该说的都说了。自己只要等待下去,命运之光就会照耀而来,不管是天堂的灵光还是地狱的黑光。

巴思坎得尔沿着慕腊特河呜呜咽咽的流水踽踽而行。前方,荒原衰草枯黄的潮线上,夭折了的秋季送来阴险的寒流。凄风和苦雨遮天蔽日的十月悄悄驻足了。

十月是滋生罪愆也滋生豪迈的日子。至少在巴思坎得尔看来是这样。他那在大荒之中任意涂抹人生、任意驱使生灵的孤傲心灵,经过天长日久的压抑之后,突然有了萌发的机会。——他意识到他在首府在将军们办公的高大门楼里丢去的光彩必须由荒村人双手捧还,因为他是为了他们才去那里的。他想到了月氏女。和过去一样,想到这个在荒村出类拔萃的孤身女子他就异常冲动,就会把她和金塔娃以及赤狼草原的诺戈泰姑娘联系起来。他想用热爱荒原女的那种方式去热爱月氏女,他觉得自己应该行动了。而所谓由荒村人双手捧还他失去的光彩的想法,不过是个借口而已。他雄心勃勃地去寻找她,看到她那苗条的身影在夜风拂动的田野里游荡,便凑上去说:"你是外来人,你见多识广。你知道不知道这个世界上有个日本国?"她说她知道。他忙问这个国家在什么地方。她说在东方。他想想,不错,电影上也说它号称是东方的太阳。他又问:"要去日本国怎么走?"她说:"一直往东走,走出这片陆地,就看见海了。日本国就在海上,是一座漂在海上的山。"他记住了她的话,然后就张开双臂毫不客气、毫无过渡地紧紧抱住了她,就像他当年拥抱金塔娃或诺戈泰姑娘那样,自信、有力而豪辣。接着又轻而易举地将她平摊在了地上。她惊愕地乱喊,她在反抗。可巴思坎得尔感觉不到她的反抗,心想,你呀,我的小蚂蚱,到了怀里还蹦跶。

月氏女有夜览星空的习惯。多少年了,这习惯带给她的是一种日见幽深的思念,思念那颗星星。那是她的情人。因为就是这颗星送她走进了辽阔的荒原。星星不走了,她也就无法离去了。她和星光同在,和星光同样具有辉映荒凉的作用。可是今夜,星星抛弃了她,黑暗彻底摧毁了她那孤心自跳的意愿。

田野里,一个深奥难懂、隐秘着神圣和不值钱的道德的女性,终于被巴思坎得尔揭露得有些浅显易懂了。当她那神圣的领域完全世俗化了的时候,她的发自肺腑的嘶喊,她的受创的兔子一般的乞求,就已经被四周的空旷无限淡漠了。任何形式的愤恨都是无济于事的。月氏女不再反抗了。大地喷出股股沙尘,荒村在风中舞蹈,苍茫的旷野上骤然出现了一些如刀如锋的皱褶,时而痉挛时而膨胀,发出声声怪诞奇异的叫嚣。巴思坎得尔站起来,用探询的眼光四下看看,丢下月氏女,快快往回走,在无数沙粒的拳打脚踢下,消逝在迷幻的风尘里。

第二天,月氏女失踪了。有人看见她出了村道后朝鬼不饶绿地的方向走去。

麒麟军的大汽车拉了一车人来到帕加荒村。他们带着铁桶带着许多透明的玻璃制品和长长的白色针刺,同时也带来了魔鬼的威严。制造这威严的是他们严肃的面孔,是军服和光芒四射的长枪短枪。他们一下车就让前来迎接他们的巴思坎得尔把全体荒村人集合起来,好像他们要进行一次集体大屠杀似的。巴思坎得尔忐忑不安地照办了。于是,从那个时候起巴思坎得尔的脑海里就有了一副色彩强烈的能够刺激神经的图画。仿佛这图画是他无意中在他那个鳏夫窝里臆想出来的,而不是他所经历的。但荒村人的结局会让他牢牢记住,那不是臆想。

不是臆想的狂风驻足了,天空变得一片澄碧,接着又是残阳如血。艳丽的浆汁从荒村人粗硕的血管里流出来,夤夜不息地流向无底深渊。一只只黝黑健壮的胳膊轮番伸向庞大的生殖器一样的吸血器,蟒蛇样的筋络扭动曲卷着拼命朝前蠕行。血腥的笑声从迸裂的筋络喷口层出不穷,后浪推动着前浪。荒野深处滚动不羁的沙梁也突然转换了方向,和血潮一起滚滚向前。而天上,遥远的残阳悄悄熄灭。高高的灿煜的星河骤然膨胀,无限量地将透亮晶莹的光斑洒向地面。下光雨了,人人都淋了个辉光满身。这光是有分量的,转瞬之间,当人人血去肉松皮囊空的时候,就被这辉光压迫得抬不起头来了。

饥饿中的抽血,抽血后的饥饿。大汽车和抽血人员以及整桶整桶的血浆早已消逝在了黄灿灿的地平线那边,而答应给荒村调拨的粮食却久久不来。

巴思坎得尔和所有具备思维能力的人都惊悟:祸患降临了,而他们必须乞怜于黑色的魔鬼、金色的祖灵和彩色的神明,否则这些就要成为骷髅的荒村人都将被人世间的挽歌送进这场由麒麟军点燃的无形的大火,成为赞助火势的油腻的柴草。

魔鬼在西方,祖魂在东方,神祇在北方。巴思坎得尔的强烈责任心又使他开始呕心沥血了。他以荒村首领的身份,率领那些还能伸胳膊动腿、睁眼睛望天的人，以水当酒，以沙作食，三方行祭。祭祀持续了三天。这三天的情形给巴思坎得尔的印象是刻骨铭心的，几年之后他还会想起来，想起当时他为了帕加荒村的生存所做的一切努力就像果果哈奇荒原妄想拒绝麒麟军的到来和妄图保持原有的宁静丰腴一样自不量力。他觉得那一刻自己身后的人越来越少了，而且都是些腰缠沉疴痼疾、身带残魂哀灵的人；哮喘着吞吐风尘的，弯腰弓背痴望大地的，佝偻双腿啃食沙砾的，叉开双臂以手代脚的，撕裂大嘴用狼叫替代祝告的。这些企望上苍恕宥以保全性命的人，全都成了破碎的行尸走肉。流浪的没有鼻子没有嘴的脸庞，孤独的白花花的眼睛，没有胳膊的手或没有手的胳膊，飘移的心脏，挪动着的一条腿，游荡的肝肺，等等一切都在大漠中荒村间寻找神祇的慈悲、寻找生命的依托。巴思坎得尔惊骇得眼仁蹦到了鼻梁上。他意识到许多人已经不在了，便在超人般的悲怜中停止了祭祀，蹒跚着去满村庄清点他的子民人数。

　　这是谁呢？他怎么也辨不清了。她躺在院中丈夫给她挖好的坟墓旁，干燥枯黄的骨架上披挂着抽去了血之后变得死白的筋脉网络。这网络再也不能散发湿润的水气了，人皮断裂，道道豁口嘶啦嘶啦地绽开，透过罅隙，可以看到萎靡不振的肺叶和收缩得只有小拇指甲大的心脏。那心脏十分钟跳一下，有时又突然会以极高的频率震颤一番。她用深坑一样幽黑的眼睛望着他，又恨恨地磨磨牙齿。他扑了过去，将自己多少还有点瘦肉的胳膊挤向她的牙缝，连声说，吃吧吃吧，就只有这个可以救你了。她痴望他，咬了一口，又咬了一口，接着便大口吮吸起来。残存的血从一个人体进入另一个人体，滋养着生命，浸润着干枯的灵魂。她终于又能活动了。巴思坎得尔很快离开她，又去别处用自己的血肉救苦救难。

可是，血肉已经没有了原始的丰盈和富足，他巴思坎得尔也是一个被圆锥般的透亮的吸血器吸过血的人。他之所以还能够保持一种首领应该具有的精力，完全是由于果果哈奇荒原在过去的岁月里厚爱着他并给了他一副健壮无比的体魄。现在这体魄已经衰落了，衰落了的血和肉是接济不了多少挣扎在死亡线上的人的。当他来到第五个人面前，将胳膊上有创洞的地方塞进她嘴里时，血已经不够用了。她咬牙闭嘴，抬起手指指下方。他意会了，从她的腿夹里掏出那个刚刚出生了一半的孩子，就要朝那小嘴里挤血。可孩子早已冰凉，凝固得像块石头。他说，孩子活不了。她明白了，点点头，随即闭合了眼皮。巴思坎得尔望望她又望望孩子，为他无力挽救自己的村民和村民的后代而深深自责着。片刻，他把孩子放到母亲身边，告别了母子相守的两具死尸，走向原野，朝空旷的天空发出一声孤独悲切的号叫：神啊，你在哪里？他没有听到任何回音，他想到自己这个自视高大的一代圣雄居然也有了天高人小、地大人微的感觉。他可怜着自己，可怜着自己的村民。可怜中他发现自己对自己的可怜也许就是神明对他们的可怜。由于可怜他们，神明的恩赐已经出现了。他看到在大千世界、自然万物中最不情愿作为食物的狼如今作为食物降临到了荒村人面前。

那狼就在不远处。无论是当时还是后来，巴思坎得尔自始至终都认为，这只狼的衰残是由于那些抽血的人误将犀利的针刺插在了它身上。它血去皮空，和人一样瘫卧在地上已经奄奄一息了。几十张流浪乞食的嘴团团围住了它，用无声的丧心病狂扑向同一个目标。在这一刻，狼比人更有自知之明。它不再挣扎，微弱地喘息着，扭过头去，用利牙一块块撕下自己早已麻木得失去痛苦的皮肉，又一块块丢给那些唾液腾飞的大嘴。巴思坎得尔看着没有动。他想自己要是也去抢食狼肉，整只狼让他吞下去也恐怕仅仅是胃囊半满。但这并非坏事。正是由于他仍然处在饥饿当中，才会以骑手冲锋陷阵的精神去直面另一只吃人的饿狼。

那狼是从西天方向跑来的，张牙舞爪地来为它的伴侣复仇。但在巴思坎得尔和他的民众眼里，狼的跑来不啻是神明用双手送来了又一堆鲜血淋淋的嫩肉。巴思坎得尔抢先扑过去了。就在他撕住灰色皮毛的那一刻，狼突然明白它遇到了更为凶猛残忍的动物。它恐惧地嗥叫着，身子一摆，弯过脖子来咬住他的手。巴思坎得尔以同样尖利的叫声回答着它的挣扎，一口叼住了它的脖子。狼疯了，剧烈地蜷曲扭动着想尽快逃命，但它马上发现活命的希望是微乎其微的，叼住它的口已不是一张，而是几十张。它开始哀号着乞求，顽强地乞求，直到它身上的血被人吸干。

吃了狼肉喝了狼血的荒村人又开始苟延残喘。好在麒麟军的大汽车终于又出现在了村道上。车厢里是一些装得鼓鼓囊囊的麻袋。巴思坎得尔带人卸下来，打开一看，全是麸皮，是麒麟军用来喂养家畜家禽的饲料。但这对荒村人来说，已是喜出望外了，谁也想不到去计较优劣。巴思坎得尔送走大汽车，把麸皮按人口分配给各家各户，自己饱饱地吃了一顿，便朝鬼不饶绿地走去。

在军马场他最先碰到的一排房舍前，他见到了月氏女。他不由得高兴起来，觉得曾经在一个瞬间里属于过自己的这个女人是个绝顶聪明的先知先觉。她知道荒村要大量饿死人，便来一个有吃有喝的地方躲避灾难。他发现她比过去变得结实宽厚了，而且从那红扑扑的健康的脸色和线条依然流畅的身段上，呈现一种继续宽厚的趋势。他一点儿也不诧异，觉得她过去在荒村吃的是五谷杂粮，身体自然就跟麦秆一样细弱苗条。现在她吃的大多是牛羊的肉和奶，身体如果不能像牛羊一样壮实粗硕，那就不合常规了。他相信祖先的训诫：吃什么补什么，吃什么像什么，吃什么爱什么。他走到她跟前，声音朗朗地向她问好，又说："你来到了一个好地方，我看你活得跟牛犊一样舒畅。可是荒村不行了，我也不行了。"他说着不免有些哀伤，又说："我来这里就是为了问问我的朋友我应该怎么办，我的晚年的归宿到底在哪里？我不愿意在荒村那样的外来人群居的地方苍老下去，那多丢人哪。他们会讥笑我，讥笑一个昔日的英雄竟会把牙齿脱落干净。"月氏女对他的话报以冷漠的一笑。她猜想他来这里的真实目的是为了吃肉，便匆匆走进自己的房舍，拿了几块风干的羊肉出来丢给他，然后便提着一只木桶朝一边走去。她是要去泉边打水的。她已经是军马场的人了。她有了自己的丈夫。她的丈夫是骑手的后代。

巴思坎得尔拿着那几块干肉去一个男人们常常聚会的地方寻找荒原人。他们对他依旧那般热情。热情的寒暄之后，他们变得和他一样思虑重重。军马场已经被宣布撤销，他们就要走了，去果果哈奇西部荒原开荒种地，过从前那种囚犯的日子。他们不愿意，他们做出种种设想试图逃避命运的安排，并征求巴思坎得尔的意见。巴思坎得尔说："逃跑是不可取的，在果果哈奇荒原，在每一个可以生存的角落都有麒麟军。赖着不走也是不行的，麒麟军会把所有的荒原人都用绳索串连起来然后用乌黑的枪口逼着你们离开这里。如果你们的腿不肯迈出去，那就只好倒地身亡。"巴思坎得尔的结论是：在果果哈奇荒原已经没有了荒原人的天空、土地和太阳。如果他们不愿意抛弃荒原，他们就必须听天由命，必须服从权力和枪炮的指挥。他们听了黯然神伤，甚至失去了请巴思坎得尔吃肉喝奶的兴趣。

巴思坎得尔又说:"我的朋友们,实话说了,我今天不是来吃肉的。我想知道你们有什么好主意来安排自己的出路,想知道你们的好主意里是不是包含了我的愿望。我觉得我晚年的归宿应该在你们中间。可是我没有找到满意的回答。我看到你们无所依归的灵魂正在向我靠拢。我必须回到荒村去,在寂静的黑夜里默想我们的前程。"他将那几块干肉揣进怀里,向他们一一道别。但就在这时,晴朗的天空突然滚过一阵惊雷,一脉闪电变作一枚针芒刺醒了他的自尊。他觉得自己有责任安慰这些惶惶不可终日的荒原人,否则他的存在就失去了一半意义。他又说:"我们为什么不可以再去寻找呢?我们谁也不知道果果哈奇以外的世界是什么样子的,如果我们还承认我们是骑手或骑手的后代,我们就应该拥有去更远的地方流浪和寻找家园的勇气。当初我的父亲从茫拉巴音河畔来到果果哈奇中部洼野,后来他的儿子又来到慕腊特河流域,又去了果果哈奇西部荒原,这是一段多么漫长的路啊,但是我们走过来了,走过来后就不觉得远了。你们要记住,只有没走过的路才是遥远的。比如说,如果我们一直往东走,走出这片陆地,就可以看见海和海上的日本国了。那时候,海就在眼前,海上的强盗每时每刻都会出现。但现在,你们说,海在哪里?海盗在哪里?远着呢,想也想不到。"他的话使军马场的荒原人觉得必须留住他听他继续说下去。他们又开始宰羊了。

多么美好的鲜肉,不等煮熟,巴思坎得尔就用舌头呼噜呼噜往肚子里搅着。他一言不发地一直吃下去,对他们提出的问题只用点头或摇头或嗯嗯啊啊的声音来回答。吃完了他说他要走,人家拉住他不放,问他去没去过果果哈奇以外的地方。他说没有。他看招待他的人个个显得异常扫兴便又说,他这一辈子一定要走出果果哈奇去,可能是去寻找新的家园,也可能是去海上和日本国的强盗做一次他这一辈子最完美的较量。他要让整个大海都知道他的名字，以此为丧失了自由的果果哈奇荒原争得荣誉，要让日本强盗明白谁是世界上最出色的强盗。在以后的几个月里，对他的这些话他有时会解释为呓语，因为他吃肉吃醉了。但听他说话的人却永远不能承认他们在极其严肃的状态下受到了他的戏弄。他们幻想着一种崭新的生活，幻想着用一种拼搏和献身的机会来洗清二十多年的羞辱。祖先的血液在他们体内是永远不会冰凉的。

巴思坎得尔要走了。他们恋恋不舍，希望他再来，希望他实现他的诺言：走出荒原，走向大海。如果有一天他真的要动身的话，他们非常愿意跟他一起去，而不管他要去干什么。巴思坎得尔微笑着答应了他们。这微笑是富有深意的。也许他在说，等着瞧吧，可笑的人们，我会让你们大吃一惊的，那就是有一天我突然死了，不是在海上而是在荒村。他明白，如果他真的要去向日本国的强盗挑衅，万一他死了，那是最自然不过的事情。一个强盗死在了征战厮杀的过程中，人们会说，死了么？反正总会死的。不是他死，就是海上的强盗死。但是巴思坎得尔觉得他多半会选择让他们大吃一惊的死。那时候整个荒村都会和他一起消逝。还有太阳、太阳的儿子月亮以及满天星辉。啊，天上的这些金红色的光亮，就要和他一起苍老，一起泯灭了。

巴思坎得尔浮想联翩地回到了荒村，在接下来的那些失去了主心骨的日子里，他脸上常常挂着那种富有深意的微笑。这微笑里隐埋着他在透彻了生命之后所表现出的豁达和诙谐。他觉得他就要老了，什么也不用干了，他的使命就是平静地等待老死于荒丘的那一刻；可又觉得既然就要老了，也就没什么可顾虑的，想干什么就应该去干什么。他为什么不能走出果果哈奇荒原呢？他为什么不可以前去和海盗们厮杀一番呢？他当然会死的，但在他死之前，无数（不，也许仅仅是数百或数十）海盗的头颅已经被他抛入深深的海洋了。于是一想到自己的死，他便那样富有深意地微笑着。在这种神秘而超然的微笑中，他记起了电影上看到的日本强盗的旗帜，那是一块白布，上面有一轮红艳艳的太阳。太阳只要升起它的目标就是落下去，只要落下去它的目标就是升起。而日本国，这个强盗的摇篮，这个东方的太阳，正如电影里所说的，已经落山了。他回忆着电影，突然有了一种伴随着忧急焦灼的联想：太阳落山了，日本国的旗帜倒下去了，海盗们再也不敢嚣张了，果果哈奇的强盗没用了。但他又觉得自己的焦虑是毫无根据的。他宁肯把电影上的话看作一串表达意愿的咒语，也不愿把它想象成事实。

　　一天，正当他百无聊赖地准备用睡眠打发又一个白昼的时候，坤都咒师走进了他的鳏夫窝。他困意顿消，因为他的预感告诉他，咒师的来临便是他的行动的开始，尽管他朦朦胧胧地意识到这种行动并不是一件值得欢欣鼓舞的事情。坤都坐在炕头上说："你的厄运来到了，如果你不离开这里，你将死无葬身之地。"他说："我很想离开这里，只是神明已经把我和帕加荒村的这些可怜的外来人牵连在了一起，如果我的死能够换来他们的平安，我作为荒村的首领为什么不能视死如归呢？"坤都说："神明并没有要求你这样做，他只要求你昔日的强盗永远忠于强盗的职责。强盗的灵魂便是果果哈奇荒原的灵魂，你没有权力把你对荒原的良知出卖给那些外来人。对他们来说你不过是一片浮云，你的离去和你的死去同样不能带给他们富足和一切好运。我的强盗，请你回答，晴天下的灾难和乌云笼罩下的灾难又有什么区别呢？我知道在你回答我的问题时既不能让我满意，也不能让你自己满意。所以我还要奉劝你，赶快离开这里。"

巴思坎得尔依然犹豫着。但当坤都提到军马场的荒原人很快就会被押解到果果哈奇西部荒原去开垦荒地时,他便觉得他至少可以暂时离开这些受他保护的外来的生灵,去送送那些苦难的荒原人。他对坤都说:"他们走后,在慕腊特河流域真正的荒原人就只有我一个了。他们会带走我的灵魂,带走我的歌声和希望。我这健康的肉躯就要成为一个空空洞洞的臭皮囊。我得去告诉他们,当我需要的时候,请把我的灵魂还给我。"坤都听了此话,高深莫测地微笑着,说他已经完成了自己的使命,剩下的事情便是告别。他要走遍整个果果哈奇,向荒原的每一寸土地告别,然后去寻找众山的祖父壮丽的阿西加坝雪山。他说他要沿着山道踏上天梯去和神明们交谈,请求他们保佑荒原吉祥如意。他将在那儿览尽人世的悲悲喜喜、荣枯夭亡,将看到世界从古到今还没有过的真正的明朗和平静。到那时月亮将长出翅膀变作洁白而柔情的仙鹤飞上他的肩膀,满天的星星便是这母鹤的无数个金蛋。新生的仙鹤不断破壳而出,其中一个要做母鹤的配偶。最后他又说,而你,荒原的血性凝成的巴思坎得尔,你所拥有的将是太阳。当你流血的时候,就有了晚霞与朝暾;当你疲倦的时候,就有了阴天和夜晚;当你光照人间的时候,世上所有的阴影与污浊都会被你的金光洗浴干净。坤都咒师说到这里,果断地走出了那座在风中摇摇晃晃的鳏夫窝。

两天后巴思坎得尔来到了鬼不饶绿地。他在密林深处停留了半天,于寂寞孤静中过滤着自己繁杂的思绪,发现所谓送送荒原人不过是个他打算抛弃荒村的借口,发现他已经不是现在的巴思坎得尔而是从前的巴思坎得尔了。他为此而高兴,浑身上下顿时轻松了许多,像个小伙子那样一蹦子跳起来,快步穿过了鬼不饶绿地的郁郁森林。

军马场遥遥在望,荒原人遥遥在望,骑手们南征北战的风姿遥遥在望。天空为他而湛蓝着,荒原也为了他而变得广阔无垠。他在心里用悠长的歌声问太阳:你为什么高高升起,你为什么如此火红?莫不是那个强盗呀,巴思坎得尔,又要开始他所向披靡的征程?这时他看到军马场的马群正在前方地平线上露出水光一般飘忽无定的一绺,看到一些骑马的荒原人从四面八方的土丘以及别的一些遮蔽物后面走出来,缓缓地朝他围拢着。他停下来回头看看,发现他刚刚离开的鬼不饶绿地里钻出一队早就埋伏在那里的骑手堵住了他的退路。好啊,你们早就把一切准备好了。他想着,解开衣扣,脱去了那一身外来人的服装,赤条条地挺立在包围圈的中央。包围圈很快缩小了,旺斯老河的声音朗朗地传来:

"巴思坎得尔,你跑不了啦。"

他脸上的肌肉一阵颤动。这是由于内心激动而产生的神经质的反应。他没有回答,他正在酝酿他的歌声。他就要东山再起了,他应该唱些什么才能对得起荒原的造就?

"巴思坎得尔,你跑不了啦。你现在打算怎么办?"

"我打算骑马奔驰,但这不是逃跑,而是想和你们在一起去拥抱快要落山的太阳。"他说着就唱起来:

为了跨上马背,
我挺直了强壮的双腿,
可是我的骏马在哪里?
为了拽住马缰,
我伸开了有力的大手,

可是我的骏马在哪里？

人群中有人喊起来："巴思坎得尔，你想做我们的首领吗？你想带领我们走出果果哈奇去捧来日本强盗的头颅吗？如果是这样，哪儿有牧草，哪儿就有你的骏马。"巴思坎得尔继续唱道：

我想走向敌人的营垒，
可是我的战刀在哪里？
我想站在队伍的前面，
可是我的骑手在哪里？
我想升起首领的大帐，
可是我的女人在哪里？

这时旺斯老河走上前，双手捧着一件皮袍说："巴思坎得尔，你是万能的强盗，你不想要的时候什么都没有，你想要的时候什么都会有。快发出你英明的指令吧，我们应该怎么办？"巴思坎得尔接过皮袍，穿在身上，豪放地唱道：

我们应该吃一顿肥嘟嘟的羊肉，
让女人陪伴我们，让歌声陪伴我们；
我们应该焕发精神焕发祖先的风采，
让力量陪伴我们，让太阳陪伴我们；
准备足够的食物缝好渡海的羊皮筏，
我们应该在麒麟军睡觉的时候出发；
朝着东方走向遥远度过漫漫的时光，

我们要寻找新家园此一去永不回返。

为了这歌声,人群从四面八方欢呼起来。紧接着巴思坎得尔发现自己已经坐到了马背上:这是一匹青灰色的年轻的骒马,是一个和骒马一样漂亮英俊的少年给他牵过来的。他抬头瞩望着四周,一会儿又骄傲地朝大家挥挥手,然后策马走上前去。前后左右的骑手们马上跑步过去跟在了他身后。他走向军马场的房舍,他知道在那儿女人已经为他煮好了香喷喷的羊肉和白花花的奶汤。他一直往前走,看到房舍前光秃秃的平地上支着一口冒热气的黑色大锅,一个女人正在锅边用两根树枝翻弄里面的羊骨头。那是月氏女,是这里为骑手们所拥有的唯一的女人。他突然愣住了,突然觉得事情远不如他想象的那般美妙。因为他想到这儿并没有别的女人,或者说荒原已经没有自己的女人了。面对一个没有女人的群体还能指望它有什么前途呢?一种巨大的悲哀奔袭而来,如同他想象中的海潮一样灌满了他的周身。顿时,悲哀的潮水通过两只明眸哗哗地流出来——他泪如泉涌。他意识到,他们的行动与其说是走向胜利的壮举,不如说是绝望中的虚张声势。真正的果果哈奇荒原已经不存在了,末日就要来临。当西边的太阳就要落山的时候,走向暗夜是荒原唯一的出路。

巴思坎得尔跳下马背,走过去站到月氏女跟前,静静地望了她一会儿,感叹地说:"我们就要走了。"她说她知道。他又问她:"你愿意跟我们一起走吗?"她淡然一笑,大声说:"愿意"。巴思坎得尔脸上带着被感动的神情准备离开,突然又觉得他应该说几句推心置腹的话,告诉她,他已经不是过去那个卑琐恭顺的巴思坎得尔了,而是光明磊落、一身浩然正气的强盗巴思坎得尔。他会珍视她的存在，会让她按照自己的意愿去生活。尽管他作为首领和强盗有权力在任何时候占有她，但现在他决定绝不挨她一下。如果他违背了自己的诺言，她有权掐死他，而他绝不会有丝毫反抗。他把这些话都说了出来。月氏女扔掉手中的树枝，两眼火灼灼地望着他，几乎是喊叫着说："我已经是荒原的女人了，我不在乎，今夜我跟你睡。"他没想到她会这样，没想到这时自己身后听到了她的话的几个骑手会发出一阵欢呼似的野浪的尖叫。仿佛胜利了，仿佛这儿出现了一种部落与部落之间的联盟。不错，这是他的胜利，是荒原的胜利。虽然她只是一个人，而且是个女人，但她却可以代表所有进入果果哈奇的外来人成为他们的联军，加入叛逆的行列。巴思坎得尔顿时有些激动，情绪又高涨起来。他拽住他的女人，走过去将她抱上马背，然后自己跨上去。他们走向她的房舍。她的丈夫——一个剽悍的骑手早已为他们敞开了门户。

这一天是令人难忘的。又过了几天，军马场的人西迁的日子已经迫临。巴思坎得尔派出去的探马回来报告说，来押解他们的麒麟军的一连人马从果果哈奇中部洼野的大本营出发后正在翻越丹那山。于是，在一个月黑风紧的夜晚，被巴思坎得尔命名为远征队的六百多名骑手告别了那些依然稽留在军马场打算忍受驱使和宰割的外来人，唱着悲歌，赶着羊群牛群，向着西方进发。

第十二章　　此处即是西天

深冬的季节里，果果哈奇西部荒原已是万物寂灭。但是在阿西加坝雪山脚下，在那片高峻而纯洁的雪原之上，在外来人无法生存的冰柱林前，却活跃着一股浪漫而激昂的热流。在雪山之王的护佑和许诺下，雪山王城宣告成立。这是巴思坎得尔的主意，因为能够和日本对峙的必然是王城而不是部落，能够率众远征日本国的海盗必然是王城的君主而不是部落的首领。作为诗人，巴思坎得尔首先使他的王城拥有了自己的战歌：

　　雪野上的土地，
　　万世流芳；
　　雪山下的民众，

永远刚强。
……

现在，雪山王城的骑手们需要在阿西加坝雪山之王的监督下，到别处去掠夺来足够祭祀和维持生计的牲畜。就要出征了，祭祀几乎成了生活的全部。他们要在依然是冰清玉洁的冬天的雪原上洒下兽血和人血，以感谢无私的地母允许他们在她波荡起伏的身躯上建起了雄伟的雪山王城。同时，为了他们在她身上的肆意践踏，他们要向她乞求宽恕，乞求当他们远征归来时地母依然像现在这样雍容大度地收留他们，并让雪山王城在她的胸怀间万世不衰。他们需要向鬼魅精魂生活的场所乞讨平安。在那个肉眼看不见的境界里，那个隐蔽着咬噬生灵的白生生的利牙的地方，时时存在着试图扩张的疯狂的瘟疫。他们需要用积雪下面刚刚萌生出新芽的艾蒿燃起桑烟，这桑烟是神明的气息，它圣洁无比，它可以净化一切，包括呼吸了这气息的人的五脏六腑，以便在出征的路上抵御进入肺腑的邪祟。他们需要拾来牛粪和柴草，点起冲天的放浪不羁的旷野之火。他们将骑着马排着队一个个地冲过火焰，人身上的邪祟、马身上的恶精将被大火祛除净尽。他们将把一百只活羊赶进火里烧死，让这些敬天的供物化作烟袅，直达云空，让太阳享用，让月亮享用，让每一颗星星享用，让高高在上的万能神和他的侍从们享用。他们需要集合在雪原的高地上唱着颂歌向冉冉升起的和缓缓沉降的太阳致以崇高的敬礼，祈求它准时回来，祈求它们在他们凯旋的那个日子里依然是巨焰炽盛、光芒万丈，能够让他们继续享受它的明朗温暖的照耀直到永远。一切都是古老的。他们回忆着各自的祖先曾有过的习惯和经历过的事情来规范自己的行动。于是，整个王城都处在了一种礼赞生命的繁忙之中。

旺斯老河受命于雪山王城的君主,运筹帷幄的强盗巴思坎得尔,带领轻骑两次成功地掠夺了坐落在赤狼草原的一个由外来的采金人建造的村落。四百多只高寒带的长毛羊和三十多头驮着面粉和食盐的长毛牛是骑手们足以向阿西加坝雪山之王和巴思坎得尔炫耀一番的战绩。第三次掠夺出现在沛沛林门神山脚下。那儿的村落里杂居着外来人和荒原人。因此,确切地说并不是骑手们的掠夺而是荒原人的奉献。他们奉献了雪山王城需要的一切财富包括他们自己。也就是说他们杀死了长期以来把他们作为敌人进行管制的外来的庄头后,就已经表明他们抛弃了麒麟军用枪炮给他们建立起来的耕田种地的新生活。他们成了雪山王城的子民。他们一共五十六个人。都是荒原的男子——曾经迎风嗷啸过的壮猛的骑手,尽管现在他们都已经衰气很重了。巴思坎得尔大喜过望,备感亲切地望着一张张黧黑憔悴、暮色苍茫的面孔,询问起他们过去的部落。他们说他们原先都是宁方特人,后来成了野骛部落的骑手。当麒麟军来到吉拜格草原要剿灭所有的野骛人时,他们的酋长达克帕罗出卖了他们。他们因此失去了战马,失去了长刀弓箭,失去了为草原献身的机会。后来他们作为战俘被麒麟军押解到了沛沛林门神山脚下。在那儿他们种田度日,浪掷着生命,很快就老了。巴思坎得尔说:"你们是老人了,我也是老人了。但老人并不是无用的代称,想想看,你们都有什么用处?"他接着以老年人的伤感回忆起他和达克帕罗的交往。他说他们那时身上都带着狼膝盖骨,因为祖先以为将它拴在腰际就能预防腰疼病。他们都有各自的马鞭,为了走路不摔跤皮袍上都系着一根绣线菊的嫩枝。他和达克帕罗交换了这三样东西,他们就成了兄弟。可是,后来……有人打断他的话说:"后来的事情我们都知道。永远年轻的强盗巴思坎得尔，在达克帕罗成了荒原的叛卖者后，你为什么不想办法杀死他呢？"巴思坎得尔说："对有罪孽人神明会惩罚他。我和你们一样，耳朵之所以还能听得见，就是为了不错过听到他的死讯和一切好消息的机会。我们应该耐心一点，好好活着。要知道不活够一百岁就不会有真正高兴的日子。再过半个月，当我们缝好渡海的羊皮筏后，我们就要出发去寻找大海，去和海上的强盗决一死战。你们要想好自己的出路，是跟我们出征还是留守家园？"所有的老人都选择了前者，都想拥有生命走向暮年时的最后的荣光。巴思坎得尔高兴地连连点头。他想用歌声表达他内心的喜悦，可还没有唱出口就见旺斯老河急匆匆朝他走来。同时，带来的还有一个令人伤痛不已的消息。

月氏女死了。她是病死的。整个冬天她都处在巨大阴影的遮罩之下。考茵勒角斯，魔鬼的脚步声始终在她身边踏踏作响。她不停地咳嗽哮喘。夜以继日地感到浑身疲软、头晕目眩。男人们轮流为她燃起祛除邪魔、净化身躯的桑烟。桑烟是他们钟爱她、挽留她的象征。她也钟爱着他们。虽然她感到不测即将发生但爱情却还在延续。她还像正常的女人那样每天都在欲望之风的吹拂下生活——接受他们的求爱，付出自己的肉体。她是这个王城里唯一的女人，她比任何时候都更加透彻地理解了作为一个荒原女所应该具备的宽广的胸怀和应该尽到的义务。她高兴他们把她不断地压在那宽大有力的腰肋之下然后一泻如注。但是，现在，她已经喘不过气来了。她死在和旺斯老河交欢的过程中。旺斯老河因此失声痛哭。他来到君主面前负荆请罪，说如果不是由于他在掠夺回来后感到心急火燎，这个可爱的女人就不会死得如此迅速。他要求巴思坎得尔以神的名义惩罚他。巴思坎得尔沉默不语。他在怀想月氏女的过去。他觉得有许多话要对大家说，但为了不使他的谈吐在悲伤中变得语无伦次他必须沉默。旺斯老河受不了沉默的压力。他突然吼起来："巴思坎得尔，她是你的女人，也是我的女人。你知道她在临死前说了些什么？她说她是放浪不羁的金塔娃，是煊赫一时的梅尼诺女王。"巴思坎得尔吃惊得瞪大了眼睛，继而摇摇头，表示他对这件事感到意外。旺斯老河又说："那一年部落失败了，她躲进了阿西加坝雪山最深的沟谷。在那里她吃掉了自己的战马。后来她穿越沟谷，开始在荒原上流浪。有一天她在慕腊特河边碰到了一群西迁的移民。她一直尾随着他们。黑夜来临的时候，她追上了一个掉在队伍后面的姑娘。她杀死了她，并吃掉了她。这样，她们两个就合二为一了。黎明的河边她站在一湾静水旁看到了自己异陌非常的姿影，她意识到她已经脱胎换骨了。她撵上了移民的队伍，最终成了帕加荒村的一员。"巴思坎得尔依然摇着头。他并不是不愿意相信旺斯老河编造的故事，而是他更愿意接受月氏女这个称呼以及她的独特的身份。至于金塔娃和梅尼诺女王早已被他丢失在岁月的河流里了。他不想捡起来，因为他会同时捡起来许多憾恨和伤痛。他对旺斯老河说："请你离开我。当一个君主需要思考的时候，他的人民不应该固执地打搅他。"旺斯老河叹息着走了。

这时，从雪山脚下传来一阵石破天惊的巨响。残冬季节变得松脆危险的冰柱林在流走了许多天泪般的冰水之后轰然倾颓了，不是几个，而是全部。人们朝那里奔跑而去，看到倾颓正在接近尾声，冰峰脚下开阔的冲积扇上淤满了奇形怪状的冰块，迸裂的声响此起彼伏。不远处，阿西加坝雪山低头俯视着活跃的人群和冰群，泪如瀑布流泻。那雪山之王的悲泪游窜过冰块的缝隙不尽不绝地朝前漫溅着。这样，雪野上虽然依旧覆盖着厚厚的雪壳，但人们可以听到淙淙的流水声从下面传来。这一片高国洁地因此而变得妙音无限。巴思坎得尔的脸上氤氲着对自然、对人世虔诚的敬畏，神情肃穆到无以言表。这说明又一次祭祀来到了。

这次是祭人，是对月氏女的最诚挚的哀悼。巴思坎得尔把王城的人民包括死去的月氏女召集到一座高高的散落着一些狼粪的雪岗上，发表了一番情深意长的演说。——悲恸的日子来临了，我们就要离去了。我们留下了月氏女，留下了她芳香的灵魂。这是因为在我们出征的时候这片圣洁的土地需要人的气息来驱散它的寂寞，当我们踏上归途的时候我们需要在漫漫长夜里念叨：我们的亲人在家园等待着我们。月氏女是我们的人，是我们这个王城的尽善尽美的女人。我们为她的死亡而伤感，更应该为她的存在而骄傲。因为她代表了荒原的真理和所有外来的人以及外部世界对我们的全部同情，她是道义的象征，是我们经历苦难，忍受贫寒的忠诚伴侣，是愿意和我们一起共同对待敌人的一面旗帜。现在她死了，她的美丽的肉躯就在你们面前。难道我们不应该想想她的令人感动的过去就像轻烟一样也会消散吗？难道我们不应该像吃肉喝奶一样吸取她身上和她心上的所有好性能和好精神吗？把她的骨头留在我们的国土上，这就够了。而她的血肉却要陪伴我们走向未来。未来是胜利者的赞歌。让我们在未来赞美她，说我们的胜利是由于她的血肉补充了我们的不足，改造了我们的灵魂。看吧，我们的脚下有狼粪，我们应该像狼一样在吃掉同类的过程中变得更加无畏、更加团结。更加执着地追寻猎物和忠于理想。巴思坎得尔说到这里，嗖地抽出别在腰际的短刀，走过去俯身撕开躺在雪地上的月氏女的衣裳，从她的胳膊上割下一块肉，用刀尖挑着放进了嘴里。他嚼了几下，又大声说，我们爱她，所以我们要吃掉她。骑手们骚动起来，纷纷拥上前去，一会儿又被巴思坎得尔指挥着秩序井然地排成了队。一人一小块，谁也不愿意多吃多占。在这庄严的时刻，每个人都会想到不能让摊在后面的人产生无肉可吃的憾恨。月氏女很快融进了他们的体内。白晃晃的高岗上只留下了她的白花花的骨架。这骨架最终被掩埋了。白色高岗的最顶端升起了一丘白色的雪包。这雪包像阿西加坝雪山耀眼的冰峰一样醒目。它不会融化，因为它永远处在雪山荫庇着的向阴的地方，除非太阳的运行由东西走向改变为南北走向。但没有巴思坎得尔的命令，太阳怎么会任意改变轨迹呢？

短暂的一天过去了。它在澄澈而朴素的雪光的投影下，在白色的肃穆里，充满了深深的爱念，浓浓的忧伤和美好的寄托。悲歌在傍晚响起来。诗人巴思坎得尔坐在高岗上月氏女的雪丘旁，向荒原倾吐着他的情话：

> 老熊告别故国走向了远方，
> 姑娘找不到它伤心惆怅，
> 当危险又一次来到姑娘面前，
> 它返回来用身体挡住了豺狼。

一直到午夜，他还在唱，只是声音渐趋低沉喑哑。料峭的寒风使他的衣袍哗哗哗地掀动着，乱发像蓬草一样翻飞不停。他感到寒冷难耐，一会儿站起，一会儿又坐下。但他没有回到毡房里去，也没有点起篝火，因为火光会破坏匀净的纯白，而纯白是月氏女生前死后都保留着的本色。他知道，悲歌消逝的时候，那就是黎明。

如果天空没有太阳，那还要白昼做什么？是的，已经好几天不见太阳了。君临这里的倒是一种象征恶兆的异物。它像一只巨大的飞鸟，带着响彻天宇的嗡嗡声，穿行在云里雾里，有时飞得很低几乎就要和阿西加坝雪山光明的冠冕相撞，有时飞得很高，连云翳也够不着它。它出现了两次，两次都使雪山王城的人民感到惊心动魄，感到一种不可索解的恐怖和神秘网罩在偌大的拱形的天穹之上。蓦然之间，巴思坎得尔想起在混沌不清的往事里，仿佛有一个阳光灿烂的白昼，赤狼部落的部众们簇拥在绿色无涯的草原上谈论着神明降临人间的情形；一个人影呼吸着黑色的清凉清凉的夜气一边唠叨一边走家串户。他轻盈如水，他没有五官，他从肚子里发出阵阵抑郁舒缓的箴言——在一望无际的白色之中，你们将看到血，看到人血和兽血结出的野菊花和蓓蕾，看到天上硕大无朋的飞鸟正在下着蛋。当这种巨型的鸟蛋破壳的时候，果果哈奇最高的山峰就会轰然崩塌。他越想越真切，越想越觉得这种飞鸟下蛋的时刻就在下一个云烟蒙蒙的灰色白昼里。

　　这一天终于来临了。一阵轰鸣打破了阿西加坝雪山的万年寂静。它那亘古不变的挺身直立的姿势突然倾斜了。大地似乎在陡然升高，天低，云低，飞鸟低，阿西加坝雪山也低矮了许多。这是那种巨型鸟蛋的作用。人们看得一清二楚，八只鸟蛋，八声爆炸，全都出现在雪山顶上。冰块飞溅而起，雪岩滚滚荡荡地落入山涧沟谷。轰轰隆隆的响声和这响声的回音壅塞了宇宙空间，好像还塞不下，只好夯实在人们的心胸之中。一下子他们没反应过来，愣怔着站在各自的毡房门口，翘望阿西加坝雪山之王的头颅迅速粉碎，身躯迅速蜷缩，白色的光脉迅速收敛。寂静。沉默。飞鸟不见了。轰鸣声悄然消隐。巴思坎得尔两眼含着热泪，几乎就要号啕大哭了。人们从四面八方向他跑来。他眼前霎时出现了一片黑压压的人群。旺斯老河拖着哭腔大声询问:"神的灾难就是我们的灾难。明智的君主,请你告诉我们,这是为什么?"巴思坎得尔在心里痛苦地默念道:"不为什么,朋友,不为什么。我想这是麒麟军的阴谋,他们要摧毁新生的雪山王城,就觉得首先必须摧毁我们的保护神阿西加坝雪山之王。"过了好半天他才把这意思说了出来。旺斯老河又问道:"难道连我们的神也要受他们的追击迫害?难道我们的神从此将会死去,不再保护他的王城、他的子孙了吗?"巴思坎得尔使劲摇摇头说:"让我们用最美好的语言、最诚恳的方式祝愿他吧,神会复活的。"说着他抽出短刀割破了自己的手指,让鲜血滴落在白茫茫的大地上。所有的人都学着他的样子,挥洒着鲜血去染濡地母的肢体,祈求阿西加坝雪山之王在这种血色的祭典中重新站起。但是这远远不够,远远不能感动造化,远远不能成为神明复活的契机。几天之后,人们看到,阿西加坝雪山之王依旧瘫坐在那里,伤痕累累的躯体上依旧汩汩有声地流淌着白色的脓水,似乎他再也不想痊愈,再也不想站起来像过去那样深切地注目人间万物了。

而队伍就要出发,远征的日子就在明天。

黄昏,天空显出即将放晴的样子。西天边际一片淡淡的胭红。大概就是这胭红的启示吧,旺斯老河不停地走向那些他从沛沛林门神山脚下带来的老人,把他们一个个叫到自己身边。他提刀在手,朗朗地问他们:"阿西加坝雪山之王还能挺起身子来吗?告诉我们许多时日的太阳还会回到我们的国土上空吗?会的,会的,你们看,太阳已经露出了一只眼睛,他在看着我们的一举一动呢。你们,老了,已经不能够参加征战了。你们应该为我们的神、我们的太阳、我们的荒原、我们的王城做些什么呢?想一想,好好想一想。就像我这样，把刀拿在手中，像个真正的勇士那样毫无疑惧地想一想。"老人们个个神情冷峻，半晌不说话。旺斯老河又说："相信我的话，在我们把五十七具躯体的全部鲜血献给我们的命运之后，一切都会发生变化，该回来的就会回来，该复活的就会复活，该得到的就会得到。是时候了，朋友们，把鲜血献给太阳、献给雪山、献给荒原、献给远征、献给胜利、献给我们伟大的君主神圣的强盗巴思坎得尔吧！"说罢，他把刀横架到自己脖子上，大叫一声，浑身的力量和勇气便聚攒到了他那握着长刀的右手上。接着就是血光四溢，紫红色的热血顺着脖子泉涌而出。他歪歪扭扭地站了一会儿，咚的一声倒了下去。

　　天黑了。这一夜，五十六个老人全部自杀。血祭让整个大地变得火火灼灼。无边的雪原上盛开了一片绚丽的血肉之花，像折断了的殷红的汪泪草，像能够染红旗帜和衣袍的赤色土，像燃烧而起后光焰无限的丹那草。这之后，天空泛滥着早晨的霞霓，太阳出来了。最早承受了阳光抚爱的雪山顿时变得透亮明朗。万丈冰光横扫着大地，横扫着雪山王城的一切生命，横扫着远征队的每一匹马、每一个人、每一双清如泉亮如星的眼睛。他们看到在片片血色的映衬下，雪原比过去更加纯洁、更加开阔、更加富有腾挪跌宕的气度。血色的前方，阿西加坝雪山之王已是光彩夺目了。他挺起了胸膛，他又长出了一颗头颅，他在云开雾散的晴空下渐渐升高。这种抬升运动一直持续到日照中天的时候。他已经和过去一样峻峭伟岸了。人们看到旺斯老河的头颅镶嵌在雪山之王的眉峰之间，变作一只凸突而起的眼睛，无限悲欣地鸟瞰空阔；看到那五十六个老人被一根银线串起来垂挂在雪山之王的脖颈上，一直垂到波荡起伏的胸脯中央。

　　巴思坎得尔默默凝望着，他的骑手们默默凝望着。过了好久，他驱马走上前去，走过了那一片精诚感人的血泊。骑手们跟在他身后，也在渗血的积雪上留下了战马的蹄印。这就是最后的告别了。让活人和死人魂魄相依、荣辱与共吧。干肉和奶酪已经驮在了马上，缝制好的羊皮筏已经驮在了马上，果果哈奇荒原的未来驮在了马上，雪山王城的不朽的精神驮在了马上，强盗和骑手们的理想以及孤独而不屈的灵魂驮在了马上。他们朝着东方，朝着永恒的自由，一直向前走。

远征开始了。

在回望阿西加坝雪山的那一刻，身后的雪原上卷起阵阵弥天的雪尘，那是伤别的信息。家园哭了。骑手们哭了。到处都是晶莹泽润的闪光，到处都是滚动流淌的泪珠。诗人巴思坎得尔在这最能抒发感情的时刻具有了和荒原大地同样的沉默。因为沉默也是歌。

远征的队伍静静地走着，像一条浑浊而自由的河，按照自己的意志和规律，消逝在更加寂静的远方。

茫茫原野上一片陌生的沼泽地在金太阳的普照下闪烁出粼粼水色，如同披挂着金甲银铠的战士倒下去后身躯在随着大地无限延伸。人们听到流水的声音均匀地撒遍了水沼之上的空间，听到比流水更加清亮的鸟鸣镶嵌在白雾深处，跌落在草丛里面。就在白雾弥漫的边缘，几匹只现头颅不现身体的野马发出那种奇特的发情时的鸣叫。人们从这鸣叫中吃惊地体验到一种似曾相识的宁静。"我们应该走过去这片宁静，就像我们已经走过去了整个果果哈奇荒原，走过去了祖先希望我们走过去的那些艰难岁月一样。"巴思坎得尔对他身边的人这样说。他身边的人用凝聚着血光的眼神表示着他们的赞同，随后发出声声雄野的尖叫，试图把宁静撕得七零八碎。野马不见了。

宁静变得更加呆板滞涩。有人建议应该派出一队轻骑走进大沼泽探索出一条道路。又有人说大沼泽里没有道路，必须折南而行绕过沼泽，即使遇到麒麟军的堵截也比白白死在泥潭水洼里划得来。这时巴思坎得尔的告诫带着苍老的鼻音响起来："在我们到达日本海之前，我不允许你们中间的任何一个人死在麒麟军的枪弹之下。如果沼泽拒绝我们通过，那就是说我们的神不喜欢他的儿子成为最后的强盗。但实际上我们是在神的指引下来到了这里，在神的指引下日日夜夜听到了日本海波澜壮阔的喧哗。神不会拒绝我们，如同我们从来不会拒绝名誉对我们的诱惑一样。难道你们没有看到，福光照耀着我们，金色的太阳比过去显得更大更圆了吗？难道你们会把沼泽中的流水声当作灾难的恶音？不，那应该是海水的召唤，是水浪对羊皮筏的柔软的触摸。现在野马出现了，灾难也就不存在了。我看到在我的前面有野马整齐的蹄印，说明刚才它们就站在这里迎接我们。我们来了，它们走了。它们的蹄印就是我们的路标。跟着它们走过去，大沼泽里有我们坦若原野的道路。"刚说完，他的坐骑就快活地扬起头，精神抖擞地迈开了步子。野马的蹄印蓦然之间呈现一种晚春的墨绿，醒目而悦人地铺向闪闪烁烁的水洼。白雾涌动着悄然退去。大沼泽的深处豁然开朗。澄澈的天空下，太阳把全部光脉都集中在了野马的蹄印上。金绿色的延伸弯弯扭扭走向天边。远征队的人排成一绺缓缓地投入太阳的怀抱。惊飞的水鸟嘤嘤而鸣。这一天，大沼泽没有夜晚，直到远征队全部走完，走向沼泽那边坚固稳实的草原。

乌云漫漫而来，一片一片地手拉着手，透不下半滴光亮。似乎这里的阳光在照耀远征队伍时显示了它最后的辉煌，之后它就泯灭了。漫天游荡的太阳不经过这里，大沼泽从此没有了昼日。后来人们发现这里鸦雀无声,这里是一片无生命的黑暗区域。这区域囊括了大沼泽和它南北两侧的开阔地。开阔地上蓝幽幽的飘移不定的磷火是它独有的风景。

麒麟军埋伏在大沼泽南北两侧的开阔地上度过了半个月风餐露宿的日子,终于有些绝望了。但他们的智慧告诉他们堵截并没有失败。如果远征队不通过南北两侧的开阔地,那就一定是走进了沼泽。等待这些荒原人的只能是人仰马翻,然后被淤泥死死吸住,深深掩埋。他们坚信远征队的征服对象是他们麒麟军,是远离荒原的麒麟军建立的城市和大本营。因此他们也就相信从现在开始,再也不会有什么揭竿而起的反叛者了。北侧开阔地的人和南侧开阔地的人向一个中间地带进发,想在那里会合之后一方面派人去向大本营报告胜利的捷报,一方面准备继续向荒原深处挺进,去有人家的地方享受奉献者应该奉献给他们的所有。

难道这两支人马还能会合?难道他们能够逾越横挡在他们中间的那座障碍而安然无恙?两群离开大沼泽准备南徙的斑头雁惊诧地分别从他们头顶飞过,嘎嘎地叫着,警告他们别这样迅速地脱离自己的性命。然而,不是荒原土喂大的人听不懂荒原的暗语。南侧的军官和北侧的军官在相距几十公里的地方几乎说出了同样一句话,日他妈,老子今天想吃肉了。于是部下们举起了枪。斑头雁纷纷坠落。人们喊喊叫叫地跑过去。不祥的征兆就在这个时候出现了。他们并没有捡拾到一只死雁,甚至连一根雁毛也没有找到,却被另一种景观紧紧地吸引了过去:千万只旱獭窜出地穴异常活跃地蹦跳在荒草地上。它们柔软而光滑的褐色皮毛让肥硕的胴体显得美丽无比,似乎每一只就是一堆运动着的鲜肉,其生活目标就是为了让人垂涎欲滴。麒麟军的官兵们怀着难以忍耐的激动跳下马背狂喜地大呼小叫着扑上前去。而旱獭们此刻却失去了那种天赐神授的躲避危险的机敏，它们瞪起迷人的杏仁眼像迎接初升的太阳翘起前肢呆望着这些愚昧无知的荒原的主宰。许多雄性的老旱獭泪如泉涌，伤感地告诉别人：不可回避的我们的末日就要来临了。我们不必躲到地洞里去，因为我们的敌人会用浓烟将我们熏呛出地面。我们应该像人那样站着，就这样，对，站着。就在我们吞食了那么多盼鼠之后，我们注定要迎来我们生命的黄昏。但我们为什么要悲哀呢？我们的敌人，当他们的眼睛流溢出贪馋之色的时候，他们和我们就有了同一种归宿。有些雌性的旱獭吱吱地叫着跑过去护佑自己的孩子。老旱獭的声音又一次响起来：这没有必要。听懂了吗？这没有必要。我们应该告诉孩子们，他们的父母用灵敏的鼻腔已经嗅到人尸的气息了。这是我们的骄傲，因为在我们的荒原谁也不会像我们这样杀死这么多荷枪实弹的侵略者。擦干我们的眼泪，现在我们要做的是告诉天上的鹫鹰，这儿就会有许许多多比我们更加美味的食物，让他们来，别错过了机会，别让他们忘了告诉强盗巴思坎得尔，在荒原我们和他具有同一种爱憎，我们是他真正的朋友。于是吱吱吱的叫声此起彼伏，像婴孩诞生时的啼哭，整个世界都变得响亮起来。

有人举起了枪。

别打枪，皮毛值不少钱哩。

砰一声枪响。军官又朝别处大声喊叫："放你妈的枪哩，日你奶奶的抓活的。"

神明不会挽救旱獭的命运，如同荒原决不允许麒麟军剿灭巴思坎得尔的远征队那样。一堆堆篝火按照死神的意志忽啦忽啦地升起来，连风也觉得如果不能使它们旺盛到极限就不算是真正的风。麒麟军的官兵们几乎每人手里都攥着一只扒了皮的湿漉漉的旱獭。红色的血和黄色的油在篝火中或滴落或凝固，转眼之间那些旱獭个个焦黄松脆。他们迫不及待地大口进食。就在这一刻，荒原中的无常鬼悄然来临——有多少麒麟军就有多少无常鬼。他们听到了无常鬼的狞笑，看到了那隐身于烟气之中、红焰之上的鬼怪朝他们伸出了无数绿毛蓬松的利爪。他们恐怖地哓哓直叫。叫声中他们哭泣着，谁也没有延宕自己的死期。

风突然停息了，似乎它不肯把阴毒的鼠疫裹挟到更远的地方。而几只幸存的旱獭趁着晚夕的大雾快快离开了那里。它们是鼠疫的使者，它们高举着瘟神授予它们的生杀予夺的旗帜走向荒原那些最美丽的地方。它们没有忘记坤都咒师的预言，觉得正是由于这预言它们才有了苟安偷生的机会，觉得热爱生命热爱荒土就意味着迅速向荒原的敌人传播疾病和死亡的消息。

走过了大沼泽，远征队的人始才觉得他们好久没有进食。饥饿围绕着额际盘旋，让他们感到头晕目眩。可是每个人的行囊中奶酪和干肉已经所剩无几，经不住一张大嘴两排牙齿的重重磨蹭。与此同时他们对早霞烂漫的地方充满了渴念和感激。在那儿，在瑰红色的地平线上停立着灰黄的野马群。它们凝然不动，保持着黎明的平静。这平静扩张得过于遥远了，以至于让巴思坎得尔隐隐地谛听到了远方海浪的滚动拍击。前去猎马的骑手按照巴思坎得尔的命令每人只捕获了一匹年老的毛发秃然的公马。他们在大石累累的草原上剖开马腹扒去马皮，一人割了一块鲜红的马肉骑在马上边吃边走。走到天黑，又走到天亮。月落日出的循环持续到他们精疲力竭的时候。这期间野马群或前或后或左或右地簇拥着他们一直不肯离散，不肯停息它们对老朋友的血和肉的奉献。半个月后，远征队的人睡去了，绿茸茸的草地上鼾声一片。日月对他们已不再重现。山影在远方形成浑莽的一绺魅惑着生命。野马群寂寞地走向那里，在深深的沟谷里慢慢消隐。凉飕飕的原野里飘逸着潮湿的空气，是那种清新到只有祖先才能呼吸到的天地的真气。

终于醒来了。巴思坎得尔蓦然看到这里花枝招展，色彩浓丽，鸟韵和无阻无拦的空气一样流畅，看到每一块大石周围都环绕着通体艳红、浓烈如火的丹那草，就像大地生长出了无数芳香的火苗，看到白色的和黑色的飞禽布满了远方的天空，那儿乳黄的轻岚薄如细沙，亮如女人的裸体，而天空的蔚蓝经过轻岚的过滤之后投下一片浅浅的青黛漫漶得无边无际。清风习习。他深深地吸一口，那清风就在体内变作诗情，变作诗人的音律和辞藻呼之欲出。他禁不住放歌原野，用歌声撵走了远征队员们最后的也是最美的梦乡。他们纷纷站起来，抖落身上的草枝花叶，揩去脸上手上的沉沉湿露，一个个轻巧地跨上了马背。这时他们眺望远处浅浅的青黛，突然感到草原变得陌生而冰冷。落寞的情绪正在滋长，霎时变作了那种只有胜利者才具备的静静的孤独。

  老熊站在荒凉的高地上，
  一手指着雪山一手指着月亮，
  然后走进太阳哭泣的密林，
  带回来一只母鹿和一身创伤。

巴思坎得尔的歌声启示了他们。他们觉得自己毕竟不是一群落寞的无家可归的流浪者。他们对日本海的征服足够说明他们具有最透明的生存目的。他们从来就是意气风发的，内心从来就是一片生机盎然的原始丛林，从来就不怀疑世界的本色就是强盗的本色就是他们自己的本色。他们也唱起来，边走边唱，赞美这坦坦荡荡的伟大进军。后来他们不唱了，他们听到巴思坎得尔惊异地狂叫了一声。随着这叫声迎面吹来一阵咸腥的风摇撼着他们的衣袍婆娑摆动。亮丽的阳光下飞禽们嘎嘎而鸣。那么多白色的大鸟像飞翔的云，那么多黑色的大鸟像天空中飘逸着的深深的洞。天地已是浑然一色了，上面的蔚蓝和下面的蔚蓝遥相呼应，已经分不清哪是天颜哪是地色。巴思坎得尔高兴地叫起来，远征队员们高兴地叫起来，铺天盖地的飞禽高兴地叫起来，还有风和云，胯下的战马，面前的花花草草也都高兴地叫起来，加入了这欣悦明朗的合唱。

如果我们的眼睛没有欺骗我们，如果我们相信我们的神给了我们最最仁慈的帮助。我们就应该欢庆这个时光的到来。我们为什么不能按照神的意志向世界宣告：光荣的骑手们，胜利的化身巴思坎得尔，来自果果哈奇的星星月亮、太阳蓝天已经照临日本海的茫茫大水了。骑手们，快下马，向大水顶礼膜拜，祈祷它成就我们惊天动地的丰功伟业，祈祷它横扫世间的一切声誉只留下我们这座声誉的顶峰，祈祷它允许我们成为它的主人，并向它保证对那个水中的岛国我们将赋予它果果哈奇祖先的灵光和所有骑手们的不灭灵魂，还要赋予它一个惊雷般响亮的名字，那就是与天不老的强盗之国——巴思坎得尔。

巴思坎得尔说罢就翻身下马。所有的骑手们翻身下马。他们一个个面朝日本海的大水虔诚地跪下了。听吧，听他们在祈祷什么。鸥鸟们纷纷落入水面和陆地，对风说，轻点，强盗们在唱歌呢。他们的祈祷和歌唱一样古老，也和歌唱一样年轻。可在巴思坎得尔看来，歌唱和祈祷又有什么区别呢？他跪在地上带着老年人浑厚的鼻音唱出了他对世界的祝愿。

> 老熊啊不要让姑娘那样紧张，
> 姑娘啊不要让老熊面迎死亡；
> 在这风风雨雨的世界上，
> 所有生灵的使命就是保卫太阳。
> 所有生灵的使命就是保卫太阳。

这强盗之声便是自由的劲风，呼啸着，岸边海中、草浪水浪，哗哗地摆动。绿茫茫的原野上六百多名骑手背对着晴朗无际的远空。他们不停地祷告，呼出来的肺腑之气在面前的海中形成了一片恢宏的烟障。海水的波轮霎时显得又凸又高，极富气势地朝他们滚荡而来，又戛然停止，在海滩的边际拍击出阵阵浪响。远征队的人们站起来，走过去到自己的马前，从马上卸下了枯瘪的羊皮筏。

所有的羊皮筏都必须用嘴吹鼓吹胀，然后用皮绳连缀成几十个长方形的漂浮物。这是他们的战舰，他们将分成几个战斗分队坐在上面向远方那个露出水面的黑色的驼形物体乘风破浪。那驼形物体便是水中的山脉，便是产生海盗的日本国。巴思坎得尔在人群中来回穿梭，检查每一只羊皮筏是否被吹得鼓胀到了极限。他不时地弯腰在那上面用拳头捶一捶，总是说，太软了，太软了。等他不再说这句话的时候，所有吹气的人都已经挣得满脸通红，喘息不迭。接下来的事情就好办了。巴思坎得尔把检查连缀是否结实的任务交给了由他任命的几十个分队的队长。他自己走近海边，趴在沙地上，将头埋下去，满满地灌了一肚子海水。海是强盗的摇篮，是温情慈祥的水上草原。而现在他已经得到了神性的滋润,他将作为海的一员让无尽的水波把他拥载到日本国的国门前。

  他回到人群里,兴奋地指挥大家将已经连缀好的羊皮战舰拖进海水,然后在那上面树起了用白色帐篷制作的船帆。桅杆立在战舰的中央,由两个人将它死死拖住。它的四周还有四根绳子分别由四个人紧紧拽着。

  就要启航了。现在,是日照中天的时候,西风嘹唳,海水大面积的动荡刚刚开始。人们争先恐后地跳上各自的战舰。所有的战舰顿时倾斜。巴思坎得尔大声吆喝着让人们赶快去舰头增加重量。平衡出现了,满帆的战舰自动开始行驶,起先是互相碰碰撞撞的,后来就分散开了,朝着风去的方向,距离越拉越大。巴思坎得尔唱起了歌。所有的人都唱起了歌。雄壮的强盗之歌随风飘飞着,转眼逝去。风的啸叫如擂战鼓,渐渐悠远了。

  这时,被遗弃在海岸上的六百多匹战马发出阵阵孤独的嘶鸣,兽性的音潮里浸透了无穷的悲哀。马群在伤别,在长号般地啼哭,在惨烈的动荡中看到不幸正在降临泱泱水域:几十只战舰越来越小,最后埋没在白雾之中。鸥鸟追逐而去。马群一片哑默。空旷的天上地下、岸边水中到处都是和平的怆恸。一夜之后,马群离开了海边。它们沿着走来的路线鱼贯而行。昨天的事情已经被它们迅速淡漠了。不久它们就成了果果哈奇野马群的强健的一支。它们那旺盛的繁殖能力使野马群再度庞大起来。

  野马群的朋友们那些勇敢的骑手再也没有回到自己的家园。九级飙风的劲吹像亿万虎豹的集体号咷,以雷霆万钧之力摇撼着广大的水面。刹那间,命运的喧嚣从天空中传来,从裂开的水谷浪壑中传来,从一切裸露在陆地上的罅隙中传来,从生命的血管里传来,从诸神超越一切的笑口中传来。漂流在水面上的强盗和骑手们以及那些大起大落的战舰,在强大的天籁地音的陪伴下跌进了深深的渊薮。接着,水域富有创造性的运动让水面迅速弥合。深渊不见了,远征队的所有成员和他们的自由精神统统不见了。水面变得和原先一样空旷无边。这是战舰驶入大水后的第二天傍晚,这是太阳西沉,斜洒而来的巨型光柱刺破一切阴暗的时刻,这是一个光辉的瞬间,足以使他们生存过的那片荒原隆升得更加高远、更加恢宏苍茫。因为它骄傲,它要挺起胸脯,昂起头颅,把太阳顶在头上作为荒原人为它赢来的桂冠。它以此向广漠的空间炫耀,直到太阳熄灭的那一天。

遗憾的是,走向天国的远征队员没有来得及听懂鸥鸟的语言,没有来得及和风浪进行交谈,也没有听懂天上的海蓝对他们的遥遥祝福,没有听懂陆地上的石头和水中的石头对他们的衷心赞美。他们直到成为水族的食物也不明白,他们到达的不是日本海,他们行驶的目标也不是日本国。

老年人的天真和孩子气的浪漫已经变作不朽的挽歌了。当神明准备赐给他们人世间的最高荣誉时,他们到达的实际上是一座远离大海的高原内陆湖——青海湖,他们征服的目标实际上是坐落在大湖中央的方圆仅有一平方公里的海心山。

荒原从此走向最后的绝唱。

食肉牛的出现彻底改变了果果哈奇西部荒原的面貌。似乎是蓄谋已久的,似乎得到了某种来自冥界的指令,它们从一些不为人知的阴翳暗沟里走出来,聚集在平野的高地上,发出阵阵雄壮悲哀的哞,然后缓慢地开始了它们类似部落征战的那种游荡。不久坐落在赤狼草原的一个村落便受到了它们的侵袭。居住在那里的全是外来的移民，一半死了，一半死里逃生。那些活着的人便赶快打点行装，撇下亲人的尸体和厮守了三十多年的片片房舍离开了荒原。他们的祖坟在哪里他们就要去哪里，一路上又丢下了许多尸体。没有谁会来阻止他们。当初强迫他们迁来荒原并时常监视着他们的麒麟军已经一个不剩地从他们眼中消逝了。也就是说，麒麟军比他们更早更迅速地丢弃了这片日益荒凉的土地。他们因此而失去了主人和主人的管制。他们感到困惑，感到获得了自由后那种六神无主的日子实在难以打发。所以后来他们想到，假如这个世界上根本没有食肉牛，他们也许会编造出另一种凶残到无法理喻的动物来，以便把那种不可抵挡的侵害说成是他们不得不离开荒原的理由。

赤狼草原的外来人后来定居在了什么地方谁也不知道。但是，关于食肉牛如何残害人类的故事却被他们和他们的后代传播得很远很广。过去了许多年，只要是想进入被外界称之为万里无人区的果果哈奇荒原从事探险活动的人，都可以在任何一个临近荒原的有人群的地方，听到人们对食肉牛的恐怖描述：它们用鼻息把人从很远的地方吸过去，因为人的下半身比上半身要轻得多，所以最先噙入牛嘴的总是前者。只听咔嚓一声响，那两排黄灿灿的铁锹一样坚硬锋利的牙齿就已经把人的肢体拦腰截断了。它大口嚼食，带着气泡的血水从嘴角两边流出来，砰砰砰地发出一阵爆响。尽管每一头食肉牛的食量都很大，也许五具人尸才能填饱肚囊，但它们总会把上半身留下来。它们不想很快饱足，它们对把活人吸引过来然后痛快地咬成两截更感兴趣。这样，一头食肉牛一次断送十条人命就成了家常便饭。提起食肉牛的人们还说它们总是五十头到七十头为一群。在它们疯狂的时候，那奔跑的蹄音就像惊雷滚过地面，地会被它震裂，山会被它震塌，强劲的鼻息会形成一股呼啸的狂风，吹折枯树，掀起遮天蔽目的尘烟，让荒原的石头四处乱跑，让巨大的沙丘随着风向滚滚行走，让山上那些悬立在崖头的岩块纷纷坠落。满世界都在动荡。纵然岁月疾驰，这动荡、这恐怖的情形却环绕着偌大的果果哈奇荒原经久不息地流传着。它几乎形成了一道蜿蜿蜒蜒的城垛，阻碍着人们对荒原的现状进行一番身临其境的了解。

事实上，食肉牛在侵袭了赤狼草原后就沿着当初塔崩人从慕腊特河流域走来的那条路线朝北游荡而去。它们经过了许多地方，每一处都留下了它们凶残无度地猎杀活物的痕迹——黑熊的遗骸、野马的尸骨、羊和狼的残渣剩血，当然更多的还是人的上半截肢体。它们是所向无敌的。除非麒麟军用一个团队的迫击炮和机关枪对准它们。但那时，和果果哈奇西部荒原一样，慕腊特河流域也早已没有了麒麟军的踪影。他们在瘟疫与日见膨胀的沙漠的胁迫下早已经逃之夭夭。剩下的只是些废弃的房舍和一片一片残垣断壁。外来的移民大部分也随之东迁，所剩不多的便成了食肉牛发泄愤懑的对象。这里再也没有了鸡鸣狗吠和人间的烟火，包括曾经盛极一时的慕腊特首府和强盗巴思坎得尔当过大庄头的帕加荒村。首府的人走了，荒村的人却一个也没有离开这里。他们因为想聚众去寻找叛逆者巴思坎得尔，理所应当地受到了麒麟军痛快淋漓的镇压。男男女女、老老少少在同一个日子里被枪弹击倒在已经包围了帕加荒村的沙丘下面。这是麒麟军在果果哈奇荒原最后一次使用枪弹，因为别的地方早就没有了反抗，而真正能够威胁他们的沙漠和瘟疫却不是开枪放炮所能够制服的。在这种抵抗势力面前他们唯一的办法就是逃走。他们走得及时，爽快，无所依恋，因为这不是他们的家园，还因为该得到的都得到了，再想要得到什么，那就是白日做梦。

满荒原游荡的食肉牛群曾经来到帕加荒村。它们嗅了嗅那里的空气,就觉得干燥得令人窒息,连那些它们从沙堆里吸出来的尸体也沾染着沙漠的焦渴和枯燥。它们停留了半日,似乎想看看这些重新出土的干瘪的尸体是否还能招来饥饿的秃鹫。什么也没有,空中除了遥远的蓝色和高逝的白云,再就是绵绵不绝的忽冷忽热的北风。它们讨厌这北风,就于日照当空时快快离开了那里。朝前走,那是有点绿意的地方。鬼不饶绿地依旧存在着,但已不似过去那样葱茏和湿润了,到处都是枯黄,到处都在落叶。鬼魅的哭声若断似连地传来,就像骑手如泣如诉的歌声。它们不寒而栗面面相觑着互相传递哀伤的信息。它们想到自己这种漫无目的的游荡并不是结果,而是一个迎接末日的过程。如果说果果哈奇荒原的颓败代表了一种不可避免的规律,那么它们沿途看到的一切不就是它们自己的影子吗!食肉牛群从此不再疯狂了。为了调整情绪,它们在荒无人烟的军马场,在那些圮毁了的房舍前安安静静地停留了一些时日。等再次开始行走时,那由它们播散而出的恐怖气氛一下子衰退到了极限。就像那时去征服女王部落的强盗巴思坎得尔看到的那头食肉牛一样,它们的性情变得温顺,行动变得迟缓,对一切显得漫不经心。它们不再猎杀大型的活物,即使碰到唾手可得的吓破了胆的人也只是极其轻蔑地望上几眼,然后悄悄走开。它们把自己的食量减低到了最小的程度,把进攻的目标集中在了突然泛滥起来的鼢鼠上。于是在一种强大的引力下,满荒原的鼢鼠纷纷腾空而起,像鸟群一样飞向它们张大的粉红色洞穴一样的嘴巴。

　　达克帕罗明白他正在度过他在果果哈奇中部洼野的最后时光。不久的将来他就会十分狼狈地离开这里——神情颓唐怅惘,内心的恐怖会把所有吹来的寒风、走来的野兽和掠过面前的景观当作敌意的力量。他会留恋地大哭一场，会在丹那山平缓向阳的山坡上掘出一个个土坑，搬来一块块彩色的石头镶嵌出他的名字，然后走下山去远远地跪下朝它顶礼膜拜。他对他的吊唁如此精心，对他的名字如此偏爱，是因为他意识到在果果哈奇中部洼野他早就是最后一个保存住了自己的纯粹的荒原人。

他珍重自己的存在，珍重在他离去或者死后这片历经沧桑的荒土所能够记住的那些事实：二十多年前，当尚席娅被麒麟军当作传播花柳病的疫源捆绑起来准备烧死的时候，他那样温顺地听从了麒麟军的命令——去吧，达克帕罗，你这个畜生，赶快把柴草堆起来，如果你不想做，这个烂屄女人的下场就是你的下场。他犹豫了片刻就照着他们的吩咐去做了。尚席娅是他的情人，他的唯一的所爱，而他却表现得非常果断镇静。他对自己说，烧就烧吧，反正她是必死无疑的。他需要做的就是让她死得痛快一点。他把刈来的柴草堆积在她的周围然后点着。火焰升起来，烟雾漫散出厚厚的屏障。尚席娅在里面又哭又叫。他冲进柴草的包围圈，双手掐住她的喉咙，几乎将她的头掐下来。一会儿他跳出火堆，对几个监督这场大火的麒麟军士兵说，火把捆绑她的绳索烧断了，她打算逃走，他只好跳进去又把她重新捆绑了一次。他们虽然心存狐疑，但无意追查事情的真伪。因为他们所希望的结果已经出现：尚席娅被她的情人烧死了。达克帕罗也因此表现了自己对麒麟军的绝对忠诚。在一个春风浩荡的日子里，他走进麒麟军设置在中部洼野的大本营，成了深得对方信任的一个养马人。

养马人的生涯孤独而苍白，没有什么值得他回顾的。但是，后来，当他意识到自己毕竟是一个地道的荒原人时，就给自己创造了一个辉煌的瞬间。牧放马群的时候他在草地上捡了几只死去的鼢鼠，带回大本营，悄悄溜进厨房投进了水缸。鼠疫发生了。两个月之内，驻守大本营的麒麟军几乎有一半死去，剩下的正在做着撤离荒原的准备。达克帕罗逃了出来。他向南漂泊，在茫拉巴音河畔度过了半年以偷窃为生的日子后又返回中部洼野。那时驻守在这里的麒麟军已经杳然无踪，建造起村落的那些外来人也走得一个不剩。他恍然大悟：他们是早就想离开荒原的。只是没有足够的理由用来说服自己和那些控制着他们命运的人。而鼠疫的发生只不过是提供了一个可以让他们如愿以偿的条件。他感到高兴又感到沮丧。他四处寻找，想看看果果哈奇中部洼野是否还有居住的人群。他失望了，发现在这片辽阔的就要被沙漠侵吞的荒土上只有一个可以用两条腿直立着走路的活物，那就是他达克帕罗。

他继续直立着走路，极其慎重地思考着是离开这里还是留下来在中部洼野称王称霸的问题。他在丹那山的山峰前久久伫立，想从飘逸在半山腰的云雾中探知明天是晴天还是阴天。他对自己说，如果是晴天他就继续往前走，如果是阴天他就留下来挖掘陷阱等待盘羊的陷落。因为只有在天气晦暗、能见度极差的情况下盘羊才肯出洞下山。那云雾是浅青色的，一绺一绺地叠加起来，形成了一片气势壮观的皱褶。皱褶朝西移动着，不断地被山峦吸收又不断地产生。就在这种迅速更新换代的运动中，渐渐积累着荒原干燥的阴郁和忧愁。但在达克帕罗看来这情形恰好说明神会赐给他维持生存的食物。也就是说，这片遥远的土地对人的最后拒绝还没有出现在他的身上。他依然可以四处漂泊，像零落的枯枝败叶随风走向南北东西。

但是，第二天，给他带来喜悦的并不是走向陷阱的盘羊，而是一群无声无息的食肉牛。它们出现在丹那山直通慕腊特河流域的那条山谷的谷口，于清晨熹微初露的时候陆续吐出了最后一口强烈的气息，然后集体倒毙在风蚀的岩壁下。达克帕罗蹒蹒跚跚走过去，惊怪得双腿打战。他在那些丘陵一样高大的食肉牛的死尸前呆若木鸡地停立了半响，才唔唔地发出阵阵似欢呼又似疑惑的叫声。后来，他平静了，觉得自己并不孤独，荒原就要抛弃他的那种危机已经不复存在。他兴高采烈地想要跳起舞、唱起歌。但他最愿意做的还是用石头砸击出一块锋利的石片，割开食肉牛厚硬的皮毛，再捡来枯草黄叶，点起火吃一顿香喷喷的烤牛肉。他照着自己的想法去做了，边做边想，如果他将这五十多头食肉牛的肉全部割下来做成不会腐烂的肉干，那他就有了从现在到死亡这段日子里吃不完的食物。他已经趋近老迈了，在生命走向末端的岁月里，他是富足而宁静的。他为此而高兴，但只有高高在上的神明知道，这是他的最后一次高兴。当他把第一口烤焦的牛肉填进嘴里时，命运就已经注定他踏上了寂灭的道路。考茵勒角斯——魔鬼的白花花的牙齿死死地咬住了他，就像当初咬住食肉牛和麒麟军大本营里的那些军人一样。

　　半个月后鼠疫终于毁灭了果果哈奇中部洼野的最后一个骑手。他死的时候，看到太阳已经升起，湛蓝的天空没有一丝云彩，显出一种不可思议的远大和空洞。地面上，浑黄的沙潮后面，升起一股孤独而雄性的尘烟，像一根奇大无比的圆柱将苍穹擎起。再也没有人知道这里的一切了。荒原失去了记忆。四季和轮回失去了意义。生命丢失了自己的历史。太阳以及山脉，呈现出一种永恒的呆傻。

　　只要有空间就会有寂寞。这里是无阻无拦的无边的空间。

　　此时，坤都咒师的思想清莹如水，像春天冰柱林前潺湲不绝的溪流扬起点点明澈的水花。他的脸上飘着神秘而遥远的微笑，那超然物外的静思的神态与他所处的庄严而肃穆的境界相得益彰。他只有一个愿望，登上阿西加坝雪山之巅，寻找一方纤尘不染的冰岩。他将坐在冰岩上面迎风瞩望，然后带着孤静独立的傲慢心情，悄悄、渐渐地死去。

是的，他爬上去了。他说我是神，我是万里雪野一孤神，我是白云苍狗一座丘。但他并没有死。他在那个奇峻寒冷的高峰，在离天空最近的地方继续生存了三个意绪绵绵的昼夜。他听到了远方浩瀚汪洋一般的巨大潮音，听到了荒原深处狂风烈日下生命的原始悲吼，听到凄厉的哀号划破一天岑寂凶猛无常地朝他冲撞而来。他有些无法自持了。宁和与微笑顿然失落，那种遗世独立的豪迈随着凛冽的寒风一丝一丝地散失着。他恍然觉得自己并没有迎来死亡的一刻，生命并没有因为他实现了自己的诺言而迅速走向衰竭。他活着，他还得活下去。他的每一根汗毛、每一口呼吸、每一滴热血以及每一瞥惊鸿似的目光都还葆有青春的活力。这活力让他周身充满了痛苦：对饥饿，对寒冷，对肉体，对荒原。他在冰峰上独坐独卧，有时会突然跳起来仰头观天，感受天光云影带给他的神性的光辉，沐浴冰雪的烟气挥散而出的芳净的流波。但这流波并没有像他所期待的那样滤清他灵魂的杂质和给肉体带来纯白的羽毛般的轻盈和爽朗。活跃的思想、飞翔的灵性让他无限悲哀地觉得自己依旧是一个重浊的凡胎俗骨。那悄寂与饥寒的痛苦和以往在平原上一样黑暗到无法忍受，而欲望之潮更加强烈地在胸间涌动。傲慢和理想霎时化作烟袅飘散而去。超脱于死亡之上的雍容透明的智慧早已不属于他了。他现在只有一个愿望，那就是下去，顺着爬上来的路线胆战心惊地下去，回到平原上，然后，活着。他发现死亡是不可追求的：你不能去寻找它，而只能让它来寻找你。

于是，在一种森冷幽凉的感觉驱动下，他浩叹一声就开始朝山下爬去。刹那间，他变得身体矫健，精神矍铄。他流连过去的日月星辰，流连生命的春天那野秀奋发、禽兽竞走的景色，也流连原野的空旷萧疏和它朝着败落、死寂走去的艰难里程。他为此兴奋，为此加快了爬行的速度。但就在这个时候，突然一阵风声鬼声袭来心底，一切欲念宣告馨净。他失手失足了。雪山毅然推开了他。他顺着冰坡飞快地滑下来。生命的最后时刻，他羞惭地想到他只能死在低低的沟涧而不是高高的山顶。这是神明的安排，具有不可违拗的力量。人永远不能高居于冰山和雪神之上，哪怕是为了死亡。他明白对雄立无际的阿西加坝雪山来说，荒原乃至整个世界的生活都不过是一个小小的童话，是发生在低凹地上的一段短暂而平淡无奇的故事。

哪儿有人类哪儿就会有鼠类。而没有鼠类就没有鼠疫。在果果哈奇荒原变成万里无人区后，这儿的亿万鼠类在春天的寒暖交替中举行了一次大搬家。它们从茫拉巴音河畔，从中部洼野，从慕腊特河流域，从巴巴哈拉神山到阿西加坝雪山这片倾斜的高地出发，沿着麒麟军和外来人撤离荒原的许多条朝向东方的路线风雨兼程。月色阴沉，惨白的日光在空中晃来晃去。啾啾切切的鼠叫响彻荒原的沟沟汪汪、角角落落。大片大片的灰蒙蒙、黄澄澄的鼠类随着地形的起伏浩浩而去，如同地壳在沉沉地推进飘移。

整个春天过去了，鼠类的迁徙才结束。紧接着，食鼠的大鹰和啖尸的秃鹫追寻而去。它们领有空中优势，它们的天空在那些日子里变得冰莹玉丽。它们发誓，鼠类走到哪里它们就会跟到哪里。而地上的亿万鼠类却用那洪水猛兽般的趋势昭告世界：它们要在不断死亡、不断繁衍、不断进取的过程中，横贯整个中国乃至亚细亚大陆。直到真正的海洋挡住它们前去的坦途。它们的目的是一领风骚万万年。它们预言说,因为有了果果哈奇荒原,世界将膨胀起鼠疫。

1989 年初稿

1991 年改定

2008 年 6 月电子版修订

补 赘

　　迄今为止,我依然没有看到荒原和荒原人(它是藏族的一支)最隐秘的真实,没有参透它那蕴藏很深的真理。

　　每当我站在城市的边缘,站在通往荒原的岩石铺就的路上,站在荒原绵邈迷茫的云雾面前,就会听到那荒风、那坚忍苍凉的荒草、那丘壑中荒绝人宇的灰色空间在对我诉说生与死的孤独,在询问我那不平静的灵魂:俗世给了你什么?自然给了你什么?神灵给了你什么?

　　答案是一开始就有了的:

　　俗世让我浑浊、空虚、萎缩、堕落;

　　自然让我澄澈、充实、强壮、崇高;

　　神灵让我透明、富有、伟大、完美。

就这样，我的灵魂早已是一个俗界的逆子了。

我相信人类正是在惩罚自然也惩罚自己的过程中走向灭亡的。世纪末的故事，便是自然对人类的最后一次富有戏剧性的总结。

我相信历史的循环如同月落日出——人类从哪儿来就得回到哪儿去。就起点和终点来讲，我们都在原地不动。

我相信人类用道德的力量维系着自己在自然中的地位。但道德往往是弱不禁风的。它如同一网蛛丝，处在细雪轻雨的拍打之中，常常使人提心吊胆。

有——无。我翻开我的《奥义笔记》录下了这样的话——人类被神明所仇视，所以在万物有灵的大千世界里，人不过是个恶灵。神让恶灵发展、进化，让他们的心灵处在永久的黑暗中，让他们去用爱的冲动获得残杀的结果，或者用残杀的方式获得爱的结果。

不，我声嘶力竭地说，我不相信。我走进荒原，用生命的全部和整个过程去谛听荒原的启悟，去走向和神明交通的祭坛，去把俗界的人生价值变作一掬草茎下的黄土默守在蚂蚁洞前。于是我听到了"考茵勒角斯"这氤氲在地表之上、大气之下的灵咒。我发现这魔鬼的白花花的利牙，早已把剿害生命当作了自己存在的唯一手段。我设想当它死死扼住我的咽喉而让我在窒息中吐出几口白沫时，我的眼球会怎样凸突着把它那狞厉的形貌深深嵌入脑海。

在许多有记载和无记载的传说中，我明白藏民族的柯柯部落似乎依然是存在着的。在他们和以金塔娃为首的丹那人的后裔分袂之后，在他们征服了吉拜格草原的野鹜部落并掠走了达克帕罗的几把宝弓之后，在他们成为慕腊特河流域短暂的霸主继而又遇到麒麟军火枪火炮的攻击之后，这些纯粹的柯柯种便悄然遁去了。他们走得干净利落，没有遗弃一匹马、一顶毡房、一群羊，没有留下一个人成为俘虏而后又成为囚犯、成为巴思坎得尔远征队的一员而走向深不可测的水域。神明格外袒护他们，给他们指出了今后那种隐匿僻壤、坚守自我的生存方式。神明告诉他们，他们是风是云是土地本身是荒原的灵魂，是唯一能够拒绝扰攘而永固其寂静的巨大屏障。

对此，我坚信不疑。

我曾经在旧货市场看到过石雕的小人头，并伫立着久久揣想关于它的故事；看到过陶祖。我设想，假如我是荒原的后裔，假如我碰到某个邦主或某个酋长，我会怎样悚然惊惧地低下头去。我拿不出一百零一个干瘪的阳物作为让他们收留我并欣赏我的礼物，我甚至无法证明我自己的阳物会不会在部落的延续中发挥他们所希冀的那种锐悍的作用。我久久把自己浸泡在那些古代武士的盔甲和兵器的暗绿色氛围中，想象古老的邪恶和爱情在如何交媾而生殖。这些盔甲和兵器来自一片荆针棘刺的牧野，来自马步芳五次血洗果洛草原和玉树草原的战场，使我不禁想起我在我的《奥义笔记》中对希腊人的祖先马其顿王朝的描写："当那些战利品从印度河两岸被拉运到王朝敞亮的殿堂里后，他们就迎来了命定的厄运——有的暴死，有的病瘫，再不就是断子绝孙、夫妻离异，乃至于喝一口葡萄酒也会烧烂嘴腔。在这里，佛家的因果业报成了沟通历史的桥梁。"

丹那草如火如荼的年代消逝了，人们也已经忘记了能做颜料的嘎巴草根和赤色土的濡染性能，汪泪草通过根茎渗出地面的那种殷红早就被雨水冲淡，巴思坎得尔的远征队，走向抗日的英雄强盗们，也已经在祖国的湖水中寂灭了许多年，骑在马上挥着战刀的疯癫的驱驰成了我永远的向往。我恐怖花前月下、沙发地毯上的无所事事，恐怖我的肢体和心灵在和自身的搏斗中愤怒地惊跳不已。我日益强化着那种溺于温情时的愤懑和厌恶，日益滋长着我的冷酷、我的铁面铜肝。我相信终归有一天我会抛却一切沉重的牵挂，走向荒原最隐秘的一角，哪怕是为了恐怖的最后消逝，为了觅取一方纯净空气下的玄武石。

那是一方带棱角的石头。我捡起来掷向面前无边的寂静。我希望它在空中划一个圆，划成地球的形状，看谁处在这圆的中心。我发现圆中除了我便是荒原的局部。我纯属偶然。

是的，所有的偶然组成了必然，所有的必然都属于偶然。无数瞬刻的辉煌便是时间的悲剧，这是唯一的悲剧。正如最优秀的作家所体验到的那样：世界不存在历史或无所谓历史，有的只是处在被遗忘中的感觉和情绪的真实瞬刻。因为它最终会被遗忘，所以最终也是不存在的。文学和艺术就是为了这种"不存在"的存在，是时间(瞬刻)的固体形态，是一种试图拽住时间和抽取时间的痛苦的挣扎。人类唯有挣扎才是可敬的。

我挣扎着为荒原跪拜祈祷。荒原给我灵思一河，满河的哀歌，满河的激情，披挂在宇宙间而拖曳到地球上。多少年之后，人们会说：那是银河系。

1992年岁杪